译文经典

剧院魅影
Le Fantôme de l'Opéra
Gaston Leroux

〔法〕加斯通·勒鲁 著

符锦勇 译

上海译文出版社

安德烈·卡斯泰涅所作《剧院魅影》插图

译本序

十九世纪法国文学在世界文学史上占有举足轻重的地位，除了纯文学的小说之外，在读者中有着广泛市场的侦探小说同样不容忽视。众所周知，美国的诗人、小说家和文艺评论家爱伦·坡（一八〇九——一八四九），以注重严密的逻辑推理和分析，开创了美国侦探小说的先河，并对其他国家产生重要影响。他的《莫格街凶杀案》（一八四一）被认为是世界上第一部真正意义上的侦探小说，一八四六年被译成法文后，深受法国读者的欢迎。此外，当时法国流行的"黑色小说"、大盗维克多的《回忆录》（一八二八）等，也都为法国侦探小说的产生提供了国内外的条件。法国第一部侦探小说是埃米尔·加博里约（一八三二——一八七三）的《勒卢日案件》（一八六四），情节与《莫格街凶杀案》相似：在一座乱糟糟的房子里发现一具老妇的尸体，而房子的所有出口都是封闭的。但法国十九世纪出现的侦探小说都未获得成功。

法国第一个取得较大成功的侦探小说家应当是莫里斯·勒布朗（一八六四——一九四一）。勒布朗早期得到莫泊桑（一八五〇——一八九三）提携，在《吉尔·布拉斯报》上发表连载心理分析小说，但未获得什么成功；直到一九〇七年在杂志上发表第一部连载侦探小说《侠盗亚森·罗宾》，才大获成功，自此，他几乎专门从事侦探小说的写作，成绩斐然，其中较著名的有：《亚森·罗宾智斗福尔摩斯》（一九〇八）、《空剑峰》（一九〇九）、《水晶瓶塞》（一九一二）、《金三角》（一九一八）、《虎牙》（一九二〇）等。《亚森·罗宾智斗福尔摩斯》描写在"蓝色钻石"和"犹太油灯"两桩失窃案中，法国警方束手无策，邀请英国大侦探福尔摩斯赴法破案。结果亚森·罗宾技高一筹，智斗福尔摩斯，击败英国侦探大师，但最后两人握手言和。勒布朗的作品在二十世纪初至三十年代风靡法国。

乔治·西默农（一九〇三——一九八九）被法国二十世纪上半叶的重要作家、一九四七年诺贝尔文学奖获得者安德烈·纪德（一八六九——一九五一）誉为"本世纪最伟大的作家"。此言未免失之偏颇，不过，如果说西默农是世界闻名的侦探小说家，倒不为过。这位比利时籍的法国侦探小说家，第一次世界大战后放弃学业，当过糕饼店和书店学徒，随后进入《列日日报》当新闻记者，专写社会新闻，由此熟悉了各种社会环境和特殊人物。一九二二年底，他来到巴黎，一面工作，一面写作，用各种笔名发表连载小说和短篇小说。到一九二九年，他已写出数量惊人的短篇，以及大量的侦探、心理和惊险小说。这些作品深受爱伦·坡的影响，表现出对命运主宰的解不开的情节有着莫大的兴趣。可观的稿费收入使他有财力买下一条游艇，通过水路周游法国，从而又给他提供了小说的许多背景和新题材。一九二九年，西默农发表了《拉脱维亚人彼得》，在他笔下第一次出现了探长梅格雷的名字，他也首次署上了自己的真名。有关梅格雷的侦探小说约有一百多部长短篇，较著名的有：《一个人的头》（一九三〇）、《黄狗》（一九三一）、《十字街头之夜》（一九三一）、《圣菲克尔案件》（一九三二）、《梅格雷》（一九三四）、《梅格雷的烟斗》（一九四七）、《我的朋友梅格雷》（一九四九）等。由于法国著名导演雷诺亚等将西默农的侦探小说搬上银幕，梅格雷名闻遐迩；而西默农也把自己爱抽烟斗的习惯了他小说中的主人公，所以这些侦探小说的封面往往用了西默农抽烟斗的照片。他创造了梅格雷探长这个不朽的艺术形象，侦探小说也给他带来了世界性的声誉。有的评论家认为梅格雷有这样三个特点：他本身就是一个世界；他利用职务玩花样，以便更好地让世界幻象消失；他在调查中起到小说家的替身作用。由于梅格雷这个人物形象非常丰富，所以没有一个电影演员能把他的全部特点都演得出神入化。《一九四〇年以来的法国文学史》的作者雅克·布雷纳认为西默农是一个"天生的小说家"。由此可见，西默农确实具有不同寻常的小说家才能，是位擅长心理分析的重要侦探小说家。一九五二年，西默农成为比利时王家科学院院士。

在法国获得较大成功的早期侦探小说家中，还有与莫里斯·勒布朗同时代的加斯通·勒鲁（一八六八——一九二七）。勒鲁一八六八年五月六日生于巴黎，后随父母去诺曼底，一八八〇年进入当地的厄城中学，也就是后来小说中的主人公鲁勒塔比尔的中学的原型。父母不幸相继早逝后，勒鲁于一八八六年回到巴黎，攻读法律专业，同时为一些文学刊物写文章；取得律师资格后，成为《巴黎回声报》司法专栏的撰稿人和《晨报》的著名记者，报道了一系列轰动一时的案子，名声大噪。作为记者，勒鲁还前往俄罗斯和东南亚旅行，对一九〇五年的俄国革命作过报道。三十岁时，勒鲁决定写小说，他发表的第一部心理分析小说是《泰奥夫拉斯特·隆盖的双重生活》(一九〇四),但直到一九〇七年写出了《黄色房间的秘密》和一九〇九年的《黑衣女郎的香水》,创作了以集新闻记者和业余侦探于一身的鲁勒塔比尔为主人公的系列侦探小说,大获成功,才奠定了他在法国侦探小说领域中的地位。勒鲁从此便一发而不可收,又写出了另一个系列的小说,即以《谢里—比比》(一九二一——一九二二)的同名主人公为题材的一套小说,一九二七年因尿毒症在尼斯去世。

在法国层出不穷的侦探小说家中,另外几位也取得了成功。皮埃尔·苏维斯特尔(一八七四——一九一四)和马塞尔·阿兰(一八八五——一九六九)合写了系列侦探小说《方托马斯》(一九一一),在读者中很有名。皮埃尔·维里(一九〇〇—一九六〇)的侦探小说风行于两次大战间,如《圣诞老人被害》(一九三四)和《四条腹蛇》(一九三四)。从一九四五年起,法国出版界推出的"黑色系列",集中了一批侦探小说,使新一代的侦探小说家脱颖而出。其中较有名的有奥古斯特·勒布勒东(一九一三——一九九九),他原名叫奥古斯特·蒙福尔,《男人的斗殴》(一九五四)等多部小说,被收入"黑色系列",他的小说大多描写无赖,善用切口,受到美国惊险小说的影响,有的被搬上了银幕。阿尔贝·西莫南(一九〇五——一九八〇)的《别碰金钱》(一九五三)也入选"黑色系列",次年,西莫南又发表了《地窖在反抗》(一九五四),他的作品主要描写强盗,人物过着逍遥法外的冒险生活,小说内容再现了战前巴黎的民俗,强盗往往战胜侦探。莱奥·马莱(一九〇九——一九九六),以十五部侦探小说集中描写巴黎的一个区,他的小说被称为"巴黎新秘闻"，处女作是发表于德国占领时的侦探小说《车站街120号》。从一九四九年起，法国黑河出版社出版了一批侦探小说，在这批小说的作家中，最有名的是弗雷德里克·达尔(一九二一——二〇〇〇)，笔名圣安东尼奥，这是他小说中的人物名。他以此笔名所写的侦探小说最为有名，极其畅销，第一部是《让姑娘倒下》(一九五〇)。他每年发表三四部侦探小说，每部印数六十五万册，再加上重版，每年达五百万册，圣安东尼奥的侦探小说有上百部，较重要的有：《你是邪恶》(一九五七)、《货物升降机》(一九六一)、《贝吕里埃眼中的名誉》(一九六五)、《亲爱的，把你的微生物传给我》(一九七七)和《权力的钥匙放在手套盒里》(一九八一)。据统计，至一九八三年，他的侦探小说累计印数已达一亿册，如此畅销，被认为"是极其重要的社会学现象"，他是"法国最著名的作家和一切社会阶层读者最多的作家"[①]。

从上述法国侦探小说的概况中，不难看出，加斯通·勒鲁主要是以侦探小说家的面貌出现在读者面前的，法国《拉鲁斯插图词典》在介绍勒鲁的条目中，称他为记者和侦探小说家。其实，勒鲁的作品，有据可查的，就达三十四部之多，体裁不仅涉及侦探小说，还包括其他方面。一位作家之所以获得成功，往往同他在艺术上的创新密不可分。一九一一年，勒鲁发表了一部体裁介于侦探小说和荒诞小说之间、讲述"人鬼情"的精彩小说：《剧院魅影》。小说以第一人称写作，身为记者的作者随着调查和采访的深入，讲述了宏伟壮丽的巴黎歌剧院里

---

① 雅克·布雷纳，《1940年至今的法国文学史》，第188页。

闹鬼的事。歌剧院经理德比埃纳先生和波里尼先生辞去经理之职后,如释重负;他们的继任者蒙沙尔曼先生和里夏尔先生上任伊始,有个亲眼见过歌剧院幽灵的置景工猝然吊死在舞台下面的台仓里,把德比埃纳先生和波里尼先生的告别辞行晚会给搅了;新任经理又受到歌剧院幽灵先后两次敲诈,四万法郎神秘地不翼而飞;著名女歌星卡洛塔竟然在演唱拿手曲目时走调,癞蛤蟆般的鼓噪甚至惊得剧场大厅里的枝形吊灯都掉下来,当场砸死已被里夏尔先生指定去接替幽灵的领座员吉里太太职务的看门妇,卡洛塔含羞结束了自己的艺术生涯;取而代之的歌坛新星克里斯蒂娜,师从所谓的"音乐天使",亦即歌剧院幽灵,在《浮士德》中,她用自己的全部心灵去演唱玛格丽特一角,演至最后一幕,她用超凡脱俗的歌声呼唤天使,她的身体仿佛腾空而起,拉着全场为之震颤的观众一起展翅高飞,每个观众都以为自己插上了翅膀,这时舞台上突然陷入一片黑暗,观众几乎来不及发出惊叫,灯光又重新照亮舞台,但克里斯蒂娜却在众目睽睽之下消失了,被劫持了;克里斯蒂娜失踪后,她的心上人夏尼子爵也不知去向,子爵的兄长菲利普伯爵又意外身亡;围绕着夏尼子爵和温柔迷人的红歌星之间的爱情故事,骇人听闻的罪恶勾当接踵而至……这一切的一切,随着作者的调查和讲述,谜底终于揭开,原来均系"歌剧院幽灵",一个有血有肉的丑八怪埃利克所为。埃利克天生一张连亲生母亲见了都害怕的脸,从未得到过女性的爱,历经生活的种种磨难后,因羞于见人,藏身于巴黎歌剧院的地下室里,他使出一切鬼魅伎俩想要获得漂亮动人的克里斯蒂娜的爱,仅仅是为了能过上像常人一样的生活。至此,作者对埃利克的不幸寄予的无限同情已跃然纸上，使这出爱情悲剧具有强烈的艺术感染力，至今仍脍炙人口。《剧院魅影》自问世以来，已被翻译成多国文字，在世界上广为流传。

此外，一九二二年，前往巴黎休假的美国好莱坞电影界巨头、环球电影公司总裁卡尔·勒姆尔（一八六七——一九三九）偶然得到一本《剧院魅影》，他一个晚上就将全书读完，当即决定将它搬上银幕，并聘请因扮演《巴黎圣母院》中的钟楼怪人卡席莫多而走红的丑星、"千面人"朗·钱尼主演埃利克；一九二六年，当时尚处于默片阶段的电影（我国解放前的中译名为《歌场魅影》）上演，因其出色的剧情和视觉效果，大获成功。一九四三年，好莱坞环球电影公司重拍了这部电影，与以前相比，这次更注重音乐的表现。一九六二年，英国伦敦以拍摄恐怖片见长的哈默电影公司也将它搬上了银幕。一九七四年，美国以"摇滚歌剧"的风格，嘲讽性地重新演绎《剧院魅影》。我国先后两次拍摄的电影《夜半歌声》多半也是取材于这部小说。然而，在众多的相关创作中，知名度最高、票房收入最丰的，当推英国音乐剧大师安德鲁·劳埃德·韦伯谱曲的音乐剧《剧院魅影》；一九八六年，韦伯在自己的庄园夏季音乐会上试演《剧院魅影》，当时的剧本由他本人与《星光特快车》的作词者理查德·斯蒂尔格合作谱写，但试演后，他觉得歌词中的浪漫色彩需要进一步加强，于是又请查理·哈特重新为该剧作词。不久，全新的《剧院魅影》在伦敦皇家剧院揭幕，由韦伯当时的妻子莎拉·布拉曼饰演女主角克里斯蒂娜，迈克尔·克劳福德出演魅影；动人的剧情，迷人的音乐，光怪陆离的舞台设计，使这出音乐剧一夜成名。一九八八年，韦伯的《剧院魅影》移师美国百老汇，同样引起轰动，与《悲惨世界》、《西贡小姐》和《猫》一起，成为世界四大著名音乐剧。

　　加斯通·勒鲁的小说《剧院魅影》衍生了电影和音乐剧，电影和音乐剧又扩大了小说及其作者的影响，这也许是加斯通·勒鲁始料不及的。如今，每当全世界的读者对小说爱不释手、欲罢不能的时候，每当全世界的观众对电影过目难忘、赞不绝口的时候，每当全世界的听众对音乐剧醉心痴迷、流连忘返的时候，加斯通·勒鲁的在天之灵，理应感到欣慰了吧！

符锦勇

二〇〇二年九月

目 录

前　言　这本奇书的作者讲述的是，他如何经过追踪调查，最后确信歌剧院幽灵确有其人 …………………………………… 001

第一章　是幽灵？ ………………………………… 001
第二章　新玛格丽特 ……………………………… 015
第三章　德比埃纳先生和波里尼先生首次向歌剧院的新任经理阿尔芒·蒙沙尔曼先生和菲尔曼·里夏尔先生私下透露他们离开巴黎歌剧院的真实而神秘的原因 …………………………………… 029
第四章　5 号包厢 ………………………………… 039
第五章　5 号包厢（续） ………………………… 050
第六章　施过魔法的小提琴 ……………………… 059
第七章　探视 5 号包厢 …………………………… 084
第八章　菲尔曼·里夏尔先生和阿尔芒·蒙沙尔曼先生大胆决定在一个"倒霉的"

　　　　　　剧场里上演《浮士德》，以及由此引
　　　　　　起的可怕后果 …………………… 088
第九章　　神秘的双座轿式马车 ……………… 111
第十章　　假面舞会 …………………………… 122
第十一章　必须忘记"那个男人的声音"和他
　　　　　　的名字 …………………………… 137
第十二章　舞台地板上的活板暗门 …………… 145
第十三章　阿波罗的竖琴 ……………………… 157
第十四章　喜欢摆弄活板暗门的人出手不凡 … 190
第十五章　对待一枚保险别针的奇怪态度 …… 206
第十六章　"克里斯蒂娜！克里斯蒂娜！" …… 214
第十七章　吉里太太一语惊天，道破她和歌剧
　　　　　　院幽灵的私人关系 ……………… 220
第十八章　对待一枚保险别针的奇怪态度（续）
　　　　　　 …………………………………… 235
第十九章　警长、子爵和波斯人 ……………… 244
第二十章　子爵和波斯人 ……………………… 252
第二十一章　在歌剧院的地下室里 …………… 262
第二十二章　波斯人在歌剧院地下室里的磨难
　　　　　　既有趣又不无教益（波斯人的
　　　　　　记述）………………………………… 285
第二十三章　在酷刑室里（波斯人的记述
　　　　　　之二）……………………………… 304

第二十四章	酷刑开始(波斯人的记述之三) …… 314
第二十五章	"卖酒桶啰!卖酒桶啰!有什么空酒桶要卖吗?"(波斯人的记述之四)……… 323
第二十六章	转动蝎子还是蚱蜢?(波斯人的记述之五)……… 337
第二十七章	幽灵的爱情结局 ……… 349

后记 ……… 361

谨以此书献给我的老兄若，他虽和幽灵毫不相干，但仍像埃利克一样，是位音乐天使。

深爱你的

加斯通·勒鲁

前　言
这本奇书的作者讲述的是，
他如何经过追踪调查，最后
确信歌剧院幽灵确有其人

歌剧院幽灵确实存在。它并非像人们长期以来所认为的那样，只不过是艺术家的突发奇想，剧院经理的迷信，抑或是伴舞队女演员及其母亲、剧院领座员、衣帽间的职员和女门房之类的人物头脑受到刺激，在那儿胡编乱造。

是的，歌剧院幽灵确实是个有血有肉的人，虽说从种种外表上看，这是个真正的幽灵，一个魅影。

当初，我开始查阅巴黎歌剧院的档案时，发现人们归咎于"幽灵"的那些怪现象，竟与一系列最神秘不解、荒诞不经的悲剧有着惊人的巧合，便对此深感震惊。于是，我马上自然而然地想到，也许可以顺藤摸瓜，解开一个又一个谜团。歌剧院里的那些怪事发生在三十来年前，今天在当年的那间舞蹈演员休息室里还不难找到一些德高望重的老人，他们的言词不容置疑。老人们回忆起昔日克里斯蒂娜·达埃的被劫持、夏尼子爵的失踪及其兄长菲利普伯爵的死亡，回忆起这些事件发生时的种种神秘惨状，往事历历在目，恍如昨天。伯爵的尸体是在湖水延伸到歌剧院地下室、靠近斯克里布街的那段湖岸上找到的。但是，在所有这些证人中，至今没有一人认为应该把歌剧院幽灵这个传奇式的人物和这桩恐怖案联系起来。

我在调查的过程中，随时会碰上一些乍一看来可能是天外奇谈的怪事，把我搅得晕头转向，迟迟把握不住事实真相。我曾不止一次想要放弃这项搞得我精疲力竭的工作：我在追查的是一种可望而不可及的幻影。然而，我最终还是证实了自己的预感一点都没有错，并且到了我确信歌剧院幽灵并非魅影的那一天，所作的一切努力终于得到了回报。

那天，我花了很长时间阅读《一位剧院经理的回忆》，这是部轻率的作品。作者蒙沙尔曼虽然生性多疑，但他在入主歌剧院期间，还是根本不理解幽灵的恐怖行径是怎么回事，甚至当他成为"神秘的信封"那桩离奇的勒索案的第一受害人时，依然对此嗤之以鼻。

正当我灰心丧气，离开图书馆时，遇到了巴黎歌剧院的行政主管。此人很有魅力，当时正在楼梯平台上和一个精力充沛、打扮入时的小老头聊天，他愉快地介绍我俩认识。行政主管先生知道我在进行调查，还得知我最后发现当年受理轰动一时的夏尼案件的预审法官富尔先生已经退休，断了线索，心里万分焦急。没有人知道这位法官后来的情况，不知他是死是活；不过，他在旅居加拿大十五年后现在又回到了巴黎，他所做的第一件事就是要在歌剧院秘书处谋个条件优厚的职位。这个小老头就是富尔先生本人。

我们在一起度过了大半个晚上，他向我讲述了他昔日所了解的夏尼案件的来龙去脉。由于证据不足，他只得裁定子爵行径疯狂，而其兄的死亡纯属意外事故；不过，他还是相信，为了克里斯蒂娜·达埃，这兄弟俩之间发生过一场可怕的悲剧。他既不能告诉我克里斯蒂娜的下落，也说不出子爵后来怎么样了。当然，我对他提起歌剧院幽灵时，他只是付之一笑。他也听说过歌剧院里的一些怪事，而这些似乎证明在剧院最神秘的某个角落里窝藏着一个特殊的生灵，他也知道"信封"的故事，但他并不以为在这一切中有什么蛛丝马迹能引起受理夏尼案件的预审法官的注意。如果他当年听一会儿一位自动到庭证实他有机会遇见过幽灵的证人的证词，那么真相便会大白。这个人物，也就是这位证人，不是别人，正是全巴黎都叫他"波斯人"的人，歌剧院的所有常客都和他熟识。可法官却认为此人有宗教幻象。

你们在想我当时是否对波斯人的故事产生了浓厚的兴趣。如果为时不晚的话，那时候我真希望能找到这位十分重要的原始证人。好运落到了我的头上，我终于在里沃利街的一个小套间里发现了这位波斯人，他一直没有搬过家，就在我拜访他五个月后死在那儿。

起初，我是抱着怀疑态度的；但是，波斯人像天真的孩子对我讲述了他本人所知道的有关幽灵的一切，并且向我提供幽灵存在的种种确凿证据，尤其是克里斯蒂娜·达埃的离奇的信件，这些信件犹如耀眼的阳光豁然照亮了她那可怕的命运，这时候我再也不可能怀疑了！不可能怀疑了！绝对不可能怀疑了！幽灵的存在决非天方夜谭！

我完全知道有人会反驳说所有这些信件也许根本不是真的，它们可能是由某个熟悉那些最引人入胜的故事、且想象力丰富的人拼凑杜撰的，但所幸的是，除了那包不同寻常的信件之外，我还能找到克里斯蒂娜的笔迹，因此能潜心对它们进行比较研究，最后把自己的种种疑虑一扫而光。

同样，我也搜集过有关波斯人的资料，从而认定他是个正直的人，不可能作伪证耍阴谋，扰乱司法部门的视线。

此外，这也是与当年夏尼案件多少有点瓜葛的那些名人要员的意见。这些人都是夏尼家族的亲朋好友，我向他们展示了我的全部资料，讲述了我的一步步推断。我从他们那儿受到了最诚挚的鼓励，现将德某某将军来函中的有关段落摘录如下。

先生：

我不会过分敦促您把调查的结果公之于众。我清楚地记得，在著名的女歌唱家克里斯蒂娜·达埃失踪以及那出使整个圣日耳曼区处在哀悼之中的悲剧发生前的几个星期，歌剧院那间舞蹈演员的休息室里，众说纷纭，都在谈论幽灵。我相信，这个话题直到人人头脑里都在想着那个案件以后才不再谈论；但是，像我听了您讲的以后所想的那样，如果能用幽灵来解释那出悲剧的话，那么，先生，请您再给我们讲讲幽灵的事。不管幽灵最初的出现是多么神秘，它总比一个悲惨的故事更容易解释。在这个故事中，一些居心叵测的人想看到整个一生都相亲相爱的兄弟俩反目为仇，直至死亡……

请相信我，云云。

最后，我根据手头掌握的档案资料，再次深入幽灵出没的那个广阔领地，那座被幽灵变成了它的帝国的宏伟建筑；所有映入我眼帘的景象，我的头脑所发现的一切，全都惟妙惟肖地证实了波斯人的资料。就在这时，一个神奇的新发现为我的工作画上了完美的句号。

大家还记得，最近为了掩埋歌唱家们的录音制品开挖歌剧院的地下室时，工人们的十字镐挖出了一具尸体；不过，我立即证明这正是歌剧院幽灵的尸体！我亲手把证据交给了歌剧院行政主管本人，至于报上所说找到的是巴黎公社时期的一名牺牲者，我现在对此不予理会。

巴黎公社时期，那些在歌剧院地窖里被杀害的不幸者根本不是埋在这一带；当年在巴黎遭围攻期间，这座巨大的地下宫殿中储藏着各种各样的食物，因此我敢说可能会在距此很远的地方找到他们的尸骨。我得到这条线索恰巧是在我寻找歌剧院幽灵的残骸的时候，要是在埋葬活人的声音的时候没有遇上这种闻所未闻的巧合，我是无法找到幽灵的遗体的！

我们以后还会谈到这具尸体以及应该由此引发的情况，现在我得结束这篇不可或缺的开场白，同时对以下这些不太起眼的配角致谢。他们是米弗瓦警长先生（克里斯蒂娜·达埃失踪时他曾应召第一个侦查现场）、前任歌剧院秘书雷米先生、前任歌剧院行政主管梅西埃先生、前任合唱队指挥加布里埃尔先生，特别是卡斯特罗-巴尔布扎克男爵夫人，她就是从前的"小梅格"（这个艺名并没有让她感到难堪），歌剧院著名伴舞队的当红名角，前幽灵专用包厢领席员、德高望重的吉里太太（已故）的长女。多亏他们的鼎力相助，今天我才能与读者一起重温那段交织着纯洁爱情和恐怖的时光，回顾那段往事的细枝末节。①

---

① 在即将讲述这个恐怖的真实故事的时候，我还得感谢下列人员，否则就会有忘恩负义之虞。首先是歌剧院的现任经理，他们对我的调查一直给予十分友好的协助，特别是梅沙热先生；其次还有歌剧院的行政主管、和蔼可亲的卡比翁先生，以及那位热衷于保存古迹、待人客气的建筑师，他明知我可能有借无还，还是毫不犹豫地把夏尔·加尔尼埃的有关著作借给了我；最后，我还要公开感谢我的朋友、以前的搭档 J.- L.克罗兹先生的慷慨大度，感谢他让我借阅他丰富的戏剧藏书，尤其是他那些珍爱的绝版作品。——加·勒注

第一章
是幽灵？

那天晚上，巴黎歌剧院两位刚辞职的经理，德比埃纳和波里尼先生，趁他们离任之机举行了盛大的告别晚会。索蕾莉是芭蕾舞团的名角之一，她的化装室里突然拥入六个刚"跳"完《波里厄克特》①从舞台上下来的芭蕾舞女演员。这些小姐闯进来的时候一片混乱，有的发出放肆的、不大自然的笑声，有的发出恐惧的喊叫。

索蕾莉原本希望独自待一会儿，"复习"一下马上要到演员休息室里去当着德比埃纳和波里尼先生的面说的告别致辞，看到身后这些人失魂落魄的样子，便一时没了好情绪。她回过身来看着这些同伴，对她们如此乱哄哄的激动样子不免有些担心。小雅姆是个高鼻梁、大眼睛、脸色红润、嗓音清纯的姑娘，她用一种因焦虑不安而变得颤抖的声音，用三个字说出了使她们如此激动的原因：

"是幽灵！"

说完她便锁上门。索蕾莉的化装室装饰典雅，没有什么过分之处。一面活动穿衣镜、一张长沙发、一只梳妆台和几个衣橱，都是化装室里必不可少的家具。墙上挂着几幅版画，这是她那位经历过勒佩尔蒂埃街旧歌剧院那段辉煌岁月的母亲留下的纪念品。此外,还有维斯特里斯②、加德尔③、杜邦④和比戈蒂妮⑤的画像。这个化装室在伴舞队那些小丫头的眼里简直是天堂,因为她们是几个人同住一个房间,在那儿度日很无聊,不是唱唱歌,就是拌嘴争吵,打骂服装师和化妆师,再不就是买些黑茶藨子酒、啤酒,甚至朗姆酒,互相请客,一小杯一小杯地喝个没完,直到警告钟响才肯罢休。

索蕾莉是个很迷信的人。她一听小雅姆说幽灵,不禁打了个寒颤,骂道:

"鬼丫头!"

她一向迷信各种鬼怪故事,对歌剧院的幽灵更是笃信不疑,于是迫不及待地想知道详情。

"您亲眼看到的吗?"她问道。

"就像我现在看到您一样!"小雅姆哆嗦着回答了一句,接着两腿一软,倒在椅子上。

小吉里,长着乌黑的眼睛和头发,茶褐色的皮肤,个子瘦小,她马上补充说:

"如果是他,那一定很丑!"

"哦!对,"芭蕾舞女演员们异口同声地说。

---

① 《波里厄克特》,法国古典主义戏剧创始者高乃依(1606—1684)于1643年创作的五幕诗体悲剧,主要情节是讴歌亚美尼亚的显贵波里厄克特为了维护天主教,以身殉教的精神。
② 维斯特里斯(1729—1808),18世纪60—70年代的最佳芭蕾舞男演员,出生于意大利佛罗伦萨,1747年随全家去巴黎,一年后进巴黎歌剧院芭蕾舞学校,1751年被选派为独舞者,从此蜚声舞台。
③ 加德尔(1758—1840),法国舞蹈家。
④ 杜邦(1794—1864),法国著名女演员。
⑤ 比戈蒂妮(1784—1858),法国著名女舞蹈家。

接着，她们七嘴八舌一起说了起来。在她们看来，幽灵是位穿一身黑衣服的先生，他会在走廊里突然站在她们面前，没有人能知道他从什么地方来。他的出现实在突然，让人简直可以相信他是从墙壁里钻出来的。

"噢！"其中一个还能保持点冷静的女孩说，"您在哪儿都能撞见幽灵。"

确实，几个月来，歌剧院里大家谈论的话题尽是这个穿黑衣服的幽灵，他像鬼影一般在大楼上下出没，从不对人开口说话，别人也不敢和他对话；再说，他一旦被人撞见，立即消失得无影无踪，谁也不知道他是从哪儿消失的，又是如何消失的。他行走的时候不发出任何响声，真是个幽灵。刚开始的时候，大伙还嘲笑讽刺这个神出鬼没的家伙穿得像位堂堂正正的男子，像个装殓工，但没过多久，有关幽灵的鬼怪故事就在伴舞队里传得沸沸扬扬。所有的女演员都声称自己遇到过这个超自然的怪物，只不过次数有多有少，有的甚至还说自己中了他的魔法。于是，起初嘲笑得最厉害的那些姑娘不再心安理得了。当幽灵不让别人看到他的时候，就制造一些滑稽可笑或悲伤可恨的事端来表明他曾光顾过；几乎普遍存在的迷信思想又使他成了这些怪事的始作俑者。应该为一次意外事件伤心吗？是同事捉弄了伴舞队的某个姑娘吗？粉扑是丢了吗？这一切的肇事者都是幽灵，都是歌剧院幽灵！

到底有谁亲眼见到过幽灵呢？在歌剧院里穿黑衣服的男士比比皆是，随处可见，他们并不是什么幽灵。但是幽灵有一个所有这些黑衣男士都无法具备的特点。他裹在黑衣服里的是一副骨头架子。

至少，伴舞队的那些小姐是这样说的。

当然，他还有着一个死人骷髅头。

这些说法是认真的吗？其实，这番模样是根据剧院机关布景的负责人约瑟夫·布盖的描述，再加上想象而成的。布盖亲眼见过幽灵。那天，他在栏杆旁边直接通向"台仓"的小楼梯上撞见了这个神秘人物，不能说是迎面撞上，"鼻子碰到了鼻子"，因为幽灵根本就没有鼻子。他刚瞧见幽灵，刹那间幽灵就消失了，这个照面给他留下了难以磨灭的印象。

此后，约瑟夫·布盖逢人便把幽灵的样子描述一番：

"他瘦得不成样子，罩在骨头架子上的那身黑衣服飘飘荡荡的。双眼深陷，让人难以看见一动不动的眼球。总之，只能看到像死人骷髅头上那样的两个大黑洞。包着骨头的脸皮犹如绷紧的鼓皮，颜色不是惨白的，而是那种难看吓人的蜡黄；鼻子微不足道，连轮廓都看不出来，而少了鼻子的脸看上去是怪吓人的。前额和耳后垂着三四绺棕色的长发。"

当时，约瑟夫·布盖很想跟踪这个奇怪的幽灵，但没有成功。幽灵像施魔法似的一下子消失了，约瑟夫无法找到他的踪迹。

这位机关布景的负责人办事认真，循规蹈矩，缺乏想象力，是个朴实的人。他说的这些话让大家听得既胆战心惊，又津津有味；不久又有一些人也说他们撞见了一个长着死人骷髅头、穿黑衣服的怪人。

那些冷静理智的人风闻这样的怪事后，一开始认为约瑟夫·布盖是受他手下人的捉弄，是他的手下人在捣鬼。后来，紧接着发生的一连串令人费解的怪事迫使最不信邪的人也开始内心不安了。

有位消防队长，十分勇敢！天不怕地不怕，尤其不怕火！

一天，这位消防队长到歌剧院的地下室作例行的防火设施检查。①据说，这次他下得比平常更深一些。过了一会儿，他突然又出现在舞台上，面色苍白，惊恐万状，浑身发抖，两眼突出，倒在小雅姆的母亲怀里，几乎昏死过去。怎么会这样？原来，他在地下室里看见一颗燃烧着的人头，以和他的身高同样的高度迎面向他靠近，人头下竟没有身体！我得重申一下，一位消防队长，这样的人是不怕火的。

这位消防队长的名字叫帕潘。

于是，伴舞队陷入了一片恐慌。首先，这颗燃烧着的人头和约瑟夫·布盖对幽灵所作的描述迥然不同。这些女演员仔细向消防队长打探情况，又询问了机关布景的负责人，最后相信幽灵有好几颗脑袋，可以随心所欲地变换人头。这样，她们自然而然地马上想到自己就要大难临头。一位消防队长见了都吓得昏过去，那伴舞队这些女孩们心里十分害怕当然也就情有可原了。她们在剧院光线很差的走廊里，从某个黑乎乎的墙洞面前经过时，就会吓得撒腿就逃。

消防队长出事的第二天，索蕾莉在全体女演员的簇拥下，后面跟着那帮吵吵闹闹、穿着紧身芭蕾舞衣的小学员，她为了尽可能保护这座还会受到其他可怕的妖术作祟的剧院，在剧院工作人员出入口的门卫前厅里的桌子上放了一块马蹄铁。任何

---

① 这则小故事是歌剧院前任经理佩德罗·盖拉尔先生亲口告诉我的，我觉得非常真实。——原注

非观众身份的人进剧院，都必须先摸一下马蹄铁，然后才能踏上楼梯的第一级台阶。谁不这样做，那种已经从地窖到顶楼控制了整座建筑的魔力就不会轻饶他！

这块马蹄铁像这整个故事一样，哎！绝不是我凭空捏造的；时至今日，我们从工作人员出入口走进歌剧院的时候，依然能在门房的前面，在前厅的桌子上看到它。

那天晚上，如果我们跟随伴舞队的那些小姐闯进索蕾莉的化装室，那对她们当时的心态就会有一个大致的了解。

"是幽灵！"小雅姆喊道。

于是，这些女演员的心里越来越不安。现在，索蕾莉的化装室里是一片令人焦虑的沉寂，只能听到喘气声。突然，小雅姆带着一种出自内心的惊慌表情直扑房间最里面的墙角，低声说出这三个字：

"你们听！"

果然，每个人都好像听到门外传来一阵窸窣声。没有半点脚步声。这仿佛是一种轻薄的丝绸擦着门板滑过时发出的声音。接着，又一点声音也没有了。索蕾莉力图表现得不像同伴们那样胆小。她向房门走去，用失真的声音问道：

"是谁呀？"

但是没有人回答。

这时候，索蕾莉觉得所有人的目光都聚集到自己的身上，注视着自己的一举一动，她只能壮着胆子大声问：

"门外有人吗？"

"哦！有的！有的！门外肯定有人！"长得像干瘪的李子干似的梅格·吉里勇敢地拉着索蕾莉的薄纱裙，不停地说，"千万别开门！天哪，别开门！"

但索蕾莉拿着一把从不离身的小刀，大胆地拧动插在锁眼里的钥匙，开了门，这当儿那些伴舞队的女演员全都退到盥洗室里，梅格·吉里叹着气说道：

"我的妈呀！我的妈呀！"

索蕾莉鼓足勇气朝走廊里望了望。走廊里空无一人，一盏蝶形灯在它的玻璃罩子里发出一线微弱的红光，这光线根本无法驱散四周的黑暗。她猛地关上门，长长地舒了一口气。

"没有人，"她说，"一个人都没有！"

"可是，我们刚才明明看见的呀！"小雅姆一边肯定地说，一边战战兢兢地回到索蕾莉旁边的原位上，"他一定在某个地方，打那儿经过，在游荡。我呀，我绝对不回去换衣服了。我们应该立即一起下楼去休息室对两位经理说些辞别的'恭维话'，然后再一起上来。"

接着，孩子便虔诚地摸了摸佩戴在身上的驱恶避邪的珊瑚的触手。索蕾莉则偷偷地用右手拇指上涂成玫瑰色的指甲尖，在左手无名指上戴着的木质戒指上划了个圣安德烈式的十字[①]。

"索蕾莉，"一位颇有名气的专栏作家写道，"是位身材高挑的漂亮舞蹈演员，容颜端庄，风情万种，柔软的腰肢宛如春风吹拂的杨柳；人们盛赞她为'人间尤物'。一头亮丽如金的秀发仿佛是戴在朴实无华的额头上的一顶凤冠，辉映着一双翡

[①] 即 X 形十字。圣安德烈是耶稣十二使徒之一，据传被钉死在 X 形十字架上，故名之。

翠色的眼睛。她的头微微摇摆,就像一只长脖子的白鹭,高雅而骄傲。当她翩翩起舞时,扭动的髋部美不可言,带动全身发出一种难以描摹的忧郁的颤抖。当她两臂向上、屈身做单足脚尖旋转时,上半身曲线毕露,全身的倾斜又使这位艳丽女子的髋部格外醒目。如以此作一幅仕女图,非让画家伤透脑筋不可。"

说到脑筋,索蕾莉似乎确实不太会动。不过,人们并没有因此指责她。

她又对小演员们说:

"孩子们,你们要'平静下来'!……幽灵?也许根本就没有人见过!……"

"见过!见过!我们见过!……我们刚才就见过!"小演员们异口同声地答道,"他有颗死人的脑袋,还穿着衣服,就像那天晚上出现在约瑟夫·布盖面前时一模一样!"

"加布里埃尔也看见了!"小雅姆说,"就在昨天!昨天下午……大白天的……"

"加布里埃尔,那位合唱队指挥?"

"是的……怎么!您不知道这件事吗?"

"那他大白天也穿着那身衣服?"

"谁穿着那身衣服?加布里埃尔吗?"

"不!我问的是幽灵。"

"当然,幽灵穿着他那身衣服!"小雅姆肯定地回答,"这是加布里埃尔亲口告诉我的……正因为这身衣服,他才认出了那个幽灵。事情的经过是这样的:加布里埃尔在舞台监督的办公室里。突然,门开了。进来的是那个波斯人。你们知道那个波斯人的眼睛是否'很毒'。"

"哦！是'很毒'！"小演员们齐声回答，同时脑海里浮现出波斯人的模样，随即伸长食指和小指，中指和无名指屈向掌心与拇指扣合，做了个嘲弄命运之神的手势。

"加布里埃尔非常迷信！"小雅姆继续往下说，"不过他一向待人很有礼貌，他看见波斯人时，只是平静地把一只手伸进口袋里去摸钥匙……可是，门在波斯人面前一打开，加布里埃尔就从他坐的椅子上跳起来，直扑衣橱的铁锁，想要伸手抓住它。就在他做这个动作的当儿，外套在一个钉子上勾破了一大块。他急忙往外走，又一头撞在挂衣架上，肿了个大包，痛得他连退几步，结果被钢琴旁边的屏风擦伤了一条胳膊；他想靠在钢琴上站站稳，谁知倒霉透顶，琴盖砰地落到他手上，压断了手指；他像个疯子似的窜出办公室，惊魂未定，下楼梯的时候在二楼的楼梯上滚了下来。就在这时候，我和母亲正好经过。我们急忙跑过去把他扶起来。他伤得很重，满脸是血，把我们吓坏了。可是，过了不一会儿，他开始笑着大声对我们说：'感谢上帝！我只受了些小的皮肉之苦！'于是，我们问他到底出了什么事，他就把受惊吓的事全都告诉了我们。原来，他刚才在波斯人的身后看见了幽灵！看见了那个顶着死人骷髅头的幽灵，那模样就跟约瑟夫·布盖描述的一个样。"

小雅姆越讲越快，好像幽灵就在她后面追赶一样。她气喘吁吁地刚讲完，在场的人就吓得发出一阵唏嘘声。接着又是一阵寂静。索蕾莉非常激动，在那儿修磨指甲，直到小吉里开始低声说话，才打破沉寂。

"约瑟夫·布盖最好还是闭嘴不说，"这个瘦小的女孩说。

"为什么要他闭嘴不说呢?"有人问。

"这是我妈妈的意见……"梅格·吉里回答说,这次她把声音压得很低,还朝四周环视了一下,好像生怕隔墙有耳,被别的人听见似的。

"为什么这是你母亲的意见?"

"嘘!我妈妈说幽灵不喜欢别人去烦他!"

"那你母亲,又为什么这样说呢?"

"因为……因为……没什么……"

这种明知不说的态度更激起了这些小姐的好奇心。于是,她们紧紧围住小吉里,恳求她把事情说个明白。她们胳膊肘碰着胳膊肘,怀着恐惧的心情俯身做着同一个请求动作。她们从相互传递的担惊受怕中体验到一种使她们寒心的强烈快感。

"我发过誓,什么也不说的!"梅格·吉里轻轻地又说了一句。

但是小姐们一点不让她有喘息的机会,一起承诺会严守秘密。最后,小吉里实在忍不住,便把自己知道的事一吐为快,她两眼盯着门,开始说道:

"就是……就是因为那个包厢……"

"哪个包厢?"

"幽灵的包厢。"

"幽灵有一个包厢?"

一想到幽灵居然有自己的包厢,这些女舞蹈演员再也按捺不住因受惊过度而引发的那种忧郁的惊喜。她们发出一阵小小的惊叹,说道:

"哦!我的天哪!讲下去……讲下去……"

"小声点！"小吉里以命令的口气说，"就是二楼的 5 号包厢，你们知道的，二楼左侧的那个贵宾包厢。"

"不可能！"

"这事确实就像我对你们说的……我妈妈是这个包厢的领座员……不过你们对我发过誓，什么也不说出去的，对吗？"

"对，快说下去！……"

"好吧，那就是幽灵的包厢……那个包厢，一个多月来没有任何人进去过，当然，除了幽灵之外，剧院已下令不得再把它租出去……"

"那幽灵到包厢里来，是真的吗？"

"真的……"

"这么说有人进这个包厢？"

"不是！……没有任何人进包厢，进去的是幽灵。"

小演员们面面相觑。如果幽灵到包厢里来，那应该看见他，因为他身上穿着黑衣服，还长着一个骷髅头。她们想使小吉里明白这层意思，但小吉里回答说：

"真是的！大家压根就看不见幽灵！他既不穿衣服，也没有脑袋！……人家讲他的骷髅头和他的火焰头怎么样，怎么样，这全是胡说八道！他什么都没有……他在包厢里的时候，大家只能听到他的声音。我妈妈从来没有看见过他，只听见他的声音。我妈妈很了解他，因为是她给他送上节目单的！"

索蕾莉觉得自己应该出面说句话，便说道：

"小吉里，你这是在唬弄我们。"

小吉里听后，一下子哭了起来。

"我本来就该闷声不响的……要是让我妈妈知道这事，那可怎么办！……不过可以肯定，约瑟夫·布盖多管闲事是错定了……他这样做会吃苦头的……我妈妈昨天晚上还说他呢……"

这时，只听见走廊里响起一阵急促有力的脚步声，一个气喘吁吁的声音喊道：

"塞西尔！塞西尔！你在那儿吗？"

"是我妈妈的声音！"小雅姆说，"出了什么事？"

说完，她打开了门。一位可敬的太太，身材高大，长得像波莫瑞的投弹手①，风风火火地闯了进来，随即哆嗦着倒在一把椅子里。只见她的两眼吓得骨碌碌地转，通红的脸上布满乌云。

"多么不幸！"她说，"多么不幸！"

"怎么回事？怎么回事？"

"约瑟夫·布盖……"

"怎么！约瑟夫·布盖……"

"约瑟夫·布盖死了！"

房间里顿时充满了惊叫，有的吓得不敢相信，有的战战兢兢地要求把事情说个明白……

"是的……刚才有人发现他吊死在第三层台仓里！……但最可怕的，"这位可怜的、德高望重的太太喘着气继续说道，"最可怕的，是那些发现尸体的置景工还声称听到尸体周围好像萦绕着一种像是死人的安魂曲那样的声音！"

---

① 波莫瑞为波兰西北部地区名，波莫瑞的投弹手以体格粗壮著称。而"投弹手"一词在法文中更有"体形似粗壮男子的女人"之意。

"那是幽灵!"小吉里好像身不由己,脱口而出,随即又用手捂住嘴,"不! ……不! ……我什么也没有说过! ……我什么也没有说过! ……"

她周围的所有同伴都吓得惊恐万状,一遍一遍地低声说:"肯定是的!是幽灵! ……"

索蕾莉脸色变得煞白……

"我绝对不能去说我的那些告别致辞了,"她说。

小雅姆的妈妈拿起放在桌子上的一小杯利口酒,一饮而尽,然后说出了自己的想法:地下室里一定有幽灵……

事实上,约瑟夫·布盖是怎么死的,这事从来都没有搞清楚过。调查草草了事,除了纯属自杀之外,没有任何其他结果。蒙沙尔曼先生是德比埃纳先生和波里尼先生的继任者,剧院的经理之一,他在自己撰写的《一位剧院经理的回忆》中,对上吊事件作了如下阐述:

"突然发生了一桩令人不快的事,把德比埃纳先生和波里尼先生的告别晚会给搅了。当时我正在经理办公室里,突然,行政主管梅西埃跑了进来,他慌慌张张地告诉我,刚才有人发现在舞台下面的第三层台仓里,有个置景工吊死在'拉合尔王'的背景屏和布景之间。我当即大声说:'快去把他解下来!'就在我冲下楼梯,接着从金属小梯上下去的时候,死者的那根上吊绳居然不翼而飞了!"

但这件事在蒙沙尔曼先生看来是很自然的。一个人用绳子上吊自杀,有人去把他解下来的时候,绳子已不见了。噢!蒙沙尔曼先生找到一种很简单的解释。他是这样说的:当时正值舞蹈表演,那帮演员很快拿走了绳子去当她们的避邪之物。简简单单，就这么一句。伴舞队的演员们从金属小梯上下来，以迅雷不及掩耳之势分掉了上吊绳。这种说法是不慎重的。我的想法则完全相反，我想发现尸体的确切地点是在舞台下面的第三层台仓里，于是就猜到那儿的某个地方可能有什么秘密机关，那根绳子才会在完成使命后立即消失。我们在下文中将会看到我的这个猜想是不是正确。

这个噩耗立即传遍了歌剧院的上上下下，约瑟夫·布盖在剧院里是深受同仁喜爱的。演员化装室里的人都走了。那些小演员像一群受惊的羔羊紧紧地围在牧羊人四周，簇拥着索蕾莉。穿着红舞鞋的小脚在碎步急走。她们穿过走廊，走下灯光昏暗的楼梯，到楼下的演员休息室去。

第二章
新玛格丽特

在二楼的楼梯口,索蕾莉一行遇到正在上楼的夏尼·菲利普伯爵。这位平时一向镇定自若的伯爵,此时却显得非常激动。

"我正要到您那儿去,"伯爵十分殷勤地向年轻女子打招呼,"啊!索蕾莉,今天的晚会实在太妙了!克里斯蒂娜·达埃的演唱真是成功极了!"

"这不可能!"梅格·吉里反驳说,"六个月前,她那嗓子还跟破锣似的!现在,您先让我们过去,亲爱的伯爵,"小姑娘说着还调皮地行了个屈膝礼,"我们急着去打听有人发现有个可怜的人上吊死了的事儿。"

这时候,那位神色慌张的行政主管正好打这儿经过,他听到小姑娘的话,一下子收住了脚步。

"怎么!小姐们,你们已经知道这事?"他口气生硬地说,"好了,不许再说了……尤其是不能让德比埃纳先生和波里尼先生知道这事!不然,会弄得他们在剧院的最后一天很难堪的。"

于是,这群人朝演员休息室走去,那儿已经济济一堂了。

夏尼·菲利普伯爵说得在理,当晚的表演确实精彩绝伦,那些有幸参加晚会的人现在回忆起来,对他们的子孙后代讲述当时的情景时仍然激动不已。试想,一流的音乐家古诺、雷耶、圣桑、马斯内、吉罗和德利布依次上台亲自指挥乐团演奏他们的杰作,表演者中有大名鼎鼎的富尔和拉克劳斯;而且克里斯蒂娜·达埃就是在这天晚上脱颖而出,令整个巴黎感到惊叹和心醉神迷。关于这位新秀后来的悲惨命运,我愿意在本书中帮助大家把它弄个明白。

当晚,古诺指挥乐团演奏的是《木偶葬礼进行曲》,雷耶是《西居尔序曲》,圣桑是《死神之舞》和《东方之梦》,马斯内是没有发表过的《匈牙利进行曲》,吉罗是《狂欢节》,德利布是《西尔维娅的慢步华尔兹舞曲》和《葛蓓莉亚拨奏曲》。拉克劳斯小姐和德尼丝·布洛赫小姐分别演唱了《西西里晚祷》中的《波莱罗舞曲》和《卢克雷齐亚·博尔吉亚》中的《祝酒歌》。

但获得全胜的是克里斯蒂娜·达埃,她先是演唱了《罗米欧与朱丽叶》中的几个段落。这是年轻的艺术家首次演唱古诺的这部作品。《罗米欧与朱丽叶》早先由卡瓦略夫人在老歌剧院首演,而后又在喜歌剧院长演不衰,但在巴黎歌剧院还从来没有上演过。啊!谁要是没有听过克里斯蒂娜·达埃演唱的朱丽叶的唱段,没有领略过她那种自然流露的高雅;谁要是没有为她那清纯的歌喉所震颤,没有感觉到自己的灵魂随同她的灵魂在情人们的陵墓上空飘荡——上帝啊!上帝啊!上帝啊!请您饶恕我们吧!——那实在是莫大的遗憾。

而且,这一切和她临时代替身体不适的卡洛塔出场,在《浮士德》的狱中一幕及最后一幕的三重唱中奉献的那种超凡脱俗的唱腔相比，又算不上什么了。那歌声，那演技，是观众从未听到过、从未见到过的！

这就是由达埃表现的"新玛格丽特"，一位至今仍不容置疑的光彩夺目的玛格丽特。

全场观众异常激动，掌声和欢呼声经久不息，向克里斯蒂娜致敬。克里斯蒂娜流下了感动的眼泪，昏倒在同伴的怀里。大家只得把她抬到她的化装室里。她仿佛在演出中献出了自己的灵魂。有位笔名叫圣维的著名评论家在一篇题为《新玛格丽特》的专栏文章里，记下了这个难以忘怀的美妙时刻。他作为一名大艺术家，只是发现这个漂亮温柔的女孩那天晚上在歌剧院舞台上奉献了比她的艺术更多的东西，也就是说，还有她的心灵。在歌剧院的那些朋友中，没有一个不知道，克里斯蒂娜的心灵一直像十五岁的少女那样纯朴；而圣维却说："要想弄明白达埃身上发生了什么事，必须想象她是在初恋！""我这样说也许有点唐突，"他补充说，"但是，惟有爱情才能完成这样的奇迹，这种令人震惊的变化。两年前，我们听过克里斯蒂娜·达埃在巴黎歌剧院考试时的歌声，她使我们有了一个美好的希望。今天这种登峰造极的才华来自什么地方？如果它不是插上爱情的翅膀从天而降，那我就得认为它来自地狱，克里斯蒂娜像唱歌大师奥夫特丁根一样同魔鬼达成了协议！谁要是没有听过克里斯蒂娜在《浮士德》中最后一幕的三重唱，就不算真正了解《浮士德》：那歌声中的激情和一个纯洁灵魂所特有的醉人魅力简直让听众叹为观止！"

然而，有些观众却提出了抗议。这样的瑰宝怎么能对他们藏匿了那么长时间？克里斯蒂娜·达埃此前一直饰演玛格丽特身边一个合适的小角色西贝尔,主角玛格丽特由卡洛塔出演,虽说演得光彩夺目,但形似有余,神似不足。那天晚会上,卡洛塔莫名其妙和无法解释的缺席,才使小达埃有机会出其不意地在本来留给这位西班牙著名女歌唱家的节目中施展自己的全部才华!总之,德比埃纳先生和波里尼先生在卡洛塔缺席的情况下,怎么会起用克里斯蒂娜的呢?他们了解她潜在的才华?如果他们了解的话,为什么以前要埋没呢?而克里斯蒂娜,她又为什么要将自己的才华藏而不露呢?奇怪的是,大家一点都不知道她现在的指导老师是谁。她曾多次表明今后要独自用功。所有这些疑团都无法解释。

夏尼·菲利普伯爵激动地站在自己的包厢里观看观众的欣喜如狂的场面,和他们一起拼命地喝彩。

伯爵(菲利普·乔治-玛里)当时正好四十一岁。这是位大爵爷,而且长得英俊;身材中等偏上,虽说眉宇间透出坚毅,目光有点冷峻,但面相还是挺讨人喜欢的。他对女人彬彬有礼,而对那些对他在上流社会获得的成功老是耿耿于怀的男人则显得有些高傲。他心地善良,为人耿直。老伯爵菲利贝尔去世后,他成为这个堪称法国最显赫最古老的家族的一家之主。夏尼的贵族家世可以上溯到十四世纪的国王路易十世,家业之大可想而知。老伯爵去世时已是鳏夫,夏尼伯爵只得接手管理如此庞大的家产,肩上的担子自然不轻。他的两个妹妹和一个弟弟拉乌尔压根儿就不愿提分担家务的事,于是他们没有分家,把一切都交给菲利普打理,好像长房权根本就没有废止过。到了这两个妹妹出嫁时(同一天出嫁),她们从长兄手里拿走了自己的那份财产,当时她们丝毫没有认为这份财产本来就属于自己，反而像是接受了一份嫁妆，对哥哥表示感谢。

老伯爵夫人在生拉乌尔时难产而死，拉乌尔比他哥哥晚出生了二十年。老伯爵去世时，拉乌尔只有十二岁。菲利普认真地承担起教育弟弟的任务。他在完成任务的过程中先后得到了两个妹妹和一位姑妈的鼎力相助，这位姑妈的丈夫是海员，丧夫后寡居在布雷斯特，把小拉乌尔培养得爱上了海上生活。年轻的拉乌尔进了布尔达海员学校，并以优异成绩毕业，接着又一帆风顺地完成了环球航行。凭着强有力的后援，他被任命为"鲨鱼号"官方探险船的船员，受命前往极地冰海寻找三年来杳无音信的"阿图瓦号"探险船的幸存者。临行前，他享有六个月的长假。左邻右舍的贵族老太太们已经在担心这个身体看上去那么孱弱的漂亮男孩会经受不住面临的艰苦工作。

我几乎想说，这位年轻的海员看上去很腼腆，纯洁无邪。他仿佛是在女人堆里长大的。的确，拉乌尔受到两个姐姐和老姑妈的疼爱，接受的完全是女子的教育，自然行为举止几乎像个天真的孩子，具有一种直到那时任何东西都改变不了的魅力。当时他虽已二十一岁出头，但看上去却只有十八岁。嘴边蓄着金黄色的小胡子，一对漂亮的蓝眼睛，脸色看上去像少女。

菲利普十分宠爱拉乌尔。开始时，他为有这样的弟弟感到非常自豪。他家的祖先中出过一位海军上将，那就是赫赫有名的夏尼·德拉罗什，他高兴地预见弟弟投身于海军是一种光荣的职业。他利用年轻人的这段假期，带他去看看巴黎，因为弟弟对巴黎所能提供的奢侈生活和艺术愉悦还几乎一无所知。

伯爵认为，在拉乌尔的年龄，人要是太乖了，就会不够世故聪明。而伯爵的特点是做事四平八稳,无论是工作或娱乐全都在行,没有什么偏废,而且始终举止得体,不可能带坏弟弟。他不管去哪儿,都带着拉乌尔。他甚至把弟弟带到舞蹈演员的休息室里去长长见识。我知道有传闻说伯爵和索蕾莉"要好之极"。那有什么!伯爵是位单身贵族,因此有很多闲工夫,尤其是在他的两个妹妹出嫁以后,他在晚饭后,由一个根本算不上非常聪慧,却有着一双非常美丽的眼睛的芭蕾舞女演员陪着,度过一两个小时,这能说有罪吗?况且,一位真正的巴黎男士,有了像夏尼伯爵这样的身价地位,就得有一些抛头露面的场所,而在当时,歌剧院的舞蹈演员休息室正是这样的场所。

话说回来,要不是拉乌尔几次三番主动苦苦哀求,夏尼伯爵也许不会把弟弟带到巴黎歌剧院的后台。弟弟那种执意要去的劲头,伯爵事后还记得。

那天晚上,菲利普为达埃鼓掌喝彩以后,掉头转向身旁的拉乌尔,看到弟弟脸色苍白,不由得吓了一大跳。

"您一点没有看出来,"拉乌尔说,"那个女人身体不舒服吗?"

确实,在舞台上,克里斯蒂娜·达埃是靠人扶着的。

"你才快要支持不住呢……"伯爵俯身对拉乌尔说,"你怎么啦?"

"我们走吧,"拉乌尔用颤抖的声音说。

"你要去哪儿?拉乌尔,"伯爵问道,他发现弟弟的情绪如此激动,心里一惊。

"我们去看看!她头一回唱成这样!"

伯爵好奇地盯着弟弟看，然后高兴得嘴角边漾起一丝笑意。

"嘿！……"他赶紧说，"走吧！我们去！"

伯爵露出一脸的高兴。

他们很快来到了后台入口处，那儿已经挤满了人。得等候一会儿才能到台上去，这当儿，拉乌尔竟急得无意中撕破了手套。菲利普脾气很好，一点都没有取笑弟弟那种急不可耐的样子。但是，他已经心里有数。他现在知道了为什么他和拉乌尔谈话时弟弟显得心不在焉，为什么惟独说到和歌剧院有关的话题，弟弟好像喜形于色，异常兴奋。

他们总算挤到了后台。

一大群身穿黑礼服的名流绅士拥挤着，有的赶往舞蹈演员休息室，有的急忙去艺术家的化装室。置景工和剧务的大声叫喊此起彼伏。那些跑完最后一场龙套的配角演员正在下场，一群"女哑角"把你挤得东倒西歪；一个布景撑架在推过去，一幅布景正从舞台上空吊布景的地方卸下来；置景工在使劲敲锒头，把充当布景的活动门窗固定住；"布景来了，请让开！"的叫喊声不绝于耳，仿佛不是要让你的大礼帽遭殃，就是要让你的腰重重挨上一下；这就是幕间休息时那种司空见惯的场面。这种乱劲自然要把一位像拉乌尔这样的见习水手搅得头昏脑涨。这位男青年蓄着金黄色的小胡子，有着一副蓝眼睛，脸蛋漂亮得像少女。他挤开周围的人，用最快的速度穿过那座克里斯蒂娜·达埃刚在上面大获成功、约瑟夫·布盖刚在下面吊死的舞台。

那天晚上，剧院里真是空前的混乱，而拉乌尔却一反常态，没有半点腼腆。他用有力的肩膀顶开所有挡道的障碍，全然不顾周围人在说些什么，丝毫不想听明白置景工发出的那些惊叫。他一心只想见到那位用神奇的歌声把他的心勾走的女子。是的，他感到他那颗全新的、可怜的心不再属于自己。自从打小就认识的克里斯蒂娜那天重新出现在他面前起，他就一直想着不让自己的心随她而去。他在她面前重新感到一种非常甜蜜的激动；经过深思熟虑，他想驱赶这种柔情，因为他发过誓，只要他还有自尊和自信，就只爱能成为自己妻子的女子，这样自然也就连一秒钟都不可能想到娶一个歌女为妻；但这种非常甜蜜的激动过去以后，接踵而来的是一种难以忍受的感觉。是一种感觉？是一种感情？这里面掺杂着身体和道德方面的东西。他感到胸口一阵绞痛，好像有人剖开他的胸膛，取走了他的心。他觉得胸中空荡荡的，非常难受，这是一种真正的空虚，非得用另一个人的心才能填补！这种事情属于特殊心理现象，恐怕只有那些在爱情方面受过奇怪打击的人才能明白，这种奇怪的打击，用通俗的话来说就是"一见倾心"。

菲利普伯爵举步维艰，跟在弟弟后面，但脸上依然挂着微笑。

舞台尽头有一扇双扉门，门外是一些梯级，分别通向舞蹈演员休息室和底层左边的演员化装室。拉乌尔过了那扇门，不得不停住脚步，前面来了一小群年轻的舞蹈演员，她们刚巧从顶楼下来，挤挤挨挨，挡住了他的去路。这些涂脂抹粉的小女孩巧舌如簧，你一言我一语挑逗他，而他根本不予理睬；终于，他能过去了，他走进了幽暗的走廊，那儿人声鼎沸，兴奋不已的歌迷发出阵阵赞叹。压倒这些乱喊乱叫的是一个人的名字：达埃！达埃！伯爵跟在拉乌尔后面，不由得心里嘀咕起来："这小子居然认识路！"接着便琢磨这是怎么回事。他从未亲自带拉乌尔去过克里斯蒂娜那儿。看来拉乌尔趁伯爵平常留在索蕾莉那儿和她闲聊的时候，单独到克里斯蒂娜的化装室去过。索蕾莉常常请伯爵陪在她身边，一直待到她登台表演的时候，她有时还有这么个怪癖，要伯爵替她保管那些小巧的鞋罩和罩衣，她用上这些保护用品，然后离开自己的化装室下楼去演出，这样就能保证演出时她的绸缎鞋亮丽，肉色戏装一尘不染。索蕾莉有一个借口：她失去了母亲。

伯爵决定推迟一会儿去拜访索蕾莉，便沿着通往达埃那儿的走廊往前走，他发现这条走廊里今天晚上盛况空前，整个剧院都似乎因达埃的成功和昏迷而闹得天翻地覆。刚才因为这位漂亮的女孩仍然昏迷不醒，于是有人急忙去找剧院的医生，这时候医生正好赶到，只见他挤开挡道的人群，拉乌尔紧跟在他后面，寸步不离。

因此，医生和恋人同时来到了克里斯蒂娜的身边。她接受了这一位的初步治疗，在那一位的怀里睁开了眼睛。伯爵和其他的人都挤在门口。

"医生，您不觉得那些先生应该退一退，别挤在房间里吗？"拉乌尔表现出难以相信的大胆，问道，"这里闷得气都透不过来了。"

"您说得对极了，"医生表示赞同，接着他让拉乌尔和一个侍女留下，把其他的人统统赶到门外。

侍女看着拉乌尔，惊得目瞪口呆。她可从来没有见过这个人。

但是她不敢开口问他什么。

医生却以为,这位男青年这样做,显然他有这样的权利。于是,子爵得以留在这间化装室里,静心观察达埃慢慢苏醒,而亲自赶来赞扬这位女学员的两位剧院经理,德比埃纳先生和波里尼先生,却被拒之门外,和一些穿黑礼服的绅士一起站在走廊里。夏尼伯爵也像其他人一样待在走廊里,忍不住放声大笑。

"哈哈!这小子!哈哈!这小子!"

接着,他又暗自加了一句:"你就去相信这些看上去像小姑娘的毛头小伙子吧!"

伯爵得意扬扬,最后还下了这样的结论:"不愧是夏尼家的人!"说完,他朝索蕾莉的化装室走去;但索蕾莉正带着她那群吓得胆战心惊的小演员下楼到休息室去,结果就像本章开头所说的那样,伯爵在半道上碰见了她。

在克里斯蒂娜的化装室里,女孩深深地叹了口气,然后是一声呻吟。她掉转头,看见拉乌尔,浑身一阵颤抖。她看着医生,微微一笑,又看了看侍女,接着再次看着拉乌尔。

"先生!"她问拉乌尔,声音细如游丝……"您是谁?"

"小姐,"男青年单膝跪地,热情地吻了一下女歌唱家的手,回答说,"小姐,我就是那个到海中去捞回您那条披肩的小男孩。"

克里斯蒂娜又看了看医生和侍女,三个人都笑了。拉乌尔羞得满脸通红,重新站了起来。

"小姐,既然您不高兴和我相认,那我想单独跟您说件事情,一件非常重要的事情。"

"等我身体好一点的时候，先生，可以吗？……"她的声音在发抖，"您是个好人……"

"您得走了……"医生面带微笑，很客气地说，"让我来照料小姐好了。"

"我没有病，"克里斯蒂娜冷不丁地说，声音出奇的有力，让人猝不及防。

说完，她站了起来，同时迅速用一只手捂住眼睛。

"谢谢您，医生！……我需要单独待会儿……你们都走吧！我请求你们……让我……今天晚上我的神经非常紧张……"

医生本想反驳几句，但看到年轻女子如此激动，认为医治这种病态的最好药方就是不要激怒她。于是，他带着拉乌尔一块儿走了，拉乌尔到了走廊里，心慌意乱，不知所措。医生对他说：

"今天晚上，她变得都让我认不出了……她，平常是那么温顺……"

说着，他辞别而去。

拉乌尔独自留下。现在，剧院的这个部位已人去楼空。大伙应该到演员休息室里去参加告别仪式了。拉乌尔心想达埃或许也会去，于是在孤独和寂静中等待着。他甚至挑了个有利的地形，躲进一个门角的暗处。他心中一直有着那种可怕的痛苦，想马上向达埃倾诉。突然，化装室的门开了，他看见侍女抱着一些盒子，独自走了出来。拉乌尔上前挡住她的去路，打听她的女主人的情况。她笑吟吟地回答说主人一切都好，但千万别去打扰她，她想单独待在那儿。她说完便走了。拉乌尔发热的头脑中闪过一个念头：显然，达埃想单独待在那儿是为了他！……他不是对她说过希望单独跟她谈谈吗？难道不是为了这个原因她才把周围的人都打发走的吗？他激动得几乎喘不过气来，悄悄走近达埃的房间，把耳朵贴在门上，想听听待会儿她是怎样回答他的叫门的，然后他准备敲门。但他举起的手又落了下来。他感觉到房间里有一个男人的声音，用异常专横的口气说：

"克里斯蒂娜，必须爱我！"

克里斯蒂娜的声音则充满了痛苦，可以想象一定还伴随着泪水，她用颤抖的声音回答说：

"您怎么能对我说这事呢？我只为您歌唱！"

拉乌尔靠在门板上，十分痛苦。他那颗原以为已永远随克里斯蒂娜而去的心，现在又回到胸中，在那儿怦怦直跳。这心跳声响彻整条走廊，仿佛把拉乌尔的耳朵都要震聋了。可以肯定，要是他的心再这样跳下去，房间里的人马上就会听到，就会来开门，就会把年轻男子赶走，让他蒙受奇耻大辱。这对一个夏尼家的人来说是怎样的处境啊！竟然在门外偷听！他用双手按住胸口，想让心跳平和下来。但这是心脏，根本不是一条狗的嘴巴，就算用双手捏住狗嘴——一条狗受不了也还会叫的——还会听到它低沉地叫个不停。

男人的声音又响了起来：

"您一定很累了吧？"

"哎！今天晚上，我把灵魂交给了您，我已经死过了。"

"你的灵魂很美好，我的孩子，"那男低音继续说，"我谢谢你。世上没有一位帝王收到过这样的礼物！今天晚上连那些天使都哭了。"

在"今天晚上连那些天使都哭了"这句话之后，子爵再也没有听见任何声音。

然而，他根本就没有走开，只是生怕被人撞见，他又躲进刚才那个阴暗的角落，决心在那儿等房间里的男子出来。就在此刻，他同时感受到了爱和恨的滋味。他知道自己爱着克里斯蒂娜，但他还想认识一下自己所恨的是怎样一个男人。他大吃一惊，门开了，克里斯蒂娜·达埃身上裹着毛皮大衣，脸藏在花边丝巾里，独自走了出来。她把门关上，不过，拉乌尔注意到她并没有上锁。她走了过去。拉乌尔的目光并没有尾随她而去，因为他的双眼紧盯着那扇没有再次打开的房门。于是，走廊里恢复了空寂，他穿过走廊，走到门前打开门，闪了进去，随即关上了身后的门。房间里漆黑一片，煤气灯已经熄灭。

"这里有个人！"拉乌尔用颤抖的声音说，"他为什么要躲起来？"

他这样说的时候，背始终靠在紧闭的房门上。

黑夜和寂静。拉乌尔只能听见自己呼吸的声音。他一定丝毫没有意识到自己现在的行为是多么不谨慎，简直难以想象。

"您只有在我允许的时候，才能出得去！"年轻人大声说道，"您要是不回答我，您就是个懦夫！不过，我肯定会摘下您的假面具的！"

随即他拿出火柴划亮了一根。火柴光照亮了房间。房间里居然空无一人！拉乌尔仔细地锁上门，然后点亮所有的灯。他一头闯进卫生间，打开一个个橱柜，到处寻找，还用汗涔涔的手敲敲四周的墙壁。什么也没有！

"啊！是这样，"他高声说，"难道我疯了？"

他这样待了十分钟，人去楼空的房间里一片宁静，只听到煤气灯发出嗤嗤的声音；坠入情网的他居然没有想到偷偷拿走一条带有自己所爱女子香气的饰带。他走出房间，茫然不知自己要干什么，到哪儿去。就在他这样毫无目标乱走的时候，一阵冷风刮到他脸上。拉乌尔这才发觉自己走到了一道窄梯的下面，身后有一队工人抬着一副盖着白布的担架，正在下楼。

"请问，出口在哪儿？"他问其中的一个。

"您自己看呀！就在您面前，"那人回答说，"门是开着的。不过，请让我们先过去。"

他指着担架，不经意地问道：

"这是什么呀？"

工人回答说："这个么，是约瑟夫·布盖，有人在第三层台仓里发现他吊死在《拉合尔王》的背景屏和布景之间。"

拉乌尔避让这一队人，行了个礼，然后走出剧院。

第三章
德比埃纳先生和波里尼先生首次向歌剧院的新任经理阿尔芒·蒙沙尔曼先生和菲尔曼·里夏尔先生私下透露他们离开巴黎歌剧院的真实而神秘的原因

在这段时间里,告别晚会已经在举行。

我前面说过,这台精彩的晚会是德比埃纳先生和波里尼先生在卸任之际,由他俩专门安排的,两位先生希望自己在剧院的工作,像我们今天所说的那样,有一个完美的结局。

他们在编导当晚精妙绝伦同时又笼罩着死亡阴影的节目的过程中,得到了当时在巴黎的所有社会贤达和艺术大师的鼎力相助。

这些人已应邀来到演员休息室,索蕾莉手里拿着一杯香槟酒,一段简短的致词已经到了嘴边,等候两位卸任经理的到来。在她身后,伴舞队里老老少少的同仁都挤在一起,有的窃窃私语,起劲地谈论着白天发生的事,有的则小心翼翼地向她们的男友打着心领神会的手势;布朗热先生的两幅名画《战士舞会》和《乡间舞会》之间,倾斜的地板上支着冷餐桌,人群已经围在餐桌四周,在那儿闲聊。

有几个芭蕾舞女演员已经换上了便装，但大部分仍然穿着薄纱裙；不过，大家都知道在当时那种场合应该有什么样的举止。惟独十五岁花季（真是幸福的年龄）的小雅姆无忧无虑，好像已经把幽灵和约瑟夫·布盖的死这样的事忘了，她一刻不停地嘀嘀咕咕，不知趣地叽叽喳喳，蹦蹦跳跳，还嘻嘻哈哈开玩笑，直到德比埃纳先生和波里尼先生出现在休息室门口台阶上的时候，在心里已经不耐烦的索蕾莉的严肃制止下，才重新遵守秩序。

每个人都注意到这两位卸任的经理先生都喜形于色。这种表情在法国外省人看来，显得不那么自然，而在巴黎人的眼里却是很有风度，品位很高。外省人要是不学会用脸上的高兴来掩饰内心的痛苦和忧愁，或者相反，用表面上的无所谓来掩饰心中的喜悦，就永远别想成为巴黎人。要是你得知有位朋友陷入了困境，你千万别试着去安慰他，他会对你说他已经那样了；但如果他遇上了什么好事，你也别去向他贺喜，他认为自己福星高照是理所当然，没什么可大惊小怪的，不值得一提。在巴黎，大家始终都生活在假面舞会中，所以在演员休息室里，像德比埃纳先生和波里尼先生这样"城府很深的"一些名人，根本就不可能犯错误，流露出心中真实的悲伤。他们冲着索蕾莉微笑，笑得已经过分，索蕾莉开始念她的致谢词，就在这时候，"歌剧院幽灵！"疯姑娘小雅姆的一声尖叫打断了两位经理先生的微笑，这声尖叫来得十分突然，以致原先埋在他们心底的慌乱和恐惧流露在脸上，暴露在众目睽睽之下。

小雅姆的尖叫声中充满难以形容的恐惧，她还伸出一根手指指着那群身穿黑礼服的人中一张面色苍白、阴森可怖、丑陋不堪的脸，此外，两道眉弓下是一对深陷的黑窟窿，因此，这个被小雅姆指着的死人骷髅立即令人瞩目，大获成功。

"歌剧院幽灵！歌剧院幽灵！"

一阵哄堂大笑，大家挤上前去，想为歌剧院幽灵喝上一杯，但是幽灵已经消失得无影无踪！已经遁入人群，再怎么找也没有找到，这时候，两位老先生试图让小雅姆的心情平静下来，小姑娘还在发出尖声喊叫。

索蕾莉大为生气，她的致谢词未能念完；德比埃纳先生和波里尼先生上前拥抱她，向她表示感谢，随即也像幽灵一样迅速离去了。其他人谁都没有对此感到吃惊，因为大家知道，在楼上歌唱演员的休息室里，他俩要接受同样的告别仪式；那儿完了之后，他俩最后还要回到经理室的宽敞接待厅里，最后一次接待他们的亲朋好友，并有真正的晚宴在等着他们。

正是在那儿，我们将看到他们和新到任的两位经理阿尔芒·蒙沙尔曼先生和菲尔曼·里夏尔先生在一起。他们虽说是初次认识这两位继任者，但却表现得十分谦卑和友好，而后者也报以溢美和褒赞。这样一来，客人中那些原来担心晚宴的气氛会有点尴尬的人，也就立即脸露喜色。晚宴的气氛几乎可以说是快乐的，酒过数巡，政府特派员显得特别精明，他既回顾了剧院过去的辉煌成就，又展望了未来的成功，因此，那种精诚合作的精神在宾客中油然而生。经理权力的移交工作，一切从简，在前一天已经完成；新老经理班子之间留待解决的问题，因双方都抱着互谅互让的态度，也在政府特派员的主持下一一得到了圆满的解决。所以，在这个具有纪念意义的晚宴上，大家发现新老四位经理都笑容可掬，这其实根本就没有什么可大惊小怪的。

德比埃纳先生和波里尼先生已经把两把小巧玲珑的钥匙移交给阿尔芒·蒙沙尔曼先生和菲尔曼·里夏尔先生,这是可以打开巴黎歌剧院里所有门(多达几千扇)的万能钥匙。大家对这两把万能钥匙感到很好奇,都想见识见识。正当钥匙在众人手里迅速传来传去的时候,有几位客人转移了注意力,原来他们发现餐桌尽头出现了一张怪异、苍白的脸,眼睛的位置是两个黑洞,这张脸已经在舞蹈演员休息室里出现过,还害得小雅姆看见之后惊呼:"歌剧院幽灵!"

他就在那儿,简直可以说在所有的宾客中,他最为泰然自若,惟一的差别是他既不吃也不喝。

那些开头看着他微笑的人,最后都忍不住掉转了头,因为看了那张脸立即会毛骨悚然。没有人敢再开刚才在舞蹈演员休息室里开过的那种玩笑,没有人敢大声叫喊:"这是歌剧院幽灵!"

他没有吭过一声,连他的邻座都说不准,他是什么时候走过来坐在那儿的,不过,每个人的心里都在想,就算是死人偶尔也会回来坐在活人的餐桌旁,他们的脸也不会比眼前的这张更恐怖。菲尔曼·里夏尔先生和阿尔芒·蒙沙尔曼先生的朋友以为,这位瘦骨嶙峋的客人是德比埃纳先生和波里尼先生的密友;而德比埃纳先生和波里尼先生的朋友则以为,这个活死人是里夏尔先生和蒙沙尔曼先生的座上宾。因此,没有任何质疑,没有任何不中听的意见,没有任何不怀好意的戏谑,冒昧触犯这位来自坟墓的宾客。有几位客人对歌剧院幽灵的事有所耳闻,也知道那位置景工所描述的幽灵的模样,他们还不知道约瑟夫·布盖已死,他们暗自以为坐在餐桌尽头的那位男子很可能就是活脱脱的幽灵,而幽灵则是歌剧院的员工由于迷信思想根深蒂固,凭自己的想象创造出来的人物;只是,根据传闻,那幽灵是没有鼻子的,而眼前这个却有,不过蒙沙尔曼先生在他的《回忆》里确认这位客人的鼻子是透明的。他写道:"他的鼻子长长的,很细巧,而且是透明的。"我得补充一句,那可能是个假鼻子。蒙沙尔曼先生可能是因为那鼻子反光的缘故,才把它看成是透明的。众所周知,如今科学十分发达,为那些天生没有鼻子或者因手术而失去鼻子的人整容,做出来的假鼻子简直让人拍手叫绝。那天夜里歌剧院幽灵是不是真的不请自来,和那些经理同席而坐,共享晚宴呢?我们能够肯定那张脸就是歌剧院幽灵本人的脸吗?谁敢这样说呢?我在这里提及这件事,绝不是我有片刻的非分之想,要让读者相信,或者试图要让读者相信,那幽灵无所不能,如此胆大包天,而是因为不管怎么说,这件事非常可能是真的。

以下似乎是一条充分的理由。阿尔芒·蒙沙尔曼在他的《回忆》第十一章中写道:"当我回想起就任后的第一个晚会,就不能不想到德比埃纳先生和波里尼先生在他们的接待厅里,向我们吐露的、有关那个我们中谁都不认识的幽灵似的人物出席我们晚宴的隐情。"(原文照录)

确切的事情经过是这样的:

德比埃纳先生和波里尼先生坐在长方形餐桌的正中间,在那个脑袋长得像死人骷髅的男子冷不丁开口说话以前,一直都没有瞧见他。

"那些小学员说得没错,"那男子说,"可怜的布盖也许根本不像人们以为的那样是自然死亡。"

德比埃纳和波里尼吓了一大跳。

"布盖死了?"两人同时惊呼。

"是的,"那人,或者说那人的鬼影心平气和地答道,"今天晚上,在第三层台仓里,在《拉合尔王》的背景屏和布景之间,有人发现他上吊死了。"

两位经理,确切地说是两位前任经理,一听此言,马上站了起来,用奇怪的目光盯着与他们对话的男人。这番举动表明他们是激动多于理智,也就是说,多于普通人听到一个置景工上吊的消息所表现出来的理智。他俩面面相觑,脸色变得比桌布还白。最后,德比埃纳对里夏尔先生和蒙沙尔曼先生打了个手势,而波里尼向在场的宾客说了几句道歉的话,随后四个人便引身告退,一起进了经理办公室。接下来发生的事,我让蒙沙尔曼先生来说。

"德比埃纳先生和波里尼先生好像越来越激动,"他在《回忆》中写道,"我们觉得他们有什么难言之隐要对我们说。开始,他们先问我们是否认识那个坐在餐桌尽头、告诉他们约瑟夫·布盖死讯的人,听到我们表示否定的回答后,他们表现得更加慌乱。他们从我们手上要回那两把万能钥匙,仔细地看了一会儿,然后摇摇头,接着建议我们在绝对保密的情况下,请人把所有房间、办公室和我们想要关严实的地方,全部换上新锁。他们说这事的时候表情非常滑稽,我们不禁笑了起来,问他们是不是歌剧院里有小偷。他们回答说比有小偷更糟糕,是有**幽灵**。我们又开始哈哈大笑，同时深信他们是在开玩笑，而在今晚这样小型的挚友之间的欢聚场合，开开玩笑无疑是锦上添花。随后，在他俩的请求下，我们恢复了'严肃'，决定进入这场玩笑游戏，让他俩高兴高兴。他们告诉我们，要不是接到幽灵本人的正式命令，要我们允诺与他和睦相处，并满足他提出的一切要求，他们才不会对我们提幽灵的事。不过，由于终于可以离开一块被那个专横的幽灵主宰的领地，一下子摆脱幽灵的纠缠，他们高兴得过了头，所以一直犹豫不决，不知是否要把一件如此蹊跷、肯定会使我们多疑的头脑毫无准备的事告诉我们。最后，约瑟夫·布盖的死讯突然使他们想起，每当他们不服从幽灵的旨意，总会发生某件希奇古怪或者恐怖的事，马上使他们感到他们是受幽灵支配的。

"就在他们语重心长，神秘兮兮，说出这些出人意料的话的时候，我看了看里夏尔。里夏尔在学生时代，是个出了名的捣蛋鬼，也就是说他对形形式式捉弄人的鬼把戏了如指掌，圣米歇尔大街上的那些看门人都知道一点他的事。因此，他好像在有滋有味地品尝别人给他端上来的这道菜。他一口也没有浪费，尽管由于布盖的死，调料有点辣得吓人。他忧伤地摇摇头，随着别人的讲述，表情变得越来越悲哀，好像为他现在听说的歌剧院里闹鬼这件事，心里感到难过和遗憾。我也只好亦步亦趋，跟在后面模仿他那种绝望的神态。然而，不管我们怎样克制，最后还是情不自禁，当着德比埃纳先生和波里尼先生的面，噗嗤一声笑了出来。他俩看到我们刚才还是愁容满面，现在又一下子肆无忌惮地开怀大笑，好像以为我们疯了。

"由于这玩笑开得有点过分，于是里夏尔半真半假地问道：'那么，那个幽灵到底想要什么？'

"波里尼先生朝他的办公室走去，回来时拿着一份《招标细则》的副本。

"《细则》卷首写道：

"'歌剧院的领导必须确保巴黎歌剧院的演出具有与法国第一大歌剧舞台相称的壮丽场面，'最后是第九十八条，条文内容如下：

"'目前所赋予的特权在下列情况下予以取消：

"'1.如果经理违背《招标细则》所规定之条款。'

"以下是这些条款。

"'这个副本，'蒙沙尔曼先生说，'是用黑色墨水书写，与我们手里的那份完全相同。'

"然而，我们却看到，波里尼先生交给我们看的招标细则末尾还有一段，是用红墨水书写的，字体歪歪扭扭，怪怪的，好像是不停地画直杠、还不会把字母连起来的小孩用火柴头写出来的。这段文字拉长了第九十八条的篇幅，十分奇怪，原文如下：

"'5.如果经理拖延支付歌剧院幽灵的月薪（直到有新的决定为止，暂定为 20,000 法郎，年薪为 240,000 法郎），超过十五天。'

"波里尼先生迟疑地伸出一个指头，把这一重要条款指给我们看，它确实是我们始料不及的。

"'就这些吗？**他**没有其他要求？'里夏尔十分冷静地

问道。

"'有,'波里尼回答。

"接着他又翻了翻《招标细则》,念道:

"'第六十三条。二楼右侧1号大包厢,无论上演何种节目,均保留给国家元首。

"'一楼20号包厢于每周一,以及二楼30号包厢于每周三、五,均保留给内阁官员。'

"'三楼27号包厢每天供塞纳省省长和巴黎警察局长使用。'

"还有,在这一条的末尾,波里尼先生让我们看一行用红墨水笔加上去的字。

"'二楼5号包厢,无论上演何种节目,均供歌剧院幽灵专用。'

"最后,我们不得不站起来,热情地和我们的前任握手,祝贺他们居然想出了一个引人入胜的玩笑,这个玩笑证明,法国人的风趣永远不会失传。里夏尔甚至认为还应该加上一句,他现在终于明白德比埃纳先生和波里尼先生为何要离开巴黎歌剧院的领导岗位。遇上一个如此苛刻的幽灵,根本无法办事。

"'显然,'波里尼先生连眉头也没有皱一下,当即回答,'240,000法郎可不会唾手可得。你们是否算过,二楼5号包厢不出租,无论上演何种节目均供幽灵专用,我会损失多少钱?还不算我们必须倒贴的钱,这实在可怕!真是的,我们的工作可不是专门为了供养一些幽灵的!……我们宁愿一走了之!'

"'对,'德比埃纳先生重复他的话,'我们宁愿一走了之!我们走吧!'

"说完,他站了起来。

"里夏尔说:

"'不过,话说回来,我觉得你们待那个幽灵很好。要是我遇上个如此讨厌的幽灵,就会毫不犹豫,派人把他逮起来的……'

"'去哪儿逮?怎样逮?'他俩同时嚷了起来,'我们从来就没有看见过他!'

"'那他是什么时候到他的包厢里来的?'

"'我们在他的那个包厢里从来就没有看见过他。'

"'这么说来,那就把包厢租出去。'

"'把歌剧院幽灵的包厢租出去!那好,先生们,你们就试试吧!'

"话说到这儿,我们四个人又一起走出经理办公室。我和里夏尔,我们发出了从未有过的开怀大笑。"

第四章
5号包厢

阿尔芒·蒙沙尔曼把他的回忆录写成鸿篇巨制,特别是有关他入主歌剧院的那段漫长岁月,人们不禁要问,他除了讲述发生在那儿的事之外,是否还有时间管理歌剧院。蒙沙尔曼先生对音乐一窍不通,但却与公共教育和艺术部长过从甚密,从前当过一阵子街头记者,相当有钱。最后说一句,他还是个风度翩翩的小伙子,而且头脑活络,因为他决定执掌歌剧院之时,独具慧眼,确定了今后可能会对自己有用的经理人选,并且径直找到了菲尔曼·里夏尔。

菲尔曼·里夏尔是位出类拔萃的音乐家,而且风流倜傥。《戏剧杂志》在他走马上任的时候,对他作了如下描述:"菲尔曼·里夏尔先生五十岁左右,身材高大,脖子粗壮,但不臃肿。他仪表堂堂,气质高雅,红光满面;头发短而密,理了个板刷头,胡子也和头发相仿;眉宇间稍稍透出的忧郁转瞬即逝,马上被坦诚率直的目光和迷人的微笑所驱散。

"菲尔曼·里夏尔先生是位非常杰出的音乐家。这位技艺精湛的和声大师,独具匠心的对位法作曲家,他的作品的主要特点是大气磅礴。他发表的作品有:深受音乐爱好者喜欢的室内乐,钢琴曲(奏鸣曲或独树一帜的即兴曲),以及一本乐曲集。总之，他的《赫丘利①之死》经音乐戏剧学院乐团的演奏，充满了史诗的气息，令人联想起菲尔曼·里夏尔先生崇拜的一位大师格鲁克②。然而，如果说他仰慕格鲁克的话，那他同样也非常喜欢皮契尼③；里夏尔先生以找到愉悦为乐。他不仅对皮契尼赞不绝口，而且还对梅耶贝尔④顶礼膜拜，对契玛罗萨⑤酷爱之极，没有人能像他那样珍视韦伯⑥的、别人无法企及的艺术才华。至于瓦格纳⑦，里夏尔先生也许可以自认为是法国第一个，可能也是惟一一个理解了瓦格纳作品的人。"

我的摘录到此结束。我觉得，从中可以得出一个十分明确的结论：如果说菲尔曼·里夏尔先生几乎喜爱所有的音乐和音乐家，那么所有的音乐家也应该欢喜菲尔曼·里夏尔先生。在结束对菲尔曼·里夏尔先生所作的这一简单介绍时，还应当指出，他属于那种刚愎自用的人，也就是说，他的脾气很坏。

---

① 赫丘利，罗马神话中人物，主神宙斯和阿尔克墨涅之子，力大无比，以完成十二项英雄业绩闻名，人称大力神。
② 格鲁克(1714—1874)，德国作曲家，曾任维也纳宫廷歌剧院指挥，倡导歌剧革命，主张音乐服从戏剧，对西方歌剧发展有很大影响，作品有歌剧《奥菲欧与欧律狄刻》、《阿尔西斯特》等。
③ 皮契尼(1728—1800)，意大利作曲家，那不勒斯乐派成员，其支持者与格鲁克的支持者形成对立的两派，作品甚丰，主要有喜歌剧《好姑娘》等。
④ 梅耶贝尔(1791—1864)，德国作曲家，所作歌剧以场面壮观、配器独特为特色，主要有西罗尼风格的歌剧《十字军勇士》、法语歌剧《恶魔罗勃》、《胡格诺派教徒》等。
⑤ 契玛罗萨(1749—1801)，意大利作曲家，所作喜歌剧以清新完美的旋律见称，作品甚丰，主要有喜歌剧《伯爵的怪癖》、《一个意大利女郎在伦敦》、《秘婚记》等。
⑥ 韦伯(1786—1826)，德国作曲家、钢琴家、指挥家，开创德国浪漫主义歌剧的先河，作有歌剧《魔弹射手》、《欧丽安特》、《奥伯龙》及序曲、协奏曲、钢琴曲等。
⑦ 瓦格纳(1813—1883)，德国作曲家，毕生致力于歌剧的改革与创新，作品有歌剧《漂泊的荷兰人》、《纽伦堡名歌手》及歌剧四联剧《尼伯龙根的指环》等。

这两位合作者在歌剧院走马上任的头几天，感到自己终于成了一个如此庞大和美丽的剧院的主人，不由得心花怒放，当然也就把歌剧院幽灵的事抛到了脑后，直到发生一个意外。这个意外证明，如果幽灵的事是个玩笑，那么这个玩笑根本没有结束。

有一天上午，菲尔曼·里夏尔先生十一点到达办公室。他的秘书雷米先生交给他六封信，这些信全都没有拆过，因为上面有"私函"的字样。其中一封立即引起了里夏尔的注意，不仅因为信封上的字是用红墨水书写的，而且字迹好像在什么地方见到过。他用不着搜索枯肠想很长时间，这正是有人莫名其妙地添加在招标细则后面的红色字迹。他认出了上面画的一条条直杠，儿童习字的笔迹。他拆开信，念道：

亲爱的经理：

恕我在您如此宝贵的时刻冒昧打扰。眼下，您正在决定歌剧院最优秀艺术家的命运，续订重要的合同，以及签署新的聘约；而这些都需要眼光准确，精通戏剧，谙熟观众及其趣味，需要一种近乎让我为之瞠目、连老经验也不管用的独断专行。我已得知您对卡洛塔、索蕾莉和小雅姆，以及其他几个您已猜到其出色的特长、才华或天分的人所作的安排。（我写到这里，您当然知道我要说谁；当然不是卡洛塔，她唱起歌来像开机关枪似的，永远只配留在"大使之家"或"雅坎咖啡馆"这样的地方；也不是索蕾莉，她的成功主要是在达官贵人的马车里获得的；更不是小雅姆，她跳起舞来像只草原上的牛犊。同样，也不会是克里斯蒂娜·达埃,她的天分虽确凿无疑,但由于您的嫉贤妒能、吹毛求疵,她根本无缘登台亮相,担任重要角色。)总之,您可以自行其是,觉得怎样好就怎样管理您的行政琐事,对不对?不过,我还是希望趁您还没有把克里斯蒂娜·达埃扫地出门的机会,今天晚上再听她演唱一次原来由西贝尔扮演的角色,因为自从那天她的演唱一鸣惊人以后,就不准她扮演玛格丽特了;另外,我还想请您在今天晚上乃至以后的日子千万别再动用我的包厢,因为在结束这封信之前,我得向您承认,最近一段时间,我来到歌剧院时,竟然从票务办公室得知,根据您的指示,已经把我的包厢租出去了,我在惊讶之余,大为不悦。

我之所以没有提出抗议,首先是因为我反对把事情闹得满城风雨,其次是我自以为您的两位前任,德比埃纳先生和波里尼先生,他们一直对我和蔼可亲,他们在离任前一时疏忽,忘了把我的这些小怪癖告诉您。然而,我刚刚接到德比埃纳先生和波里尼先生的答复,并根据我的要求作出了解释,而他们的答复证明,您已经知道我的《招标细则》,如此说来,您是全然不把我放在眼里。如果您还愿意我们之间和平相处,那就不应该开始剥夺我的包厢!这些小小的忠告不成敬意,亲爱的经理,请把我看作您非常谦卑和听话的奴仆。

签名:歌剧院幽灵

这封信附有一则摘自《戏剧杂志》的小启事,上面写着:"歌幽:里某和蒙某不可原谅。我们已向他们告知详情,并把您的《招标细则》交到他们手里。此致敬礼！"

菲尔曼·里夏尔先生刚看完信，就看见自己办公室的门打开了，阿尔芒·蒙沙尔曼先生来到他面前，手里拿着一封信，和他收到的一模一样。两人相视而笑。

"玩笑还在开下去，"里夏尔先生说，"可一点都不好玩！"

"这样做是什么意思？"蒙沙尔曼先生问道，"难道他们以为自己当过经理，我们就得把一个包厢永远出让给他们？"

因为，里夏尔先生和蒙沙尔曼先生一致认为，这封一式两份的信毫无疑问是他们的两位前任一搭一档开玩笑的结果。

"我可没有那么好的情绪，任他们长时间捉弄？"菲尔曼·里夏尔先生表明了态度。

"这倒不是恶作剧！"阿尔芒·蒙沙尔曼说了自己的意见。

"他们究竟想要什么？今晚的一个包厢？"

菲尔曼·里夏尔先生命令他的秘书，如果二楼5号包厢还没有租出去，就把戏票给德比埃纳先生和波里尼先生送去。

包厢还没有租出，于是戏票立即给德比埃纳先生和波里尼先生送去。德比埃纳先生的家位于斯克里布街和嘉布遣会修女林荫大道十字路口的拐角上，波里尼先生住在奥贝街。这两封署名为"歌剧院幽灵"的幽灵来信放在了嘉布遣会修女林荫大道的邮局里。这是蒙沙尔曼先生在检查信封时发现的。

"你都看见了！"里夏尔说。

他俩都耸耸肩，感慨这么大年纪的人居然还玩如此幼稚的游戏。

"不过，他们能礼貌些就好了！"蒙沙尔曼指出，"你都看见了，他们在说到卡洛塔、索蕾莉和小雅姆时对我们是什么态度?"

"好了,亲爱的,这些人准是犯了嫉妒的毛病!……没想到他们居然发展到花钱在《戏剧杂志》上登一则小启事!……他们是闲得无事可做了?"

"对啦!"蒙沙尔曼又说,"他们好像对小克里斯蒂娜·达埃很感兴趣……"

"你心里和我一样清楚,她的乖巧是出了名的!"里夏尔回答。

"沽名钓誉是常有的事,"蒙沙尔曼反驳说,"我不也享有精通音乐的美誉?可我连'索'和'法'的乐谱符号都分不清楚。"

"放心吧,"里夏尔表示,"你从来就没有得到过这种美誉。"

说完,菲尔曼·里夏尔命令门房让艺术家们进来。这些艺术家在办公室外的大走廊里来回踱步已经有两个小时,等候着经理办公室门的开启。要知道,在这扇门的里面,等着他们的不是荣誉、金钱……就是辞退。

一月二十五日的整个白天,都是在讨论、谈判、签订或中止合同中过去的;因此我请读者相信,那天晚上,我们的两位经理已被白天那些艺术家的几家欢笑几家愁,已被形形色色的花招、推荐、威胁或抗议弄得精疲力竭,早早就上床睡觉,根本无心到二楼5号包厢去看一眼,了解一下德比埃纳先生和波里尼先生是否看演出看得津津有味。自从老的领导离任以来,歌剧院连一天都没有停业。里夏尔先生虽然派人对剧院作某些必要的整修,但并没有因此打断按部就班的演出。

第二天早上，里夏尔先生和蒙沙尔曼先生在他们的信件中，发现有一张幽灵的感谢卡，内容如下：

亲爱的经理：

谢谢。晚会很迷人。达埃的演唱精妙绝伦。请对合唱多加关照。卡洛塔，是件漂亮但流于一般的乐器。您要立即签署一张 240,000 法郎的支票，确切地说，是 233,424.70 法郎；德比埃纳先生和波里尼先生已经付给我 6,575.30 法郎，是我今年头十天的俸禄，因为他们的特权到 10 号晚上终止。

您的奴仆
歌幽

另外，还有一封德比埃纳先生和波里尼先生的来信：

先生们：

我们对你们的亲切关心表示感谢，但你们不难明白，能再次欣赏《浮士德》这样的前景，虽说对歌剧院的前任经理来说是多么美好，却无法使我们忘记，我们没有任何权利占用二楼 5 号包厢，它只属于那个我们最后一次和你们一起重读《招标细则》（第六十三条最后一段）时，有机会谈到的人。

此致敬礼！

"啊，这些人，他们搞得我火气都上来了！"菲尔曼·里夏尔怒气冲冲地说，同时把德比埃纳先生和波里尼先生的来信撕得粉碎。

当天晚上，二楼5号包厢租了出去。

第二天，里夏尔先生和蒙沙尔曼先生一到办公室，就发现一份检查员的报告，事关昨晚在二楼5号包厢里发生的情况。报告的简短摘要如下：

"今天晚上，我迫于需要，"检查员写道（他的这份报告是昨晚写的），"请来城市保安，在第二幕的开场和演到一半的时候，两度把二楼5号包厢里的观众赶了出去。这些人是在第二幕开场的时候到的，随即在包厢里哈哈大笑，莫名其妙地胡说八道，引起了公愤。一时间，在他们的四周嘘声一片！当领座员找到我时，场内已开始响起阵阵抗议声；我走进包厢，对他们进行了必要的批评。这些人看上去完全失去了理智，对我口吐狂言。我警告他们，如果他们再引起公愤，只好把他们赶出包厢。我刚转身离开包厢，又听到他们的嬉笑和场内的抗议声。于是，我带着一名城市保安又回到5号包厢，让他们离开。他们仍然狂笑不止，还提出要求，说什么不退回票款绝不离开。最后，他们逐渐平静下来，我也就让他们回到包厢；可是没过一会儿，他们又开始大笑起来，这一次，我断然把他们赶了出去。"

"把检查员给我叫来，"里夏尔对自己的秘书喊道。秘书已经看过这份报告，还用蓝笔作了批注。

秘书雷米先生，二十五岁，蓄着小胡子，风度翩翩，气质不凡，衣着体面——这段时间，每天必须穿着礼服。他在经理面前显得机智而谦卑，年薪二千四百法郎，由经理支付，负责查阅报纸、答复来信、分配包厢和招待票、安排会见、接待候见厅里的来宾、探望生病的演员、寻找替角、与后勤部门的负责人联络等等；不过，他的首要职责是充当经理办公室的把门人，有可能今天还干得好好的，明天就被炒了鱿鱼，而且没有任何补偿，因为他这个秘书没有得到剧院行政部门的认可。这时候，雷米已经派人把检查员找来了，便下令让他进来。

检查员走了进来，有些忐忑不安。

"把发生的事给我们讲讲。"里夏尔劈头就问。

检查员赶紧嘟嘟哝哝讲了起来，还暗示他为这事已经写了书面报告。

"行了！这些人，他们到底为什么笑？"蒙沙尔曼问道。

"经理先生，他们一定是吃饱了撑的，看上去不是来听美妙的音乐，而是存心来胡闹的。昨晚，他们来到剧院的时候，刚进包厢马上又退了出来，还叫来领座员。领座员问他们有什么事。他们冲着领座员说：'您往包厢里看看，里面没有人，对吗？''没有人，'领座员回答。'那好，'他们用肯定的语气说，'可我们进去的时候，听见有个声音说这里有人。'"

蒙沙尔曼先生看着里夏尔先生，忍不住微微一笑，而里夏尔先生却一点儿也没有笑。这类事情，他以前真是"干得"太多了，一眼就在检查员天真地讲给他听的故事中看出了恶作剧的种种蛛丝马迹，这种恶作剧一开始会使受捉弄的人觉得好笑，可最后都变得怒不可遏。

检查员先生见蒙沙尔曼先生笑了，为了讨好，觉得自己也应该报以微笑。可这一笑却弄巧成拙！里夏尔先生的目光像雷电一样朝这名雇员击来，吓得他赶紧脸露沮丧。

"这些人到的时候,"里夏尔气势汹汹,吼着问道,"包厢里到底有没有人?"

"没人,经理先生!没人!右边的包厢里和左边的包厢里,都没人,我向您发誓!我拿脑袋担保!一切都可以证明这根本就是个玩笑。"

"那个领座员,她怎么说?"

"噢!领座员呀,很简单,她说是歌剧院幽灵在作祟。"

说着,检查员冷冷一笑。但他再次明白,这回的冷笑又错了,因为"她说是歌剧院幽灵在作祟!"这句话刚出口,里夏尔先生的脸就由原先的阴沉,变成凶巴巴的了。

"去把领座员给我找来!"他命令道,"立即去!把她给我带过来!非炒了这种人不可!"

检查员本想辩解几句,但里夏尔一声"闭嘴",吓得他闭上了嘴巴。接着,就在这名可怜的下属好像要永远紧闭双唇的时候,经理先生又命令他重新开口答话。

"'歌剧院幽灵'是怎么回事?"他压低声音,没好气地问道。

但这个时候,检查员连一个字也说不出来了。他比划着绝望的手势,表示自己什么都不知道,或者更确切地说,自己什么都不想知道。

"歌剧院幽灵,你,你见到过吗?"

检查员使劲摇头,表示从来没见到过。

"该你倒霉!"里夏尔先生冷冷地宣布。

检查员两眼睁得大大的,连眼珠子都快要迸出来了,那样子像是在问,经理先生为什么说出"该你倒霉!"这句不吉利的话。

"因为我要让那些没有见过幽灵的人通通去结账走人！"经理先生解释说，"既然他无处不在，那么就不能说无论在什么地方都没有瞧见过他。我嘛，我喜欢人人都恪守本职！"

第五章
5号包厢(续)

里夏尔先生说完,便不再管检查员,和刚进来的行政主管处理其他事务。检查员以为自己可以走了,就轻手轻脚地,轻手轻脚地,噢!天哪!如此轻手轻脚地!……倒退着往门口靠,可他的行动还是被里夏尔先生发现了。"不许动!"经理先生雷鸣般的一声吼,使他像钉子一样被钉在了原地。

在雷米先生的安排下,派人去找那个领座员,她在普罗旺斯街给人家当门房,和歌剧院离得很近。不一会儿,她走进了办公室。

"您叫什么名字?"

"吉里太太。您一定认识我,经理先生;我是小吉里,小梅格的母亲!"

她语气生硬,一本正经,一时震住了里夏尔先生。他把吉里太太上下打量了一番:烟灰色的帽子,褪色的披肩,旧的塔夫绸裙子,磨破的鞋。显然,从经理先生的态度看,他根本不认识,或者说根本不记得自己认识吉里太太,更不用说什么小吉里,"小梅格"了!但是,吉里太太这种自以为了不起的样子,不免让人想到这个出了名的领座员(我认为当时剧院后台流行的行话有一个家喻户晓的词儿"吉里",就来自她的名字。比如，一名女演员在责备她的女同事说别人闲话，扯东家长西家短时，总是说："你这人，真吉里！"），这个领座员好像自以为所有的人都应该认识她似的。

"不认识！"经理先生最后郑重其事地说道，"不过，吉里太太，我还是想知道昨晚究竟发生了什么事，逼得您和检查员先生去找一名城市保安帮忙……"

"经理先生，我正想来跟您说这件事，目的呢，只有一个，就是希望你们别像德比埃纳先生和波里尼先生那样倒霉……开始的时候，他们也不愿意听我的话……"

"我没有问您这些。我问您昨晚究竟发生了什么事！"

吉里太太顿时气得满脸通红。她从来没有遇到过别人用这种口气跟她说话。她猛地站了起来，好像要拂袖而去，她已经提起裙摆，还神气地扇动着烟灰色帽子上的羽毛；突然，她改变了主意，重新坐下来，傲慢地说道：

"还有人找幽灵的麻烦，就是这么回事！"

听她这么说，里夏尔先生正要大发雷霆，这时候蒙沙尔曼先生赶紧插话，盘问吉里太太，并得出结论：吉里太太认为，在空无一人的包厢里居然能听见有个声音说这里有人，这事是十分自然的。这种怪现象对她一点也不新鲜，她作出的惟一解释就是幽灵在作祟。这个幽灵，谁在包厢里都看不见，但人人都能听见他的声音。她就常常听见他的声音，而且她的话是可信的，因为她从不说谎。谁要是不信，可以去向德比埃纳先生和波里尼先生打听，去向所有认识她的人打听，还可以去向被幽灵打断了一条腿的伊西多尔·扎克先生打听！

"真的吗?"蒙沙尔曼打断她的话,"幽灵打断了可怜的伊西多尔·扎克的一条腿?"

吉里太太惊讶地瞪大了眼睛,居然有人对这事毫不知情,真让她感到大为吃惊。最后,她觉得应该教育一下这两个无知的可怜人。事情要从德比埃纳先生和波里尼先生时期说起,也是发生在5号包厢里,同样是上演《浮士德》的时候。

吉里太太咳嗽一声,清了清嗓子……她开始……好像她正准备唱古诺大师的一大段曲子似的。

"事情是这样的,先生。那天晚上,包厢的前排坐着马尼拉先生和他的太太,这对夫妻是莫加多尔街的宝石商,坐在马尼拉太太身后的是他们的密友伊西多尔·扎克先生。靡菲斯特①在唱(吉里太太学唱道):'你让人昏昏欲睡。'而马尼拉先生的右耳(他太太坐在他的左边)却听到有个声音对他讲:'啊!啊!朱莉娅并没有让人昏昏欲睡!'(他太太名字正好叫朱莉娅)。马尼拉先生转身向右,想看看是谁在对他这样讲话。没有人!他摸摸自己的右耳,自言自语道:'难道是我在做梦?'这时候,台上的靡菲斯特在继续唱着……哦!经理先生,也许我的话让你们听烦了?"

"不烦!不烦!接着往下说……"

"经理先生真是大好人!(吉里太太做了个怪相。)噢!靡菲斯特继续在唱(吉里太太学唱道):'我深爱的凯瑟琳,你为何不给乞求你的情人,一个如此甜蜜的吻?'而马尼拉先生的右耳却立即听到有个声音对他说:'啊!啊!难道朱莉娅拒绝给

---

① 靡菲斯特,欧洲中世纪关于浮士德的传说中的主要恶魔。

伊西多尔一个吻？'听到这声音，他马上转身，但这回是转向他太太和伊西多尔一边，他看见什么啦！伊西多尔从后面抓着他太太的手，正在网眼手套的小孔中吻个不停……好心的先生，你们看，就像这样（吉里太太吻着从网眼手套中裸露出来的肉手）。嘿，你们一定想到，这事可不会悄悄地过去的。只听见啪！啪！高大壮实的马尼拉先生，哦！长得就跟您里夏尔先生一样，伸手给了伊西多尔·扎克先生两个耳光，而伊西多尔·扎克先生看上去瘦小虚弱，和蒙沙尔曼先生差不多，我这样说请别介意。这确实是件丑闻。剧场内有人高喊：'够了！够了！……他快要把他打死了！……'最后，伊西多尔·扎克先生只得落荒而逃……"

"这么说，他的腿不是被幽灵弄断的？"蒙沙尔曼先生问道，他没想到自己的体格居然给吉里太太留下虚弱的印象，心里有点儿恼火。

"是被他弄断的，先生，"吉里太太高声反驳道（因为她听出蒙沙尔曼先生的话有恶意伤人的味道），"肯定是被他在大楼梯里弄断的，他下楼时跑得太快，先生！因此，我敢肯定，可怜的伊西多尔还来不及重新走上那座大楼梯！……"

"是幽灵亲口告诉您他在马尼拉先生右耳边说的那些话的吗？"蒙沙尔曼像预审法官那样，用他以为最具喜剧色彩的一本正经的腔调问道。

"不是！先生，是马尼拉先生亲口说的。所以……"
"那么您呢？善良的太太，您已经和幽灵说过话了？"
"就像我现在和您说话一样，善良的先生……"
"那幽灵和您说话的时候，都说些什么呢？"

"好吧,他要我给他拿一张小板凳!"

吉里太太一本正经地说完这句话,就脸色大变,变得像夹着丝丝红色条纹的黄色大理石,跟支撑大楼梯的萨朗柯兰彩色大理石立柱一模一样。

这一次,里夏尔跟着蒙沙尔曼和秘书雷米一起放声大笑;但检查员接受了刚才的教训,没有再笑。他背靠着墙,焦躁不安地摆弄着口袋里的钥匙,暗自寻思这个故事如何收场。吉里太太的腔调越是"傲慢",他就越是害怕经理先生会转喜为怒!可现在,看见经理们在哈哈大笑,吉里太太居然敢变得气势汹汹!确确实实的气势汹汹!

"你们别再笑话幽灵,"她气呼呼地大声说道,"你们最好还是像波里尼先生那样做,他么,他可知道……"

"知道什么?"蒙沙尔曼插进来问道,他从来没有像现在这样开心过。

"知道幽灵的事!……我这就对你们说……听着!……(她认为现在到了严重时刻,便一下子镇静下来。)听着!……我记得很清楚,就像昨天的事。那次上演的是《犹太姑娘》。波里尼先生想独自坐在幽灵的专用包厢里观看表演。克劳瑟太太的表演大获成功。她刚唱到第二幕的精彩之处(吉里太太随即低声唱了起来):

"在我所爱的人身旁
我愿与他同生共亡,
连死神本身
也不能让我俩天各一方。"

"行了！行了！我知道这段下面怎么唱，"蒙沙尔曼先生带着一种让人气馁的微笑，提醒说。

但是，吉里太太仍然一边摇动着烟灰色帽子上的羽毛，一边低声唱道：

"走吧！走吧！无论在人间，还是在天堂，
从今以后，同样的命运在等着我们俩。"

"行了！行了！我们知道了！"里夏尔也等得不耐烦了，忙不迭地说，"然后呢？然后呢？"

"然后，就在这时候，男主角利奥波德一声大喊：'我们快逃吧！'是不是这样？而以利亚撒拦住他们问道：'你们跑到哪儿去？'嘿，正巧在这个时候，我从旁边一个也是空着的包厢的里角落，望着波里尼先生，只见波里尼先生直挺挺地站了起来，僵硬得像尊石像似的走出去，我只来得及跟以利亚撒一样问了一句：'您去哪儿？'但是他没有回答，脸色比死人还要苍白！我看见他走下楼梯，不过他没有摔断腿……不过，他走路的样子好像在梦游，好像在做噩梦，连去路也找不到……而他对歌剧院的路是了如指掌的呀！"

吉里太太说完这些话，一下子打住，她想看看这些话产生了怎样的后果。波里尼的故事让蒙沙尔曼先生听了直摇头。

"所有这些话都没有告诉我歌剧院幽灵是在什么情况下，怎样跟您要小板凳的。"他两眼直勾勾地望着吉里太太，就像平常所说的"四目相对"，一个劲地追问。

"那好吧！从那天晚上开始……因为，打那天晚上起，大伙让我们的幽灵,让他太平了……大伙不再试图和他争那个包厢。德比埃纳先生和波里尼先生下令,无论上演什么节目,都把那个包厢留给他。于是,每次他来看演出的时候,就跟我要一张小板凳……"

"哟!哟!一个要一张小板凳的幽灵?难道您的幽灵是个女人?"蒙沙尔曼问道。

"不,幽灵是个男的。"

"您怎么知道的?"

"他说话的声音是男人的,噢!是一种男人的温柔声音!这件事的经过是这样的:他来到歌剧院的时候,一般是在快到第一幕的中场的时候到的,就在5号包厢的门上轻轻地敲三下,声音很清脆。第一次,我听到这三下敲门声时,心里非常清楚,包厢里还根本没有人,你们可想而知,我当时是多么吃惊!我打开门,听了听,往里一看:没有人!紧接着,真没想到,我听到有个声音对我说:'于勒太太(我死去的丈夫姓于勒),请给我一张小板凳,好吗?'不瞒您说,经理先生,我当时吓得像只熟透的西红柿,一下子酥软了……而那声音继续说:'于勒太太,您别害怕,我是歌剧院幽灵!!!'我朝声音传来的方向望去,得说一句,那声音听上去如此好听,如此'舒服',几乎使我不再害怕了。经理先生,那声音是从右边第一排的第一个座位上发出的。虽然我没有看见座位上有什么人,但简直可以感觉到座位上坐着一个人,在那儿讲话,而且我相信,是个彬彬有礼的人。"

"5号包厢右边的包厢,"蒙沙尔曼问道,"里面有人吗?"

"没有人;右边的7号包厢和左边的3号包厢一样,都还没有人。演出才刚刚开始。"

"那您接下来做什么？"

"噢，我去拿了张小板凳。很显然，他要一张小板凳不是给他自己的，而是给他女伴的！但他的女伴，我从来没有听见过她说话，也没有见过她……"

是吗？怎么回事？幽灵现在居然有了一位夫人！蒙沙尔曼先生和里夏尔先生的目光从吉里太太身上，移到了站在领座员后面的检查员身上，他正在那儿挥动双臂，想引起上司们的注意。他用食指敲敲自己的额头，向经理们示意于勒大妈肯定是疯了，这一手势最终促使里夏尔先生不去理会检查员，他居然会留用一个有幻觉的女人。这个好心的女人还在滔滔不绝地讲她的幽灵，她现在开始对幽灵的慷慨大方赞不绝口。

"每次看完演出，他总是给我一枚四十个苏的硬币，有时是一百个苏，当他隔了好几天才来时，有时甚至给我十个法郎。不过，自从有人又开始惹他不开心以后，他就一个子儿也不给我了……"

"对不起，好心的夫人……（一听到如此亲切的称呼，吉里太太烟灰色帽子上的羽毛又开始晃动起来）对不起！……但是，幽灵他怎样把四十个苏交给您的呢？"天生就好奇的蒙沙尔曼问道。

"噢！他把钱留在包厢里的小茶几上，和我早先送过去的节目单放在一起；有几个晚上，我甚至在包厢里找到花，一朵从他女伴的上衣上掉下来的玫瑰……因为，可以肯定，他有时是带着一个女伴一起来的，有一天他们还把扇子忘在了包厢里。"

"啊！幽灵把扇子忘在了包厢里？那您怎么办呢？"

"这事好办，他下一次来的时候，我就把扇子带给他。"

这时，检查员开口说话了：

"吉里太太，您没有遵守有关规定，我要处您罚款。"

"闭嘴！你这个笨蛋！"（这是菲尔曼·里夏尔先生在低声呵斥。）

"您把扇子带来了！然后呢？"

"然后，他们把扇子取走了，经理先生；演出结束以后，我没有再看见扇子，在原来放扇子的位置，他们留下了一盒我非常喜欢吃的英国糖，经理先生。这正是幽灵讨人喜欢的地方……"

"很好，吉里太太……您可以走了。"

吉里太太以她惯有的不卑不亢态度向这两位经理行礼告退后，他们向检查员先生宣布决定解雇这个疯婆子。然后，他们又打发走了检查员先生。

检查员先生表白了一番自己如何对歌剧院忠心耿耿，退出去以后，两位经理先生便通知行政主管先生，给检查员先生结账。等到只剩下他俩的时候，他们互相说出了一个同时闪现在脑海里的想法：到5号包厢里去看看。

下面，我们马上便作跟踪介绍。

第六章
施过魔法的小提琴

克里斯蒂娜·达埃在那个告别晚会上取得了空前的成功以后,并没有在歌剧院里再接再厉,再造辉煌;她成了阴谋诡计的牺牲品,对这些勾当我们将在下文中讲述。晚会以后,她有过一次进城到苏黎世公爵夫人府邸去演唱的机会,在那儿她唱了几首自己最拿手的曲目;当时在座的贵宾中,有位著名的评论家 X.Y.Z.先生,他的评论如下:

"当人们听到她在《哈姆雷特》中的演唱时,不禁在想是不是莎士比亚本人从香榭丽舍大街上走来指导她演唱奥菲莉亚一角……说真的,当她在夜间头戴星光璀璨的皇冠时,连莫扎特也该离开永世长眠的地府,来聆听她的歌声。不过,无须劳他的大驾,因为她在《魔笛》中出神入化的表演,激昂响亮的歌喉,正驾轻就熟来到天堂和他相会,正如她已谙熟此道,不费吹灰之力,从故乡斯科特洛夫小村中的茅屋,来到加尼埃①先生设计建造的那座金碧辉煌的宫殿一样。"

然而,在苏黎世公爵夫人的晚会之后,克里斯蒂娜再也没有在社会上演唱。事实上,她拒绝了一切邀请,一切演出酬金。她甚至在没有任何说得过去的理由的情况下,放弃出席一场事先答应好的慈善义演。她的行为好像让人觉得她不再能主宰自己的命运，好像她害怕获得新的成功。

她知道夏尼·菲利普伯爵为了让弟弟高兴，多次非常积极地在里夏尔先生面前替她求情；她给伯爵写信向他表示感谢，并请他别再向她的经理们提她的事。能是什么原因使她采取如此奇怪的态度呢？有人认为是高傲，目空一切；也有人认为是谦虚，淡泊名利。一般而言，一个吃戏剧饭的人是根本不会像这样谦虚的；事实上，我不知道是否可以简单地用"恐惧"这两个字来说明原因。是的，我完全相信克里斯蒂娜当时对自己刚遇到的事感到害怕，她像她周围的所有人一样对这事感到震惊。她感到震惊？哪能呢！我这里有一封克里斯蒂娜的信（这封信由波斯人收藏），信的内容和当时发生的事件有关。我再次读完这封信后，就根本不会说克里斯蒂娜对自己的成功感到震惊，甚至恐惧，而是说她被自己的成功"惊呆了"。是的，是的……惊呆了！她在信中写道："我唱歌的时候竟不再认识自己了！"

真是个可怜、纯洁而温柔的女孩！

她不再露面，夏尼子爵四处寻找，结果总是徒劳而归。他写信给克里斯蒂娜，请求允许他登门拜访；正在他等回信等得心灰意懒的时候，一天早上，她给他回了一封短信：

先生：

　　我一点没有忘记那个曾到海里为我寻找披肩的小男孩。我情不自禁地给您写这句话，因为今天我要动身去佩

---

① 加尼埃(1825—1898)，法国学院派建筑师，以设计巴黎歌剧院而闻名于世。

罗，有一项神圣的义务在推动着我。明天是我可怜的爸爸的忌日，您是认识他的，他非常喜欢您。他和他那把小提琴一起埋在那儿，埋在小山脚下小教堂周围的那片墓地里。我们小的时候曾在那座小山上尽情地玩耍；等到我们长大一点的时候，我们在那条路旁最后一次说了声再见。

夏尼子爵收到克里斯蒂娜·达埃的这封短信后，便冲向放火车时刻表的地方，急忙穿好衣服，写了几句留言让贴身男仆转交给哥哥，然后跳上一辆马车，直奔蒙帕纳斯火车站的站台，但还是到得太晚，没有赶上他打算乘的早班火车。

拉乌尔闷闷不乐，好不容易度过了白天，直到傍晚时分，在火车车厢里安顿下来以后，才开始重新品尝生活的甜酸苦辣。在旅途中，他一遍又一遍地读着克里斯蒂娜的来信，吮吸着它散发出来的芳香，回味着童年时代的甜蜜情景。他在狂热的梦境中度过了这个难熬的旅途之夜，梦见的人自始至终都是克里斯蒂娜·达埃。一轮红日喷薄而出的时候，他在拉尼翁车站下了火车，立刻奔向前往佩罗的公共马车。他是车上惟一的乘客。他向车夫打听，得知前一天晚上曾有一个看上去像巴黎人的年轻女子搭车前往佩罗，下榻在"夕阳客栈"。这个女子只能是克里斯蒂娜。她是独自来的。拉乌尔终于长长地舒了口气。这下他可以在这种清静的情况下，心平气和地和克里斯蒂娜谈话了。他爱她爱得快要喘不过气来了。这个大小子，虽然周游过世界，但依然纯洁得像个从未离开过娘家的处子。

随着和克里斯蒂娜离得越来越近，拉乌尔没有一丝杂念，出现在脑海里的尽是那个爱唱歌的瑞典小女孩的故事，其中有许多细节还是大家不知道的。

从前，在乌普萨拉①附近的一个小村镇里，生活着一个农民和他的家人，农民礼拜一到礼拜六下地种田，礼拜天到教堂的唱诗班里去唱圣歌。农民有个小女儿，早在她识字读书之前，就教她识乐谱。老达埃是个伟大的音乐家，可他自己也许并不知道。他擅长拉小提琴，被认为是斯堪的那维亚半岛上最杰出的乡村小提琴手。他远近闻名，地方上有什么婚礼节庆，总请他去演奏舞曲。达埃大妈身体残疾，在克里斯蒂娜六岁那年去世了。不久，只爱女儿和音乐的老达埃变卖了本来就不多的土地，去乌普萨拉寻找荣华。然而，他找到的只是贫穷。

于是，他又回到农村，穿村走镇，在集市上演奏斯堪的那维亚民歌，女儿和他寸步不离，不是在一旁出神地听他演奏，就是为他伴唱。一天，在兰比的集市上，瓦勒里乌斯教授听了父女俩的演唱后，把他们带到哥登堡。他认为老达埃是世界上一流的小提琴手，而他的女儿则是一块将来会成为大艺术家的料。因此，孩子受到了正规的音乐教育和训练。她所到之处，莫不因美丽、优雅和对良好言行的渴望，使每个人赞叹不已。女孩进步很快。这时，瓦勒里乌斯教授和夫人要移居法国，便带着达埃和克里斯蒂娜一同前往。瓦勒里乌斯夫人把克里斯蒂娜视为自己的亲生女儿。可是，老达埃却开始思乡成疾，日渐衰老。在巴黎，他足不出户，生活在一种以琴声来倾诉哀愁的梦境中。一连几个小时，他把自己和女儿关在房间里，只听见

---

① 乌普萨拉，瑞典中东部省份，南临梅拉伦湖，北濒波的尼亚湾。菲利松河流经境内，种植谷物和马铃薯等，省会和最大的城市是乌普萨拉。

阵阵如泣如诉的琴声和轻柔低回的歌声从房间里传出。有时，瓦勒里乌斯夫人来到门外侧耳倾听，听着听着就忍不住叹息落泪，然后踮着脚尖悄悄地离开。她也同样思念着斯堪的那维亚的她那片天地。

老达埃直到那年夏天才好像恢复了活力。当时，全家到佩罗度假，这是布列塔尼省的一个小地方，几乎还不为巴黎人所知。老达埃深深地爱上了那儿的海，他说那儿的海水颜色和家乡的海水颜色一模一样，他常常站在海边，拉那些如泣如诉的悲伤曲子，他说大海这时也变得无声无息，静静地聆听他的琴声。后来，他向瓦勒里乌斯太太苦苦哀求，教授夫人只好同意了这位昔日乡村小提琴手的新的奇怪想法。

于是，他像过去一样，带着他的小提琴，奔波于当地的朝圣庆典、乡村节日、舞会和"秘密仪式"，他还可以带他女儿出去一个星期。当地人对父女俩的演唱百听不厌。他们把最美妙的音乐送到了最偏远的小村庄，夜里也不去客栈投宿，跟以前他们在瑞典过苦日子时一样，父女俩紧挨着睡在农家谷仓的麦秸上。

不过，他们现在的穿着很得体，别人给他们钱也不收，他们也不搞什么募捐。围在他们身边的人一点都不理解这个小提琴手的行为，他还带着个这么漂亮的小女孩东跑西颠，小姑娘的歌喉如此美妙，人们还以为是听见天堂里的天使在歌唱。于是，听众跟随他们从这个村走到那个村。

一天，有个城里的小男孩，带着个女管家，跟随他们走了很长一段路。小男孩实在无法下决心离开那个小女孩，她那如此甜美清纯的嗓音似乎已经把他迷住了。他们这样来到了一个至今仍称为特拉斯特拉乌的小海湾边上。当时,那地方只有蓝天、碧海和金色的沙滩。突然,天空中刮起一阵大风,把克里斯蒂娜的披肩吹到了海里。克里斯蒂娜大叫一声,伸出双臂,但披肩已经随着波浪越漂越远。就在这时候,她听见有个声音对她说:

"小姐,您站着别动,我到海里去替您把披肩捡回来。"

接着,她看见一个小男孩跑过来,小男孩一路飞跑,毫不理会身后一个全身穿着黑衣服的太太在那儿气急败坏地大声喊叫,不让他去。小男孩连衣服也来不及脱就跑到海里,为她捡回披肩。小男孩和披肩都安然无恙!那个黑衣太太还惊魂未定的时候,克里斯蒂娜却高兴得开怀大笑,上前和小男孩拥抱。这小男孩就是拉乌尔·德·夏尼子爵。那时候,他跟着姑妈住在拉尼翁。那年夏天,两个小伙伴几乎天天见面,在一起玩耍。应拉乌尔的姑妈的请求,加上瓦勒里乌斯教授从中撮合,老达埃同意教年轻的子爵拉小提琴。这样,拉乌尔也学着喜欢上了那些曾经使克里斯蒂娜的童年充满欢乐的歌曲。

他俩情投意合,几乎都爱幻想,喜欢平静。他们只喜爱听故事,听布列塔尼的民间传说;他们在一起玩耍的主要内容就是像要饭的孩子那样,挨家挨户去讨故事。"好心的太太或先生,请您给我们讲个小故事好吗?"他们一点都讨不到、空手而归的情况是很少的。有哪个布列塔尼的老大娘,在生活中连一次也没有看见过月光下的小精灵在欧石楠上跳舞呢?

不过,他们最快乐的是黄昏时分,太阳已经落到海里,宁静的夜开始笼罩大地,老达埃带着他们坐在大路旁,给他们讲北方地区那些美丽、甜蜜或可怕的民间故事,他的声音低低的,好像生怕吓着故事里的幽灵。有的故事像安徒生童话那样美丽,有的故事又像大诗人鲁内贝里①的诗歌那样悲伤。每当他停下不说,孩子们立刻就问:"然后呢?"

有一个故事是这样开头的:

"从前,有一个国王,坐在一条小船里,漂荡在平静的水面上,那深深的湖水就像挪威群山中一只睁开的眼睛,亮晃晃的……"

另一个故事是:

"小罗特什么都想,又什么都不想。她像夏天的小鸟,在金色的阳光中翱翔,火血色的环形鬈发上戴着春天的花环。她的心灵和她湛蓝的目光一样明亮。她很爱自己的母亲,对布娃娃也很忠诚,她很爱惜自己的裙子、红舞鞋和小提琴,不过,她最喜欢的还是听着音乐天使唱歌进入梦乡。"

当老达埃讲这些故事的时候,拉乌尔总是望着克里斯蒂娜的碧眼和金发。可克里斯蒂娜心里却在想,小罗特真幸福,能听着音乐天使唱歌进入梦乡。老达埃讲的每个故事里几乎都有音乐天使,于是孩子们总是没完没了,要他讲讲这位天使的事。老达埃解释说,所有的大音乐家,大艺术家,在他们的一生中至少接受过一次音乐天使的拜访。这位天使有时候会俯身在他们的摇篮上,就像小罗特遇到的那样,因此,有些神童六岁时拉小提琴比五十岁的人拉得还好,连你们也会承认,这完全是个奇才。有时候,天使来得很晚,这是因为孩子们不乖,

---

① 鲁内贝里(1804—1877),芬兰最伟大的诗人。他的作品表达了芬兰人民的爱国热情,所作的诗篇中,《我们的国土》为芬兰国歌。

不肯学技法，轻视音阶练习。有时候，天使也会永远不来，这是因为我们心里有杂念，心绪不安宁。凡人永远看不见天使，但那些超凡脱俗的心灵能听到天使的歌声。往往在这些心灵最意想不到的时候，在悲伤和气馁的时候，耳朵会突然听到天堂里悦耳的声音，神在歌唱，让你终生难忘。那些被天使拜访过的人从此心里一直像有团火在燃烧，感到一种凡夫俗子所不知的激动。而这些享有特权的人，他们只要一碰乐器，只要一开口唱歌，那美妙的声音就会使人间的其他一切声音相形见绌，无地自容。那些不知道音乐天使拜访过这些人的人，就说这些人有音乐天赋。

小克里斯蒂娜问她爸爸是不是听到过天使的歌声。老达埃心情忧郁，摇了摇头，接着他的眼睛一亮，看着孩子说：

"你，我的孩子，你总有一天会听到的！当我进了天堂，我一定会把天使派到你身边，我向你保证！"

老达埃在那段时期开始咳嗽。

秋天来到的时候，拉乌尔和克里斯蒂娜分了手。

他们再次相见，已是三年以后，两人都已经长成少年。重逢的地点还是在佩罗，拉乌尔对此刻骨铭心，终生不忘。那时瓦勒里乌斯教授已去世，瓦勒里乌斯妈妈仍然留在法国，兴趣把她同善良的达埃和克里斯蒂娜维系在一起，父女俩仍然唱歌、拉琴，把他们亲爱的女保护人带入他们美妙的音乐之梦，瓦勒里乌斯妈妈似乎只有靠音乐才能活下去。年轻的拉乌尔来到佩罗纯属偶然，碰巧走进当年他的小朋友克里斯蒂娜住的房子。他首先看到的是老达埃，他双眼噙满泪水从椅子上起身，上前拥抱拉乌尔，对他说，他们一直都念念不忘，想着他。事实上，克里斯蒂娜几乎没有一天不在念叨拉乌尔。老人还在讲着话的时候，门开了，迷人的少女用托盘端着一杯热气腾腾的茶急切地走了进来。她认出了拉乌尔，随即放下手里的托盘。微微的红晕渐渐布满了她那美丽的脸庞。少女站在那儿不知所措，一时说不出话来。爸爸看了看他俩。拉乌尔向姑娘走去，吻了她一下，她丝毫没有回避。少女问了他几句，出色地尽了女主人的义务，然后拿起茶盘退了出去。接着，她躲进僻静的花园，坐在一条长凳上。她感到她那颗少女的心第一次躁动不安。拉乌尔来到她身边，两人在局促不安的气氛中一直聊到晚上。他们完全变了，都好像变成了大人物，一点都认不出来了。他们像外交官一样出言谨慎，互相谈的是一些和他们内心情感无关的事。当他们在大路旁告别时，拉乌尔得体地吻了一下克里斯蒂娜颤抖的手，对她说："小姐，我永远不会忘记您！"可他走的时候马上又后悔这样说太大胆，因为他清楚地知道，克里斯蒂娜·达埃不可能成为夏尼子爵的妻子。

至于克里斯蒂娜，她回家见到父亲后，对他说："你不觉得拉乌尔不再像以前那样讨人喜欢了吗？我不再爱他了！"于是她试着不再去想他。但她难以做到，只好全身心投入，把时间全都用在她的艺术上。她的进步之快令人不可思议。凡听过她唱歌的人都预言她将成为世界上一流的艺术家。然而，就在这个时候，她的父亲去世了。突然，她觉得随父亲而去的还有她的歌喉、灵魂和才华，所剩无几的本领只够她考入巴黎歌剧院。她在任何方面都没有表现得出类拔萃，上课无精打采，得奖只是为了让和她继续相依为命的、上了年纪的瓦勒里乌斯妈妈高兴。当拉乌尔第一次在歌剧院里重新见到克里斯蒂娜的时候,一下子就被年轻姑娘的美貌迷住了,脑海里浮现出当年的美好情景,但他更为吃惊的是她在艺术方面的不敢恭维。她似乎完全丧失了昔日的天赋。他再次来听她演唱,跟她到后台,在布景架后面等她,试图引起她注意。他不止一次陪伴她一直走到她的化装室门口,但她却没有看到他。她好像目中无人,对什么都无所谓,得过且过。拉乌尔对此感到痛苦,因为她是那么漂亮;他羞于启齿,不敢对自己承认他是爱克里斯蒂娜的。后来,就发生了告别晚会上克里斯蒂娜一鸣惊人的那一幕:天幕撕裂,天使的歌声传到人间,令众人欣喜若狂,使他心力衰竭……

再后来,再后来,就是门里那个男人的声音:"必须爱我!"以及包厢里没有一个人……

为什么当她睁开眼睛,他对她说"我就是那个到海里去替您捡回披肩的小男孩"的时候,她会一笑置之?为什么她没有认出他?为什么她又给他写信?

哦!这条山路很长……很长……这是三岔路口……这是荒蛮的原野,结冰的欧石楠,苍白的天空下单调的景色。车窗的玻璃震得哐啷哐啷直响,简直快要碎了,声音直往他耳朵里钻……这辆车走得这样慢,还发出那么大的噪声!他认出了那些茅屋……围墙、斜坡、路旁的树……现在到了大路的最后一道弯,待会儿就要下坡,然后是大海……佩罗的大海湾……

她下榻在夕阳客栈。当然!这地方也没有其他客栈。再说,住那儿挺好的。他想起从前,那儿有人在讲一些动听的故事！他的心在狂跳！待会儿克里斯蒂娜见到他时会说些什么呢？

陈旧的客栈前厅被烟熏得黑黑的，拉乌尔进门见到的第一个人是特里卡尔大妈。大妈认识他。她向拉乌尔客套了几句，问他是什么风把他吹来的。拉乌尔的脸一下子红了，回答说是到拉尼翁来办点事，一心想着"上这儿来问候大妈"。她想给拉乌尔端上午饭，但他说："待会儿吧！"他看上去好像在等待什么事或者什么人。这时候门开了。他站了起来。他没有错：果然是她！他欲言又止，随即又坐了下来。她站在他面前，脸上露出微笑，没有半点惊讶。她的脸色艳丽红润，犹如万绿丛中的草莓。无疑，年轻姑娘一路疾走，心里有些激动。她那包藏着一颗真诚的心的胸脯在微微起伏，她那淡蓝色的眼睛亮如明镜，好像一动不动的湖水，深深地眷恋着北方；眼睛是心灵的窗户，反映了她那颗纯朴的心。毛皮大衣稍稍敞开，露出柔软的腰肢，年轻姑娘优美的曲线。拉乌尔和克里斯蒂娜默默地注视良久。特里卡尔大妈会心地微微一笑，然后悄悄地走了。克里斯蒂娜终于开口说道：

"您来了，我一点都没有感到吃惊。我早就有预感，我会在望完弥撒回来的时候，在这儿，在这家客栈里，再次见到您。在那儿，有人已经对我说了。对，他通知我说您已经来了。"

"是谁呢？"拉乌尔握住克里斯蒂娜纤细的小手问道。克里斯蒂娜没有抽回她的手。

"是我那去世的可怜的爸爸。"

两个年轻人陷入了沉默。

过了一会儿,拉乌尔接着说:

"您爸爸是否告诉过您我爱您,克里斯蒂娜,没有您,我活不下去了?"

克里斯蒂娜羞得脸一直红到耳根,转过头去,用颤抖的声音说:

"爱我?您是疯了,我的朋友。"

说完,她发出一阵大笑,露出那种所谓的坦然的样子。

"您别笑,克里斯蒂娜,这是很认真的事。"

于是,她一本正经地回答说:

"我让您来可不是为了让您对我说这些事的。"

"您'让我来',克里斯蒂娜;您已猜到您的信不会让我无动于衷,我会赶到佩罗来的。如果您没有想到我是爱您的,您怎么会料到这些呢?"

"我想到您一定还记得小的时候,我爸爸经常和我们一起玩的游戏。其实,我也不清楚自己到底在想什么……或许,我给您写信是做错了……那天晚上,您突然出现在我的化装室里,一下子把我带到了很久很久以前的过去,我是以一个回到当年的小姑娘的身份给您写信的,这个小姑娘在悲伤和孤独的时候,看到儿时的小朋友重新来到她的身边,自然会很高兴……"

一时,他俩都保持了沉默。拉乌尔觉得克里斯蒂娜的神态有点不自然,可又猜不透她心里到底是怎样想的。不过,他并没有感到她心怀敌意,远不是这么回事,她那双眼睛中流露出来的略带忧伤的柔情就足以使他心领神会。但是,这柔情中为什么略带忧伤呢?……这也许是必须弄清楚的,这个问题已经惹得年轻人恼火了……

"克里斯蒂娜，您在您的化装室里见到我的时候，是您第一次瞧见我吗？"

姑娘不会撒谎。她说道：

"不是！我已经在您哥哥的包厢里瞧见您好几次。后来又在后台见过。"

"我早就猜到是这样！"拉乌尔嘴唇一抿，气呼呼地说，"那为什么，当您看见我在您的化装室里，跪在您脚下，并且让您回忆起我曾在海里为您捡回披肩的时候，为什么您回答得好像根本不认识我似的，还嘲笑我？"

强硬的提问口气使克里斯蒂娜大吃一惊，她望着拉乌尔，一时没有回答。年轻人自己也对这场突然发生的口角感到震惊，他怎么竟敢在暗自允诺要对克里斯蒂娜说温柔、爱恋和顺从的话的时候，出尔反尔，和她吵架。一个丈夫，或者一个情夫，当然拥有所有的权利，可以对冒犯自己的妻子或者情妇这样说话。但拉乌尔却对自己的过错懊恼不已，觉得自己真是愚蠢极了。面对眼前的尴尬局面，他别无他法，只能痛下决心，表现得不顾廉耻。

"您不回答我！"他抑制不住内心的痛苦，愤怒地说，"那好，我，我来替您回答！因为当时在那个化装室里有个人碍您的事，克里斯蒂娜！您不愿意露馅，不愿意让这个人看出，除了他之外，您还对别人感兴趣！……"

"如果有人碍我的事，我的朋友！"克里斯蒂娜冷冰冰地打断他的话说道，"如果那天晚上有人碍我的事，这个人应该是您，因为被我赶出房门的正是您！……"

"对！……这样您就可以和那个人继续待在一起了！……"

"先生，您在说些什么？"年轻姑娘气喘吁吁地反问，"您说的是哪个人？"

"说的是那个您对他说过'我只为您唱歌！今天晚上，我为您献出了我的灵魂，我已经死了！'的人。"

克里斯蒂娜一把抓住拉乌尔的胳膊，抓得紧紧的，简直猜不出这个脆弱的姑娘怎么会有这么大的力气。

"这么说，您在门外偷听？"

"是的！因为我爱您……我什么都听到了……"

"您听到了什么？"年轻姑娘又变得出奇的冷静，放开了拉乌尔的手臂。

"他对您说：'你必须爱我！'"

听到这句话，克里斯蒂娜的脸色一下子白得像死人，眼圈发黑……她摇摇晃晃，眼看就要晕倒了。拉乌尔赶紧上前，伸出双臂，但克里斯蒂娜已经从一时的昏厥中缓过神来，用一种微弱得几乎奄奄一息的声音说：

"说呀！再说下去！把您听到的一切全说出来！"

拉乌尔望着她，显得有些犹豫，他一点都弄不明白这究竟是发生了什么事。

"您说呀！您看，您快把我逼死了！……"

"我听到，您对他说了'我为您献出了我的灵魂'这句话后，他回答您说：'你的灵魂是那么美好，我的孩子，我谢谢你。没有一个帝王收到过这样的礼物！今天晚上，天使们也流出了眼泪！'"

克里斯蒂娜用手捂住胸口，处在一种难以形容的激动中，两眼直勾勾地望着拉乌尔。她的目光锐利而直愣，使她看上去像个精神失常的人。拉乌尔吓坏了。不过，这时候克里斯蒂娜的眼睛变得湿润了，两粒珍珠，两粒沉甸甸的泪珠，顺着她那象牙色的脸颊滚落下来……

"克里斯蒂娜！"

"拉乌尔！……"

小伙子想抓住女孩，但她却从拉乌尔的手中滑脱，茫然地走了。

接着，克里斯蒂娜就把自己关在房间里，闭门不出，而拉乌尔则对自己的粗暴行为，万般自责。但另一方面，嫉妒又像脱缰的野马在他着火的血管里狂奔。克里斯蒂娜在得知自己的秘密被发现后显得如此激动，那这个秘密一定非常重要！当然，拉乌尔尽管听到了那些话，仍然对克里斯蒂娜的纯洁深信不疑。他知道克里斯蒂娜一向以乖巧出名，而他也并非对人情世故一窍不通，完全能理解一个女演员有时也必然会听到爱慕者说一些情话。她当时回答得很好，她说她献出的是她的灵魂，显然这只不过是指歌声和音乐。显然是这样吗？那她刚才为什么这样激动？天哪，拉乌尔多么不幸！如果他当时抓住那个男人，那个说话的男人，就可以向他问个明白了。

克里斯蒂娜为什么要逃开呢？她为什么不下楼？

他连午饭也不想吃，拒绝了。他非常懊恼，他看到他原本指望能过得如此甜蜜的时刻，竟远离年轻的瑞典姑娘，让时间白白流逝，心里难过极了。难道她不是来和他一起重游这块他俩有着那么多共同回忆的故土？既然她看上去好像在佩罗再也没有什么事要做，而且事实上，她也确实没有做什么事，那她为什么不马上回巴黎呢?拉乌尔得知,这天早上,克里斯蒂娜已经请神父为老达埃做过安魂弥撒,她还在小教堂里以及乡村小提琴手的墓上做过好几个小时的祈祷。

拉乌尔闷闷不乐,灰心丧气,朝环绕在教堂四周的那片墓地走去。他推开墓地的门,独自在墓冢之间闲逛,解读一块块碑文。当他走到教堂半圆形后殿的后面的时候,他立刻悟出了点什么,只见花岗岩的墓石上放着一些鲜花,鲜花一直摆到白色的雪地上,他仿佛听到这些鲜花在那儿叹息。它们在布列塔尼的冬天里,给这个冰天雪地的角落,带来了芳香。这些神奇的红玫瑰仿佛是早上才在雪地里绽放的。这是死亡中的一线生机,因为这地方到处都是死亡。死亡还从地底下冒出来,尸体实在多得埋不下,只好弃之不顾。几百具尸体的骸骨和骷髅堆放在紧靠教堂墙的地方,上面只是罩了一张稀疏的铁丝网,听凭这白骨垒成的建筑暴露在外。死人的头颅像砖块一样堆放得整整齐齐,有空隙的地方都用一根根白骨填严实,好像成了圣器室的第一层墙基。圣器室的门就开在这堆白骨当中,这种情况司空见惯,布列塔尼的那些老教堂都是这样的。

拉乌尔为老达埃作了祈祷。接着,他发现那些死人头颅的嘴角都挂着永恒的微笑,怪可怜的,于是就走出墓地,爬上小山,坐在荒原的尽头俯瞰大海。海滩上狂风呼啸,驱赶着可怜腼腆的夕阳。落日只得让步,逃遁,最后只在远处留下一条苍白的地平线。这时候,风不再呼啸,夜幕降临了。冰冷的夜色笼罩着拉乌尔,但他并不觉得冷。他的全部心思都在这寥无人烟、荒凉的原野上游荡,往事历历在目。就是在这里,在这个位置,他常常在日落时分和小克里斯蒂娜一起来看民间传说中的矮妖跳舞，一直待到月亮升起。他虽然眼力很好，可从来都没有瞧见过这些小精灵，而克里斯蒂娜虽然有点近视，却声称看见了很多。一想到这儿，他的脸上露出了微笑；过了一会儿，他突然全身一阵哆嗦。一个人影，一个清晰的人影，在他不知不觉之中，已经来到这儿；他没有听到一丁点声音，一个人影已经站在他身边，并且说道：

"您相信那些矮妖今天晚上会来？"

原来是克里斯蒂娜。拉乌尔想开口说话。她用戴着手套的手捂住了他的嘴。

"听我说，拉乌尔，我决定告诉您一件严重的事，一件非常严重的事！"

她的声音在颤抖。拉乌尔等待着。

她激动得喘不过气来，终于接着说道：

"拉乌尔，您还想得起音乐天使的传说吗？"

"我当然记得！"他回答说，"我相信您父亲第一次给我们讲这个故事，就是在这儿。"

"就在这儿，他还对我说过：'等我到了天堂，孩子，我会派天使来找你的。'好吧，拉乌尔，我父亲进了天堂，而且我还接待了音乐天使的来访。"

"我对此并不怀疑，"年轻人一本正经地回答，因为他心里明白，他的女友一向孝顺，她一定是把对父亲的回忆和她那夜的一鸣惊人搅在一起了。

夏尼子爵得知她接待了音乐天使的来访时所表现出来的冷静，使她显得微微有些吃惊。

"拉乌尔，那您怎么知道这事的呢？"克里斯蒂娜一边问，一边俯身将她那张苍白的脸凑近年轻人的脸，凑得很近很近，以致他以为克里斯蒂娜要给他一个吻呢，而她实际上只是想在黑暗中看清他的眼神。

"我知道，"拉乌尔答道，"要是没有某种奇迹出现，要是没有上天相助，一个凡人根本不可能唱得像您那天晚上一样好。人间根本没有一个老师能教您这样的音调。您一定是听到了音乐天使的歌声，克里斯蒂娜。"

"是的，"她郑重其事地说，"在我的化装室里。他每天到那儿给我上课。"

她说这话的语气斩钉截铁，怪怪的，拉乌尔不安地望着她，就像望着一个在胡言乱语或者一口咬定某个痴狂的幻觉确有其事的人，就像望着一个头脑有病的人。此时，克里斯蒂娜已经后退，站在那儿一动不动，成了夜色中一个小小的黑影。

"在您的化装室里？"他像傻乎乎的应声虫似的，重复了一句。

"是的，我就是在那里听到他的声音的，还不光是我一人听到呢……"

"还有谁听到了，克里斯蒂娜？"

"就是您呀，我的朋友。"

"我？我听到了音乐天使的声音？"

"对呀，那天晚上，您在我化装室门外偷听的时候，就是他在说话。就是他对我说了：'必须爱我。'我一直以为只有我一个人才能听见他的声音。因此，今天早上，当我得知您也能听到时，您看到我是多么吃惊，您也能……"

拉乌尔不等她说完就哈哈大笑起来。不一会儿，黑暗在荒原上渐渐消散，月亮刚刚升起，它那皎洁的光线笼罩着这两个年轻人。克里斯蒂娜转过头来，充满敌意，注视着拉乌尔。那副平日里如此温柔的眼睛，这时射出两道寒光。

"您为什么笑？您也许以为听到了一个男人的说话声？"

"当然啰！"小伙子回答。面对克里斯蒂娜的吵架态势，他的头脑开始混乱起来。

"是您，拉乌尔！您竟然对我这样说！您可是我小时候的一个伙伴呀！我父亲的一位朋友！我再也认不出您了。您想到哪儿去了？我是个正经的姑娘，夏尼子爵先生，我决不会把自己，连同男人的声音，一起关在我的化装室里。如果那时您打开房门，您就会看到里面一个人也没有。"

"这倒是真的！您离开以后，我开门进去看过，化装室里确实一个人也没有找到……"

"您明白了……那后来呢？"

子爵鼓起勇气，说道：

"后来，克里斯蒂娜，我想，是有人在作弄您！"

克里斯蒂娜大叫一声，逃跑了。拉乌尔赶紧追了上去，但克里斯蒂娜愤怒地对他说：

"让我走！让我走！"

说完，克里斯蒂娜便跑得无影无踪。拉乌尔回到客栈时，无精打采，心灰意懒，难过极了。

他得知克里斯蒂娜刚刚上楼回房，还对老板娘说不下来吃晚饭了。年轻人问姑娘是不是病了。好心的女店主含糊地回答说，要是她有什么不舒服的话，那也应该病得不是很重；她以为这对恋人是在闹别扭，耸了耸肩膀，暗自惋惜年轻人把仁慈的上帝恩赐给凡人的美好时光，白白地浪费在拌嘴上，然后走了。拉乌尔独自在壁炉旁的角落里吃了晚饭，可想而知，非常沮丧。他回到房间里，试着看一会儿书，然后躺到床上，想睡上一觉。隔壁房间里没有一点儿声响。克里斯蒂娜在做什么？睡了吗？要是没睡，她在想什么呢？而他自己又在想什么呢？他能说得清楚吗？他刚才与克里斯蒂娜的那番奇怪谈话把他的心全给搅乱了！……他心里想的，与其说是克里斯蒂娜，倒不如说是克里斯蒂娜身边的人，那个"身边的人"虚无缥缈，模模糊糊，难以捕捉，真让他感到又好奇，又焦虑，又无可奈何。

因此，时间过得很慢；大约在夜里十一点半的时候，他清楚地听到隔壁的房间里有脚步声。脚步声很轻，鬼鬼祟祟的。难道克里斯蒂娜还没有睡？小伙子不假思索，赶紧穿上衣服，小心谨慎，不发出一点声音。一切准备就绪，他在那儿等着。准备干什么？他自己知道吗？当他听到克里斯蒂娜的房门慢慢打开的时候，他的心一个劲地怦怦直跳。这时整个佩罗地区万籁俱寂，她在这种时候要到哪儿去？他悄悄地把房门打开一条缝，借着月光可以看到克里斯蒂娜白色的身影小心翼翼地溜进了走廊。她走到楼梯口，接着下楼；拉乌尔这时已来到栏杆那儿，他俯身探出脑袋朝下面看。突然，他听到有两个人在快速交谈。"别把钥匙弄丢了。"他听清了这么一句。这是老板娘的声音。楼下，一扇通向港口的门打开后，接着又关上。一切复归平静。拉乌尔立即回房，跑到窗口，打开窗，只见克里斯蒂娜白色的身影屹立在空荡荡的码头上。

夕阳客栈的二楼不算很高，靠墙根长着一棵大树，粗大的树枝，拉乌尔伸手就能抓住。急不可耐的拉乌尔可以攀住这棵大树，在老板娘不起疑心的情况下，到达客栈外面。因此，第二天早上，当几乎冻僵、奄奄一息的小伙子被抬回来时，我们对好心的太太所表现出来的惊讶没什么可大惊小怪的。女店主还从来人的口中得知，有人发现小伙子直挺挺地倒在佩罗小教堂主祭坛的台阶上。她立即跑去通知克里斯蒂娜，姑娘急忙下楼，在老板娘的帮助下，怀着不安的心情尽力照料小伙子。过了不大一会儿，拉乌尔睁开眼睛，看见面前女友那张迷人的脸，立刻完全恢复了知觉。

到底发生了什么事？几个星期后，当歌剧院发生的惨案由检察署受理时，米弗瓦警长曾向夏尼子爵询问那天夜里佩罗发生的事。调查笔录（第150号）摘引如下：

问：达埃小姐没有看见您从您选择的那条不同寻常的道路离开房间吗？

答：先生，没有，绝对没有。不过，我走到她身后时，并没有故意压低脚步声。我当时一心只想她能回过头来，看见我，认出我。确实，我当时心里就在想，我这样盯梢是完全不对的，我采用的这种间谍方法有辱我的身份。但是，她好像一点都没有听到我发出的声响，确实，她的一举一动旁若无人，仿佛我根本不在那儿。她不慌不忙地离开码头，而后快步上路。这时，教堂的钟声刚刚敲响，午夜十二点还差一刻。我觉得这钟声好像在催促她，她一改快步疾走，几乎跑了起来。就这样，她跑到了墓园的门口。

问：墓园的门是开着的吗？

答：开着的，先生，这使我感到吃惊，但达埃小姐却好像一点都不觉得奇怪。

问：墓园里一个人也没有吗？

答：一个人也没有。要是有人的话，我会看见的。当时月光很亮，再加上地上的雪反光，夜色就更亮了。

问：坟墓后面不能藏人吗？

答：不能，先生。那些可怜的墓碑都被埋在厚厚的雪底下，露出地面的只有一排排十字架。惟有十字架的影子和我俩的身影。教堂在月光下亮晶晶的。我还从来没有看见过这样皎洁的夜色。非常美丽，晶莹剔透，十分寒冷。我从来没有在深更半夜去过墓园，所以不知道那里会有这般月光，会有"一种轻柔飘逸的月光"。

问：您相信迷信吗？

答：不，先生，我信教。

问：当时您的精神状态怎么样？

答：很正常，心情非常平静，我发誓。当然，达埃小姐独自外出，刚开始的时候使我的心里乱极了，但当我看见姑娘走进墓园时，马上想到她是到父亲的墓前来了却什么心愿的，我觉得这事十分自然，心情也就完全平静下来了。不过，让我感到惊讶的是，她竟然听不到身后我的走动声，因为雪地被我踩得发出了吱嘎吱嘎的声音。或许虔诚使她变得专心致志。再说，我也决定不去打扰她，当她走到父亲墓前时，我站在她身后，离开她有几步远。她跪在雪地里，在胸前划了个十字，开始祈祷。这时候，午夜的钟声响了。第十二下钟声还在我耳边回响的时候，突然，我看见姑娘抬起头，仰望着天空，双臂也同时举向茫茫的夜空，显出一副心醉神迷的模样；正当我还在寻思到底是什么突发的重要原因导致她这样神志恍惚的时候，我自己也抬起头，用发狂的目光朝四处张望，我的身心也随之被那个肉眼看不见的、在为我们演奏音乐的神祇吸引。这是多么美妙的音乐啊！这音乐我们已经熟悉！我和克里斯蒂娜小时候已经听到过。只不过，老达埃的小提琴演奏技巧从来没有达到过这种出神入化的境地。我当时惟一能做的，就是回想起克里斯蒂娜曾对我说过的音乐天使，我只能想到，这难以忘怀的琴声，如果不是来自天堂，那就无法知道它来自人间的什么地方。此时此地，既没有乐器，也没有操琴弓的乐手。哦！我记得那动听的旋律，曲名是《拉撒路的复活》，老达埃以前在他忧伤却又不失信心的时候曾为我们演奏过。要是克里斯蒂娜所说的那位天使果真存在的话，那天夜里，他要是用已故乡村乐师的那把小提琴演奏，那真是精妙绝伦。耶稣的保佑使我们迷恋于尘世，我相信，我几乎在期待着能看到克里斯蒂娜父亲的墓盖石会自然开启。我也想起老达埃是带着他的小提琴一起入土的。事实上，在这阴森恐怖、月光凄惨的时刻，在这荒郊野岭的小墓园深处，身旁是那些龇牙咧嘴冲着我们笑的死人头，我根本不知道自己的想象一直把我带到哪儿去，会在什么地方停下来。

不过，音乐声停止了，我恢复了知觉。这时，我仿佛听见白骨堆里死人头那儿有响声。

问：啊！您听见白骨堆那儿有响声？

答：对,我好像听见那些死人头在发出格格的笑声,听得我禁不住浑身发抖。

问：您当时就没有想到,刚才那位令您倾倒的天堂里的乐师可能就躲在白骨堆后面?

答：我完全想到了,而且一门心思都是这样想的,警长先生,所以忘了去跟踪达埃小姐;当时,她已经直起身子,不慌不忙地走到了墓园门口。而她呢,她也是专心致志,自然也就没有发现我。我一动不动地站在原地,两眼紧盯着那堆白骨,决定一干到底,看看这一难以相信的奇遇究竟是怎么回事。

问：那么,第二天早上,发现您半死不活地躺在主祭坛的台阶上,是怎么回事?

答：哦！很快……一个死人头滚到我的脚边……紧接着又一个……又一个……好像我成了这场可怕的滚球游戏的目标。于是我猜想,一定是藏在白骨堆后面的那位乐师忙中出错,碰到骨头架子,那些死人头坍塌了下来。我觉得这个假设合情合理,更何况圣器室雪亮的墙壁上突然有个黑影一闪而过。

我冲上前去。那黑影已经推开门,进入教堂。我仿佛插上了翅膀,紧追不舍。黑影披着一件披风。我飞快地抓住披风一角。这时候,我和黑影,我们正好是在主祭坛的前面,月光透过半圆形后殿的巨大彩绘玻璃直接撒落到我们前面。我紧紧抓住披风不放,黑影便转过身来,他身上的披风半敞着,法官先生,就像我看见您一样,我清清楚楚地看见一个可怕的死人头朝我射来一道燃烧着地狱之火的目光。我以为自己碰上了撒旦，面对这个来自地狱的魔鬼，不管我多么勇敢，我的心理防线垮了，接着便什么也不记得，直到我醒来的时候，发现自己在夕阳客栈的小房间里。

第七章
探视5号包厢

刚才,就在我们暂别菲尔曼·里夏尔先生和阿尔芒·蒙沙尔曼先生的时候,他们决定到二楼的5号包厢去看看。

他们走下从行政部会客厅通往舞台及其附属设施的大楼梯,穿过舞台,从贵宾入口处进入剧场;然后,从左边第一条走廊进入大厅,来到正厅前座的前几排座椅之间,抬头看了看二楼的5号包厢。包厢笼罩在昏暗之中,巨大的包厢罩布一直拖到包着红丝绒的扶手栏那儿,看不清楚。

这时候,在这黑魆魆、空荡荡的大厅里可能只有他们两人,周围一片死寂。在这平静的时刻,那些置景工都去喝上几杯了。

舞台上暂时已经撤空,只有一座安装了一半的布景;几道光线(暗淡,阴森,恍若残星的余光)不知从哪儿的缝隙中钻了进来,一直照到舞台上用纸板做的一座带雉堞的古老塔楼上;在这人工布置的夜晚,或者更确切地说,在这骗人的白天,一切东西都变得怪模怪样。覆盖在正厅前座座椅上的那块罩布看上去像狂暴的大海,它那蓝色的海浪受到风暴巨人,也就是众所周知的阿达马斯托尔的一声密令,顷刻间变得风平浪静。蒙沙尔曼先生和里夏尔先生则成了蓝布海洋中航船倾覆后的落水者。他们拼命地朝左侧的包厢游去，就像那些弃船的海员奋力游向海岸。八根光滑的大理石柱子耸立在昏暗中，看上去就像是支撑着狰狞可怖、摇摇欲坠的悬崖峭壁的擎天柱，悬崖底部的前沿弯弯曲曲，上面是二楼、三楼和四楼包厢的圆形楼厅。再往上，悬崖的顶部，是出自勒纳普弗先生之手的古铜色天顶画，画中的人物此刻正扮着怪相，冷嘲热讽，讥笑忐忑不安的蒙沙尔曼先生和里夏尔先生。而平时，这些人物都是很一本正经的。他们是：伊希斯[①]、安菲特律特[②]、赫柏[③]、佛洛拉[④]、潘多拉[⑤]、普绪客[⑥]、忒提斯[⑦]、波摩娜[⑧]、达佛涅[⑨]、克吕提厄[⑩]、伽拉忒亚[⑪]和阿瑞托莎[⑫]。对了，阿瑞托莎本人和以拥有魔盒而闻名于世的潘多拉正看着这两位新上任的歌剧院经理终于抓住了一块碎船板，从那儿一言不发地细心观察二楼的5号包厢。我说过，他们当时的心情是忐忑不安的，至少我是这样推测

---

① 伊希斯，古代埃及司生育和繁殖的女神。
② 安菲特律特，希腊神话中，海中五十仙女之一，海的女神。
③ 赫柏，希腊神话中，青春和春天女神，原为斟酒女神。
④ 佛洛拉，罗马神话中，古意大利的百花和青春女神。
⑤ 潘多拉，希腊神话中，主神宙斯因普罗米修斯盗天火给人类而图谋报复，命火神赫费斯托斯用黏土做成的地上的第一个女人。
⑥ 普绪客，希腊和罗马神话中，人类灵魂的化身，以长着蝴蝶翅膀的少女形象出现，与爱神相恋。
⑦ 忒提斯，希腊神话中，海神涅柔斯和多里斯的女儿之一，英雄阿喀琉斯之母，有"美发女神"和"银脚女神"之称。
⑧ 波摩娜，罗马神话中，果树女神，为果园之神维耳廷努斯所爱。
⑨ 达佛涅，希腊神话中，居于山林水泽的仙女，为逃避阿波罗的袭击，变成一棵月桂树。
⑩ 克吕提厄，希腊神话中，海洋女神之一，海洋神俄刻阿诺斯之女。
⑪ 伽拉忒亚，希腊神话中，涅柔斯和多里斯之女，海洋女神之一，是平静海洋的化身。
⑫ 阿瑞托莎，希腊神话中，山林中的仙女，河神阿甫斯追她时，月神阿耳忒弥斯为了助她逃脱，把她化为泉水。

的。不管怎么说，蒙沙尔曼先生事后坦言，当时的情景确实使他大为震惊。他在《回忆》中写道："我们接任波里尼先生和德比埃纳先生的职位以后，有人巧妙地诱导我们到歌剧院幽灵的'秋千'（多么漂亮的文笔！）上去，毋庸讳言，这秋千最后搅得我的想象官能，至少是视觉官能失去了平衡，因为（我们当时在一种特殊的布景中移动，四周一片死寂，莫非是这种特殊的布景使我们如此震惊？……莫非是剧场大厅里几乎漆黑一片，再加上5号包厢又处在昏暗的光线中，可能使我们产生了一种幻觉？）因为我和里夏尔同时看见5号包厢里有一个人影。里夏尔什么都没有说，我也一声不吭。不过，我们做了个同样的动作，都拉住了对方的手。接着，我们就这样等了几分钟，站在那儿一动不动，两眼紧盯着同一个地方，但人影已经消失了。于是，我们走出大厅，在走廊里交换了各自的感受，我们讲到了那个人影。可惜，我看到的那个人影和里夏尔看到的人影完全不同。我看到的好像是一个伏在包厢扶栏上的死人头，而里夏尔瞧见的是一个老妇的身影，像是吉里大妈。因此，我们觉得自己确实受了幻觉的愚弄，便马上像疯子那样笑着，朝5号包厢跑去，到那儿一看，里面根本就没有人。"

现在，让我们到5号包厢里去看看。

这个包厢和二楼的其他包厢完全一样，确实没有一点特别的地方。

蒙沙尔曼先生和里夏尔先生毫不掩饰地彼此拿对方开心，取笑对方，他们翻动包厢里的家具，掀起罩布和座椅，特别是仔细检查那个声音习惯坐的椅子。可是，他们看到，那不过是一把实实在在的椅子，没有一点神奇的地方。总之，这个包厢极其普通，红色的地毯，几把座椅，一条小饰毯，还有就是包着红丝绒的护栏。他们对那块小饰毯检查得特别仔细，摸了又摸，不过它也和其他东西一样没有什么特别。于是，他们下楼到和二楼 5 号包厢只有一板之隔的楼下包厢里去。楼下 5 号包厢正好在正厅前座左侧第一个出口处的角上，他们在那里也没有发现什么值得特别注意的东西。

"这些人全都在和我们开玩笑，"菲尔曼·里夏尔最后大声说道，"星期六上演《浮士德》，到时候我们俩都坐在二楼 5 号包厢里看演出！"

第八章
菲尔曼·里夏尔先生和阿尔芒·蒙沙尔曼先生大胆决定在一个"倒霉的"剧场里上演《浮士德》,以及由此引起的可怕后果

星期六早上,两位经理走进办公室,各自发现一封署名歌幽的来信。内容如下:

亲爱的先生们:

果真开战吗?

如果你们还想维持和平,这是我的最后通牒。

它包括如下四项条件:

1. 归还我的包厢——我希望它从现在起就由我自由支配;

2. "玛格丽特"一角今晚要由克里斯蒂娜饰演。你们不必为卡洛塔操心,她到时会托病推辞;

3. 我一定要我的领座员,善良忠实的吉里太太为我服务,你们必须立即恢复她的职务;

4. 回信交给吉里太太,她会转交给我的;信中必须写

明你们像前任经理一样，接受《招标细则》中有关我的月俸的一切条件。付款方式我会另行通知。

如果你们不答应这四项条件，今晚的《浮士德》将在该诅咒的剧场里演出。

谨向识时务者，致敬！

          歌幽

"好吧，他竟敢找我麻烦！……他找我麻烦！"里夏尔大声嚷嚷，同时握紧复仇的拳头，砰的一声，重重地砸在自己的办公桌上。

正在这时，行政主管梅西埃走了进来。

"拉什纳尔想见两位先生中的一位，"行政主管通报说，"他好像有急事，我觉得这个老好人看上去一脸的惊慌。"

"拉什纳尔是谁？"里夏尔问道。

"是您的马术演员班的班长。"

"什么！我的马术演员班的班长？"

"是的，先生，"梅西埃解释说，"歌剧院里有好几个马术演员，拉什纳尔是他们的头儿。"

"这个马术演员是干什么的？"

"他是马房的最高领导。"

"什么马房？"

"您的马房，先生，歌剧院的马房。"

"歌剧院里有一个马房？天哪，我竟然一无所知！那它设在哪儿？"

"在地下室里,靠圆形库房的那一侧。这是个非常重要的后勤部门,我们共有十二匹马。"

"十二匹马!我的上帝,它们都派什么用场?"

"上演《犹太女》和《预言家》时,必须要有训练有素、'熟悉舞台'的马匹来跑龙套。这些马术演员是负责驯马的。拉什纳尔很在行,他以前做过弗朗科尼①马房的总管。"

"很好……不过,他找我有什么事?"

"我一点都不知道……我还从来没有看见过他这种样子。"

"让他进来吧!"

拉什纳尔先生走了进来,手里拿着一根马鞭,神经质地抽打着自己的马靴。

"您好,拉什纳尔先生,"里夏尔见状一惊,随即说道,"什么事需要劳您大驾?"

"经理先生,我来请求您把整个马房清理一下。"

"什么!您要我们把马匹都扫地出门?"

"不是马匹,是饲养员。"

"您手下有多少饲养员,拉什纳尔先生?"

"六个!"

"六个饲养员!那至少多出了两个!"

"这些'岗位',"梅西埃插话说,"都是碍着艺术部副国务秘书的面子,没有办法才设立的,都是些受政府保护的人占着,我冒昧……"

---

① 弗朗科尼(1737—1836),法国马戏创始人之一,其建立的弗朗科尼奥林匹克马戏团享誉全世界。

"政府，我才不在乎呢！……"里夏尔斩钉截铁地说，"我们的十二匹马只需要四个饲养员。"

"十一匹！"马术班班长纠正说。

"十二匹！"里夏尔重复道。

"十一匹！"拉什纳尔又说了一遍。

"嘿！行政主管先生刚才对我说您有十二匹马！"

"我是有过十二匹马，但有人偷走了恺撒，我现在只有十一匹了！"

说完，拉什纳尔在自己的马靴上狠狠地抽了一鞭。

"有人偷走了我们的恺撒，"行政主管先生嚷道，"恺撒，《预言家》里的那匹白马。"

"恺撒是举世无双的好马！"马术班班长用生硬的口气说，"我在弗朗科尼的马戏团里干了十年，见过无数好马！但恺撒可以说举世无双！可是被人偷了！"

"怎么会这样？"

"哎！我一点都不知道！谁都不会知道！所以我来请求您把整个马房都清理一下。"

"您手下那些饲养员，他们怎么说？"

"尽胡说八道……有的说是群众演员干的……有的说是行政部的门房干的。"

"行政部的门房？我担保他像我一样清白！"梅西埃反驳道。

"那么，班长先生，"里夏尔大声说道，"您总该有一个想法吧！……"

"有的，我是有一个想法！我的确有一个想法！"拉什纳尔冷不丁说道,"我这就告诉您。我认为,这事没什么可怀疑的。"班长先生走到两位经理先生跟前,凑近他俩耳朵悄悄地说:"这事准是幽灵干的!"

里夏尔吓了一跳。

"啊!您也这样说!您也这样说!"

"怎么回事?我也这样说?这事本来就再自然不过了……"

"快说是怎么回事!拉什纳尔先生!快说是怎么回事,马术班班长先生……"

"那我只好把自己看到的事,把自己的想法给您说说……"

"您看到了什么事,拉什纳尔先生?"

"我看得清清楚楚,就像现在看见您一样,有一个黑影骑在一匹跟恺撒一模一样的白马上!"

"那您没去追那匹白马和那个黑影?"

"我去追了,经理先生,我还喊恺撒的名字,但他们逃得快极了,转眼就消失在走廊的夜色里……"

里夏尔先生站了起来。

"很好,拉什纳尔先生。您可以走了……我们会起诉幽灵的……"

"您还要让我的那些饲养员滚蛋!"

"那当然!再见,先生!"

拉什纳尔先生行礼后走了出去。

里夏尔口吐白沫,说道:

"您去给这个白痴结一下账!"

"他可是政府特派员的朋友!"梅西埃斗胆说了一句。

"而且他经常在托尔托尼酒吧和拉格雷内、索尔以及猎狮者佩尔图伊塞一起喝酒，"蒙沙尔曼补充说，"到时候，整个新闻界都会在我们背后煽风点火！他会到处去讲幽灵的事，所有的人都会拿我们寻开心！要是我们成了众人的笑柄，那就全完了！"

"好吧，这事不谈了……"里夏尔作出了让步，他心里已经在想另一件事。

这时，只见门一下子开了，吉里太太闯了进来，准是平日里凶神恶煞般的看门人没有把好门。吉里太太手里拿着一封信，急不可耐地说道：

"对不起，请原谅，先生们，今天早上我收到歌剧院幽灵的一封信。他要我上你们这儿来，说什么你们大概有事要我做……"

她的话还没有讲完，就看见菲尔曼·里夏尔的脸变得很可怕。这位可敬的歌剧院经理此刻正要发作。他心中的愤怒只要从他那张气得通红、挺吓人的脸上，以及两眼露出的凶光中就能看出。他一言不发，确实也讲不出话来。不过，猛然间，他的怒气通过动作发泄了出来。只见他先是伸出左手，一把抓住吉里太太这个小人物，像玩陀螺那样揪住她快速转了半圈，吉里太太毫无防备，吓得发出了绝望的叫声，接着一只右脚，还是这位可敬的经理先生的右脚，踢了她一脚，在黑色塔夫绸的长裙上留下了一个脚印。可以肯定，这条裙子还从未在这样的地方，受到过如此粗暴的对待。

这事发生得十分突然，吉里太太回到走廊里时，好像还被踢得晕头转向，不明白是怎么回事。不过，她一下子回过神来，于是歌剧院里响起了她的怒骂声、抗议声和以死相逼的话。三个年轻的男服务员费了好大的劲才把吉里太太拖到楼下行政机关的院子里,然后两名保安又把她扔到街上。

几乎与此同时,住在福布尔-圣奥诺雷街一家小旅馆里的卡洛塔,摇铃叫女仆把当天的信函送到她床头来。她在来信中发现了一封匿名信,信上说:

"如果今晚您参加演唱,恐怕在您开口唱的那一刻,就会大祸临头……比死还要可怕的大祸。"

这封恐吓信是用红墨水写的,字迹歪歪扭扭,笔法稚嫩。

读完这封信,卡洛塔连吃午餐的胃口都没有了。她推开女仆给她端来的冒着热气的巧克力饮料,坐在床上,陷入了沉思。她收到这样的信可不是第一次,但如此凶狠的恐吓却从来没有过。

这时候,她自认为是遭人嫉妒,她经常讲有个躲在暗处的敌人诅咒她,要让她一败涂地。她声称,这个敌人正在策划某个恶毒的阴谋,没准哪天就会对她下手;但她也补充说,她绝不是一个轻易被人吓倒的女人。

事实上,如果真有什么阴谋的话,那也是卡洛塔本人策划,用来对付可怜的克里斯蒂娜的;而克里斯蒂娜却还蒙在鼓里。卡洛塔怎么也不会原谅克里斯蒂娜那天代替她上台演唱,竟大获成功。

有人告诉卡洛塔,她的临时替身演员大受观众欢迎以后,她感到自己的早期支气管炎,以及爱对行政人员发脾气的毛病,一下子好了,并且不再流露出丝毫想要撂挑子的意思。从此以后,她还使出浑身解数来"扼杀"她的对手,她鼓动几位有权有势的朋友到两位经理那儿去疏通,要他们别让克里斯蒂娜再有机会取得新的成功。有几家刚开始赞扬克里斯蒂娜的才华的报纸，也转而只为卡洛塔的荣耀大唱赞歌。最后，就连在剧院里，这位当红的女歌星也对克里斯蒂娜恶语中伤，百般刁难。

卡洛塔既没有情感，也没有灵魂，只不过是一种乐器而已！当然，是一种非常出色的乐器。她演唱的曲目囊括了所有能让一个伟大的女歌唱家向往的作品，德国作曲大师的，意大利作曲家的，法国作曲家的，一应俱全。迄今为止，从未有人听到卡洛塔唱错过一个音节，在演唱这些五花八门的曲目时有哪段音域不够宽广。总之，她像是一部用途极广，能力很强，又精确得令人赞叹的演唱机器。但是，也从来没有一个人能对卡洛塔说罗西尼对克劳斯夫人说的那句名言。这位大音乐家在听了克劳斯夫人用德语演唱"幽暗的森林……"之后，评价道："您是用自己的灵魂在歌唱，姑娘，您的灵魂是那么美好！"

哦！卡洛塔，当你在巴塞罗那的那些小酒吧里跳舞时，你的灵魂在哪里？当你后来到了巴黎，在街头的露天舞台上，像杂耍歌舞剧中酒神巴克斯的女祭司那样，唱那些低级下流的歌曲时，你的灵魂在哪里？当你在某个情夫家里，面对聚集一堂的大师，当你奏响听话的乐器，这乐器的最大好处就是漠然地以同样的精妙歌唱最崇高的爱情和最低级的狂欢时，你的灵魂又在哪里？哦！卡洛塔，如果你曾经有过灵魂，后来又丢失了，那你在扮演朱丽叶，在扮演埃尔韦拉、奥菲莉亚和玛格丽特时，应该重新把灵魂找回来啊！因为其他女人是从比你更低的社会阶层中升上来的，艺术在爱情的帮助下使她们的灵魂得到了净化!

的确,当我想起这个卡洛塔当时对克里斯蒂娜·达埃使的种种卑劣伎俩和恶意中伤,就抑制不住心中的怒火;我们不妨把目光放宽一点,泛泛地看一下艺术界的情况,尤其是演唱艺术的情况,我流露出这种愤怒也就不足为奇了,当然,在演唱艺术的舞台上,卡洛塔的那些崇拜者今后肯定不会如愿以偿了。

卡洛塔对刚刚收到的恐吓信思考了一番以后,便起床了。

"等着瞧,"她说道,随后又用西班牙语发了个誓,表情很坚决。

她走到窗前朝外一看,映入眼帘的第一样东西是辆灵车。灵车加上恐吓信,这足以使她相信今晚会大祸临头。于是,她立刻把自己的亲朋好友叫到家里,告诉他们说今天晚上演出时,克里斯蒂娜策划了一个针对她的阴谋;她还宣称必须挫败这个小人的阴谋,届时剧场里会坐满她自己的崇拜者。她是不缺崇拜者的,不是吗?她指望依靠这些崇拜者来以防万一,来平息那些捣乱分子闹事,如果这些捣乱分子像她所担心的那样,胆敢起哄捣蛋的话。

里夏尔先生的私人秘书前来打听这位当红歌星的健康状况,带回去的是准信:卡洛塔身体很好,"哪怕只剩下最后一口气",今晚也要演唱玛格丽特一角。秘书还根据上司的指示,一再叮嘱女歌星千万别粗心大意,绝对不要出门,谨防受风着凉。等秘书走后,卡洛塔不由自主地把这些出乎意料的特别叮嘱和信中的恐吓联系了起来。

五点钟的时候,她又从邮递员那儿收到了一封匿名信,字迹和第一封一样。新的来信很短，只简单地写着："您感冒了，如果您还有理智的话，就应该明白今晚想登台演唱，那简直是痴人发疯。"

卡洛塔看完信，冷冷地一笑，耸了耸美丽的肩膀，然后发了两三个音，便心里有了底。

她的朋友们信守诺言，那天晚上全都按时来到歌剧院，但环顾四周，并没有发现什么凶恶的阴谋分子，这些朋友们的任务是击败捣乱分子。在全场的观众中，有一些外行，一些老老实实的资产阶级，他们看上去很安详，流露出的表情只不过是想再次聆听长时间来已经征服了他们的音乐；除了这些观众以外，剩下的便是品位高雅、心平气和、遵守时间的歌剧院常客，这样的老观众是说什么也不会有起哄念头的。惟一看上去好像不正常的，是里夏尔先生和蒙沙尔曼先生出现在5号包厢里。卡洛塔的朋友们认为，也许这两位经理先生也风闻有人蓄意捣乱，于是亲自坐镇，一旦发生情况，可以立即制止，但正如读者所知，这种假设是不正确的；里夏尔先生和蒙沙尔曼先生一心想的是歌剧院幽灵。

> 毫无回音？……我枉劳地在一个狂热之夜，
> 询问造物主和自然界。
> 我的耳朵没有听到片语只言，
> 一丝慰藉！……

著名的男中音歌唱家卡洛鲁斯·丰塔刚刚吟唱完浮士德对地狱神灵所发出的第一次呼喊，坐在幽灵专座上，即包厢第一排右座上的菲尔曼·里夏尔先生，就喜形于色，俯身问边上的同伴：

"你呢，你听到有人对你说话了吗？"

"等一会儿，别太着急嘛，"阿尔芒·蒙沙尔曼先生以同样打趣的口吻回答说，"演出才刚刚开始，你知道幽灵一般要到第一幕中场时才到场。"

第一幕太平无事，顺利结束。卡洛塔的朋友们对此并不感到惊奇，因为玛格丽特在这幕中没有任何唱段。至于两位经理，他们在落幕时相视而笑。

"第一幕演完了！"蒙沙尔曼说。

"是的，幽灵迟到了，"菲尔曼·里夏尔附和道。

蒙沙尔曼老爱开玩笑，他接着说：

"总而言之，对一个倒霉的剧场来说，今晚场内观众的成分还不算太糟。"

里夏尔报以微微一笑。他指着剧场中一位身穿黑衣服、相当粗俗的胖太太让蒙沙尔曼看，只见这位太太坐在剧场的正中央，左右是两名样子粗野的男子，都穿着粗呢礼服。

"'那帮人'是干什么的？"蒙沙尔曼问。

"那帮人么，亲爱的，他们是我家的女门房、女门房的兄弟和丈夫。"

"你给了他们票？"

"当然是我给的……我家的女门房还从来没有到歌剧院里看过戏……这是第一次……而从今以后，她必须每天晚上都来，所以我想在她替别人领座以前，让她也坐个好位子，看场戏。"

蒙沙尔曼要他把这事解释得清楚一点，于是里夏尔告诉他，自己已决定让这位他最信得过的女门房，来顶替吉里太太一段时间。

"说到吉里太太，"蒙沙尔曼接口说，"你知道她会去控告你的。"

"到谁那儿去控告？到幽灵那儿去？"

幽灵！蒙沙尔曼几乎已把他忘记了。

再说，这个神秘人物也没有做什么事，给两位经理提个醒。

突然，他们的包厢门猛地打开了，惊慌失措的舞台监督出现在他们的面前。

"出了什么事？"他俩异口同声问道。在这种时候，这样的地点，看到这样一个人，着实让两位经理吃惊不小。

"事情是这样的，"舞台监督汇报说，"克里斯蒂娜的朋友们密谋反对卡洛塔。卡洛塔正在发火呢。"

"怎么会有这种事？"里夏尔皱着眉头说。

但此刻，大幕正在凯尔梅斯的头顶上开启，经理示意舞台监督退下。

等舞台监督离开后，蒙沙尔曼俯身凑到里夏尔的耳边问道：

"达埃有一些朋友吗？"

"有，"里夏尔回答，"她有朋友。"

"是谁？"

里夏尔的目光转向二楼的一间包厢，里面只有两名男子。

"夏尼·菲利普伯爵？"

"对,他曾经向我推荐过达埃……非常起劲,要不是我知道他是索蕾莉的朋友……"

"哟!你瞧!……"蒙沙尔曼嘟囔着说,"那个坐在他边上、脸色那么苍白的年轻人是谁?"

"是他弟弟,夏尼子爵。"

"他最好还是回去睡觉。他看上去好像病了。"

台上响起了欢快的歌声。对酒当歌,这是在歌颂酒神的胜利。

> 管它是葡萄酒还是啤酒,
> 管它是啤酒还是葡萄酒,
> 请斟满
> 我的酒杯!

学生、资产者、士兵、年轻姑娘和家庭主妇,一个个心情舒畅,在招牌上写着"酒神巴克斯"的小酒馆面前轻快地跳着旋转舞。这时,西贝尔上场了。

克里斯蒂娜·达埃的扮相实在迷人,年轻水灵,高雅中略带几分忧郁,让人一看就顿生怜爱之情。卡洛塔的戏迷们马上想到,达埃的朋友们会对她报以热烈的喝彩,而他们则可以从这些人的喝彩声中听出对手的用心。再说,这种冒冒失失的喝彩反而会弄巧成拙。不过,喝彩声并没有响起。

相反,当玛格丽特穿过舞台,唱出第二幕中仅有的两句歌词:

> 不，先生们，我既非名门小姐，也不美丽，
> 我不需要别人向我伸出援助之手！

这时，台下却对卡洛塔报以响亮的喝彩声。这阵喝彩声显得那么突然，那么多余，以致那些毫不知情的人个个面面相觑，琢磨不透这究竟是怎么回事。不过，第二幕还是平安无事，顺利结束了。这时候，所有的人都在寻思："显然，这事会在下一幕见分晓的。"有几个看上去消息较为灵通的人士断言，"起哄"肯定会在演唱《图勒王的酒杯》时开始，于是他们急忙赶到贵宾入口处那儿去通知卡洛塔。

幕间休息时，两位经理离开包厢，去了解舞台监督刚才对他们说的那件事，但过了不大一会儿，他们又回到原位上，他们耸耸肩膀，认为那件事根本就是无稽之谈。刚走进包厢，他们第一眼就看到扶手的搁板上放着一盒英国糖果。是谁拿来放在那儿的？他们去问那些领座员，但没有一个能回答他们。于是，两人又回到搁板那儿，这次，他们发现那盒英国糖果的旁边还放着一架观剧镜。两个人互相看着对方，再也不想笑了。他们这才想起吉里太太对他们说过的那些话……而后……他们觉得周围好像有一股奇怪的气流……他们一声不响，坐了下来，着实惊呆了。

这时，舞台上的场景是玛格丽特的花园……

> 请向他转告我的心里话，
> 请把我的祝愿带给他……

当克里斯蒂娜手捧红玫瑰和紫丁香,唱着这开头的两句歌词时,她一抬头,看见坐在包厢里的夏尼子爵;顷刻间,所有的人似乎都觉得她的嗓音不再像以往那样自信和清纯了。不知是什么原因,使她的歌声变得低沉含糊……而且流露出颤抖和恐惧。

"这姑娘真奇怪,"卡洛塔的一个坐在正厅前座的朋友几乎扯着嗓门说,"那天晚上,她还演得像天使,今天却唱得像羊叫。一无经验,二无技巧!"

> 我信得过您,
> 您可要为我说明原因。

子爵双手掩面,哭泣起来。伯爵坐在他后面,使劲地咬着胡须的尖端,耸耸肩膀,皱起了眉头。这么多表情是他内心情感的流露,看来这位平时那么庄重、那么冷静的伯爵准是生气了。他看到自己的弟弟作了一次闪电式的神秘旅行,回来时健康状况令人担忧。随后得到的解释无疑根本无法使伯爵放心。他很想知道真正的原因,便要求和克里斯蒂娜·达埃见面,但克里斯蒂娜却大胆答复说,不论是他,还是他的弟弟,都一概不见。他认为这是克里斯蒂娜在耍花招。他既不能原谅克里斯蒂娜给拉乌尔造成痛苦,更不能原谅拉乌尔为这样一个女人伤心。啊!拉乌尔实在是大错特错了,居然会一时冲动,对这个莫名其妙地在一夜之间成名的小姑娘感兴趣!

> 但愿这花儿

> 至少会温柔地吻
> 一下他的嘴唇。

"行啊,这该死的小狐狸精,"伯爵低声骂道。

随即他琢磨着这个女人到底想要干什么……她能希望得到什么……她是纯洁的,据说她没有男友,无依无靠……这个来自北国的天使一定诡计多端!

拉乌尔双手掩面,不让人看到他像孩子般在哭泣,心里只想着他一回到巴黎就收到的那封信。克里斯蒂娜偷偷地逃离佩罗后,已经在他之前到了巴黎。"我亲爱的童年时代的老朋友,您必须拿出勇气来,别再见我,也不要和我说话……如果您真的对我还有一点爱,为了我,为了永远不会忘记您的我,就这样去做……我亲爱的拉乌尔。尤其是,千万别再闯到我的化装室里来。这事和我生命攸关。这事也和您生命攸关。您的小克里斯蒂娜。"

雷鸣般的掌声骤起……原来是卡洛塔上场了。

花园一幕照例高潮迭起。

玛格丽特唱完图勒王之歌时,赢得了热烈的掌声;等她唱完宝贝之歌时,更是掌声雷动。歌词最后说:

> 啊!看到自己在这面镜子中如此美妙
> 我禁不住自怜自笑……

自此刻起,卡洛塔对自己,对在座的朋友,对自己的嗓音,对自己的成功都表现得信心十足,不再有任何的恐惧,她演得十分投入,热情奔放,如痴如醉。她演得非常放肆,一点都不害臊……她扮演的不再是玛格丽特,而是卡门。观众的掌声更加热烈,于是她觉得接下来她和浮士德的二重唱会取得进一步的成功,突然……可怕的事情发生了。

浮士德跪在地上唱道:

> 让我,让我在惨白的月光下
> 仔细端详你的容颜,
> 月亮也仿佛在云层里
> 轻轻抚摸你的美艳。

玛格丽特对唱道:

> 哦,宁静!哦,幸福!难以形容的神秘意境!
> 令人陶醉的惆怅!
> 我侧耳细听!……我听出那孤独的声音
> 是在我的心里歌唱!

就在这时……正好在这个时候……发生了一件事……就像我刚才说的,发生了一件可怕的事……

……全场观众同时站了起来……包厢里的两位经理情不自禁地发出一声可怕的叫喊……男男女女的观众全都面面相觑,好像在要求对方解释这突如其来的现象是怎么回事……卡洛塔的脸部表情极为痛苦,两眼直勾勾的,像疯了一样。可怜的女人挺直身子,还半张着的嘴刚唱完"那孤独的声音是在我的心里歌唱……"但这张嘴再也不唱下去了，它再也不敢说一句话，发一个音……

因为这张专门为和谐的音乐天造地设的嘴，这个从未有过失误的乐器，这个美妙的嗓子，它能发出最动听的音色，最难发的和音，最婉转的旋律，最激昂的节奏，这部尽善尽美的人间音乐机器要想升华到仙界，只缺一把天堂之火，而惟独这把天堂之火，才能产生真正的激情，摄人魂魄……因为这张嘴唱出……

从这张嘴里脱口而出的是……

……一只癞蛤蟆！

啊！可怕、难看、全身疙疙瘩瘩、口吐白沫、喷射毒液、叫声刺耳的癞蛤蟆！……

它是从哪儿进去的？它是怎么蹲在舌头上的？两条后腿弯曲，偷偷地作好跳得更高更远的准备，它从喉咙里蹦出来，紧接着……呱！

呱！呱！……啊！这可怕的叫声！

你们一定想到癞蛤蟆只是一个形象的比喻。谁也没有看见真有什么癞蛤蟆。但真是活见鬼！观众却能听到癞蛤蟆的叫声。呱！

整个剧场像是被玷污了。就是在那些一片蛙叫声的池塘边，也从来没有哪只癞蛤蟆能用比这更可怕的呱呱声划破夜空。

确实，这事出乎所有人的预料。因此，卡洛塔仍然不敢相信自己的嗓子，自己的耳朵。就算有一阵响雷向她劈头盖脑打来，也不会比从她嘴里出来的癞蛤蟆的呱呱乱叫更让她惊恐……

晴天霹雳不会使她名誉扫地。而女歌手唱的歌像癞蛤蟆叫,肯定是她的奇耻大辱。有些人甚至会因此含羞而死。

天哪!这样的事谁会相信呢?……她那么平静地唱道:"我听出那孤独的声音是在我的心里歌唱!"她唱得毫不费劲,就像惯常的那样,容易得就像我们说:"您好,太太,您身体好吗?"

不可否认,有些自以为是的女歌手,不自量力,结果铸成大错;她们骄傲自大,想用上帝赐予的音域不那么宽广的嗓音,达到超乎寻常的效果,想发出一些天生就发不出的乐音。于是,上帝为了惩罚她们,就在她们不知不觉的情况下,派一只癞蛤蟆到她们的嘴里,一只呱呱叫的癞蛤蟆!这是众所周知的神话故事。但是,没有人能相信,一个像卡洛塔那样嗓音至少能跨越两个八度的女歌星,她的嘴里也会有一只癞蛤蟆。

观众不会忘记她在《魔笛》中唱出的那些尖厉的高八度音FA,那些空前绝后的断奏音。大家都记得她在《唐璜》中扮演艾尔薇,有一天晚上唱出了她的同伴安娜夫人望尘莫及的SI降半音,一鸣惊人,获得了巨大成功。然而此刻,她在心平气和地唱出了普普通通的"那孤独的声音是在我的心里歌唱"之后,突然冒出这声"呱",这究竟意味着什么呢?

这事不合情理。肯定有人在暗中捣鬼。这只癞蛤蟆对女歌唱家来说不啻是祸从天降。啊,可怜、悲惨、绝望、精疲力竭的卡洛塔!……

场内的起哄声越来越大。居然有人喝卡洛塔的倒彩,这样的遭遇是本不该突然落到她身上的呀!其实,对她这位像一件完美的乐器那样的歌唱家，观众表现出来的丝毫不是愤怒，而是惊愕和恐惧。这种惊恐是只有那些曾亲眼目睹那场砍去米罗的维纳斯女神手臂的灾难的人，才能体验到的！……而且那些人还能看到惨案的发生……知道事情的原委……

但这儿呢？这只癞蛤蟆是无法理解的！……

因此，卡洛塔有几分钟时间在寻思，她是否真的亲耳听见这个音符从她的嘴里出来——这种声音是一个音符吗？——这种鼓噪还称得上是一个音吗？一个音，仍然属于音乐——而这"呱"的一声巨响，她想说服自己，这声巨响根本不能算音乐；是她的耳朵在片刻间出现了幻听，绝非发音器官发生了可恶的背叛……

她茫然地环顾四周，好像在寻找一个藏身的地方，在寻找一种保护，或者更确切说，在寻找这样一种自信：她的嗓子是清白无辜的。她的手指拳曲，护着喉咙，做出一种保护和抗议的动作！不！不！这"呱"的一声不是她发出来的！旁边的卡洛鲁斯·丰塔好像同意她的意见，他像个吓呆的孩子，带着一种怪怪的表情看着她。丰塔就在她的身旁，没有离开过。也许他能告诉她这样的事是怎样发生的！不，他也说不上来！他双眼呆呆地盯着卡洛塔的嘴巴，就像孩子聚精会神地盯着魔术师那顶里面藏着取之不尽东西的帽子。一张如此小巧的嘴巴里怎么能容得下一声如此响亮的"呱"声呢？

癞蛤蟆，"呱呱"的叫声，场内的激动、惊诧、喧闹，以及台上幕后的混乱——有几个哑角露出了受惊的脑袋，我向你们详细描述的这一切，实际上只持续了短短的几秒钟。

这可怕的几秒钟尤其对坐在楼上5号包厢里的两位经理来

说，却好像长得没完没了。蒙沙尔曼和里夏尔的脸色非常苍白。这个闻所未闻、依然无法解释的插曲，使他们的焦虑不安更增添了一层神秘色彩，要知道，他们自刚才发现了一盒英国糖果以来，一直处在幽灵的阴影中。

他们已经感觉到了幽灵的气息。这气息吹得蒙沙尔曼的一撮头发都竖了起来……而里夏尔则用手帕擦拭额头上的汗……是的，幽灵就在这里……就在他们的周围……在他们的背后，在他们的身旁，他们能感觉到，却看不见！……他们听见他的呼吸声……而且离他们那么近，离他们那么近！……有人出现在我们身边的时候，我们自然会知道……那么好吧，他们现在知道了！……他们能断定包厢里有三个人……他们吓得浑身发抖……他们想拔腿就逃……可他们不敢……他们连动都不敢动一下，连一句话都不敢交谈，生怕会让幽灵听出他们知道他在这儿！……接着他们又将遇到什么事？又将有什么事发生？

发生的是"呱"的一声叫！紧接着，他俩的惊吓声压倒了剧场里所有的嘈杂声。他们感到自己处在幽灵的威胁之下。他们从包厢里探出身子，注视着卡洛塔，仿佛再也认不出她来了。这个来自地狱的魔女一定是用她那声癞蛤蟆的叫预示一场灾难就要来临。啊！灾难，他们在等待它的来临！幽灵早就向他们警告过了！这倒霉的剧场！两位经理的胸口已经被灾难压得喘不过气来。只听到里夏尔气急败坏地对卡洛塔喊道：

"行了！继续演下去！"

不！卡洛塔没有继续演下去……她反而大胆勇敢地重唱发

出"呱"的一声之前的那句要命的歌词。

剧场里的喧闹声顿时平息,出现了可怕的死寂。只有卡洛塔的嗓音再次充斥整个音乐大厅。

我侧耳细听!……

剧场里的观众也在侧耳细听。

……我听出那孤独的声音(呱!)
呱!……是在我的心里歌……呱!

癞蛤蟆也重新开始鼓噪。

台下响起一片起哄声。两位经理跌坐在椅子上,甚至不敢回头看,他们连这样做的力气也没有了。那幽灵居然还冲着他们笑!最后,他们清楚地听到他的声音传入了他们的右耳朵,这个声音是一般人不可能有的,不是从嘴巴里说出来的;这个声音对他们说:

"今天晚上她会把枝形吊灯都唱得掉下来!"

他俩动作一致,抬头朝天花板看去,随即可怕地大叫一声。那只枝形吊灯,那只硕大无朋的枝形吊灯,听了那个魔鬼声音的召唤,应声而落,冲着他们掉了下来。枝形吊灯不知怎么脱了钩,从大厅的高处一下子掉到正厅前座的中央,吓得全场观众一片惊叫。这件事实在可怕,人人争相逃命。我无意在此重现这历史性的一刻。有兴趣的读者只要打开当时的报纸,查阅一下就行了。当时伤多人,死一人。

枝形吊灯正好掉在一名倒霉的女观众头上。那天晚上,是她有生以来第一次到歌剧院看演出,里夏尔先生已指定此人去接替幽灵的领座员吉里太太的职务。她当场死亡,第二天,有家报纸的头版大标题是《看门妇头顶二十万公斤!》。这可以算是她的全部悼词了。

第九章
神秘的双座轿式马车

这个多事的晚上对每个人来说都是凄惨的。卡洛塔病倒了,而克里斯蒂娜·达埃则在当晚表演结束之后就失踪了。整整半个月,没有人在歌剧院里看见她,她也没有在歌剧院外的其他地方露面。

这是克里斯蒂娜的第一次失踪,当时并没有引起什么轰动。我们不应该把这次失踪和不久以后闹得满城风雨的那次劫持混淆起来,那次劫持是在一些无法解释和很惨的情况下发生的。

拉乌尔自然首当其冲,对克里斯蒂娜的不辞而别根本无法理解。他给女歌手写了封信,寄往瓦勒里乌斯太太家,但没有收到回信。起初,他对此并没有感到特别惊讶,因为他知道克里斯蒂娜的精神状态和决心,她已决定和他断绝一切关系,只是他还无法猜出其中的原因。

拉乌尔的痛苦与日俱增,最后因在任何节目单上都看不到克里斯蒂娜的名字,而感到焦虑不安。在《浮士德》的演出人员中没有她。一天下午,将近五点钟光景,他到歌剧院的经理那儿去打听克里斯蒂娜·达埃失踪的原因。他发现经理们忧心忡忡。连经理们的亲朋好友也觉得他们变得快认不出来了:往日的高兴和热情已荡然无存。大家看见他们穿过剧场时低着脑袋,眉头紧皱,面色苍白,仿佛被什么可恶的想法紧紧缠住,又像是受到命运的捉弄,再也无法摆脱。

枝形吊灯的坠落事件带来了很多责任问题,而两位经理在这方面难以自圆其说。

调查结果认为这是一次突发性的偶然事故,原因是悬挂装置年久失修,但新老两届的剧院经理仍然应负疏忽责任,他们本应发现磨损问题,及时修复,避免酿成灾祸。

我还得指出,里夏尔先生和蒙沙尔曼先生在这段时间里看上去变化很大,两人都变得心不在焉,神秘莫测,不可理解;于是,很多老观众猜想,经理先生们的精神状态之所以发生这样的变化,一定还有什么比吊灯坠落更可怕的事缠住了他们。

在日常的待人接物中,他们显得很不耐烦,只有对复职后的吉里太太是例外。当夏尼子爵来打听克里斯蒂娜的消息时,他俩的态度可想而知;他们只回答说她在休假。夏尼子爵又问要休多长时间,他们相当冷淡地答复说没有期限,克里斯蒂娜是因健康原因请假的。

"这么说她病了!"拉乌尔大声说,"她哪儿不舒服?"

"我们什么都不知道!"

"那你们也没有派剧院的医生去给她看病?"

"没有!她没有这个要求,而且我们信任她,一向相信她说的话。"

拉乌尔觉得这事很蹊跷,离开歌剧院时心事重重。他决定不管遇到什么事,都要到瓦勒里乌斯太太的府上去问问情况。不用说,他还记得克里斯蒂娜在来信中的严厉措辞,克里斯蒂娜叫他别枉费心机，别想再见到她。然而，他在佩罗看见的，他躲在化装室外听到的，以及他在荒山野地里和克里斯蒂娜的交谈，这一切都使他预感到其中必有某种阴谋，这种阴谋虽说不上是鬼使神差，但也并非常人的能力所及。年轻姑娘的狂热想象，且心肠很软、容易轻信，童年时代接受的启蒙教育又都是些神话故事，还有对死去的父亲的无尽的想念，尤其是音乐艺术在某些特定的条件下在她身上表现出来时那种心醉神迷的痴呆状态——他面对墓地里的那种情景时，不是也会作出同样的判断吗？所有这一切在拉乌尔看来，都好像应该成为一种道德基础，给某个神秘而肆无忌惮的人物干坏事造成了可乘之机。克里斯蒂娜·达埃到底是谁的牺牲品呢？这正是拉乌尔在匆匆前往瓦勒里乌斯大妈家中时自然会想到的问题。

子爵是个思想健康、头脑清醒的人。无疑，他想象力丰富，喜欢浪漫的音乐，而且酷爱布列塔尼地区流传的有关小精灵跳舞的古老神话故事，尤其是深爱着来自北方的小仙女克里斯蒂娜·达埃；但是，他只是在宗教方面才相信超自然的东西，其他方面么，就是世界上最荒诞离奇的故事也不能使他忘记二加二等于四。

在瓦勒里乌斯大妈家能打听到什么呢？他在按响胜利圣母街一套小公寓的门铃时，这个问题搅得他直打哆嗦。

来给他开门的就是有天晚上从克里斯蒂娜的化装室里出来时和他打过照面的那个侍女。他问瓦勒里乌斯太太是否能见客。侍女回答说夫人病了，卧床不起，不能"接见客人"。

"那就请把我的名片递上去，"他说道。

他没有等上多大一会儿，侍女就回来把他带进一个光线很暗、陈设简单的客厅，墙上面对面地挂着瓦勒里乌斯教授和老达埃的画像。

"夫人请子爵先生原谅，"侍女说，"她只能在卧室里接待您，因为她两条可怜的腿已经站不住了。"

五分钟后，拉乌尔被带入一间几乎漆黑一片的卧室，可他还是马上在放床的昏暗的角落里，认出了克里斯蒂娜的恩人那张慈祥的脸。如今，瓦勒里乌斯大妈的头发已经完全白了，但目光并不见老，并且恰恰相反，比以往任何时候，都要明亮、纯洁和充满稚气。

"子爵先生！"她很高兴，边说边向来客伸出双手，"啊！是上帝派您来的吧！……我们这就可以说说'她'了。"

年轻人听到最后一句话，心里很难过。他马上问道：

"夫人……克里斯蒂娜在哪儿啊？"

老夫人平静地答道：

"哦，她和她的'仁慈的守护神'在一起！"

"哪个仁慈的守护神？"可怜的拉乌尔不禁大声问道。

"就是那位音乐天使！"

夏尼子爵一下子惊呆了，跌坐在一张椅子上。果然，克里斯蒂娜和音乐天使在一起！躺在床上的瓦勒里乌斯大妈对他微微一笑，伸出一个指头放在嘴上，示意他保持安静。她接着补充了一句：

"不要对任何人说起这事。"

"您完全可以相信我！"拉乌尔随口回答说，他不知道自己在说些什么，因为头脑里本来就已经很混乱的有关克里斯蒂娜的那些想法越来越乱，他仿佛觉得一切都在围住他，围住卧室，围住这位心地极其善良、白发苍苍、眼睛像淡蓝色的天空般清澈剔透的老太太旋转……"您完全可以相信我……"

"我知道！我知道！"她高兴地笑着说，"那就坐得离我近一点，就像小时候那样。把您的手伸给我，就像您把从老达埃那儿听来的小罗特的故事讲给我听时那样。拉乌尔先生，您知道，我很喜欢您。克里斯蒂娜也很喜欢您！"

"……她很喜欢我……"年轻人轻轻地叹着气说，这时候他难以把自己的思绪再集中到瓦勒里乌斯大妈所说的保护神，克里斯蒂娜奇怪地对他讲起过的天使，他倒在佩罗教堂主祭坛前的台阶上时噩梦中梦见过的死人头，以及歌剧院幽灵上了。有关歌剧院幽灵的传闻是有天晚上他偶然听说的，当时他在舞台上耽搁了一会儿，离他两步远的地方，有几个置景工正在谈论吊死鬼约瑟夫·布盖在神秘地吊死前对歌剧院幽灵所作的那番可怕描述……

他低声问道：

"夫人，是什么事使您相信克里斯蒂娜很喜欢我？"

"她每天都跟我谈起您！"

"真的？……那她跟您都说些什么？"

"她跟我说您对她有过正式表示！……"

说到这儿，好心的老人家不禁笑得合不拢嘴，露出了一口不轻易让人看到的牙齿。拉乌尔羞得满脸通红，非常痛苦地站起身来。

"怎么，您要去哪儿……您再坐一会儿好吗？您以为您可以这样离开我？……您要是因为我刚才的笑，心里有些生气，那我请您原谅……不管怎么说，所发生的事，不是您的错……

剧院魅影

您并不知道……您还年轻……您得相信克里斯蒂娜是自由的……"

"克里斯蒂娜订婚了吗?"不幸的拉乌尔哽咽着问道。

"当然没有!当然没有!……您完全知道,克里斯蒂娜,就算她想结婚,也不能结婚!……"

"说什么呢!我一点都不知道!……为什么克里斯蒂娜不能结婚?"

"就是因为那位音乐保护神!……"

"又是他……"

"对,他不准她结婚!……"

"他不准她结婚!……音乐保护神不准她结婚!……"

拉乌尔朝瓦勒里乌斯大妈俯下身去,下颚突出,像要咬她一口似的。要不是他用更毒辣的目光望了望她的话,真想把她一口吞了。有时候,思想过分的单纯会显得那么可怕,从而变得令人憎恶。拉乌尔觉得此时的瓦勒里乌斯太太就属于过分单纯。

老人对年轻人向她射来的可怕目光毫不理会,用十分自然的口气接着说:

"哦!他不准她结婚……他没有直言不讳地不准她结婚……他只是说,如果她结婚了,那就再也听不到他的声音!就是这么回事!……他会一去不返!……可是,您知道,她不愿意让音乐保护神离她而去。这是自然而然的事。"

"是啊,是啊,"拉乌尔叹着气,随声附和,"这是自然而然的事。"

"再说,我以为她在佩罗遇到您的时候,把这一切都已经告诉您了。她当时是和她那位'仁慈的守护神'一块儿去的。"

"啊！啊！她是和那位'仁慈的守护神'一块儿去佩罗的？"

"也就是说，是他约克里斯蒂娜到那儿去，到佩罗公墓里老达埃的墓前去和他约会的！他曾答应用她父亲的那把小提琴演奏《拉撒路的复活》！"

拉乌尔站起身来，用盛气凌人的口吻说出了这句一锤定音的话：

"夫人，您这就告诉我，那位保护神，他现在住在哪儿！"

老人家对这个冒昧的问题似乎一点都不觉得猝不及防。她抬头望着上面回答说：

"住在天上！"

如此天真的回答难住了拉乌尔。她竟然这样单纯，完全相信有位天神每天晚上从天而降来到歌剧院那些歌唱演员的化装室里，这使拉乌尔大吃一惊，不知所措。

现在，他终于明白了，由一位迷信的乡村乐师和一位"有宗教幻象"的善良太太抚养长大的小姑娘，会有怎样的精神状态。他一想到这一切可能导致的后果，不禁浑身颤抖。

"克里斯蒂娜一向是个品行端正的姑娘吗？"年轻人情不自禁地突然问道。

"我对天发誓！"老太太这次显得怒不可遏，大声喊道，"先生，如果您对此心存疑虑，我不知道您到这儿来干什么！……"

拉乌尔使劲拉下戴在手上的手套。

"她认识这位'保护神'有多长时间了？"

"大概有三个月!……对啦,他是三个月前开始给她上课的!"

子爵伸开双臂,做了个无可奈何的绝望动作,然后听任双臂下垂,显出筋疲力尽的样子。

"保护神给她上课!……在哪儿?"

"现在克里斯蒂娜跟着他走了,我也说不上他们在哪儿,但是,半个月前,是在她的化装室里。在这里,在这套小公寓里是不可能的。整个公寓里的人都会听到他们的声音。而在歌剧院里,早上八点的时候,一个人也没有。谁也不会打扰他们!……您明白吗?……"

"我明白!我明白!"子爵大声说道,接着便急忙向老人家告辞,老人家则暗自在思忖子爵是不是有点发痴了。

拉乌尔穿过客厅时,迎面碰上了侍女,一时间头脑里闪过一个念头,想要向她打听点情况,但他下意识地突然发现侍女的嘴上挂着浅薄的微笑。他立刻想到她是在嘲笑自己,便夺路而逃。难道他知道得还不够多吗?……他本来就是来打听消息的,他还能有什么更多的奢望吗?他徒步回到哥哥家里时,那种样子实在是怪可怜的……

他恨不得用鞭子抽打自己,在墙上撞个头破血流!自己竟然相信她是那么清白无辜,那么纯洁无瑕!竟然一度想天真、单纯、老老实实地把一切都说个明白!那个音乐守护神!他现在终于知道他是什么人了!把他看清楚了!再也不用怀疑,这不过是某个可恶的男高音歌手,口是心非的漂亮小伙子罢了!他觉得自己滑稽可笑,悲惨不幸,真是活该!啊!夏尼子爵先生竟是个可怜、渺小、无足轻重、傻乎乎的年轻人!拉乌尔心里愤愤不平地这样想着。而克里斯蒂娜,则是个厚颜无耻、该受酷刑的魔女!

尽管如此,在大街小巷里一路往家跑,对拉乌尔还是有好处的,使他发热的头脑稍稍冷静了下来。他走进自己的房间时,一心想扑倒在床上,掩面而泣。不料,他的哥哥等在那里,于是他像个小孩似的扑进哥哥的怀里。伯爵像慈父一样安慰他,没有要他作什么解释;而拉乌尔也犹豫不决,不知是否要把音乐守护神的事讲给哥哥听。要说人生中,有些事不便大吹大擂的话,有些事则是羞于启齿的。

伯爵把弟弟带到一家小酒馆吃晚饭。本来,拉乌尔旧的心病未除,又添新痛,那天晚上完全可能拒绝一切邀请。但伯爵为了说服弟弟,告诉他说头天晚上,在一条通往森林的小路上,有人遇上了他朝思暮想的那位姑娘,身边还有一个风度翩翩的男伴。一开始,子爵根本不愿相信,后来伯爵对他讲了详尽的细节,他也就无话可说了。总之,这种偶然相遇难道不是最平常不过的事吗?有人看见她坐在一辆双座轿式马车里,玻璃车窗开着。她似乎在长时间地呼吸夜里冰冷的空气。当时月色皎洁,能清清楚楚地把她认出来。至于那位男伴,只能在黑暗中看到一个模糊的身影。马车"慢慢地"行驶在隆尚看台后面一条寥无人迹的小路上。

拉乌尔发疯似的穿好衣服,为了忘记心中的痛苦,已经准备投身到所谓的"享乐涡流"中去。唉!在小酒馆里,他仍然闷闷不乐,早早地离开了伯爵;晚上十点左右,他坐着一辆马车,来到隆尚看台后面。

天气冷得出奇。路上显得空荡荡的,在月光下格外明亮。

拉乌尔命令车夫把马车停在近旁一条小路的拐角上,耐心地等着他;他则开始在路上走来走去,并且尽量不让别人看见。

他这种健身锻炼活动进行了不到半个小时,就看见从巴黎方向驶来一辆马车,在大路的拐角那儿拐了个弯,然后不慌不忙,慢悠悠地朝他这边过来。

他立即想到:是她来了!他的心又像那夜躲在化装室的门外偷听那个男人的说话时一样,在胸中怦怦直跳,连他自己也听出来了……上帝啊!他是多么爱她啊!

马车一直在前进。而他却站住不动。他在等待!……如果真是她,他决定飞身跳上辕马!……无论如何,他要和音乐天使解释清楚!……

还差几步,双座轿式马车就要驶到他那儿。他确信车里坐的一定是她……果然,这时候有个女子的头探出车门。

惨白的月光一下子照亮了她的脸。

"克里斯蒂娜!"

这个深藏在拉乌尔心底的爱人的神圣名字,一下子脱口而出,他再也按捺不住了!……他一跃而起,想要把说出的话收回来,因为这个响彻夜空的名字仿佛像一声号令,那些拉车的马听到后马上狂奔起来,在他面前一闪而过,使他来不及实施原来想好的计划。车门上的玻璃窗已经关上,那张少妇的脸消失了。他紧追不舍,前面的那辆双座轿式马车已经在白茫茫的大路上化作一个小黑点。

他还在大声疾呼:克里斯蒂娜!……没有任何回答。他只好停住脚步,四周一片寂静。

他绝望地望着天空,望着星星;还用拳头捶打自己怒火填膺的胸膛；他爱着一位天使，可对方却不爱他！

他忧郁地审视着这冷冷清清的大路，苍白死寂的夜色。可这一切都比不上他那颗虽生犹死、冰凉的心：他以前心里深爱的是一位天使，可现在心里鄙视的是一个女人！

拉乌尔，那个来自北方的小仙女分明是在玩弄你啊！如此水灵、如此腼腆的脸蛋，要是随时准备戴上遮羞的玫瑰色面纱，夜深人静时坐着豪华的双座轿式马车，由神秘的情人陪着外出兜风，这种漂亮的脸蛋难道不是徒有其表吗？虚伪和说谎难道不该适可而止吗？……一个人有了交际花的灵魂，难道还该有孩子般明亮的眼睛吗？

……她坐车走了，对他的呼喊不理不睬！……

而他为什么要到她经过的路上来守候呢？

她只要求拉乌尔把她忘了，他有什么权利当面责问她怎么会出现在这里？……

"滚开！……滚得远远的！……你算什么东西！……"

他想一死了之，可他才二十岁啊！……第二天早上，仆人冷不丁看见他坐在床上，连衣服也没有脱；仆人看见他脸色憔悴，生怕有什么不幸。拉乌尔从仆人手里一把夺过给他送来的邮件。他马上认出了来信、信纸和笔迹。克里斯蒂娜在信中对他说：

> 我的朋友，请于后天午夜参加歌剧院的假面舞会，地点是在大休息室壁炉后面的小客厅里，到时请站在通往圆亭的那扇门旁。不要把这个约会告诉任何人。穿上带风帽的白色长外衣，戴好面具。我用生命保证，不会有人认出您的。克里斯蒂娜。

第十章
假面舞会

信封上沾满污泥,没贴任何邮票,只用铅笔写着"请转交拉乌尔·德·夏尼子爵先生"和地址。这封信肯定是有意扔在路上,希望过路人捡到后按地址交给拉乌尔的;这事果真如愿以偿。信是在歌剧院广场的人行道上捡到的。拉乌尔怀着激动的心情把信重读了一遍。

不用说,这足以使拉乌尔的心中又产生了希望。他曾一度认为克里斯蒂娜是个忘记了自爱自重的女子,现在克里斯蒂娜留在他心目中的这种不好形象已不复存在,一种新的想法油然而生:她是一个不幸的、清白无辜的女孩,只不过成了一时轻信和过分多愁善感的牺牲品。此时此刻,她受的伤害究竟到了什么程度?她落到了什么人的手中?被拖入了怎样的深渊?拉乌尔思考着这一个个问题,心里万分焦虑;但是,这种痛苦在他看来和想到克里斯蒂娜是一个虚伪的骗子而引起的狂怒相比,完全是可以忍受的!到底发生了什么事?她受到了什么影响?什么样的恶魔,用什么武器,迷住了她的心窍?……

……如不是用音乐的武器,还会用什么武器呢?是的,是的,他越往这方面想,就越相信会发现事实。难道他忘了在佩罗,克里斯蒂娜告诉他说她接待了天使的来访时所用的语气?

近来克里斯蒂娜的故事本身,难道丝毫不能帮助他摆脱困境,走出黑暗,豁然开朗吗?他难道不知道克里斯蒂娜在父亲去世后万念俱灰,对生活中的一切事情,甚至对自己的艺术,都感到索然无味吗?在歌剧院的那些日子里,她过得就像一台没有灵魂、可怜的唱歌机器。可突然间,她好像被一阵仙气吹醒了。音乐天使来过了!她演唱《浮士德》中的玛格丽特,结果大获成功!……啊,音乐天使!……究竟是谁,是谁成了她眼中的这位神奇的天才大师?……究竟是谁打听到了老达埃的那个神奇传说,并利用它来把年轻姑娘捏在手心里,像摆弄一件毫无抵抗能力的乐器似的随意支配呢?

于是拉乌尔想到,这样的奇遇也并非绝无仅有。他记得在贝尔蒙特王妃身上也发生过这样的事。刚失去丈夫时,王妃由绝望变成了痴呆……有一段时间既不能说话,也不会哭泣。这种身体和精神的麻木日趋恶化,神志不清还逐渐导致生命的枯竭。每天晚上,病人都被抬到花园里,但她似乎根本不知道自己在什么地方。拉夫是德国最伟大的歌唱家,正巧来到那不勒斯,想参观享有美誉的王妃花园。王妃的一名女仆请求大歌唱家躲在王妃躺卧的小树林旁边唱歌。拉夫答应了,唱的是一支王妃新婚燕尔时听到过的、出自丈夫口中的小曲。这支歌曲生动感人。无论是旋律,歌词,还是艺术家的美妙歌喉,全都天衣无缝地结合在一起,结果深深地打动了王妃的灵魂。她顿时泪如泉涌……一下子哭了出来,她得救了,而且从此以后一直坚信,那天晚上,她的丈夫从天而降,为她唱了昔日的情歌!

"是的……那天晚上!……"这会儿拉乌尔心里在想,"惟一的一个晚上……但是,这个美好的想象是根本经不起反复考验的……"

这个想入非非和悲痛欲绝的贝尔蒙特王妃,如果她坚持三个月,每天晚上都到花园里来,最终肯定会发现躲在小树林后面的拉夫……

音乐天使已经给克里斯蒂娜上了三个月的课……啊!这真是一位敬业的老师!……现在,他居然带着她到森林里去散步!……

拉乌尔那颗嫉妒的心在狂跳不已,他用手指猛抓胸膛,仿佛要把皮肉撕开。他毫无经验,这会儿越想越怕,不知道克里斯蒂娜邀请他参加假面舞会,玩的是什么花招。一个歌剧院的女子会把一位善良的情场新手愚弄到何种程度?多么可悲啊!……

就这样,拉乌尔的心里一会儿这样想,一会儿又那样想,不知道是应该同情克里斯蒂娜呢,还是咒骂她。他同情克里斯蒂娜一阵后,紧接着又骂她一阵。但不管怎样,他最后还是身不由己地穿上了一件带风帽的白色长外衣。

约会的时间终于到了。子爵脸上戴着半截面具,还饰有又长又厚的花边,身穿白色长外衣,他觉得自己穿上这身浪漫的假面舞会服装后,样子很滑稽。一位上流社会的男士是不该化了装去参加歌剧院的舞会的,要不然会让人见笑。但另一个念头又让子爵聊以自慰:别人肯定不会认出他的!再说,这身打扮,加上这个半截面具,还有一个好处:拉乌尔可以"像在自己家里"一样,在舞会上独来独往,发泄灵魂的不安和内心的沮丧。他根本用不着佯装欢颜,他不必再为自己做个面具,他已经有了!

这个舞会是一次特别庆典，日期定在封斋前，是为纪念一位著名画家的生日而举行的，这位画家擅长画昔日的欢庆场面，是加瓦尔尼①的追随者，他用手中的笔使狂欢的场面和库尔蒂耶的化装游行情景永垂史册。因此，这个舞会和平常的假面舞会相比，看上去气氛更加快乐、喧闹和放荡。很多艺术家相约在舞会上聚首，后面跟着一大群模特儿和学员，午夜时分，大伙开始狂欢。

拉乌尔登上歌剧院的大楼梯时离午夜还差五分钟，他马上看了看四周，只见大理石的台阶上从上到下尽是五彩缤纷的奇装异服，周围的装饰极其富丽堂皇；他不为任何滑稽好玩的面具心动，不搭理任何俏皮话，无暇顾及几对已经玩得很开心的情侣之间的亲热场面。子爵穿过休息大厅，避开一群一时把他围住了的跳法兰多拉舞的人，终于走进克里斯蒂娜的来信中所说的那个小客厅。这块小小的地方挤满了人，因为到圆亭去吃夜宵或返回来拿香槟的人都在这交汇处相遇。这里人声鼎沸，个个兴高采烈。拉乌尔想，克里斯蒂娜把他们秘密约会的地点选在这么个乱哄哄的地方，确实要比选在某个僻静的角落要好：戴着面具待在这里更不容易暴露身份。

他站在门旁等着。没等多久，一个身穿带风帽的黑色长外衣的人走了过来，迅速抓住他的指尖。他明白：来人正是她。

他跟着来人走了。

"是您吗，克里斯蒂娜？"他问道，声音好像是从齿缝里发

---

① 加瓦尔尼(1804—1866)，原名谢瓦利埃，法国版画家、油画家。1839—1846年发表有名组画《轻佻佳丽》、《装卸工》和《女人的诡计》。

出的。

黑衣人猛地转过身，竖起一个食指放到嘴上，示意他别再叫她的名字。

拉乌尔继续跟在后面走，保持着安静。

在如此奇怪的场合重新找到她后，子爵很怕再失去她。他对她不再感到仇恨，甚至认为她应该"没有任何可指责的地方"，虽说她的行为是那么荒诞，那么莫名其妙。他已准备做出一切宽容、原谅和委曲求全的事。他已坠入爱河。再说，可以肯定，待会儿人家自然会向他解释为何如此奇怪地失踪的……

黑衣人时不时回过头来，看看白衣人是否一直跟着。

当拉乌尔这样跟着向导重新穿过观众休息大厅往回走时，不由地注意到在所有狂欢的人群中，有一群人……在所有试图干出种种荒唐事的人群中，有一群人簇拥着一个人物，此人的化装、原有的气质和可怕的外表着实令人毛骨悚然……

这人穿着一身猩红色的服饰，骷髅头上戴着一顶特大的羽毛帽。啊！如此惟妙惟肖地模仿骷髅头，真是令人叹为观止！歌剧院的年轻学员们将他团团围住，纷纷为他的成功扮演喝彩……向他打听如此逼真的骷髅头是出自哪位化装师之手，是在哪家化装室里制作、描眉打鬓和涂脂抹粉的，这家化装室定然是普路托①经常光顾的地方。就连真正的死亡之神也得甘拜下风。

这个戴着骷髅头面具和羽毛帽、身穿猩红色衣服的男子，

---

① 普路托，罗马神话中的冥王，对应希腊神话中的冥王哈得斯。

还披着一件宽大的红丝绒大衣,长长的,一直拖到地板上,宛如燃烧的火焰;大衣上用金线绣着一行字:"不要碰我!我是到此一游的红衣死神!……"每个人读到这行字后,都要高声重复一遍。

有人想伸手碰碰他……但从猩红色的衣袖里伸出一只瘦骨嶙峋的手猛地抓住了冒失鬼的手腕,这人立刻感到被铁骨钢爪抓住,死神还紧紧地捏住他,似乎不肯松手,他不禁发出了一声痛苦和恐惧的叫喊。最后,红衣死神还是放了他,冒失鬼像疯子似的急忙逃到哄笑的人群中。就在这时,拉乌尔与这个犹如死神般的人物擦肩而过,而此人也正巧转过头来看拉乌尔。拉乌尔见状差点脱口而出,大声叫道:"佩罗的死人骷髅头!"他认出来了!……他一时竟忘了克里斯蒂娜,想要冲上去;但黑衣人好像也出奇地激动,一把抓住他的手臂,拉住他就走……走得离大厅远远的,离开了那群打扮得像妖魔鬼怪似的、红衣死神混迹其中的人……

黑衣人不时地回头看看,她好像有两回看到了什么让她感到害怕的东西,因为她拉住拉乌尔越走越快,像是被人追赶一样。

就这样,他们连上了两层楼,那里的楼梯上和走廊里几乎空无一人。黑衣人推开一间化装室的门,示意白衣人跟在她后面进去。克里斯蒂娜(没错,正是她,拉乌尔还能听出她的声音),克里斯蒂娜等他进去以后马上关好身后的门,并且低声叮嘱他待在化装室的里间,千万别露面。拉乌尔摘下面具,而克里斯蒂娜仍戴着。正当年轻人要请女歌唱家摘下面具时,却十分惊讶地看到她俯身贴在门板上,正聚精会神地听着外面的动静。然后,她把门稍稍打开一点儿,一边从门缝里往走廊上看,一边低声说:"他应该上楼了,在'盲人化装室'里!"……突然,她大叫一声:"他又下楼了!"

她想把门关上,但拉乌尔不让她关,因为他看见通往上面一层楼的楼梯的最高一级上有一只穿红鞋的脚,接踵而来的是另一只脚……然后,红衣死神的全身猩红色服装缓慢地,威严地从上而下。最后,他又一次看到了佩罗的那个死人骷髅头。

"就是他!"拉乌尔大声喊道,"这次,他别想从我这儿溜走!……"

但就在他要冲出去的当儿,克里斯蒂娜抢先关上了门。拉乌尔想把她推开,别挡他的道……

"他是谁?"克里斯蒂娜问道,连说话的声音都变了,"什么人别想从您那儿溜走?……"

拉乌尔猛地一使劲,试图制服阻拦他的年轻姑娘,但没有料到克里斯蒂娜力气大得惊人,反而把他推开了……他顿时明白了,或者说自以为明白了这是怎么回事,于是马上变得怒不可遏。

"他是谁?"年轻人愤怒地吼道,"他是谁?他就是那个躲在丑陋的死人面具后面的男人!……佩罗墓地里的那个恶神!……那个红衣死神!……总之,小姐,是您的男友……您的音乐天使!但是,我要揭掉他脸上的假面具,就像揭掉我的假面具一样,这次,我们要撩开面纱,抛弃谎言,面对面地看个真切,我倒要看看您爱的是谁,谁又在爱您!"

说完,他发出一阵狂笑,而克里斯蒂娜却在她的狼面具后面痛苦地抽泣。

她悲伤地张开双臂，露出白皙的肌肤，横挡在门前。

"看在我们的爱情分上，拉乌尔，您不要去！……"

他停住了脚步。她刚才在说什么？……看在他们的爱情分上？……可是她从来没有，从来没有对他说过她爱他。再说，她以前也并非没有这样的机会！……她曾看见年轻人泪流满面，可怜巴巴地在她面前，求她说一句能带来希望的好话，然而，她却没有说！……她曾看见拉乌尔在经历了那个佩罗墓地之夜后，受了惊吓，加上挨冻，病得险些死去！就在拉乌尔最需要她照顾的时候，她留在他身边了吗？没有！她逃走了！……而此刻，她竟说她爱他！她说"看在他们的爱情分上"。得了！她这样做的目的只不过是要耽误拉乌尔几秒钟……好让红衣死神来得及逃之夭夭……他们的爱情？她是在撒谎！……

拉乌尔像赌气的孩子似的，对她说道：

"您在撒谎，小姐！因为您并不爱我，而且您从来就没有爱过我！只有像我这样涉世不深、可怜的年轻人，才会任人玩弄，才会饱受任人愚弄之苦！当我们在佩罗初次会面时，您为什么要通过您的举止，您目光中的喜悦，甚至您的默不作声，让我产生了种种希望？——这可是种种真诚的希望，小姐，因为我是个正直的男人，而且我当时以为您也是个正直的女人，可您却一心想嘲笑我！唉！您嘲笑了所有的人！您可耻地作践了您的女恩人的诚挚心意，当您和红衣死神在歌剧院的舞会上漫步的时候，您的女恩人还一如既往，相信您是诚实的！……我鄙视您！……"

说着，他哭了起来。克里斯蒂娜任他辱骂。她只有一个念头，就是拦住他。

"拉乌尔，总有一天，您会为所有这些恶言恶语请求我原谅的，到时候我一定会原谅您的！……"

拉乌尔摇了摇头。

"不会！不会！您简直把我逼疯了！……没想到，原先我这一生惟一的目的就是要把我的姓氏献给一位唱歌剧的姑娘！……"

"拉乌尔！……可怜的人！……"

"我会含羞而死的！"

"您一定要活下去，朋友，"克里斯蒂娜一反常态，严肃地说，"永别了！"

"永别了，克里斯蒂娜！……"

"永别了，拉乌尔！……"

年轻人踉跄着上前一步，又大胆地讽刺了一句：

"哦！您一定允许我有时候再前去为您捧场吧。"

"拉乌尔，我往后不再唱歌了！……"

"真的吗？"拉乌尔进一步挖苦说，"有人为您安排了休闲娱乐的好去处，我向您恭喜了！……但说不准哪天晚上，我们会在森林里重新见面的！"

"不论是在森林里，还是其他什么地方，拉乌尔，您再也不会见到我了……"

"起码可以知道您会去哪个黑暗的地方吗？……神秘的小姐，您要去哪个地狱？……或者去哪个天堂？……"

"我本来就是来告诉您这事的……朋友……但现在我什么也不能对您说了……您不相信我！您已经失去了对我的信任，

拉乌尔,一切都结束了!……"

当克里斯蒂娜说出"一切都结束了"时,声音竟是如此绝望,年轻人听了全身一颤,不禁为自己的残忍感到愧疚,头脑开始一片混乱……

"不管怎样,"拉乌尔嚷道,"您得告诉我们这究竟是怎么回事!……您是自由的,不受什么约束……您在城里散步……穿着带风帽的长外衣来参加舞会……可您为什么不回家呢?……这半个月来您都干了些什么?……您对瓦勒里乌斯大妈讲的那个音乐天使的故事是怎么回事?有人可能欺骗了您,滥用了您的轻信……这是我在佩罗亲眼见到的……不过,现在您心里十分清楚!……克里斯蒂娜,我觉得您是个明白人……您知道自己在干什么!……但是,瓦勒里乌斯大妈还在祈求您的那位'仁慈的守护神'保佑,等着您回去!……克里斯蒂娜,我请您把事情说说清楚!……别人还蒙在鼓里呢!……这出喜剧到底是怎么回事?……"

克里斯蒂娜摘下面具,说道:

"朋友!这是一出悲剧……"

拉乌尔这下看清了她的脸,真是又惊又怕,不由地叫出声来。往日鲜艳红润的脸色不见了,他熟悉的那张如此温柔迷人、娴静而优雅的面孔上布满了死人般的惨白,显得痛苦不堪!内心的痛苦无情地在她的脸上留下了一条条皱纹,克里斯蒂娜昔日那双明亮美丽的眼睛犹如湖水般清澈,今天晚上却显得黯淡、神秘、深不可测,四周有着忧郁的黑眼圈。

"我的朋友!我的朋友!"他伸出双臂,用呻吟般的声音说,"您答应过会原谅我的……"

"也许吧!……也许有一天会……"她说着,又重新戴上面具,随后离去,还挥挥手撵拉乌尔走,不让他跟在后面……

他想冲上去跟在她身后,但她转过身,再次挥手告别,那威严的神情简直像女皇,使拉乌尔不敢再往前迈一步。

他看着克里斯蒂娜远去……然后,他也下楼来到人群中,只感到太阳穴那儿在剧烈地跳动,心如刀绞,全然不知道自己在做什么。他穿过大厅时向边上的人打听是否看见红衣死神经过。别人反问他:"谁是红衣死神?"他回答说:"是一位戴着骷髅头面具、穿着红色大衣的先生。"于是,边上的人都说刚刚看见那个红衣死神经过,拖着具有王者气派的长大衣,但拉乌尔却在哪儿都碰不到红衣死神。大约在凌晨两点的时候,年轻人转回到舞台后面通往克里斯蒂娜·达埃化装室的那条走廊里。

脚步把他带到了那个最初给他造成内心痛苦的地方。他敲了敲门,没有回答。他像上次进去四处找男人的声音一样,走了进去。化装室里没有人。一盏煤气长明灯点燃着。一张小书桌上放着信纸。他想给克里斯蒂娜写封信,但这时走廊里响起了脚步声……他只来得及躲进用布帘跟化装室隔开的小客厅。只见一只手推开了化装室的门。原来是克里斯蒂娜!

拉乌尔屏住呼吸,想看个究竟!他想知道些什么!……直觉告诉他,他将看到神秘的一角,也许,他将开始明白……

克里斯蒂娜走了进来,吃力地摘下面具,把它扔到桌子上。她叹了口气,接着低下头,双手捧着漂亮的脑袋……她在想什么?……在想拉乌尔?……不是!因为拉乌尔听见她喃喃地说了一声："可怜的埃利克！"

起初，他以为自己听错了。起初，他自信，如果有什么人值得可怜的话，那就是他，拉乌尔。在他俩之间刚发生了这样的事之后，她叹着气说声"可怜的拉乌尔！"是再自然不过的事情。这个让克里斯蒂娜唉声叹气的埃利克都干了些什么？为什么在拉乌尔如此不幸的时候，这位来自北方的小仙女反倒同情的是埃利克？

克里斯蒂娜开始写信，表情沉着平静，看上去心平气和，让还在被他俩分手的一幕气得发抖的拉乌尔着实愤愤不平。"多么冷酷无情！"他暗自思忖……克里斯蒂娜写啊写，写满了两页，三页，四页。突然，她抬起头，把写好的信都塞进胸衣里……她好像在侧耳细听……拉乌尔也在听着……这奇怪的声音，这遥远的旋律，是从什么地方传来的？……一阵低沉的歌声好像是从墙壁里传出来的……对，好像墙壁在歌唱！……这歌声变得越来越清晰……歌词也能听出来了……歌喉清晰可辨，非常美妙，非常温柔，摄人魂魄……不过，这靡靡之音仍听得出是男人的声音，绝对不可能认为是女人的……这声音越来越近……穿过墙壁，来到了……现在这声音就在房间里，在克里斯蒂娜的面前。克里斯蒂娜站了起来，对那声音说话，好像在对她身边站着的某个人说话似的。

"我在这儿，埃利克，"她说道，"我准备好了。朋友，是您迟到了。"

拉乌尔躲在布帘后面，目不转睛地看着，结果简直无法相信自己的眼睛，他什么也没有看见。

克里斯蒂娜的脸上渐渐焕发出容光，没有血色的嘴唇上露出一丝善意的微笑，就像正在康复的病人开始希望折磨他的病魔别再来缠他时，脸上所带的那种笑容。

那个不见其人的声音又开始唱了，拉乌尔绝对没有听到过如此美妙的歌声，它每每把最高音和最低音结合得天衣无缝：音域宽广，音色雄壮，高亢而委婉，激昂中见细腻，细腻中寓激昂，令人无法抗拒，赞叹不已。这歌声博采众家之长；凡喜欢音乐、对音乐有悟性和表现能力的普通人，只要听到这歌声就一定会自然而然地学会这高雅的音符。这是平静纯洁的音乐源泉，信徒们可以大胆地畅饮，其中有些人从中汲取了音乐的真谛。他们的唱歌艺术一经神的点化，便立刻发生了巨变。这歌声让拉乌尔听得欣喜若狂，他开始明白克里斯蒂娜·达埃为何能在那晚的表演中一鸣惊人，歌声如此妙不可言，激情如此非凡，这无疑又是受了那位只闻其声不见其人的神秘大师的影响！他听到这超凡脱俗的声音时进一步明白了一个如此重要的事实，确切地说，这声音没有唱出什么奇特的东西：它只是把泥巴变成了乌金。平凡的歌词，简单通俗的旋律，经灵气一吹，便插上激情的翅膀飞到天上，好像变得更加美妙。因为这种天使的歌声会使异教徒的赞歌也变得尽善尽美。

此刻，这声音在唱《罗密欧与朱丽叶》中的"新婚之夜"。

拉乌尔看见克里斯蒂娜朝这声音伸出双臂，就像以前在佩罗的墓地里朝着那把正在演奏《拉撒路的复活》的、肉眼看不见的小提琴伸出双臂那样……

没有什么人能像这声音唱得如此富有激情：

　　　　命运将你和我维系在一起，矢志不渝！……

拉乌尔听了难受得犹如万箭穿心。那歌声的魅力仿佛使他的意志,他的力量消失得干干净净,使他在这个时候最需要的头脑清醒几乎荡然无存;他拼命地抵抗,终于拉开藏身的帘子,向克里斯蒂娜走去。而她这时正走向化装室尽里面那堵镜子幕墙,巨大的镜子里映出克里斯蒂娜的身影,拉乌尔正好位于她身后,完全被她的身体挡住,所以她没有看见拉乌尔。

命运将你和我维系在一起,矢志不渝!……

克里斯蒂娜一直朝镜子中自己的身影走去,那身影也仿佛在镜子中朝她走来。这两个克里斯蒂娜——真人和影子——终于碰在一起,重合起来,拉乌尔伸出一条手臂,想一下子抱住两个克里斯蒂娜。

突然,像是出现了一种奇迹,拉乌尔感到一阵冷风拂面,顿时觉得头晕目眩,不禁踉跄着连退几步;他看见的不再是两个克里斯蒂娜,而是四个,八个,二十个克里斯蒂娜,她们围着他翩翩起舞,嘲笑他;忽然间,她们又快速逃跑了,他的手连一个也没有碰到。最后,一切复归静止,他在镜子中看到的只是自己的身影,而克里斯蒂娜却消失了。

他向镜子冲过去,可碰到的却是墙壁,一个人也没有!但是,化装室里仍回荡着从远处传来的动人的音乐节奏:

命运将你和我维系在一起,矢志不渝!……

拉乌尔伸手按住汗涔涔的额头,掐了掐自己的肌肤看看是否有感觉；他在昏暗中摸索着，尽力朝煤气灯的亮光走去。他确信自己根本不是在做梦，而是身处一场精彩的体力和道德游戏之中，他对这场游戏的门道一窍不通，很可能会在游戏中落得个粉身碎骨的下场。他隐隐约约觉得自己像个冒险的王子，超越了童话中规定的界限，他为情所动，鲁莽行事，招致一些神奇现象，最后自然只能甘愿受罚……

从哪儿？克里斯蒂娜是从哪儿离开的？

她又会从什么地方回来？

她会回来吗？……算了吧！她不是明确对他说过一切都结束了！……而墙壁不是也不再继续唱"命运将你和我维系在一起，矢志不渝"了？和我维系在一起？和谁维系在一起？

想到这儿，拉乌尔觉得自己已经精疲力竭，像打了败仗，头脑模模糊糊的，他坐在克里斯蒂娜刚才坐过的位置上，也像她一样，双手抱着头。他重新抬起头的时候，已是泪流满面，这可是实实在在的、大滴大滴的泪珠，就像那些嫉妒心很强的孩子痛哭时那样，这泪水并不是为了一时的荒唐所造成的痛苦而哭，而是和普天之下所有的情郎一样，为爱情所致。他明确地大声问道：

"谁是埃利克？"

第十一章
必须忘记"那个男人的声音"和他的名字

克里斯蒂娜就这样在一种令人眼花缭乱的情况下，在拉乌尔的眼前消失了。第二天，子爵还在怀疑自己当时是否精神正常，于是又到瓦勒里乌斯大妈家去打听消息。展现在他眼前的竟是一个迷人的场面。

只见老夫人坐在床上打毛衣，克里斯蒂娜则依在床头绣着花边。这个正在专心致志地做着绣品的姑娘，她那鹅蛋脸从来没有像现在这样迷人，她那眉宇从来没有像现在这样清秀，她那目光从来没有像现在这样温柔。姑娘的脸色又恢复了鲜润，眼睛亮晶晶的，黑眼圈已经消失。拉乌尔再也认不出昨天那张愁容满面的脸。要不是这张美丽的脸上略带的几分伤感，在年轻人看来这是昨天那场闻所未闻的悲剧给这个神秘女孩留下的最后痕迹，拉乌尔可能会认为，眼前的克里斯蒂娜压根就不是昨天那场悲剧中不可理解的女主人公。

姑娘站起身，朝子爵走来，表面上看不出有什么激动。克里斯蒂娜向他伸出手，可拉乌尔已经惊呆了，站在那儿，一言不发，没有一点反应。

"怎么，夏尼先生，"瓦勒里乌斯大妈惊奇地大声说道，

"您不认识我们的克里斯蒂娜了?她那位'仁慈的守护神'把她还给我们了呀!"

"妈妈!"年轻姑娘突然打断她的话,脸上泛起了一阵红晕,"妈妈,我想我们别再谈论这事了!……您知道,根本就没有什么音乐守护神!"

"女儿,他可是给你上了三个月的课呀!"

"妈妈,我答应过您,有朝一日我会把一切都向您解释清楚的;我希望是这样……但在这一天到来之前,您答应过我要保持沉默,不再问我的!"

"要是你答应我不再离开我就好了!不过,克里斯蒂娜,你答应过我的,是吗?"

"妈妈,这些事,夏尼先生是不会感兴趣的……"

"您错了,小姐,"年轻人打断了克里斯蒂娜的话,他虽然想使自己的声音显得镇定和果断,但仍然有点颤抖,"一切和您有关的事,我都感兴趣,其中的原因也许您最后会明白的。我无须向您隐瞒,今天看见您陪伴在您的养母身边,我真是又惊又喜;昨晚我俩之间发生的事,您能对我说的那番话,再加上我可以猜到的事,所有这一切都无法使我预料到您会这么快回家。如果您不是一味坚持,对这些事保守可能会给您带来大祸的秘密,我第一个会感到欣慰的……我是您多年的朋友,和瓦勒里乌斯太太一样,我无法不为一场倒霉的奇遇担忧,只要我们还没有搞清楚这场悲剧的来龙去脉,这场奇遇仍然是危险的,您最终将成为它的牺牲品,克里斯蒂娜。"

听到这些话,瓦勒里乌斯大妈在床上不安起来。

"您的这些话是什么意思?"她大声问道,"这么说,克里斯蒂娜有危险?"

"是的,夫人……"拉乌尔不顾克里斯蒂娜的暗示,勇敢地回答。

"天哪!"善良天真的老人气喘吁吁地惊呼,"克里斯蒂娜,你必须把一切都告诉我!你为什么要安慰我呢?夏尼先生,究竟是什么样的危险?"

"有个骗子正在愚弄她的善心!"

"音乐天使是个骗子?"

"她刚才已亲口告诉您根本就没有什么音乐天使!"

"唉!看在上帝的分上,这到底是怎么回事?"病病歪歪的老人哀求道,"你们简直快把我逼死了!"

"夫人,在我们周围,在您周围,在克里斯蒂娜周围,有一个比所有的幽灵和神灵都恐怖的神秘来客!"

瓦勒里乌斯大妈吓得面如土色,扭头看着克里斯蒂娜,幸好克里斯蒂娜已经急步走向养母,把她紧紧地搂在怀里。

"不要相信他!好妈妈……不要相信他。"她不断地说道,并试图用抚摸来安慰老人,老人的叹息让她的心都快碎了。

"那么,你对我说永远不再离开我!"瓦勒里乌斯教授的遗孀苦苦哀求。

克里斯蒂娜沉默不语,拉乌尔则说:

"克里斯蒂娜,这事您必须答应……惟有这样,才能使我和您的母亲,才能使我们放心!如果您答应留下来,让我们保护您,那我们保证不再问您过去的事,一件都不问……"

"我没有要求你们作什么保证,我也不会给你们什么承诺!"姑娘高傲地说,"夏尼先生,我有行动自由,您没有任何权利横加阻拦，我请您以后别再多管闲事。至于这半个月来我所做的事，世界上只有一个男人有权要求我对他说个明白，这个男人就是我的丈夫！但是，我没有丈夫！而且我永远也不会结婚！"

克里斯蒂娜的这席话说得果断有力，而且她还用手指着拉乌尔，好像这样能使她的话显得更加庄严似的；而拉乌尔则面色苍白，不仅是因为他刚听到的这番话，还因为他看见克里斯蒂娜的手指上戴着一枚金戒指。

"您没有丈夫，不过，您手上却戴着一枚'结婚戒指'。"

他想抓住她的手，但克里斯蒂娜迅速地把手抽了回去。

"这是个礼物！"她说着，脸上不由地红了起来，窘态显露无遗。

"克里斯蒂娜！既然您没有丈夫，那么，这枚戒指只能是那个希望成为您丈夫的人送的！为什么得寸进尺，欺骗我们？为什么还要变本加厉折磨我？这枚戒指就是一个承诺！而且这个承诺已被接受！"

"这正是我对她说的话！"老太太一本正经地说道。

"那她是怎么回答您的，夫人？"

"我想说的是，"克里斯蒂娜气呼呼地大声说道，"先生，难道您不觉得这种盘问持续的时间太长了吗？……至于我……"

拉乌尔情绪非常激动，生怕她又会说出最后断绝一切关系的话来，赶紧打断她的话，插上去说：

"小姐，很抱歉对您说了这样的话……您清楚地知道，我这个时候管这些事，完全是出于一种真诚的感情，这些事或许与我无关！但是，让我把看到的都告诉您……克里斯蒂娜，我看到的事比您所想到的还要多……或者说是我自以为看到的事，因为实际上，在一次这样的奇遇中，谁都无法相信自己的亲眼所见……"

"那么，先生，您看见了什么？或者说您自以为看见了什么？"

"我看见您听到那个声音时变得如痴如醉，克里斯蒂娜！那声音是从墙壁里钻出来的，抑或是从一个化装室，从隔壁的一套房间里传来的……是的，您听得如痴如醉！……这事让我为您担惊受怕！……您正受到最危险的诱惑！……不过，看上去您已意识到了这是一场骗局，因为您今天说根本就没有什么音乐守护神……那么，克里斯蒂娜，这次您为什么还是跟他去了呢？为什么您站起身来时，容光焕发，好像真的听到了天使的歌声？……啊！这声音是多么危险，克里斯蒂娜，因为我本人，我听到他的声音时，也是心醉神迷，以致您在我的眼前消失时，我竟说不出您是从哪儿走的！……克里斯蒂娜！克里斯蒂娜！看在上帝的分上，看在已经升入天堂的您的父亲的分上，您的父亲是那么爱您，那么喜欢我，克里斯蒂娜，您就告诉我们，告诉您的女恩人，告诉我，那个声音到底是谁的！不管您怎样，我们都会救您的！……说吧，克里斯蒂娜，那个男人的名字？……那个胆大妄为，给您戴上金戒指的男人的名字？"

"夏尼先生，"姑娘冷冷地说，"您永远不会知道的！……"

克里斯蒂娜的话还没有讲完，就听到瓦勒里乌斯大妈尖厉的声音，她看见自己的养女对子爵如此反感，便突然站到了克里斯蒂娜一边。

"子爵先生，如果她爱那个男人，这也和您没有关系！"

"唉！夫人，"拉乌尔不禁流出了眼泪，他谦卑地说道，"唉！我确实以为，克里斯蒂娜是爱他的……一切都向我证明了这一点，但令我失望的不仅仅是这方面，夫人，因为我无法确定，克里斯蒂娜所爱的那个男人是否配得上这份爱！"

"先生，这事应该由我一个人来判断！"克里斯蒂娜边说，边正视着面前的拉乌尔，露出一脸的怒气，俨然像个女皇。

"一个男人，"拉乌尔继续说道，他感到自己已经精疲力竭，"为了引诱一个姑娘，居然采用如此浪漫的办法……"

"要么是这个男人可悲，要么是这个姑娘很蠢，对吗？"

"克里斯蒂娜！"

"拉乌尔，您为什么要这样指责一个您从未见过的人？谁都不认识这个人，而您自己也对他一无所知……"

"不，克里斯蒂娜……不……我至少知道他那个您打算向我一直瞒下去的名字……小姐，您的音乐天使，他叫埃利克！……"

克里斯蒂娜马上无法掩饰自己的内心世界，这下她的脸色顿时变得白如祭台上的桌布。她结结巴巴地说：

"是谁告诉您的？"

"是您自己！"

"怎么会呢？"

"就在那天晚上，就是假面舞会的那天晚上，您可怜他的时候。您走进自己的化装室时，难道没有说过'可怜的埃利克！'这句话？巧得很，克里斯蒂娜，可怜的拉乌尔这时正待在某个地方，他听到了您说的话。"

"这是您第二次躲在门外偷听了，夏尼先生！"

"我根本没有在门外！……我在化装室里！……就在您化装室的小客厅里，小姐。"

"真是不幸！"姑娘呻吟着说，脸上露出一种难以形容的恐惧，"真是不幸！您想找死吗？"

"也许吧！"

拉乌尔的这声"也许吧！"饱含着爱意和失望，克里斯蒂娜听了不禁哭泣起来。

她拉住拉乌尔的双手，用特有的纯洁而温柔的目光注视着年轻人；在克里斯蒂娜的目光下，拉乌尔感到自己的痛苦已经得到安抚。

"拉乌尔，"她说，"您必须忘记那个男人的声音……并且别再想起他的名字……永远别再试图去识破那个男人声音的秘密。"

"这个秘密很可怕吗？"

"在这个世界上，没有比它更可怕的了！"

两个年轻人相对无言，拉着的手分开了。拉乌尔感到精疲力竭。

"您对我发誓，绝对不再去'探秘寻踪'，"她坚持说，"您对我发誓，如果我不叫您到我的化装室里来，不再擅自进入。"

"您答应我，有时候也叫我来见您，好吗？"

"我答应您。"

"那什么时候来？"

"明天。"

"那好,我对您发这个誓!"

这是那天他俩说的最后几句话。

他吻过姑娘的手,随后一边在心里骂着埃利克,一边告诫自己要耐心,离开了克里斯蒂娜。

第十二章
舞台地板上的活板暗门

第二天，拉乌尔在歌剧院里又见到了克里斯蒂娜。她手指上仍然戴着那枚金戒指。她显得温柔和善良，同拉乌尔谈论他的计划、前途和职业。

拉乌尔告诉克里斯蒂娜，极地探险的行期提前了，再过三个星期，最多一个月，他就要离开法国。

她听了很高兴，鼓励拉乌尔应该开心起来，把这次旅行视为自己锦绣前程的一个阶段。他回答说，在他看来没有爱情的荣耀没有一点儿吸引力，而克里斯蒂娜则把他看成孩子，认为他心里的苦恼很快就会过去的。

拉乌尔对她说：

"克里斯蒂娜，如此严肃的事情，您怎么能说得如此轻松？我们也许从此再也见不着面了！……我可能会在这次探险中死去！……"

"我也一样，"她简单地说了一句……

她收敛了笑容，不再开玩笑，好像在考虑一件她第一次想到的事，两眼炯炯有神。

"克里斯蒂娜，您在想什么？"

"我在想，我们不会再见面了。"

"是这事让您如此容光焕发吗?"

"一个月后,我们就得告别……永远诀别!……"

"克里斯蒂娜,不然,我们发誓,彼此心心相印,永远等着对方。"

她一边用手捂住拉乌尔的嘴,一边说:

"住口,拉乌尔!……根本不是这么回事,您心里很清楚!……我们永远不可能结婚!这是肯定的!"

突然她似乎感觉到一阵难以抑制的欣喜,如孩子般开心地拍起手来……拉乌尔看着她,心里又是不安,又不知道是怎么回事。

"但是……但是……"她说着,把双手伸向年轻人,或者说把双手献给年轻人,仿佛她突然决定把这当作礼物似的,"但是如果我们不能结婚的话,我们可以……我们可以订婚!……这事,除了我们,不会有其他人知道,拉乌尔!……既然有秘密结婚!……当然就可以有秘密订婚!……我的朋友,我们订一个月的婚吧!……一个月后,您可以启程,而我有了这一个月的美好记忆,就可以终身幸福!"

她为自己的想法欣喜若狂……随后又变得严肃起来。

"这是一种不会给任何人造成伤害的幸福。"她说道。

拉乌尔终于明白过来,对这个突发的奇想大为赞成。他想立刻把这个想法变为现实。他向克里斯蒂娜毕恭毕敬地鞠了一躬,说道:

"小姐,我很荣幸能请您把手伸过来!"

"亲爱的未婚夫,您已经得到了我的双手!……哦!拉乌尔,我们马上会变得多么幸福啊!……我们将扮演未来的小丈夫、小妻子！……"

拉乌尔心里在想：轻率的姑娘！从现在起，一个月内，我来得及使她忘记"那个神秘的男人声音"，或者说，我来得及识破"那个男人声音的秘密"。一个月后，克里斯蒂娜会同意成为我的妻子。等着吧，好戏开始了！

这可是世界上最美的游戏，他俩像往日的两个纯洁孩子那样玩得十分开心。啊！他俩互相诉说着最美好的事情！交换着海誓山盟！一想到一个月后不再有人恪守这些誓言，他俩又乐极生悲，品尝着个中的喜怒哀乐，心里一片茫然。两人玩着爱情游戏，就像别人玩球一样；只是，他们传递的是两颗心，所以必须非常灵巧，才能在接受的时候，不使它受到伤害。有一天，也就是游戏开始后的第八天，拉乌尔感到心里很难受，于是用一句荒唐话中止了这场游戏："我不去北极了。"

克里斯蒂娜纯洁无邪，她怎么也没有想到会发生这样的事，她顿时如梦初醒，发现了这场游戏的危险性，陷入了痛苦的自责。她没有回答拉乌尔一个字，径自回家去了。

这件事发生在下午，在女歌手的化装室里，克里斯蒂娜总是在那儿和拉乌尔幽会，像孩子那样玩着办家家游戏，两人当中放着三块饼干、两杯波尔图甜葡萄酒和一束紫罗兰。

当天晚上，克里斯蒂娜没有登台演唱。而拉乌尔也没有按时收到来信，尽管他们相互承诺这个月里每天都给对方写一封信。第二天一早，他跑到瓦勒里乌斯大妈的家里，大妈告诉他说克里斯蒂娜这两天不在家。她是昨天下午五点钟离开的，临走时说要到后天才回家。拉乌尔心里乱极了，把怨气出在瓦勒里乌斯大妈身上，怪她把这样的消息告诉他时还出奇的平静。

他想从她口中"掏出点事儿",但是,善良的老太太显然一无所知。对小伙子提出的连珠炮般的问题,她只是简单地回答说:

"这是克里斯蒂娜的秘密!"

说这话时,她还竖起一个手指,语气也和蔼可亲,示意拉乌尔要谨慎行事,同时也有让他放心的意思。

"啊!好吧。"拉乌尔一边恶声恶气地嚷道,一边像疯子似的冲下楼梯,"啊!好吧!姑娘们和这个瓦勒里乌斯大妈待在一起,都会得到很好守护的!……"

克里斯蒂娜会在哪儿呢?……两天……在他们如此短暂的幸福日子中少了两天!而这又是他的错!……不是说好了他要走的吗?……如果他下定决心不打算走了,那为什么要这样早就说出来呢?他责怪自己太笨拙了,他在万分痛苦中熬过了四十八小时,直到克里斯蒂娜重新出现。

克里斯蒂娜又重新登台亮相,结果大获全胜。她再次获得了告别晚会上那种前所未有的成功。自从出了"癞蛤蟆嗓子"那档子事以后,卡洛塔无法登台演出了。她对"呱"声心有余悸,一点没有办法;她当时出丑的现场,还有那些亲眼目睹她莫名其妙出丑的观众,都变得让她讨厌。她终于设法和歌剧院解除了合同。克里斯蒂娜·达埃暂时被请来填补空缺。她在《犹太女》中的表演大受观众欢迎,热烈的场面确实到了若痴若狂的程度。

拉乌尔子爵自然出席了这天的晚会,可是在一片庆贺克里斯蒂娜取得新的成功的欢呼声中,他是惟一心里感到痛苦的人,因为他看见克里斯蒂娜仍然戴着那枚金戒指。有个遥远的声音在小伙子的耳边低语:"今天晚上,她仍然戴着金戒指,可这不是你送给她的;今天晚上,她再次献出了自己的灵魂,可这不是献给你的。"

那声音还对他紧追不舍,一个劲地说:"如果她不肯把两天来做的事告诉你……如果她对你隐瞒她的去处,那就得去问埃利克!"

拉乌尔跑进后台,来到过道里。克里斯蒂娜看见了他,因为她的双眼正在寻找他。她对拉乌尔说:"快!快!上这儿来!"说着,她把小伙子拉进了化装室,全然不顾那些前来向她道贺的逢迎拍马者。这些人面对紧闭的房门,只得交头接耳地说:"这简直是场丑闻!"

拉乌尔进门后立刻跪在地上,向克里斯蒂娜发誓,保证会离开法国,并且求她今后别再削减她已答应给他的幸福时刻。克里斯蒂娜顿时流出了眼泪。两人紧紧地拥抱在一起,像是一对刚失去了共同亲人的绝望兄妹,在为死者抱头痛哭。

突然,她挣脱了小伙子温柔和羞涩的拥抱,仿佛在倾听某种无人知晓的声音……随即,她动作很快,向拉乌尔指了指房门。当小伙子走到门口的时候,她开口对他说话,声音低得子爵与其说是听到的,还不如说是猜出来的:

"明天吧,亲爱的未婚夫!您要快活起来,拉乌尔……今天晚上,我可是为您演唱的呀!……"

第二天,拉乌尔如约而至。

但是,很可惜!克里斯蒂娜的两天失踪已使他俩亲热的假结婚的魅力戛然而止。他们待在化装室里,相对无言,目光忧郁。拉乌尔憋足了劲,不让心里的话喊出来:"我嫉妒!我嫉妒！我嫉妒！"但她似乎还是听到了。

于是，克里斯蒂娜说："朋友，我们去散散步吧，外面的空气会使我们舒服一点的。"

拉乌尔以为她会提议到乡间去走走，远离这座大楼。他讨厌这座像监狱似的歌剧院，老是气不打一处来，觉得狱卒在高墙之内走来走去……狱卒埃利克……可是，克里斯蒂娜却把他领到了舞台上，让他坐在一眼泉水的木头井栏上，那是为下一次演出搭建的初步布景，有一种虚幻的宁静和清新气氛；记得有一天，她曾和拉乌尔手拉着手，漫步在花园僻静的小路上，那儿的攀缘植物都出自布景师的灵巧之手，好像真正的天空、鲜花和土地对她来说永远是禁止的，她命中注定只能呼吸剧院的空气，其他地方的空气都和她无缘！小伙子犹豫着，心里有万般的话想问她，可又一个字都说不出口，因为直觉立刻告诉他克里斯蒂娜是不会回答的，他担心贸然发问反而会给她造成无谓的痛苦。不时有一个消防队员走过，那人从远处注视着这对伊甸园中忧郁的情侣。有时，她也试图鼓起勇气欺骗自己，欺骗拉乌尔，虚假地沉浸在为了人类的幻想创造发明的这个世外桃源中。据她说，她的想象力一直都很丰富，能把她打扮得光彩照人，那绚丽的色彩连自然界都无法提供。她显得非常激动，而拉乌尔则慢慢地握紧她滚烫的手。她说："拉乌尔，您看，这些高墙，这些树木，这些绿廊，这些油画，所有这一切都目睹了最崇高的爱情，因为在这里爱情是由诗人创造的，诗人的能力要比常人强得多。拉乌尔，告诉我，我们的爱情在这里，因为它也是灵感创造的，唉！它也只是一种幻觉！"

拉乌尔心里很难受，也就没有搭话。于是，克里斯蒂娜接着说：

"我们的爱情在尘世上太忧郁，让我们把它带到天上去吧！……您看，在这里，这样做多么简单！"

说完，她拉着拉乌尔在错落有致的布景格架上一步一步往上走，来到比云层还高的地方，她开心地要让拉乌尔吓得头晕目眩，在他前面跑上悬挂高空布景、看上去好像要断了似的天桥上，穿梭在数千根系着滑轮、绞车和卷筒的绳索之间，置身于由桅桁和桅杆组成的真正的空中森林当中。如果拉乌尔犹豫不前，克里斯蒂娜就淘气地噘着嘴说："您可是个海员呀！"

然后，他们从上面下来，回到坚实的地面，也就是说，走进一条地面坚实的走廊，然后沿着走廊朝笑声、舞蹈和小学员走去。一个严厉的声音正在呵斥那些小学员："动作柔软些，小姐们！……注意脚尖！"原来是一群小女孩正在上舞蹈课，她们有的刚满六岁，有的九到十岁，不过都已经穿着袒胸露肩的短上衣、轻盈的短裙、白色的紧身裤和红色的芭蕾舞袜。她们忍着小脚的剧疼练啊，练啊，希望成为四级演员、三级演员、二级演员、一级演员，周围布满鲜花和财富……在她们成材之前，克里斯蒂娜免不了要给她们分发一些糖果。

还有一天，她领着拉乌尔走进歌剧院里一间宽敞的大厅，里面放满了五颜六色的旧道具，如骑士的服装、长矛、盾和翎饰；她检阅了所有待在那儿一动不动、布满灰尘的武士的幽灵。她对它们说这样那样的好话，许诺让它们重见灯光灿烂的夜晚，在音乐声中登台鱼贯而过，接受观众的喝彩。

她就这样领着拉乌尔走遍了她的整个帝国，这帝国虽说名不符实，但却十分庞大，从底层到顶楼共有十七层，住着大量的臣民。她从他们中间走过时,就像一个深受民众拥戴的女皇,她沿途不断地给劳工们鼓劲,还到铺子里去坐坐,给那些面对着昂贵的布料不知如何裁剪的女工提些聪明的建议,让她们做好后给英雄们穿上。这个地方的居民操持着各行各业,从补鞋匠到金银匠,一应俱全。人人都喜欢克里斯蒂娜,因为她关心每个人的疾苦和小怪癖。她还知道有些不为常人所知的角落里隐居着一对对年迈的老夫老妻。

她敲开这些老人的门,向他们介绍拉乌尔,说他是个已向她求婚的白马王子,然后两人坐在某个已被虫蛀的小道具上,听老人讲歌剧院的传奇故事,就像他们在孩提时代听布列塔尼地区的古老传说一样。这些老人只记得歌剧院,其他的事都忘了。他们在这儿度过了无数个春秋。一任又一任的行政官员忘记了他们,这座宫殿的演化也忽略了他们,法兰西的历史翻过了一页又一页,可他们却毫无察觉,没有人还记得他们。

珍贵的日子就这样一天天过去了,拉乌尔和克里斯蒂娜都好像表现得对外界事物特别关心,笨拙地以此来尽力互相掩饰内心中共同的想法。确实,克里斯蒂娜在此以前一直都表现得极为坚强,但现在却突然会失态,变得有些神经质。在他们四处猎奇的途中,克里斯蒂娜有时会突然莫名其妙地奔跑起来,有时候又冷不丁停下不走,她的手在顷刻间变得冰冷,紧紧地抓住拉乌尔。她的眼睛有时候仿佛在搜寻幻影。她连声叫着"从这边走,从这边走,从这边走",还边叫边笑,笑得喘不过气来,最后往往又痛哭流涕。于是,拉乌尔想不顾自己所作的承诺和做过的保证,开口问问她是怎么回事。但是,没等他把要问的话想好,克里斯蒂娜已经焦躁不安地回答说:"没事!……我向您发誓,什么事都没有。"

一旦他们从舞台地板上一个朝天半开着的活板暗门前面走过时,拉乌尔就要俯身朝这个昏暗的地洞里看看,并且说:"克里斯蒂娜,您已带我走访了您的帝国的地面上部分……不过,据说这底下也发生过一些离奇的故事……我们下去看看好吗?"听到这话,克里斯蒂娜赶紧抱住他,好像生怕看见他消失在这个黑洞里,并且用颤抖的声音悄悄地对他说:"永远别下去!……我不许您到那里去!……再说,那里也不是属于我的!……地底下的一切全都属于他的!"

拉乌尔直勾勾地望着她的双眼,粗暴地说:

"这么说,他就住在这底下?"

"我可没有对您这样说过!……这种事是谁告诉您的?走吧!过来呀!拉乌尔,有时候我在想您是不是疯了……您总是听到一些无中生有的事!……过来呀!过来呀!"

克里斯蒂娜硬是拉他走,因为他执意要留在活板暗门的边上,那个地洞深深地吸引着他。

这时,活板暗门突然关上了,真是猝不及防,他们甚至没有看见是谁的手把它关上的,两人一下子都惊呆了。

"莫非是他在那儿?"拉乌尔最后说道。

克里斯蒂娜耸了耸肩,但丝毫没有显出放心的样子。

"不对!不对!是'那些关活板暗门的人'。'那些关活板暗门的人'总得干点活……他们打开活板暗门,然后又关上,没有什么理由……就像'关门人'那样,他们总得'打发时间'。"

"克里斯蒂娜,如果真是他呢?"

剧院魅影 | 153

"不会！不会！他闭门不出！他在工作！"

"啊！真的，他在工作？"

"对啊，他不可能又要开门关门又要工作。我们放心好了。"

她这么说的时候，身子在哆嗦。

"那么，他在干什么工作？"

"哦，在干一件可怕的事！……因此我们放心好了！……当他干这件事的时候，他什么也看不见，他不吃不喝，也不呼吸……要连续几天几夜……简直是个活死人，他没有时间来玩活板暗门！"

她的身子还在发抖。她俯身倾听活板暗门那儿的动静……拉乌尔听任克里斯蒂娜这样做这样说，他自己则一言不发。他现在担心，他的说话声会使她突然陷入沉思，在如此脆弱的心路历程上戛然而止。

她并没有离开拉乌尔……一直搂抱着他……她轻叹一声：

"如果真的是他！"

拉乌尔怯生生地问道：

"您怕他？"

她回答说：

"不！不！"

小伙子不由自主地可怜起她来，就像可怜一个多愁善感还在受梦折磨的人。他好像在说："因为您知道，有我，有我在这里！"接着他的一举一动也几乎情不自禁地变得咄咄逼人，克里斯蒂娜惊讶地看着他，仿佛在看一个大义凛然的怪物，心里在暗自评估这种无谓的侠胆义肠到底有什么用。她抱吻可怜的拉乌尔，就像小哥哥握紧拳头扬言要保护妹妹，击败她一生中可能出现的种种危险时，妹妹对哥哥的那种温情回报。

拉乌尔心里自然明白，羞得满脸通红。他觉得自己和她一样软弱。他心里在想："她嘴上说不害怕，可拉着我远远地离开活板暗门时身子在发抖。"确实是这样。第二天及往后的日子里，他们几乎把纯洁有趣的谈情说爱全都安排在顶楼，远远地离开活板暗门。随着时光的流逝，克里斯蒂娜的烦躁与日俱增。终于，有一天下午，她很晚才到，脸色惨白，双眼因绝望而哭得通红，拉乌尔见状决定铤而走险，例如直截了当地向她表示，"他不去北极了，除非她把那个男人声音的秘密告诉他。"

"住口！看在上帝的分上，快住口！要是他听到您说的话，那就糟了，不幸的拉乌尔！"

说完，姑娘惊慌失措地朝四周张望。

"我要把您从他的淫威下解救出来，克里斯蒂娜，我向您发誓！您别再去想他，必须这样。"

"这可能吗？"

她的这个疑问有一层自勉的意思，姑娘拉着拉乌尔一直走到剧院的最高一层，走到"高海拔区"，那儿离舞台地板上的活板暗门已经很远很远了。

"我要把您藏在一个无人知晓的角落里，他是不会到那儿去找您的。这样您就得救了，既然您已发誓永不结婚，那我也就可以启程出发了。"

克里斯蒂娜扑向拉乌尔，带着一种难以置信的激动紧紧地抓住他的双手。但一阵不安又向她袭来，她转过头去。

"再往上！"她只是简单地说，"还要再往上！……"话音未落，她就拉着拉乌尔朝最高处跑去。

小伙子吃力地跟着她走。他们很快就到了屋顶下，置身在由支撑屋顶的木架组成的迷宫中。他们穿梭于拱扶垛、椽子、支撑木、平面、斜面和斜顶之间，他们从这根梁跑到那根梁，好像他们小时候在树林里从这棵树跑到那棵树，朝大树跑一样……

尽管克里斯蒂娜小心翼翼，一刻不停地朝身后看，她还是没有看见有个人影像她的影子一样跟着她，她停那人影也停，她走那人影也走；要说有什么声响的话，也就是一个人影会发出的声响。至于拉乌尔，他也什么都没有察觉，因为他面前有克里斯蒂娜，当然也就无暇顾及身后发生的事。

第十三章
阿波罗的竖琴

就这样,他们来到了屋顶上。克里斯蒂娜身轻如燕,在屋顶上熟门熟路,行走如飞。两人的目光朝三个圆屋顶和三角楣望去,扫视着它们之间的一片空地。克里斯蒂娜长长地松了口气,她高居于巴黎之上,繁忙的城市尽收眼底。她用信赖的目光望了望拉乌尔,把他叫到身边,紧挨着她,两人肩并着肩,行走在屋顶上用锌和铁修建的大街小巷里;他们的身影双双倒映在一个个硕大的装满水的蓄水池中,到了合适的季节,舞蹈班的二十来个小男孩就会跳到这些池子里学习游泳。那个跟在他们后面的人影一直亦步亦趋,这时又冒了出来,只见他趴在屋顶上,舞动两只黑翅膀,在纵横交错的铁板小路上爬行,绕过蓄水池,悄悄地沿着圆屋顶潜行;而两个可怜的孩子却丝毫没有想到他的出现,双双自信地坐在保护神阿波罗的青铜像下,天神把他那把神奇的竖琴高高地举到火红色的天空中。

放眼四周,是一个春天的夜晚,犹如在燃烧一般。朵朵彩云身披轻柔的纱裙,被落日的余晖染成金色和紫红色,它们拖曳着,慢慢地飘过两个年轻人的上空;克里斯蒂娜对拉乌尔说:"不久,我们就会比这些彩云走得更远,更快,一直走到世界的尽头,然后,拉乌尔,您就弃我而去。但是,如果到了您要带我远走高飞的时候,我不再同意跟您一起走,那么拉乌尔,您一定要强行把我带走!"

说这番话的时候,姑娘显得咬牙切齿,好像在恨自己似的,不由地紧紧靠在拉乌尔身上,把小伙子吓了一大跳。

"这么说,克里斯蒂娜,您害怕到时候会改变主意?"

"我不知道,"她样子怪怪的,摇着头说,"他是个魔鬼!"

说完,她浑身直打战,身子缩成一团,用发抖的声音低声说:

"现在,我害怕回去和他住在一起,住在地底下!"

"克里斯蒂娜,是什么事情强迫您回到那儿去的呢?"

"如果我不回到他身边,就会发生大祸!……可是我再也受不了了!……我再也受不了了!……我心里知道应该可怜那些住'在地底下'的人……但那个人实在太可怕了!可是,时间又快要到了,我只有一天时间了!如果我不去,他就会用歌声来找我。他会带我到他家里去,到地底下去,然后跪倒在我面前,他长着一个死人骷髅头!接下来他会对我说他爱我,还流着眼泪!啊!这些眼泪!拉乌尔!死人骷髅头上两个黑洞里的眼泪。我再也不能看见那些泪水流出来了!"

她痛苦地拧着自己的手,样子很可怕,而拉乌尔也仿佛受到了她那种绝望心情的感染,把她紧紧地搂在怀里说:"不!不!您再也不会听到他对您说他爱您了!您再也不会看见他流泪了!我们逃吧!……克里斯蒂娜,我们立刻就逃!"他已经想要拉着她就走。

但是,克里斯蒂娜制止了他。

"不行,不行,"她痛苦地摇着头说,"现在不行!……这样做太残忍了……让他明天晚上再听我演唱一次，最后一次吧……然后，我们就逃。半夜十二点，您到我的化装室里来找我；十二点整。那时，他应该在湖畔的餐厅里等我……我们就可以自由了，您就带我走！……即使我到时候拒绝，拉乌尔，您也一定要把我带走，您得发誓……因为我知道，这次，如果我回到他那儿去的话，就可能再也出不来了……"

她又补充说：

"您是怎么也不会明白的！……"

她叹了一口气，随即觉得自己身后响起了另一声叹息，和她遥相呼应。

"您没有听到什么声音吗？"

她把牙齿咬得格格作响。

"没有，"拉乌尔肯定地说，"我什么声音也没有听到……"

"这实在太可怕了，"克里斯蒂娜坦言，"时时刻刻都这样胆战心惊！……不过，在这儿，我们不会有任何危险，我们是在自己的地盘上，是在我的家里，头上是天空，是在露天，天色也没有黑。太阳像一个火球，那些夜鸟是不喜欢看见太阳的！我从未在阳光下见过他……不然的话，那一定很恐怖！……"她用迷茫的目光望着拉乌尔，结结巴巴地说，"啊！我第一次见到他的时候！……我以为他快要死了！"

"为什么？"拉乌尔问道，他着实被克里斯蒂娜说出这番令人惊奇的知心话时所用的语气吓了一跳，"为什么您以为他快要死了？"

"因为我看见他了！！！"

这时传来了一声叹息。

拉乌尔和克里斯蒂娜同时转过头去。

"这里有人在叹息!"拉乌尔说,"也许有人受伤了……您听见了吗?"

"我啊,我无法告诉您,"克里斯蒂娜直率地说,"即使他不在那儿,我的耳朵里也充满了他的叹息声……不过,要是您听到了……"

他俩站了起来,朝周围张望……硕大的屋顶上只有他们两人。于是他们放心了,拉乌尔问道:

"您第一次是怎么看到他的?"

"三个月前,我是只闻其声不见其人。我第一次'听见'他的声音时,我也像您一样以为,这个突然在我身边唱起的美妙歌声是有人在隔壁的化装室里唱歌。我出门到处去寻找这歌声;但是,拉乌尔,正像您知道的,我的化装室和其他化装室离得很远,我不可能在自己的化装室外找到那声音,它肯定是在我的化装室里。它不仅唱歌,还和我讲话,回答我的问题,它和平常的男人声音没什么两样,惟一的区别是音色很美,像天使的声音。该如何解释这个如此难以相信的怪事呢?我过去一直在想念一位'音乐天使',那是我可怜的爸爸答应过我他一升天就派'音乐天使'到我这儿来。拉乌尔,我之所以敢告诉您这样一件幼稚可笑的事,是因为您认识我父亲,他也非常喜欢您,您小的时候也像我一样对'音乐天使'信以为真,我可以肯定您不会嘲笑我,瞧不起我的。拉乌尔,我的朋友,我至今仍保留着当年的小洛特的温柔和单纯的灵魂,容易轻信。瓦勒里乌斯妈妈的呵护也使我童心未泯。我稚嫩的双手捧着这幼小纯洁的灵魂,天真地把它献给了那男人的声音,自以为是献给了天使。当然，我的养母对此也出了点错，我把这件无法解释的怪事一五一十都告诉了她，她第一个对我说：'这应该是天使，不管怎么样，你可以去问问他。'于是，我就这样做了，那男人声音回答我说，它确实是天使的声音，他就是我等待已久的、我父亲临死前答应到了天国给我派来的天使。从此以后，我和那声音之间就建立了一种非常亲密的关系，我对他绝对信任。他对我说，他从天上来到人间，是为了让我领略永恒艺术给人类带来的欣喜，他请我允许他每天来给我上音乐课。我激动地答应了。他约我每天凌晨一点在我的化装室里，在歌剧院的这个角落夜深人静时，教我唱歌，我一次也没有失约。这些课实在是太妙了！您就是亲耳听到了那声音，也无法想象。"

"当然，无法想象！我根本无法想象，"小伙子语气坚决地说，"你们用什么乐器伴奏？"

"用一种我从未听到过的音乐，是从墙后面传过来的，音非常准。而且，拉乌尔，我的朋友，那声音好像确切地知道我父亲去世的时候教到我哪儿，他用的是那种简单的办法；就这样，我想起来了，或者更确切地说，我的发音器官想起了过去所学的课程，并且随着上新课，我得益匪浅，我的技艺突飞猛进，这是在其他条件下，要花几年时间才能取得的！我的朋友，您该想到，我这个人相当娇弱，我的嗓音开始时也没有什么特点；低音自然不大发达，高音相当生硬，而中音又显得低哑。为了帮助我克服这些缺点，我父亲作了一番努力，并暂时获得了一些成功，但那个声音却教我彻底克服了这些缺点。渐渐地，我的音域达到了以前可望而不可及的宽度；我学会了如何使自己的运气臻于完美,呼吸自如。尤其是,那声音还把在女高音中如何发挥胸声的秘诀传授给了我。最后,那声音仿佛用灵感的圣火点燃了这一切,唤醒了我热情、虔诚和崇高的生命。那声音的可贵之处还在于,它在让我听到的时候,把我也提升到它的高度。它带着我一起展翅高飞。那声音的灵魂就居留在我的嘴上,发出美妙悦耳的声音!

"几个星期之后,我唱歌的时候,竟然听不出自己的声音!……我吓了一大跳……一度害怕自己中了什么邪;但瓦勒里乌斯妈妈劝我放心。她说,她知道我是个非常单纯的姑娘,是不会受到魔鬼捉弄的。

"根据那个声音的命令,我的进步仍然严加保密,只有那个声音、瓦勒里乌斯妈妈和我知道。奇怪的是,当我一出化装室,我的歌声还是平时的老样子,谁也没有察觉出有什么变化。那个声音要我做什么,我就做什么。它对我说:'必须等待……您看着吧!我们会让整个巴黎震惊!'于是,我就这么等着。我生活在一种由它控制的梦境里,心醉神迷。就在这种时候,拉乌尔,有一天晚上,我在歌剧院演出大厅里看见了您。我简直欣喜若狂,甚至回到化装室里时也不想掩饰。真是我们的不幸,谁知那声音已经等在那里,它从我的脸上一眼就看出有了新的情况。于是它问我'是怎么回事'。我当时并不觉得把我们之间的甜蜜故事讲给它听,告诉它您在我心目中的位置,有什么不妥。可是,它听后却默不作声;我叫它,它不回答;我求它,也无济于事。我害怕得快要发疯了,我怕它会一去不回!但愿,拉乌尔……那天晚上,我在绝望中回到家里,马上扑到瓦勒里乌斯妈妈的怀里,搂着她的脖子说:'你知道吗？那个声音走了！它也许永远不再回来了！'她听了也和我一样惊慌，忙问我是怎么回事。我把一切都告诉了她。她对我说：'见鬼！那声音吃醋了！'拉乌尔，我的朋友，这事倒让我想到我是爱您的……"

说到这儿，克里斯蒂娜停顿了一会儿。她把头靠在拉乌尔的胸前，两人依偎着，静静地待了一阵子。他们的心里十分激动，也就根本看不见，或者说，根本觉察不到离他们几步远的地方，有个影子在移动，那影子长着两只黑色的大翅膀，趴在屋顶上，朝他们爬来，离他们越来越近，越来越近，近得扑上来就能把他们掐死……

"第二天，"克里斯蒂娜长长地叹了一口气，接着说，"我心事重重地回到化装室。那个声音在那儿。噢，我的朋友！它对我讲话时语气非常忧郁。它明确对我说，如果我一定要把自己的心留在人世间，那它，那个声音，就只好重新回到天上去了。它说这话时的语气和凡人一样痛苦，我从这天起只得多长一个心眼，开始明白我就这样奇怪地成了自己神经过敏的牺牲品。但我仍然完全信赖这个声音的显灵，因为它是和我对父亲的思念十分紧密地联系在一起的。我万万不能不再听到这个声音。另外，我也考虑了我和您之间的感情，觉得这不过是一场没有什么意义的冒险，我甚至不知道您是否还记得我。不管怎样，您在社会上的身份和地位永远不可能使我想入非非，和您名正言顺地结婚；于是，我向声音发誓，您只是我的兄弟，绝对没有其他关系，我的心里空荡荡的，没有任何人世间的男女爱情……我的朋友，这就是您在舞台上或者走廊里，试图引起我的注意时，我故意扭头不看的原因，这就是我不和您相认的原因……这就是我对您视而不见的原因！……就在这段时间里，我们的上课时间在一种神授的狂热中一小时一小时地过去了。我的声音从来没有达到过如此完美的程度，有一天，那声音对我说：'现在行了，克里斯蒂娜·达埃，你可以给人类带去一点天上的仙乐了！'

"就在举行告别晚会的那天晚上，卡洛塔怎么没有来剧院？我怎么被叫去顶替她？这些我都不知道，但我上台演唱了……我演唱时有着一股以前从未有过的激情，我好像觉得有人给我插上了翅膀，飘飘欲仙；我一度以为我那正在如火一般燃烧的灵魂已经离我的躯体而去！"

"哦，克里斯蒂娜！"拉乌尔想到那晚的事，流着眼泪说，"那天晚上，我的心随着您的歌声在震颤。我看见您脸色苍白，泪流满面，就和您一起哭泣。您怎么能边哭边唱呢？"

"我感到精疲力竭，"克里斯蒂娜说，"我闭上了眼睛……重新睁开时，看见您在我身边！可是，那声音也在场，拉乌尔！……我为您担心，所以，那次，我不想和您相认，当您提醒我说，您曾在海里捡回我的披肩时，我故意一笑了之！……

"可惜！无法骗过那声音！……它，它倒是认出了您！……那声音吃醋了！……接下来的两天，它对我大发脾气……它对我说：'您准是爱他！如果您不爱他，就用不着躲避！他是您的老朋友，您就应该和他握握手，就像和其他朋友握手一样……如果您不爱他，就用不着害怕单独同他和我待在您的化装室里！……如果您不爱他，就用不着赶他走！……'

"'够了！'我生气地对那声音说，'明天，我要去佩罗，到我父亲的坟上去；我要请拉乌尔·德·夏尼先生陪我一块

儿去。'

"'随您的便,'它回答说,'但您要知道我也会到佩罗去的,因为您在什么地方,我就会在什么地方,克里斯蒂娜,如果您始终没有愧对过我,您没有欺骗过我,那我会在午夜钟声敲响的时候,在您父亲的坟上,用死者的那把小提琴,为您演奏《拉撒路的复活》。'

"我的朋友,我只好给您写封信,让您也跟到佩罗去。我怎么会被愚弄到如此地步?面对那声音所打的那些小算盘,我怎么没有想到其中有诈呢?唉!我再也把握不住自己:我是它的囊中之物!……那声音有的是办法,可以随意摆布一个像我这样的孩子!"

"但是,最后,"拉乌尔听到这里大声说,他看到克里斯蒂娜像个不大'知情的'孩子,为自己的过分天真幼稚痛哭流涕。"但是,最后您很快就知道了真相!……您为什么没有摆脱这场噩梦呢?"

"知道真相!……拉乌尔!……摆脱噩梦!……真不幸,我进入这场噩梦,仅仅是从知道这个真相那天才开始的!……您别说了!您就别再说了!我什么也没有告诉过您……现在,我们要从天上来到人间,拉乌尔,埋怨我吧!……埋怨我吧!……有一天晚上,倒霉的晚上……哎……那天晚上发生了很多不幸的事……那天晚上卡洛塔在舞台上时可能以为自己变成了一只丑恶的癞蛤蟆,一张开嘴,'呱呱'声就脱口而出,好像一辈子都栖息在池塘边似的……那天晚上剧院大厅里突然间一片昏暗,那盏枝形大吊灯掉下来,砰的一声巨响,在地板上砸得粉碎……砸死砸伤了一些人,整个剧场惊叫声四起,一片混乱。

"就在这场大祸从天而降的时候,拉乌尔,我同时想到了您和那个声音,因为在那个时期,你俩在我心中各占一半。我为您悬着的心立刻放了下来,因为我看见您坐在您哥哥的包厢里,我知道您不会有任何危险。至于那个声音,它告诉过我那晚它会来看演出,我真为它担心;是的,确实担心,好像它是'一个也会死的平常的活人'。我心里在说:'天哪!吊灯可能砸到了那声音。'当时我正在舞台上,吓得准备跑到大厅里在死伤的观众中寻找那声音,但随即又想到,如果它安然无恙,肯定已经在我的化装室里等着,急于要让我放心。我三步并作两步,直冲化装室。那声音不在那儿,于是,我把自己关在化装室里,含着泪恳求它,如果它还活着,就出现在我面前。那声音没有回答,但我突然听到一声凄惨而熟悉的长叹。这是拉撒路听到耶稣的声音,开始睁开眼睛,重见阳光时发出的那种呻吟。这是我父亲那如泣如诉的小提琴声。拉乌尔,我听得出父亲的弓法,就是这琴声使我们呆呆地站在佩罗的路上听得出了神,就是这琴声好像给那个墓园之夜'施了魔法'似的。接着,那只闻其声不见其形的乐器又得意扬扬地奏出欢快的生命呼唤,那声音终于响了起来,开始唱起那句令人慑服的歌词:'来吧!要相信我!信我者将获得新生!走过来吧!信我者不会死亡!'我无法告诉您当时的感受,这歌声在宣扬永生,而我们的身边,一些被那可恶的枝形大吊灯砸死的可怜人,却献出了灵魂……我觉得那声音似乎在命令我过去,在命令我站起来,朝它走过去。它渐渐地离去,我跟在后面。'来吧!要相信我!'我相信它,我来了……我来了,事情也真怪,我往前走,房间就好像在我前面向前延伸……向前延伸……当然,这应该是镜子在起作用……因为镜子就在我面前……突然,不知怎么,我发现自己已经在化装室外面。"

说到这里,拉乌尔冷不丁打断了她的话:

"怎么!您不知道怎么回事?克里斯蒂娜,克里斯蒂娜!千万别再做梦了!"

"唉!可怜的朋友,我没有做梦!我不知怎么,发现自己已经在化装室外面!我的朋友,有一天晚上,您也亲眼看见过我从镜子中消失,您或许能向我解释这是怎么回事,而我不能!……我惟一能告诉您的,是我站在镜子面前的时候,突然看见前面的镜子没有了,我就到后面去找……可是,镜子没有了,连房间也没有了……我是在一条昏暗的走廊里……我心里很害怕,大声叫了起来!……

"周围一片漆黑,远处,有一道微弱的红光照着一个墙角,那是岔道的一个拐角。我大声喊叫。只有我的声音在墙与墙之间回响,那歌声和小提琴声已经停止。突然,黑暗中,有一只手抓住了我的手,或者,更准确地说,有一样瘦骨嶙峋的冰冷东西钳住了我的手腕不放。我拼命地喊叫。一条手臂把我拦腰抱了起来……我在恐惧中挣扎了一阵子;手指沿着湿漉漉的石壁一路划过去,什么也抓不住。而后,我再也不能动弹,以为就要吓死了。我被抱向那道微弱的红光,到了亮光里的时候,我看见自己落入了一个身裹黑披风、头戴假面具的男人之手……我想作最后的努力:我的四肢已经僵硬,只好再开口喊救命,可是,一只手捂住了我的嘴巴,我感到那是死人的手!我昏了过去。

"我一直昏迷了多少时间？我说不上来。当我睁开眼睛时，发现我和黑衣人仍然待在黑暗中。地上放着一盏昏暗的灯，亮光处有一汪泉水从墙上汩汩流出，然后立即消失在我躺着的那片地面下。我的头枕在那个身裹披风、头戴黑色假面具的男人的膝盖上，这个陪伴着我的男人，一声不吭，正用冰冷的泉水擦拭我的太阳穴，给我降温，他那种细心、专注和体贴人微，在我看来比刚才劫持我时的那种粗鲁更让人害怕。他的双手，不管动作多么轻巧，仍让我觉得是死人的手。我推开这双手，但没有什么力气。我有气无力地问道：'您是谁？那个声音在哪里？'回答我的只是一声叹息。突然，有一股热气扑面而来；黑暗中，我隐隐约约看见黑色人影的旁边有个白色的影子。黑影把我抱起来放在白影身上。随即，一声欢快的嘶鸣传进我的耳朵，我大吃一惊，低声喊道：'恺撒！'只觉得身下的白影哆嗦了一下。我的朋友，我原来是半躺在一个马鞍上，我认出了这白影原来是《预言家》中的那匹白马，我以前常常给它吃糖果什么的。可是，剧院里流传说，有天晚上，它失踪了，被歌剧院幽灵偷走了。我呢，我一直是相信那声音的，但从来都不相信幽灵。于是，我心头一震，暗自思忖自己是不是成了幽灵的阶下囚。我在心底里呼喊那声音快来救我，因为我根本无法想象那声音和幽灵竟是同一个人！拉乌尔，您听说过歌剧院幽灵吗？"

"听说过，"小伙子回答说，"不过，克里斯蒂娜，告诉我，您上了《预言家》中的那匹白马后，又发生了什么事？"

"我一动不动，任凭它带着我走……渐渐地，一种奇怪的昏昏欲睡的感觉代替了这次地狱中的历险给我造成的焦虑和恐惧状态。黑影扶着我，而我也不再有什么要想摆脱他的举动。一种奇特的平静感传遍我的全身，我想这是一种迷魂药在对我起作用，我的感觉都不大听使唤了。但我的眼睛已经习惯在黑暗中看东西，再说，黑暗中，这儿那儿，偶尔也有短暂的闪光出现……我判断，我们是在一条狭窄的环形走廊里；我想，这条走廊是环绕歌剧院巨大的地下室的。我的朋友，有一次，仅有的一次，我下到了这个神秘庞大的地下室里，但只走到第三层，就不敢再往前走了。我的脚下还有两层，大得可以容纳一座城市。出现在我前面的一些鬼影把我吓跑了，那是些黑衣魔鬼，聚集在锅炉前，挥舞着铁铲、叉子，拨动着炽热的炭火，让炉火熊熊地燃烧，要是您敢走近一步，它们就突然冲着您打开炉子的血盆大嘴，威胁您！……就在这噩梦般的夜里，恺撒泰然自若地驮着我走的时候，我突然看见很远很远的地方，有一些很小很小的东西，就像把单筒望远镜倒过来看到的那样，就是那群聚集在制热锅炉的红色炭火前的黑魔……它们时隐时现，随着我们的脚步临近，它们奇怪地再次出现……最后，它们完全消失了。那个人影一直扶着我，恺撒兀自往前走，步伐稳健……我无法告诉您，我们这样在黑夜里走了多长时间，即使是大概有多少时间也说不上来；我只觉得：我们在绕着圈走！我们在绕着圈走！我们顺着螺旋梯不停地往下走，一直走到地下深渊的中心；难道是我在头晕？……但是，我想这不可能。绝对不可能！我当时头脑非常清醒。恺撒一度昂起鼻子，呼吸空气，然后稍稍加快了步子。我感到空气挺潮湿，又过了一会儿，恺撒停下不走了。这时，夜色已褪，我们的周围泛着淡淡的蓝光。我看看我们现在到了什么地方，发现是在一个湖的边上,铅灰色的湖水一望无际,消失在远处的黑暗中……但蓝色的微光照亮了这边的湖岸,我看见有条小船系在码头边的铁环上!

"的确,我知道这一切都是真实的,在地底下看到这个湖和这条船也没有什么不可思议的。但是您要想到,我到达湖畔时的处境却是不寻常的。死人的灵魂到达冥河边上时也未必会感到更加不安。卡戎①肯定不会比这个把我抱到小船上去的人影更悲伤,更沉默寡言。迷魂药的药力耗尽了吗?这地方的清新空气足以使我完全清醒吗?总之,我那种迷迷糊糊的状态渐渐消失,我稍稍动了动,表明恐惧又开始袭上我的心头。我身边那个可怕的人影想必对此也有所察觉,他迅速挥了一下手,示意恺撒快离开,白马随即消失在昏暗的走廊里,我听到马的四只铁蹄在楼梯的梯级上奔跑时发出的得得声;接着,那人影蹿上小船,解开铁缆绳,操起双桨,敏捷有力地划了起来,藏在面具后面的两只眼睛紧盯着我不放,使我无形中感到了那双一动不动的眸子的压力。周围的湖水寂静无声。我们在我刚才对您说过的那片淡蓝的湖光水声中悄然前行,接着又重新完全潜入黑夜中,最后就靠岸了。小船撞到了坚硬的东西。我又被人抱走。这时,我已有了喊叫的力气,便大声叫嚷起来。突然,一道亮光照得我眼睛发花,一时竟说不出话来。是的,一道强光,强光中我被放了下来。我倏地站了起来。我已恢复了体力。我发现自己来到了一间到处摆满鲜花的客厅里。这些漂亮的花儿用丝带扎成花束,放在一些花篮里,显得有些呆板,就

---

① 卡戎,希腊神话中渡亡灵过冥河去阴间的神。

是在大街上的花店里出售的那种，这些花儿太文明了，我每次'首演'结束回到化装室里，总是发现这样的鲜花。在客厅中央，在这个巴黎味十足的香花丛中，那个戴着假面具的黑色人影站在那儿，交叉着双臂……他说道：

"'克里斯蒂娜，您放心，不会有任何危险的。'

"原来是那个声音！

"我又惊又气，猛地扑向他戴的假面具，想把它扯下来，看看那声音的真面目。人影对我说：

"'如果您不碰我的假面具，就不会有任何危险！'

"说完，他轻轻抓住我的手腕，让我坐下。

"而后，他跪在我面前，再也没说一个字！

"他这种谦卑的动作又给了我某种勇气。借着光线，周围的一切都看得清清楚楚，于是我又回到了现实生活中。不管我的这次历险显得多么神奇，但现在围绕着它的却是一些能让我看得见摸得着的静物。壁毯、家具、烛台、花瓶，还有那些鲜花，对这些鲜花，我几乎能说出它们放在金黄色的小柳条筐里是从什么地方买来的，价格是多少，所有这些实实在在的东西，最终都把我的想象力锁定在一个和别的客厅同样普通的客厅的范围内，别的客厅只是没有设在歌剧院的地下室里罢了。我大概遇上了一个可怕的怪人，他像其他怪人一样，出于某种需要，并和行政当局达成了默契，神秘地住在地下室里，并且最终在这座现代巴别塔的顶层找到了藏身的地方，这座现代巴别塔里充斥着阴谋，人们在那儿用各种语言唱歌，用各种方言谈情说爱。

"于是，我听出了面具下的那个声音，那个声音，这声音面具是无法掩饰的,跪在我面前的原来是个男人!

"我不再去想自己的可怕处境,不再问自己接下来会怎样,如此冷酷无情地把我带到这个客厅里来居心何在,为什么要像把囚犯关进牢房,把女奴关进后宫那样对待我。不!不!不!这些事我都没有想,满脑子只想着:那声音原来是个男人!于是我哭了起来。

"那男人一直跪在地上,大概是明白了我为什么流泪,因为他说:

"'这是真的,克里斯蒂娜!……我一不是天使,二不是天才,更不是幽灵……我是埃利克!'"

克里斯蒂娜讲到这里,再次戛然而止,两个年轻人仿佛听到身后响起了一阵阵的回声:埃利克!……什么回声?……他们回头一看,才知道夜幕已经降临。拉乌尔的身子动了一下,好像要站起来,但克里斯蒂娜却把他留在了身边:"留下吧!您应该在这里知道一切!"

"为什么一定要在这里,克里斯蒂娜?夜里很冷,我怕您会受凉。"

"我的朋友,我们要担心的,只是舞台地板上的活板暗门,我们待在这里,就离活板暗门最远……我没有权利到剧院外面去见您……现在还不是惹他生气的时候……我们不能引起他的疑心……"

"克里斯蒂娜!克里斯蒂娜!预感告诉我,我们等到明天晚上那就错了,我们应该立刻远走高飞!"

"我告诉您,如果他明天晚上听不到我的演唱,会终身痛苦的。"

"既要不引起埃利克痛苦,又要永远逃离他,这是很难两全的。"

"拉乌尔,您说得对,在这件事上……我的出走会使他痛苦死的……"

姑娘又用低沉的声音补充说:

"但是,这场搏斗也是平等的……因为我们也冒着被他杀死的危险。"

"这么说,他很爱您?"

"甚至为我去犯罪!"

"但是,他的住处并不是无法找到的……可以到那儿去找他呀。从知道埃利克不是幽灵开始,就可以和他谈谈,甚至强迫他回答!"

克里斯蒂娜摇了摇头说:

"不行!不行!一点都不能和埃利克对着干!只能远走高飞!"

"既然可以远走高飞,您为什么还要先回到他身边去?"

"因为我必须这样做……您知道了我是如何从他那儿出来的,您就会明白了……"

"啊!我恨死他了!……"拉乌尔嚷嚷道,"您呢,克里斯蒂娜,您告诉我……我要您先告诉我这事,我才会心平气和地继续听您讲这个奇特的爱情故事……您呢,您恨他吗?"

"不恨!"克里斯蒂娜直截了当地回答。

"唉!那又何必说这么多话!……您肯定爱他!您的害怕,您的恐惧,这一切仍然出于爱情,出于最美妙的爱情!您不敢承认的爱情,"拉乌尔苦涩地解释说,"一想到它就让您发抖的爱情……想想吧，一个住在地下宫殿里的男人！"

说完，他冷笑起来……

"这么说，您要我回到那儿去！"姑娘断然截住他的冷笑，说道，"您听好了，拉乌尔，我已告诉过您：我要是回去，那就再也出不来了！"

两个人之间出现了可怕的冷场，不，是三个人之间……两个在谈话，还有那个影子在后面偷听……

"在回答您之前，"拉乌尔最后慢条斯理地说，"我希望知道，既然您不恨他，那他让您产生一种怎样的感情。"

"恐惧！"姑娘说道……这两个铿锵有力的字盖过了夜色中的一阵叹息。

"可怕的是，"她接着说，心情越来越激动，"我对他感到恐惧，但并不讨厌他。拉乌尔，怎么能对他恨得起来呢？要是您看到埃利克在地底下的湖滨寓所里，跪在我脚下时的情景就好了。他不断地自责，咒骂自己，请求我原谅！……

"他承认他设下了骗局。他爱我！他跪倒在我脚下，表现了一种宽厚和悲壮的爱！……他劫持我，就是出自这种爱！……他把我和他一起关在地底下，就是出自这种爱……但他尊重我，他卑躬屈膝，他呻吟，他哭泣！……拉乌尔，当我起身要走，当我对他说如果他不立刻恢复我的自由，我只会鄙视他时，难以相信的是……他给了我自由……只要我想走……他准备把秘密通道指给我看……但是……但是他也站了起来，于是我不得不想起，他虽不是幽灵，天使，也不是天才，但他总归是那个声音，因为他唱了起来！……

"我听着听着……就留了下来！

"那天晚上，我们互相没有再说一句话……他拿起一把竖琴，开始用他那男人的声音，那天使的声音，为我唱起《苔丝狄蒙娜①的罗曼史》。一想到自己也曾唱过这支歌曲，我便觉得羞愧难当。我的朋友，这音乐有一种奇效，它能使您觉得除了扣人心弦的音符之外，外界的一切都不复存在。我在不知不觉中忘了刚才所经历的怪事，只听到那声音在尽情歌唱，我如醉如痴地跟着它在和谐的音乐世界里漫游，我成了奥菲士②的羊群中的羊羔！它带着我去体会痛苦、欢乐、磨难、绝望、喜悦、死亡和喜气洋洋的婚嫁……我听着……它唱着……它给我唱一些我不知道的段子……让我听一种新的音乐，引发一种温柔、惆怅和安详的奇怪感觉……这种音乐先是在你心里掀起巨浪，然后渐渐抚平，直至把你送入梦乡。我睡着了。

"我醒来时，发现自己孤身一人，躺在一张长椅上，是在一个陈设简单的小房间里。房间里摆着一张普通的桃花心木床，墙上挂着彩印棉布饰物，还有一个路易-菲力普时代式样的旧五斗橱，大理石的桌面上放着一盏照明的灯。这个新的布景是怎么回事？……我用手摸摸额头，好像要驱散这场噩梦……可惜！不大一会儿，我就觉察到我不是在做梦！我成了囚徒，走出这个房间，惟一能去的地方就是一个十分舒适的浴室，冷热水可以随意使用。我回到房间里后，看见五斗橱上有一封用红墨水写的短信，它明明白白告诉我目前难堪的处境，要是还有

---

① 苔丝狄蒙娜，莎士比亚悲剧《奥赛罗》中的主角奥赛罗的妻子，受伊阿古诬陷被其夫扼死。
② 奥菲士，希腊神话中的诗人和歌手，善弹竖琴，弹奏时能让猛兽听了俯首，顽石低头。

必要怀疑的话，那它也把我的疑虑一扫而光，让我完全相信眼前的事实了。信上写道：'亲爱的克里斯蒂娜，您对自己的命运完全可以放心。在这个世界上，您绝对不会有比我更好、更尊重您的朋友了。您暂且一个人待在这间属于您的房间里。我出门到商店里去给您买您可能需要的各种衣物。'

"'可以肯定！'我大声喊道，'我落到了一个疯子手里！我接下来会怎么样？这个可怜虫，他打算把我在他的地牢里关多长时间？'

"我像个失去理智的人在这个小套房里跑来跑去，想要找一个出口，但根本找不到。我痛苦地责备自己如此迷信真是蠢极了，我随即又可怕地在自嘲中寻找乐趣，嘲笑自己真是幼稚透顶，竟然接受了穿墙而来的音乐天使的声音……一个人蠢到这种地步，必定大难临头，咎由自取！我真想打自己一顿，面对自己的下场又是笑又是哭。正是在这种状态下，埃利克找到了我。

"他在墙上轻轻地敲了三下，然后静悄悄地从一扇门里走了进来，这扇门我刚才并没有发现。他让门开着，抱进来好些纸箱和包裹，不慌不忙地把这些东西放在我的床上，这当儿，我用恶毒的话骂得他狗血喷头，还命令他摘下假面具，谁叫他掩饰自己的真面目的。

"他却泰然自若地回答我说：

"'您是永远看不到埃利克的脸的。'

"接着他责备我怎么到这个时候还没有梳洗，还告诉我已经是下午两点了。他让我在半个小时里梳洗停当，他边说边仔细地给我的手表上发条，对准时间。随后，他请我到餐厅里去，还告诉我，有一顿丰盛的午餐正等着我们去吃。我当时确实很饿，便当着他的面砰的一声关上门，自己进了浴室。我洗澡之前，先拿一把锋利的剪刀放在身旁，要是埃利克像疯子一样，有越轨之举，我就用剪刀自杀。清凉的水让我感到非常舒服，我重新出现在埃利克面前的时候，已作出了一个明智的决定，以后不管发生什么事，都绝不顶撞他，冒犯他，必要的时候，还要奉承他，争取尽快获得自由。他先开口对我说了他对我的安排，还把细节都告诉了我，据他说是为了让我放心。他自称有我作伴非常高兴，所以，不能像昨天看到我大为生气，就一时冲动同意我离开时那样，马上放我走。我眼下应该明白，根本就用不着害怕看见他在我身边。他爱我，但只有等到我允许的时候，他才向我表白，其余的时间在音乐中度过。

"'这其余的时间是什么意思？'我问道。

"他肯定地回答说：

"'五天。'

"'然后，我就可以自由了？'

"'您自由了，克里斯蒂娜，因为，这五天过去后，您就学会不再怕我了；于是您就会不时来看望可怜的埃利克！……'

"他说最后几个字的语气让我深受感动。我仿佛从中听出一种真实的、令人同情的绝望，不禁心里一软，抬头望着那张假面具。我无法看清面具后面的那双眼睛，但这丝毫没有减轻我心头那种挺奇怪的不舒服感觉，使我越发想要揭开那块神秘的黑色丝质方巾；可是，方巾下面，面具的边缘流出了一滴、两滴、三滴、四滴眼泪。

"他一声不响，指了指面前的座位，示意我坐下。房间中央有一个独脚小圆桌。前一天晚上,他就是在这个地方为我演奏了竖琴。我忐忑不安地坐了下来,不过胃口倒很好,吃了几只虾和一只淋了点托卡伊葡萄酒的鸡翅。他告诉我说,这酒是他特地到以前福斯塔夫①常去的柯尼斯堡酒窖里买来的。而他自己既不吃,也不喝。我问他是哪国人,埃利克这个名字是不是表明他来自斯堪的纳维亚半岛。他回答说他没有姓氏,也没有祖国,埃利克这个名字是随便起的。我又问他,他既然爱我,为什么不用其他方法向我表白,而非要硬把我拉到他身边,关在地底下!

"'在一个坟墓里,'我说,'是很难谈情说爱的。'

"'只能有这样的"约会",'他用一种特别的声调回答说。

"接着他站了起来,伸手来拉我,因为据他说他想带我去看看他的房间,但我迅速地抽回了自己的手,还吓得尖叫一声。原来伸过来拉我的那双手骨瘦如柴,还有些汗湿,于是我想到这是双死人的手。

"'哦!对不起,'他低声说。

"然后他在我面前打开了一扇门。

"'这是我的房间,'他说,'进去看看一定很有意思,您要进去看看吗?'

"我并没有犹豫。他的一言一行,他的所有神态都告诉我,他是可以信任的……我觉得根本用不着害怕。

"我走了进去,感觉好像进了一间死人的房间。墙上挂满

---

① 福斯塔夫,莎士比亚笔下脍炙人口的喜剧人物,体形肥胖,生性贪婪怯懦,喜发豪言或妙语,先后出现于《亨利四世》及《温莎的风流娘们》等剧中。

了黑色的幛子，但在孝幔上平常缀白色泪珠状装饰的地方，看到的却是一个巨形乐谱架上放着《死神》的乐谱。房间当中，有一个垂挂着红色织锦缎帐幔的天篷，天篷下面是一具打开的棺材。

"看到这种情景，我吓得直往后退。

"'我就睡在那里面，'埃利克说，'生活中的一切都必须去适应，连来生都一样。'

"这吓人的场面惨不忍睹，我转过头去，目光落到了一架管风琴的键盘上，它大得占据了整整一面墙。乐谱架上放着一本乐谱，上面涂满了红色的音符。我请求让我看看乐谱，我看见第一页上写着：《胜利的唐璜》。

"'对，'他对我说，'我有时也作曲。这项工作，我早在二十年前就开始做了。等做完了，我就把它带到棺材里，并且再也不醒过来。'

"'那应该尽可能慢点干，悠着点，'我说。

"'我有时会日以继夜，一连干上半个月，眼睛里只有音乐，然后就休息几年。'

"'您愿意弹一段《胜利的唐璜》给我听听吗？'我要求道。我以为自己的这个要求一方面能讨得他的欢心，另一方面也能克服自身对待在这个死人的房间里所产生的厌恶感。

"'永远不要对我提这个要求，'他回答说，声音阴沉，'这个《唐璜》可不是根据达·蓬特①的歌词作曲的，它的灵感

---

① 达·蓬特(1749—1838)，意大利诗人、歌词作者，犹太人，为许多音乐家撰写过歌词，其中为莫扎特作《费加罗的婚礼》、《唐璜》和《女人就是这样》。

来自美酒、微不足道的爱情和邪恶,最后受到了天主的惩罚。如果您愿意,我给您演奏莫扎特的《唐璜》,它会让您流下善良的眼泪,让您进行一番认真的思考。但我的《唐璜》心里却像在燃烧,克里斯蒂娜,不过,他绝对没有被天火烧毁!……'

"说着,我们回到了刚才离开的客厅。我注意到这个套房里哪儿都没有镜子。我正要寻思这是怎么回事,这时埃利克已坐在钢琴前,他对我说:

"'克里斯蒂娜,您瞧,有一种音乐非常可怕,它能吞噬所有接近它的人。幸好,您还没有接近这种音乐,因为您将失去鲜艳的脸色,等您重返巴黎后,再也没有人会认出您。我们唱歌剧吧,克里斯蒂娜·达埃。'

"他对我说:

"'我们唱歌剧吧,克里斯蒂娜·达埃。'这句话好像是对我的侮辱。

"可是我来不及强调他对我说这番话时的那种样子了。我们立即开始唱《奥赛罗》的二重唱,灾难已经落到我们头上。这一次,他让我演唱苔丝狄蒙娜一角,我的歌声里带有一种前所未有的绝望,一种真正的恐惧。这样一位对唱者站在我的身边,并没有把我吓倒,反而使我有了一种对他肃然起敬的恐惧感。我当时所遇到的这些倒霉事使我特别贴近诗人的原创意图,我找到了一些使音乐家心醉神迷的音符。至于埃利克,他的声音非常洪亮,他那复仇的灵魂体现在每一个音符上,可怕地增加了音符的力度。爱情、嫉妒和仇恨在我们的周围化作撕心裂肺的尖厉歌声迸发了出来。埃利克的黑色假面具让我想起了威尼斯的摩尔人的那张天生的面具。他就是奥赛罗本人。我以为他马上就要来打我，我就要被他打倒在地……但是，我并没有像羞怯的苔丝狄蒙娜那样，想要逃离他，避开他的怒火。相反，我一步一步向他靠近，我深深地被他吸引，被他迷住，并在这样一种激动中看到了死亡的魅力；但是，在临死之前，为了最后看一眼他的尊容，我想一睹永恒的艺术之火使他那无人见过的真面目发生了怎样的变化。我想看清那声音的真面目。完全出自本能，一个我无法控制的动作，因为我再也没有自控能力，我的手迅速伸过去摘下了他的假面具……

"天哪！太可怕了！……太可怕了！……太可怕了！……"

克里斯蒂娜说到这儿停了下来，好像还在用颤抖的双手驱赶那可怕的一幕，夜空中也好像早先回荡着埃利克的名字一样，回荡着三声惊叫："太可怕了！太可怕了！太可怕了！"拉乌尔和克里斯蒂娜被这件事吓得团结得更紧密了，他们抬头朝静谧、晴朗的夜空中闪烁着的星辰望去。

拉乌尔说：

"真奇怪，克里斯蒂娜，这如此温和宁静的夜怎么充满了哀怨。好像它在和我们一起悲叹！"

她答道：

"现在您就要知道整个秘密了，您的耳朵里会像我的耳朵里一样，充满了一声又一声的悲叹。"

她紧紧握住拉乌尔那双仿佛是保护神的手，一阵长时间的哆嗦过去以后，她继续说道：

"哦！对了，要是我能活上一百年，就会一直听到他发出的那种不同于凡人的叫嚷，这是他痛苦的叫喊，恶魔般的怒吼，这家伙一出现在我的眼前，我就吓得睁大了双眼，嘴巴合不拢，也叫不出声来。

"哦！拉乌尔，这可怕的家伙！怎样才能不再看见这家伙！要是我的耳朵里永远都充满了他的叫喊声，要是他的脸永远在我的眼前晃悠，那可怎么办！这是怎样的一张脸啊！怎样才能不再看见，怎样让您也见识见识？……拉乌尔，您已经见过风干了几个世纪的死人骷髅头，如果说那天晚上在佩罗您并不是在做噩梦的话，那您也许已经看见了他的死人骷髅头。还有，在上一次假面舞会上，您已经见过走来走去的'红衣死神'！但所有这些死人骷髅头都是静止不动的，它们给人造成的是无声恐惧，并不是活生生的！但是您不妨想象一下，如果您能想象一下的话，那个死人的假面具当时突然开始活起来了，从眼睛、鼻子和嘴巴四个黑洞里喷射出极强的怒火，这是魔鬼的狂怒之火，眼睛的两个黑洞里没有目光，因为正如我后来知道的那样，只有在深夜里才能看见他炭火般发光的眼睛……我吓得身子紧贴在墙上，露出一脸的惊恐状，而他的脸则是丑陋不堪。

"这时候，他那没有嘴唇遮拦的牙齿咬得格格作响，煞是吓人，他逐渐向我逼近，我扑通一声跪倒在地，他恶狠狠地对我说一些荒诞的事，一些前言不搭后语的话，一些骂人的话，疯话……我怎么知道事情会这样！……我怎么会知道呢？……

"'看吧，'他俯身对我吼道，'你想看看清楚！那你看看清楚吧！你就一饱眼福，让我这张该死的丑脸满足你的好奇心吧！看看埃利克的脸吧！现在，你知道那声音是什么面相了吧！你说，难道听见我的声音你还不满足？你还想知道我长得

怎么样。你们这些女人，总是那么好奇！'

"他突然大笑起来，重新又说道：'你们这些女人，总是那么好奇！……'这笑声如狼嚎，似虎啸，还唾沫四溅，可怕极了……他还说了些这样的事：

"'你满意了吧？我很帅，对吗？……如果一个女人看见了我的真面目，就像你一样，那她就是我的人了。她得永远爱我！我，我是唐璜式的人物。'

"接着，他直起身子，一手叉腰，摇晃着肩膀上那个算是脑袋的丑陋东西，用雷鸣般的声音吼道：

"'看着我！我就是胜利的唐璜！'

"我一边扭过头去，一边求他原谅，但他猛地一把揪住我的头发，把我的头拧回来，他那死人的手指插进了我的头发。"

"够了！够了！"拉乌尔打断了她的话，插嘴说，"我要杀了他！我要杀了他！看在老天爷的分上，克里斯蒂娜，告诉我那个湖滨餐厅在什么地方！我必须杀了他！"

"唉！拉乌尔，你先别说话，如果你想知道的话！"

"那好吧！我想知道你是如何，又是为什么回到那儿去的！这是秘密，克里斯蒂娜，那你就保密吧！别的事都无所谓！但不管怎样，我都要杀了他！"

"哦！我的拉乌尔！你听着！既然你想知道，那就听着！他揪住我的头发把我拖过去，于是……于是……哦！比刚才还要可怕！"

"好了，说呀，现在就说！……"拉乌尔气急败坏地嚷道，"你快说呀！"

"于是，他咬牙切齿地对我说：'什么？我让你害怕了？这有可能!……你也许以为我还有一张假面具,对吗?这个……这个!我的头,是一张假面具?那好,但是!'他吼了起来,'那你像对待另一张一样,把它也摘下来!来呀!来呀!再摘下来!再摘下来!我愿意这样!你的手!你的手!……把你的手给我……如果你的手不够用,把我的手也借给你……我们两个人一起把这面具摘下来。'我蜷缩在他的脚下,但他抓住我的手,拉乌尔……把我的手拉到他那张可怕的脸上……用我的指甲在他肌肤上划来划去,那是可怕的死人的肌肤!

"'你知道了吧!知道了吧!'他用发自喉咙深处的声音嚷道,那喉咙像火炉似的在呼哧呼哧地喘着粗气,'你知道我完全是一具僵尸了吧!……一具彻头彻尾的僵尸!……这具僵尸爱你,崇拜你,永远都不再离开你!永远不再离开!……克里斯蒂娜,以后,等我们的爱情到了尽头的时候,我会让人把棺材加宽!你瞧!我不再笑了,你看见了,我是在哭……我在对你哭,克里斯蒂娜,你摘下了我的假面具,就为这事,你永远也不能离开我了!……只要你会以为我很帅,克里斯蒂娜,你就会回来!……我知道你会回来……但现在你知道我长得奇丑无比,你就会永远逃离我……我得守住你!!!你为什么要看见我呢?你简直疯了!克里斯蒂娜,你想看见我,你简直是疯子……我的父亲,他从来没有见过我,而我的母亲,为了不再看见我,我的第一张假面具就是她哭着送给我的礼物!'

"最后,他松手放了我,拖着沉重的脚步,打着可怕的嗝儿,在地板上走着。不一会儿,他像游蛇一样悄悄地出去,进了他自己的房间，闭门不出。我独自待在那儿，心里很害怕，陷入了沉思，不过那个怪物的阴影倒是摆脱了。出奇的寂静，风暴之后，静得就像死寂的坟墓；于是我能反思刚才摘下他的假面具会带来怎样的可怕后果。这丑八怪最后的几句话已经说得够明白了。我是作茧自缚，永无出头之日，我的好奇心铸成了我的一切不幸。他曾三番五次警告我，一再对我说，只要我不碰他的假面具，就不会有任何危险，然而我还是碰了。我咒骂自己此举实在太不谨慎，但我发觉丑八怪的思路还是符合逻辑，不禁浑身一阵哆嗦。是的，如果我没有看见他的真面目，我肯定还会再来的……假面具后面流淌的泪水已经深深地触动了我的心，引起了我的兴趣和怜悯，无法对他的请求无动于衷。总之，我不是一个忘恩负义的人，他虽然不能如愿以偿，但我不能忘记他就是那个声音，他的才华已使我重新振作起来。我一定会回来的！但现在，我一旦离开这座地下墓穴，就永远不会再回来了！没有人会来和一具爱他的僵尸一起幽禁在一座坟墓里！

"刚才的情景历历在目，他看我时那种凶狠的目光，或者更确切地说，他那两个不见目光的黑洞凑近我时的那种凶狠的样子，我不难从中看出他的激情带有一种兽性。他并没有在我毫无抵抗能力的情况下，把我抱在他的怀里，这就足以说明丑八怪还有着天使的善良一面，也许，不管怎么说，他有点像天使，音乐天使，也许，如果天主给他穿上漂亮的而不是破烂的外衣，那他完全就是音乐天使！

"一想到自己的命运，我就已经六神无主，生怕看见那个停放着棺材的房间的门重新打开，再次看见那张摘去假面具的丑八怪的脸,我悄悄地溜进自己的套房,拿起那把剪刀,想就此了结自己可怕的命运……这时,耳边传来了管风琴的声音……

"我的朋友,就在这一刻,我才开始明白埃利克曾用让我吃惊的轻蔑口气对歌剧院音乐说过的那番话。我此刻听到的竟与此前我听到的那些迷人音乐截然不同。他的《胜利的唐璜》(因为我觉得他全身心扑在自己的杰作上,无疑是为了忘却眼前暂时的可怕处境),他的《胜利的唐璜》,刚开始的时候在我看来只是一种长时间的、可怕的和动人的泣诉,可怜的埃利克倾注了他的全部倒霉的不幸。

"我眼前又出现了那本红色音符的乐谱,很容易想象这些音符是用鲜血写的。它带着我走遍全部的苦难历程,走进深渊,也就是丑陋的男人居住的深渊的角角落落;它让我看到埃利克凶狠地用他那颗可怜的丑陋脑袋撞击这地狱的阴郁墙壁,他逃到这里,是为了避开人们的目光,不吓着他们。我亲眼目睹痛苦之神的这部雄伟乐章的诞生,顿时觉得自己精疲力竭、气喘吁吁、可怜巴巴,被征服了;过了一会儿,这些来自深渊的声音突然汇集成一股神奇而气势磅礴的强音,宛如旋风般的千军万马好像追日的雄鹰直上天际,这样的一部胜利交响乐似乎使人人都激动不已,于是我明白这部作品终于完成了,丑插上爱的翅膀敢于直面美了!我像喝醉了酒似的,用力一推,那扇把我和埃利克隔开的门打开了。埃利克听到我的声音站了起来,但不敢转身。

"'埃利克,'我大声说道,'让我看看您的脸,不用怕。我发誓,您是世界上最痛苦、最崇高的男人,如果今后克里斯

蒂娜·达埃看见您浑身发抖,那一定是她想到您的才华是多么伟大!'

"这时候,埃利克转过身来,因为他相信我,而我,唉!……我也相信自己……他激动地举起双手伸向命运之神,然后跪倒在我的膝下,嘴里说着情话……

"……死人的嘴里说着情话……音乐停止了……

"他吻着我的裙摆,没有看见我紧闭着双眼。

"我的朋友,我还能对您说什么呢?现在您知道了这场悲剧……半个月中,它不断地上演……半个月中,我一直在欺骗他。我的谎言和那个吓得我说谎的丑八怪同样可怕,惟有以此为代价,我才能获得自由。我烧毁了他的假面具。而我自己也伪装得不错,因此,即使他不再唱歌的时候,也敢于看看我的眼色,就像一条胆怯的狗在主人身边绕来绕去。就这样,他还像一个忠实的奴仆围着我转,悉心侍候我。我渐渐得到了他的信任,他终于敢带我到阿佛纳斯湖畔去散步,乘船去游铅灰色的湖;在我被囚禁的最后日子里,天黑以后,他就带着我穿过通往斯克里布街的地道的那扇紧闭的栅栏门,登上一辆早已在那儿等候我们的马车。马车载着我们前往僻静的森林。

"我们碰上您的那个晚上,差点给我酿成一出悲剧,因为他对您嫉妒之极,直到我向他断言您不久就要启程离开法国时,才把他的妒火压下去……在这半个月难熬的囚禁日子里,我受到怜悯、激动、绝望和恐惧的轮番煎熬,在这以后,当我告诉他说我一定会回来的时候,他终于相信了我。"

"您确实回去了,克里斯蒂娜,"拉乌尔哽咽着说。

"是的,朋友,我还应该说,帮助我信守诺言的,并不是作为释放我条件的那些可怕威胁，而是他站在墓室门口发出的那声撕心裂肺的哭泣！

"是的，那声哭泣，"克里斯蒂娜痛苦地摇着头，重复道，"把我和无尽的痛苦拴在了一起，这种痛苦比我在向他告别的那一刻所想象的还要不幸。可怜的埃利克！可怜的埃利克！"

"克里斯蒂娜，"拉乌尔站了起来，说道，"您说您爱我，可是，您获释以后，没过几个小时，就已经回到埃利克身边去了！……您回想一下那个假面舞会吧！"

"事情确实如此……但您也得回想一下，拉乌尔，我和您一起度过的那几个小时……对我俩是多大的危险啊……"

"在那几个小时里，我甚至怀疑过您是否爱我。"

"那现在呢，拉乌尔，您还怀疑吗？……您应该知道，我每次陪埃利克出游都加剧了我对他的恐惧，因为每次出游非但没有像我所希望的那样，平息他的激情，反而使他爱得发疯！……我害怕！我害怕！……我害怕！……"

"您害怕……但您爱我吗？……如果埃利克是个帅哥，克里斯蒂娜，您会爱我吗？"

"不幸的人！为什么要试试命运是否灵验呢？为什么要问我一些像人们深藏罪恶一样深藏在我心底的事情呢？"

她也站了起来，用颤抖着的美丽双臂搂住了小伙子的头，说道：

"哦！我的一日未婚夫，如果我不爱您，就不会把我的嘴唇献给您。这是第一次，也是最后一次，献给您。"

拉乌尔吻了姑娘的双唇，但笼罩在他们周围的夜幕突然撕裂了一道口子，好像暴风雨就要来临似的，吓得他们赶紧逃跑；可怕的埃利克映入了他们的眼帘，没等他们消失在林立的高楼的屋顶中，他们便看见高空中，就在他们的头顶上，有一只巨大的夜鸟正目光炯炯地盯着他们，它仿佛倒挂在阿波罗竖琴的琴弦上！

第十四章
喜欢摆弄活板暗门的人出手不凡

拉乌尔和克里斯蒂娜跑呀,跑呀,现在他们从屋顶上逃了下来,逃离了那双只有在深夜里才看得见的闪闪发光的眼睛;他们仿佛从天而降,一直跑到九楼才停住脚步。那天晚上,歌剧院里没有演出,走廊里没有什么人。

突然,一个奇怪的人影冷不丁站在这对年轻人的面前,挡住了他们的去路,并且说道:

"不!别从这儿走!"

说完,那人影给他们指出了另外一条走廊,从那儿他们便可以到达后台。

拉乌尔想停下来,问个明白。

"走啊!快走!……"那个模糊的人影命令道,人影遮掩得严严实实,身上裹着一件宽袖长外套,头上戴着尖顶圆帽。

克里斯蒂娜这时已经拉着拉乌尔,硬是要小伙子和她一起跑;小伙子嘴里还在问:

"他是谁?那人是谁?"

克里斯蒂娜回答说:

"是波斯人!……"

"他在那儿干什么……"

"不知道！……他总是待在歌剧院里！"

"克里斯蒂娜，您这样是在逼我做一个懦夫，"拉乌尔情绪激动地说，"您让我逃跑，这是我有生以来第一次。"

"啊！"克里斯蒂娜开始平静下来，回答道，"我想我们逃避的是我们想象中的人影！"

"如果我们真要是看见了埃利克，我非得把他钉在阿波罗的竖琴上，就像在我们的布列塔尼的农庄里把猫头鹰钉在墙上，这样就什么问题都解决了。"

"好心的拉乌尔，那您首先得一直爬到阿波罗的竖琴上；这可不容易攀登。"

"那双闪闪发光的眼睛就在上面。"

"唉！您现在像我一样，做好在什么地方都会看见他的准备，但事后就会想，就寻思：我自以为是闪闪发光的眼睛的东西，无疑只是天上的两颗通过竖琴的琴弦俯瞰城市的金色星星。"

克里斯蒂娜又走下一层楼。拉乌尔紧跟在后面，开口说道：

"克里斯蒂娜，既然您已决定离开，我可以肯定地对您说，最好现在立刻就远走高飞。为什么要等到明天呢？说不定，我们今天晚上的谈话，他都听到了！……"

"不会！不会！他在工作，我再对您说一遍，他在创作《胜利的唐璜》，他顾不上我们。"

"您老往身后看，说明您的心里也不大有底。"

"到我的化装室去吧。"

"还是到剧院外面去谈比较好。"

"不行，在我们逃跑的时刻到来之前，绝对不行！如果我不遵守诺言，会给我们带来不幸的。我答应过他，我们只在剧院里见面。"

"他允许您这样做，还是我的幸福啰。您知道，"拉乌尔苦涩地说，"您和我玩这种订婚游戏，胆子是够大的。"

"亲爱的，这事他知道。他对我说过：'克里斯蒂娜，我相信您。拉乌尔·德·夏尼先生爱您，可又必须离开。临行前，他一定和我一样痛苦！……'"

"这话是什么意思，请您告诉我，好吗？"

"我的朋友，这个问题应该是由我来问您的。当我们爱一个人的时候，很痛苦吗？"

"是的，克里斯蒂娜，当我们爱一个人，可又不能确定对方是否也爱我们的时候。"

"您这样说是指埃利克吗？"

"既指埃利克，也指我，"小伙子一脸忧伤，若有所思地摇着头回答。

说话间，他们来到了克里斯蒂娜的化装室。

"您怎么会认为在化装室里比在剧院的其他地方更安全呢？"拉乌尔问道，"既然您能隔着墙壁听到他的声音，那他也能听到我们的谈话。"

"不可能！他对我发过誓，再也不会躲在我化装室墙壁的后面偷听，我相信埃利克的话。我的化装室和我那个在湖滨套房中的房间，是属于我的，只属于我一个人，对他来说是神圣不可侵犯的禁地。"

"克里斯蒂娜，您怎么能离开这个化装室，转移到那条黑洞洞的走廊里去的呢？我们试着重复一遍您当时的做法，好吗？"

"我的朋友，这样做很危险，因为那面镜子可能再次把我带走，到时候我非但不能逃走，反而要被迫走到那条通往湖岸的秘密通道的尽头，在那儿呼喊埃利克的名字。"

"他能听到您的叫喊吗？"

"我无论在什么地方呼喊埃利克的名字，他都能听到……这是他自己告诉我的，他真是个非常奇怪的天才。拉乌尔，您千万别以为，他不过是个喜欢住在地底下的普通人。他能做出一些常人做不到的事，知道一些活人不知道的事。"

"您得小心，克里斯蒂娜，您要把他当作一个幽灵了。"

"不，他不是一个幽灵，他一半是神一半是人，如此而已。"

"一半是神一半是人……如此而已！……您说到哪儿去了！……那您还决定逃离他吗？"

"是的，明天就远走高飞。"

"您要我告诉您为什么我要您今天晚上就逃走吗？"

"您说吧，我的朋友。"

"因为，到了明天，您就什么事都决定不了了！"

"真要是这样，拉乌尔，您就强行把我带走……这不是说好了吗？"

"那么，就在这里，明天晚上！午夜十二点，我在您的化装室里，"小伙子阴郁地说，"不管发生什么事，我都会信守诺言的。您说他看完演出以后，会到湖滨餐厅里去等您？"

"他的确约我在那儿见面。"

"克里斯蒂娜，如果您不知道怎样'从镜子里'离开您的化装室,您如何去他住的地方呢?"

"我直接去湖边。"

"穿过所有的地下室吗?经过布景师和剧务走的那些专用楼梯和走廊吗?您怎么守得住这个举动的秘密呢?到时候,所有的人都会跟在克里斯蒂娜·达埃的后面,您会带着一大帮人一块儿到达湖边的。"

克里斯蒂娜从一个盒子里拿出一把很大的钥匙,给拉乌尔看。

"这是什么?"拉乌尔问道。

"这是打开通往斯克里布街的地道的栅栏门的钥匙。"

"我明白了,克里斯蒂娜。这地道直接通到湖那儿。把钥匙给我,好吗?"

"绝对不行!"她毅然决然地回答道,"否则,就等于背叛!"

突然,拉乌尔看见克里斯蒂娜脸色大变,一时间变得像死人一样惨白。

"哦!我的天主!"她大声喊道,"埃利克!埃利克!可怜可怜我吧!"

"住口!"小伙子命令道,"您不是告诉过我,他能听到您的呼喊吗?"

可是,这位女歌唱演员的态度变得越来越令人不解了。她搓着手,神色迷茫地反复说道:

"哦!我的天主!哦!我的天主!"

"怎么回事?怎么回事?"拉乌尔用恳求的口气问道。

"戒指。"

"什么戒指？克里斯蒂娜，我求您了，快清醒过来！"

"他给我的那枚金戒指。"

"啊！那枚金戒指是埃利克送给您的！"

"拉乌尔，这事您知道得很清楚！但您并不知道，他给我戒指的时候还对我说：'克里斯蒂娜，我恢复您的自由，但条件是您永远要把这只戒指戴在手上。只要您戴着它，就不会遇到任何危险，埃利克仍然是您的朋友。可是，您一旦和它各分东西，那您就会大难临头，克里斯蒂娜，因为埃利克会报复的！……'我的朋友，我的朋友！戒指不在我的手指上了！……大难就要落到我们头上！"

他们在四周寻找那枚戒指，但简直是白费力气，根本找不到。姑娘的心情无法平静。

"一定是在屋顶上，在阿波罗竖琴的下面，我允许您吻我的时候，"她哆嗦着试图作出解释，"戒指从我的手指上滑落，掉到下面的街道上去了！现在怎么找得回来呢？拉乌尔，我们的处境多么危险啊！啊！逃吧！逃吧！"

"立即就逃，"拉乌尔再次强调了一遍。

她在犹豫。他以为她马上会答应的……过了一会儿，她那双明亮的眼睛变得模糊起来，接着她说道："不！还是等到明天！"

说完，她慌慌张张地赶紧离开拉乌尔，她继续搓着手，大概是希望这样能使戒指马上重新出现。

至于拉乌尔，他只好忧心忡忡地回家，心里老想着他刚才听说的事。

"如果我不把她从那个江湖骗子的手里救出来，"他在自己的卧室里，上床的时候大声说道，"她就完了；我一定要救她！"

他熄了灯，在一片黑暗中感到需要咒骂埃利克几句。他一连大声喊了三遍："骗子！……骗子！……骗子！……"

突然，他用一个胳膊肘支起身子；额头上流出一阵冷汗。他刚才看见床脚那儿出现了两只像炭火那样在燃烧的、闪闪发光的眼睛。那两只眼睛在漆黑的夜色里，可怕地紧盯着他看。

拉乌尔一向很勇敢，这时也不禁吓得发抖。他摸索着，犹犹豫豫，没有把握地把手伸向床头柜，摸到一盒火柴，擦亮后，那两只眼睛消失了。

他还是一点都不放心，暗自在想：

"她告诉过我，说他的眼睛只有在黑暗中才能看到。他的眼睛见光消失了，但他，他人可能还在。"

他起了床，仔细找遍了房间里的角角落落，还像孩子一样看了看床底下。他觉得自己这样做真是滑稽可笑，便大声说道：

"应该相信什么呢？有了这样的神话故事，不应该相信什么呢？真实在什么地方结束？荒诞的想法又在哪儿开始？她看见了什么？她自以为看见了什么？"

他哆嗦着又说道：

"我自己呢，我看见了什么？我刚才真的看见了那双闪闪发光的眼睛？它们难道只是在我的想象中才闪闪发光？现在我什么都无法确定！我根本无法发誓说看到过那双眼睛。"

他重新睡下。房间里复归黑暗。

那双眼睛再次出现。

"哦！"拉乌尔叹着气说。

他坐了起来，拿出最大勇气盯着它们看。然后，他凝神静气，憋足了劲，突然喊道：

"埃利克，是你吗？是人！是神还是幽灵！是你吗？"

他心里在想：

"如果是他……那他在阳台上！"

于是，他穿着睡衣，跑到一个小柜那儿，在柜里摸到一把手枪。他拿着枪，打开了落地窗。夜里寒气袭人。拉乌尔只匆匆地朝空空的阳台上扫了一眼，就赶紧回来，重新关上阳台门。他哆嗦着重新躺下，手枪就放在床头柜上伸手可及的地方。

他再次吹灭了蜡烛。

那双眼睛还在那儿，在脚跟头的床那儿。它们究竟是在床和落地窗之间，还是在落地窗后面，也就是说在阳台上呢？

这就是拉乌尔想知道的。他还想知道这双眼睛是不是人的眼睛……他什么都想知道……

于是，年轻人耐着性子，不惊动周围的夜色，冷静地拿起手枪，瞄准目标。

他瞄准那两颗依然在原地以奇怪的闪光注视着他的金星。

他瞄准那两颗金星略微上面一点的地方。没错！如果这两颗金星是两只眼睛，如果这两只眼睛略微上面一点的地方是额头，如果拉乌尔的枪法不算太糟……

可怕的一声巨响打破了沉睡的屋子里的平静……正当走廊里响起急促的脚步声时，拉乌尔还坐在那儿，伸着胳膊，准备再次开枪，他望着目标……

这时候,那两颗星星不见了。

亮光处,出现了一些人,其中包括神色慌张的菲利普伯爵。

"拉乌尔,发生了什么事?"

"发生了,我想自己是做了个梦,"年轻人回答,"我朝两颗妨碍我睡觉的星星开了枪。"

"你在说胡话吗?……你一定是病了!……拉乌尔,我求你了,到底发生了什么事?……"说着,伯爵夺过了手枪。

"不,不,我不是在说胡话!……再说,我们马上就可以知道真相……"

他起床,披上睡衣,穿上拖鞋,从仆人手里拿过蜡烛,打开落地窗,朝阳台看。

伯爵注意到窗上一人高的地方有个弹孔。拉乌尔拿着蜡烛俯身朝阳台上看……

"哦!哦!"他叫道,"血……血!……这儿……那儿……也有血!太好了!……一个会流血的幽灵……这就不那么危险了!"他冷笑一声。

"拉乌尔!拉乌尔!拉乌尔!"

伯爵摇摇拉乌尔,仿佛要把一个梦游者从危险的梦境中摇醒。

"哥哥,我不是在睡梦中!"拉乌尔不耐烦地反驳道,"您可以和大家一样看到这些血。我原以为自己是在做梦,朝两颗星星开了枪。结果却是埃利克的眼睛,这是他流的血!……"

他突然间变得不安起来,又补充说:

"不管怎么说,我开枪也许是个错误的举动,克里斯蒂娜完全可以不原谅我！……要是我谨慎一些，睡觉的时候把窗帘放下来，这一切就不会发生了。"

"拉乌尔，你突然间变得疯疯癫癫了吗？快清醒清醒吧！"

"又来了！哥哥，您最好还是帮我找找埃利克……因为，一个会流血的幽灵，终归能找到的……"

这时，伯爵的贴身仆人说：

"老爷，阳台上确实有血。"

另一个仆人拿来一盏灯，借着灯光大家可以仔细看个究竟。血迹沿着阳台栏杆一直延伸到檐槽，然后顺着檐槽往上。

"我的朋友，"菲利普伯爵说，"你开枪射中了一只猫。"

"可怜的畜生！"拉乌尔又冷笑着说，这笑声在伯爵听来有一种痛苦之感，"这完全可能。和埃利克打交道，永远闹不清是怎么回事。到底是埃利克？是猫？还是幽灵？是肉体还是影子？不！不！和埃利克打交道，永远闹不清是怎么回事！"

拉乌尔说的这番怪话完全是和他心中的忧虑一脉相承的，也是和克里斯蒂娜·达埃那些貌似荒诞却字字属实的肺腑之言紧密相连的；不过，这番话反而让人听了更相信小伙子的头脑一定是糊涂了。伯爵本人这样认为，不久以后，预审法官根据警长的报告也不难得出同样的结论。

"埃利克是谁？"伯爵抓紧弟弟的手问道。

"我的情敌！要是他没有被打死，那就糟了！"

伯爵挥挥手，示意仆人们退下。

房门在夏尼兄弟俩面前关上。但仆人们还没有那么快走远，伯爵的贴身男仆听到拉乌尔清楚有力地说道：

"今天晚上！我要把克里斯蒂娜·达埃强行带走。"

剧院魅影 | 199

这句话后来传到了预审法官富尔的耳朵里。但是，兄弟俩在单独待在一起的这段时间里究竟谈了些什么，却无人知晓。

仆人们都说，两兄弟关门吵架，那晚可不是第一次。

隔着墙壁就能听到他们的大声嚷嚷，一直提到一个叫克里斯蒂娜·达埃的女演员。

用餐的时候，确切地说，菲利普伯爵在书房里用早餐的时候，吩咐仆人去请他的弟弟上他这儿来。拉乌尔来了，脸色阴沉，一言不发。下面的这一幕只持续了很短的时间。

伯爵说："看看这个吧！"

菲利普把一份《时代报》递给弟弟，用手指着社会新闻栏。

子爵不情愿地念道：

"本地特大新闻：女歌唱家克里斯蒂娜·达埃小姐和拉乌尔·德·夏尼子爵私定婚约。如果歌剧院的传言属实，菲利普伯爵势必要让夏尼家族首次失信于人。由于爱情，在歌剧院里比在其他地方，更具有一种无法抗拒的力量，人们不禁要问，菲利普伯爵能采取何种办法来阻止他的弟弟拉乌尔子爵牵着'新玛格丽特'的手走向祭坛。据说，兄弟俩感情甚笃，但要是伯爵指望这种手足之情会使弟弟却步，放弃萍水相逢的爱情的话，那他就大错特错了！"

伯爵忧心忡忡地说："你看，拉乌尔，你使我们成了众人的笑柄！……这个小女子利用她那些幽灵故事完全把你弄得神魂颠倒了。"

（看来，子爵已经把克里斯蒂娜的事讲给他哥哥听了。）

子爵说:"永别了,哥哥!"

伯爵:"就这么说定了吗?你今晚就走?(子爵没有回答。)……和她一起走?……你不会做这样的傻事,对吗?(子爵沉默不语。)我不会让你这么做的!"

子爵说:"永别了,哥哥!"

(他说完便走了。)

这一幕是事后由伯爵亲口告诉预审法官的。拉乌尔走后,伯爵再也没有见到弟弟,直到当晚在歌剧院里克里斯蒂娜失踪前的几分钟。

确实,整个白天,拉乌尔都在忙于做强行带走克里斯蒂娜的准备。

马匹,车辆,车夫,干粮,行李,盘缠,逃跑的路线——为了摆脱幽灵,决定不坐火车——所有这些事一直让拉乌尔忙到晚上九点。

九点时,一辆四轮双座篷盖马车来到了歌剧院的圆亭那儿,车门紧闭,窗帘低垂,由两匹高头大马拉着,车夫的脸裹在一条大围巾里,长相难辨。这辆马车的前面,还停着三辆马车。据后来的调查得知,那三辆双座轿式马车分别是卡洛塔(她突然回到了巴黎)、索蕾莉和菲利普·德·夏尼伯爵的,伯爵的车停在最前面。四轮双座篷盖马车上没有下来什么人,车夫一直留在自己的座位上。另外三位车夫也各自留在座位上。

一个裹着黑色长披风、头戴黑色软毡帽的人影从圆亭和马车队伍之间的人行道上走过。他似乎格外注意那辆四轮双座篷盖马车。人影先后走近那两匹高头大马和车夫,然后扬长而去，始终没有说一个字。事后的调查认为这人影是拉乌尔·德·夏尼子爵，而我则不这样认为，因为这天晚上像其他晚上一样，夏尼子爵戴的是高帽，而且这顶高帽还找到了。我更倾向于认为，这人影是幽灵。幽灵已经知道了一切，这一点，大家稍后就会看到。

这天晚上，歌剧院里上演的凑巧是《浮士德》。剧场里名流云集。当地的达官贵人济济一堂。在那个年代，歌剧院的那些老主顾从不出让、出租和转租他们的包厢，也不会同金融界、商界和外国人士共同享用他们的包厢。而今，某个侯爵包厢依然保持着封号，是因为侯爵是合同的签订人，可懒洋洋地坐在包厢里的也许是某位咸肉商和他的家人，这是他的权利，因为侯爵包厢的租金是他付的。这种事在以前简直闻所未闻。昔日歌剧院的包厢等于是上流社会的沙龙，几乎可以肯定，在那里遇到或碰见的尽是些爱好音乐的高雅之士。

这个高层次的观众圈子中的人都互相认识，达到这种熟悉程度并不一定都经常彼此往来。但是每个人都能和他的名字对上号，因此，夏尼伯爵长得怎么样人人都知道。

当天早上《时代报》上的那条花边新闻一定已经起了一点小作用，因为场内所有的目光都投向菲利普伯爵的包厢，伯爵独自一人坐在包厢里，显得若无其事，无忧无虑。这个高雅的圈子中的女士们好像特别惊讶，拉乌尔子爵的缺席引得她们用扇子掩面在那儿窃窃私语。克里斯蒂娜·达埃的出场受到了一定程度的冷落。这群特殊的观众丝毫不能原谅她攀高枝。

女歌星意识到了场内一部分观众的恶意，心里有些慌乱。

那些自恃了解子爵恋情的歌剧院常客，在玛格丽特一角演唱某些段子时，不加掩饰地微微发笑。例如，当克里斯蒂娜唱到"我想知道这个小伙子是谁，是否贵族，姓甚名谁"的时候，他们肆无忌惮地扭头看着菲利普·德·夏尼的包厢。

伯爵一手托着下巴，好像一点都不在意别人的这番举动。他两眼盯着舞台，但他在看台上吗？他的心思似乎远离了这一切……

渐渐地，克里斯蒂娜在失去她的一切自信。她的身子在哆嗦。她在走向一场灾难……同台的卡洛鲁斯心里在想她是否病了，她是否能在台上坚持到花园里这一幕的结束。场内的观众不由得想起这一幕快结束时，发生在卡洛塔身上的不幸，想起以前那声暂时中止了她在巴黎的歌星生涯的癞蛤蟆叫。

这时候，卡洛塔正好走进舞台对面的包厢，她的到来引起了一阵骚动。可怜的克里斯蒂娜抬头朝这个引起轩然大波的来人看去，认出原来是自己的对手。她自以为看见卡洛塔在冷笑。这反倒救了她。她再次忘记了一切，迈向胜利。

从这一刻起，她用自己的全部心灵去演唱。她试图超越以前的任何一次演唱，并且她成功了。最后一幕，当她开始呼唤天使，腾空而起的时候，她拉着全场为之震颤的观众一起展翅高飞，每个观众都以为自己插上了翅膀。

听到这声超凡脱俗的呼唤，在歌剧院楼厅的中央，有位男子站了起来，并且一直和女歌唱家面对面地站着，仿佛他也同时一下子离开了地面……这位男子就是拉乌尔。

纯洁的天使！祥光四射的天使！
纯洁的天使！祥光四射的天使！

克里斯蒂娜高举双臂,声音激动,金色的长发披散在裸露的肩膀上发出祥光,她发出了神圣的呼唤:

请把我的灵魂带入天堂!

就在这时,舞台上突然陷入一片黑暗。这事快得转瞬即逝,观众几乎来不及发出惊叫,因为灯光又重新照亮了舞台。

……但克里斯蒂娜·达埃不在台上了!……她怎么啦?……这奇迹是怎么回事?……观众们面面相觑,感到莫名其妙,激动的情绪立即达到了极点。台上台下一片慌乱。人们纷纷从后台跑向克里斯蒂娜刚才演唱的地方。演出在极度的混乱中被迫停止。

哪里去了?克里斯蒂娜到哪里去了?是什么样的魔法在数千名激动不已的观众的眼皮底下,把她从卡洛鲁斯·丰塔的怀里抢走了?确实,大家不禁在想,是不是天使满足了她的热切请求,果真把她的肉体和灵魂都带入了天堂……

一直站在楼厅里的拉乌尔发出了一声尖叫。包厢里的菲利普伯爵则站了起来。观众注视着舞台,注视着伯爵,注视着拉乌尔,心里在想眼前的这桩怪事是否与早晨报纸上的那条花边新闻有关。但拉乌尔匆匆忙忙地离开了座位,伯爵也从包厢里消失了,舞台大幕徐徐落下的时候,歌剧院的那些老观众纷纷往后台的入口处跑。场内的观众则在一片难以描述的喧哗中等待公布消息。大家七嘴八舌,同时说着话。每个人都按自己的想法在解释这些事是怎么发生的。有人说:"她掉到舞台地板上的活板暗门下面去了";有人说:"她被吊到舞台顶上的横栏里面去了，这个可怜的人也许成了新任经理搞的鬼把戏的牺牲品"；还有人说："这是个圈套。人的消失和舞台上一下子黑了，配合得天衣无缝，足以证明这一点。"

大幕终于再次徐徐升起，卡洛鲁斯·丰塔一直往前走到乐队指挥的乐谱架那儿，用严肃和忧伤的口吻宣布：

"女士们、先生们，刚才发生了一件前所未有的事情，令我们深感不安。我们的同事，克里斯蒂娜·达埃，在我们的眼皮底下无故失踪了！"

第十五章
对待一枚保险别针的奇怪态度

歌剧院的后台混乱不堪。唱歌演员、布景师、舞蹈演员、女哑角、配角、合唱团团员、老观众,所有的人都在打探消息,叫嚷着,挤来挤去。——"她现在情况怎么样?"——"她被人劫持了!"——"是夏尼子爵把她弄走了!"——"不对,是伯爵!"——"啊!是卡洛塔!是卡洛塔下手了!"——"不对!是幽灵!"

特别是对活板暗门和天花板进行了仔细的检查,排除了意外事故的可能以后,有些人哈哈笑了起来。

在这群乱哄哄的人中,可以看到,有三个人凑在一起在低声交谈,还打着失望的手势。他们是合唱队指挥加布里埃尔、行政主管梅西埃和经理秘书雷米。这三个人退到一扇转门的角落里,转门的这一边通向舞台,另一边是通向舞蹈演员休息室的大走廊。他们躲在巨大的道具后面说着话:

"我敲了门!他们没有回答!他们也许已经不在办公室里了。不管怎么说,他们不可能知道这件事,因为他们把钥匙拿走了。"

秘书雷米这样说着。毫无疑问,他说的"他们"是指两位经理先生。在最后一幕幕间休息时,他们曾下令任何人不得以任何理由来打扰他们。"他们不见任何人。"

"可是，"加布里埃尔说，"众目睽睽之下，一个女歌手是不应在舞台上被劫持的呀！"

"您把这事告诉他们了吗？"梅西埃问道。

"我再去，"雷米说完，转身跑开了。

这时，舞台监督走了过来。

"唉，梅西埃先生，您来一下，好吗？你们在这里干什么？我需要您帮忙，行政主管先生。"

"在警长赶到之前，我既不想做任何事情，也不想知道任何事情，"梅西埃声明，"我已派人去找米弗瓦。等他来了，我们再去！"

"而我认为您应该立刻到下面的灯光控制室去看看。"

"在警长赶到之前，我不……"

"我，我已经到下面的灯光控制室去过了。"

"啊！您看见了什么？"

"唉，我看见那儿一个人也没有！您听清楚了，一个人也没有！"

"您要我到那儿去干什么？"

"当然，"舞台监督气恼地把双手插到怒发中反驳说，"当然！不过，要是灯光控制室里有个人的话，这个人也许可以向我们解释舞台上怎么会一下子黑了。然而，到处都找不到莫克莱尔，您明白吗？"

莫克莱尔是照明设备的负责人，他平时日以继夜一门心思都扑在歌剧院舞台的照明上。

"到处都找不到莫克莱尔？"梅西埃心头一震，重复说，

"那么,他那些助手呢?"

"莫克莱尔和他那些助手都不在!我对您说,灯光控制室里一个人也没有!您好好想想吧,"舞台监督嚷着说,"那个丫头并不是单独被劫持的!这肯定有'预谋',必须搞个水落石出……经理们不在吗?……我已经禁止任何人到楼下的照明设备那儿去,我已派一名值勤的消防队员守在灯光控制室门口!难道我做得不对吗?"

"做得对,做得对,您做得很对……现在我们还是等警长来吧。"

舞台监督气得耸耸肩膀走了,嘴里大骂这些"落汤鸡",在剧院上下"乱作一团"的时候,却依然躲在角落里无动于衷。

无动于衷,加布里埃尔和梅西埃可不是这样。只不过,他们接到的命令捆住了他们的手脚。他们不得以任何理由去打扰两位经理。雷米已经违抗了这条命令,但毫无结果。

正在这时,雷米又跑了回来,脸色出奇的惊慌。

"怎么样,您对他们讲了?"梅西埃问道。

雷米回答说:

"蒙沙尔曼总算给我开了门。他的两眼瞪得老大,眼球像要迸出来似的。我原以为他要揍我一顿。我当时一下子说不出话来。你们知道接下来怎样?他竟大声问我:'您有一枚保险别针吗?'——'没有。'——'那就给我滚!……'我还想告诉他剧院里发生了一件闻所未闻的怪事……但他只顾叫喊:'有一枚保险别针吗?立即给我一枚保险别针!'他的叫喊声震耳欲聋,一个办公室的办事员听到了,拿着一枚保险别针跑过去给了他，蒙沙尔曼立刻把我关在了门外！事情就是这样！"

"那您没能告诉他克里斯蒂娜·达埃……"

"唉！我真希望你们当时也在场！……他唾沫横飞……心里只想着他的保险别针……我想，如果不是有人及时拿给了他，他可能会急得晕倒！确实，这一切很不正常，我们的经理正在变得疯疯癫癫！……"

秘书雷米先生一脸的不高兴，他发泄说：

"不能再这样继续下去了！我不习惯受到这种对待！"

突然，加布里埃尔低声说：

"这又是歌幽搞的鬼！"

雷米报以一声冷笑。梅西埃却叹了口气，似乎准备吐露一件藏在心底的事……但看见加布里埃尔示意他闭嘴，只好继续保持沉默。

然而，随着时间一分一秒过去，两位经理依然不露面，梅西埃感到自己的责任越来越大，也就不再坚持，他决定豁出去了，便说道：

"唉！我还是跑去找他们说说。"

加布里埃尔的脸色一下子变得很忧郁，很严肃，赶紧拦住他说：

"梅西埃，您想想自己在干什么！要是他们待在自己的办公室里不出来，也许是他们必须这样做！歌幽的魔袋中鬼把戏多着呢！"

可是梅西埃却摇了摇头。

"糟糕！我还得去！如果他们当初听我一句话，是完全来得及把一切都报告警方的！"

说完，他就走了。

"什么一切？"雷米立即追问，"报告警方什么？啊！加布里埃尔，您闭口不说！您也知道隐情！好吧，如果你们不想让我对你们呵斥，说你们成了一群疯子，最好还是把事情告诉我！……是的，一群疯子，确实如此！"

加布里埃尔惊得目瞪口呆，装作一点不明白这位私人秘书先生为何说出这番"失礼"的话。

"什么隐情？"他喃喃地说，"我不明白您想说什么。"

雷米勃然大怒。

"今天晚上，里夏尔和蒙沙尔曼就在这里，在幕间休息的时候，举止就像精神病人一样。"

"我可没有注意到，"加布里埃尔很不耐烦地抱怨了一句。

"您真是独一无二的睁眼瞎！……您不会以为我也没有看见吧！……难道中央信贷银行的行长帕拉比兹先生一点都没有察觉？……难道德拉博德里大使的眼睛放在口袋里了？……但是，合唱队指挥先生，所有的老观众都对我们的经理指指点点！"

"我们的经理，他们做了什么？"加布里埃尔傻乎乎地问道。

"他们做了什么？您比任何人都清楚他们做了什么！……您当时在场！……您和梅西埃，你们在观察他们！当时只有你们没有笑……"

"我不明白您在说什么！"

加布里埃尔非常冷淡，"口风很紧"，他张开双臂，然后放了下来，这个举动明显表示他对这个问题不感兴趣……雷米继续说：

"这种新的怪癖又是怎么回事？……现在，他们不愿意别人接近？"

"怎么？他们不愿意别人接近？"

"他们不愿意别人碰他们一下？"

"真的，您注意到他们不愿意别人碰他们一下？这确实很奇怪！"

"您终于肯这么说了！您早该这样了！他们还倒着走路呢？"

"倒着走路！您注意到我们的经理倒着走路！我还以为只有螯虾才倒着走路。"

"别笑，加布里埃尔！别笑！"

"我没有笑，"加布里埃尔辩解道，脸上的表情"像教皇"一样严肃。

"加布里埃尔，您和经理交往甚密，我请求您解释一下，为什么在《花园》那一幕幕间休息的时候，在休息室前面，我伸着手朝里夏尔先生走过去，我听见蒙沙尔曼先生赶紧低声对我说：'走开！走开！千万别碰经理先生……'难道我是瘟疫病人？"

"简直难以相信！"

"过了一会儿，德拉博德里大使也朝里夏尔先生走了过去，难道您当时没有看到蒙沙尔曼先生挡在他俩之间，难道您没有听见他大声喊道：'大使先生，我请求您，千万别碰经理先生！'？"

"太骇人听闻了！……那么里夏尔先生这段时间在做

什么?"

"他在做什么?您当时看得很清楚!他转了半个圈,向前行了个礼,可是前面一个人也没有!然后,他开始'倒着走'。"

"站在里夏尔身后的蒙沙尔曼也转了半个圈,也就是说,他站在里夏尔身后,也迅速完成了一个转半圈的动作,也'倒着走'!……然后他们这样一直退到去行政办公室的楼梯口,他们倒着走!……倒着走!……总之!如果不是他们疯了,这事您如何解释?"

"他们或许在演习一个芭蕾舞动作!"加布里埃尔这样回答,显得信心有些不足。

秘书雷米先生觉得在这样严重的时刻居然开这种蹩脚的玩笑,心里大为不快。他眉头紧皱,咬着嘴唇,俯身凑到加布里埃尔的耳边说:

"别自作聪明了,加布里埃尔。这儿发生的事,您和梅西埃谁都脱不了干系。"

"此话怎讲?"加布里埃尔问道。

"今天晚上,克里斯蒂娜·达埃根本不是单枪匹马,一个人突然失踪的。"

"啊!哈哈!"

"没什么可'啊!哈哈!'的。您能对我说说,刚才吉里大妈下楼到休息室里去的时候,梅西埃为什么抓住她的手,急急忙忙地把她拉走吗?"

"这事么!"加布里埃尔回答,"我可没有注意到。"

"您看得一清二楚,加布里埃尔,您跟着梅西埃和吉里大妈一直走到梅西埃的办公室。从这以后,就只见您,只见您和梅西埃露面，却再也没有看见吉里大妈……"

"难道您认为我们把她吃了？"

"不！你们把她锁在办公室里了，还加了双保险。有人从办公室门前经过时，您知道听见了什么吗？听见里面在喊：'啊！这帮强盗！啊！这帮强盗！'"

就在他俩在作这番奇特的交谈时，梅西埃气喘吁吁地来到了。

"怎么会这样！"他有气无力地说，"这太过分了……我大声对他们说：'出大事了！快开门！是我，梅西埃。'我听到了脚步声。门开了，蒙沙尔曼出现了。他的脸色非常苍白。他问我：'您有什么事？'我回答说：'克里斯蒂娜·达埃被人劫走了。'你们知道他怎么回答我？'算她走运！'说完，他把这个塞到我手里，随即把我关在门外。"

梅西埃摊开手掌，雷米和加布里埃尔定睛一看。

"保险别针！"雷米叫了起来。

"这太奇怪了！这太奇怪了！"加布里埃尔不禁哆嗦着低声说。

突然，有个说话声让三个人同时转过身来。

"对不起，先生们，你们能告诉我克里斯蒂娜·达埃在哪里吗？"

尽管当时的气氛很严肃，提这样的问题还是会令人发笑的。然而，他们看到的是一张痛不欲生的脸，怜悯之心也就油然而生，笑不出来了。问话的人原来是拉乌尔·德·夏尼子爵。

第十六章
"克里斯蒂娜！克里斯蒂娜！"

克里斯蒂娜·达埃神秘失踪以后，拉乌尔首先想到的是怪罪于埃利克。他不再怀疑这位音乐天使在歌剧院这块领地中拥有几乎可以说非同寻常的本领，鬼使神差地把歌剧院建成了他的帝国。

接着，他倍受绝望和爱情的折磨，发疯似的冲上舞台。"克里斯蒂娜！克里斯蒂娜！"他痛苦地呼喊着。他失去了理智，他呼喊这个名字的时候，好像克里斯蒂娜也在黑暗的无底深渊中呼喊他的名字，她已像猎物一样被魔鬼掳掠到那儿，只听到她声音颤抖，充满了仙乐的激昂，只见她全身素裹，已经把自己献给了天堂里的那些天使！

"克里斯蒂娜！克里斯蒂娜！"拉乌尔一遍又一遍地呼喊着……透过层层把他俩隔开的地板，他仿佛听见了姑娘的声声叫喊！他俯下身去，侧耳细听！……他像精神病人一样在舞台上到处乱走。啊！到底下去！到底下去！到底下去！到这个向他关闭了所有入口的漆黑深渊中去！

啊！这道不堪一击的障碍平时是那么容易在他面前移开，满足他的全部愿望，让他看一眼地洞……这些他走上去吱嘎吱嘎作响的地板在他的重压下仿佛在唱"下面"是空的……这些地板今天晚上却变得一动不动：它们好像异常结实……它们看上去好像结实得以前从来都没有活动过……现在那些能通往舞台下面去的楼梯都禁止任何人通行！……

"克里斯蒂娜！克里斯蒂娜！……"有人大笑着将他一把推开……有人嘲笑他……还有人认为这个可怜的未婚夫已经神志不清！……

埃利克是如何一路狂跑，在那些只有他一人知道的神秘暗道中，把纯洁的女孩一直带到可怕的魔窟中那个房门朝着地狱之湖开的、路易-菲力普时代式样的房间里的呢？……"克里斯蒂娜！克里斯蒂娜！你不回答！不过，你还活着吗，克里斯蒂娜？你绝对没有在魔鬼喷出的如火焰般气息的压迫下，在非常人所能忍受的恐惧时刻，咽下了最后一口气吧？"

一连串可怕的想法如晴天霹雳在拉乌尔发胀的脑袋中肆虐。

显然，埃利克窥破了他俩的秘密，知道克里斯蒂娜背叛了他！他要实施何等可怕的报复！

音乐天使的高贵荣誉受到了伤害，气急败坏的他什么事情做不出来呢？克里斯蒂娜被恶魔两条强有力的胳膊抱住后肯定完了！

拉乌尔又想起头天夜里那两颗在他家阳台上游弋的金色星星。他朝它们开了枪，可他的枪却显得那么无能为力！

当然！有些人的眼睛很奇怪，在黑暗中瞳孔会自动放大，像天上的星星或猫眼一样闪闪发光。（某些白化病患者的眼睛，白天像兔眼，夜里像猫眼，这是人人都知道的常识！）

没错，没错，拉乌尔肯定是朝埃利克开的枪！他怎么没能一枪把他打死呢？这魔鬼像猫或者苦役犯那样，沿着水落管逃走了，苦役犯凭借一根水落管就能悄悄地爬到屋顶上，这也是众所周知的事。

昨天夜里，埃利克或许想好了某种办法，决定对小伙子下手，但不料自己却受了伤，于是逃回去后转而对付可怜的克里斯蒂娜。

可怜的拉乌尔一面这样胡思乱想，一面朝克里斯蒂娜的化装室跑去……

"克里斯蒂娜！……克里斯蒂娜！……"当小伙子看见家具上散乱地放着他漂亮的未婚妻准备逃跑穿的衣服时，苦涩的泪水灼得他眼睛生疼！……啊！她为何不肯早一点出走！为什么拖延了那么长时间？……为什么要同这个可怕的灾星赌一场呢？……为什么要把赌注押在这个魔鬼的良心上呢？……为什么动了最高尚的恻隐之心，作为最后的精神食粮向魔鬼的灵魂献上了这首天堂里的圣歌……

　　纯洁的天使！祥光四射的天使
　　请把我的灵魂带入天堂！……

拉乌尔哽咽着，又是发誓，又是咒骂，笨拙地用手掌拍打着那面大镜子，有天晚上，它曾经在他面前自动打开，让克里斯蒂娜下到那个暗无天日的住所。他一会儿用肩膀顶，一会儿使劲推，一会儿又伸手摸索……但镜子似乎只听埃利克的命令……也许，对付这样一面镜子，这些举动都是白费力气？……也许，只要说出某些暗语就可以了？……他小时候听人讲过有些东西是听从咒语的!

突然,拉乌尔想起……"有扇通向斯克里布街的栅栏门……有条地道从湖底直达斯克里布街……"对了,这事克里斯蒂娜对他讲过!……可惜,他发现那把特大的钥匙已经不在首饰盒里了,但他还是直奔斯克里布街。

他到了歌剧院外面,伸出颤抖的双手在巨大的石板上摸索着,寻找入口……他摸到了栅栏上的铁条……是这里吗?还是那里?……这难道不是地下室的气窗?……他那无神的目光从铁条之间往里看……里面的夜色多么深沉啊!……他侧耳细听!……多么安静啊!……他就绕着歌剧院大楼找!……啊!这儿是一些粗大的铁条!一些宽宽的铁栅栏!……原来是行政大院的那扇大门!

拉乌尔奔到门房里问女门房:"对不起,太太,您能不能告诉我这儿什么地方有一扇栅栏门,对,一扇栅栏做的门……栅栏……铁的……对着斯克里布街……通到湖那边!湖,您知道吗?是的,湖,什么!地下的湖……在歌剧院底下。"

"先生,我倒是知道歌剧院底下有个湖,但不知道从哪扇门进去可以到那儿……我从来没有去过!……"

"那么斯克里布街呢,太太?斯克里布街?您去过斯克里布街吗?"

她笑了起来!她哈哈大笑!拉乌尔羞得吼叫着逃走了,他连跳带爬上了楼梯,又从另外的楼梯下来,穿过行政楼,重新回到灯光明亮的"后台"。

他停住脚步,上气不接下气,心跳快要突然停止似的。他心里在想:克里斯蒂娜·达埃会不会找到了呢?他看到有一群

人,便上前问道:

"对不起,先生们,你们没有看见克里斯蒂娜·达埃吗?"

众人笑了起来。

这时,后台上又响起了一阵喧闹声。在一群身穿黑礼服的绅士中出现了一位男子,大家都围着他在比划着解释些什么。拉乌尔觉得这位男子看上去很平静,态度和蔼,面色红润,脸蛋胖乎乎的,满头鬈发,在一双蓝眼睛的衬托下,越发显得泰然自若。行政主管梅西埃指着这位刚到的人对夏尼子爵说:

"先生,您有什么问题今后尽管向他请教。介绍一下,他就是警长米弗瓦先生。"

"啊!夏尼子爵先生!见到您很荣幸,先生,"警长说,"如果您愿意的话,劳驾请跟我来……经理们现在都在哪儿?……经理们在哪儿?……"

行政主管没有吭声,雷米秘书只好站出来告诉警长先生,两位经理在他们的办公室里闭门不出,他们对发生的事还一无所知。

"这倒有可能!我们这就去他们的办公室!"

米弗瓦先生朝行政楼走去,后面跟着的人越来越多。梅西埃趁乱把一把钥匙塞到加布里埃尔手里,并悄悄对他说:

"大事不妙,快去把吉里大妈放出来……"

加布里埃尔随即离去。

不大一会儿,这伙人来到经理室门口。梅西埃叫了半天门,门还是没有开。

"以法律的名义,你们快把门打开!"米弗瓦先生命令道,响亮的声音中带了点不安。

门终于开了。大伙跟着警长冲进办公室。

拉乌尔最后一个进去。他正准备跟着人群进房间的时候，有一只手搭在他的肩膀上，他听见有人在他耳边说：

"埃利克的秘密不关任何人的事！"

他回头一看，差点喊出声来！搭在他肩膀上的那只手这时已掩在一个人的脸上，此人脸色黝黑，两只眼睛黑得像乌玉，头上戴着一顶羔皮帽……原来是波斯人！

这位不速之客继续打了个要拉乌尔小心谨慎的手势，正当一时惊呆了的子爵回过神来，要问他为什么神秘兮兮地插手此事时，波斯人行了个礼，消失了。

第十七章
吉里太太一语惊天,道破她和
歌剧院幽灵的私人关系

在我们跟随米弗瓦警长进入两位经理先生的办公室以前,请读者允许我讲一下刚才发生在这间办公室里的几件怪事。雷米秘书和梅西埃行政主管刚才都想进入经理室,但没有如愿;里夏尔先生和蒙沙尔曼先生待在办公室里闭门不出,目的何在,读者还不知道,但我有义务,我的意思是说,作为历史学家我有义务,不再把实情隐瞒更长的时间。

在前文中,我已经讲过两位经理先生近来性情大变,情绪不好,而且我也说过这种变化并不一定仅仅是由大吊灯在众所周知的条件下坠落引起的。

尽管两位经理先生殷切希望永远对某桩事情保密,但我们还是把它告诉读者。这就是:幽灵居然笃笃定定地拿走他的第一笔款子两万法郎!啊!这确实让他们心痛得泪流满面,气得咬牙切齿!还有,事情的经过竟简单之简单:

一天早上,两位经理先生发现办公桌上有一只已准备好的空信封。信封上写着:歌幽先生收(私函),并附有歌幽的亲笔短笺:"现在该履行《招标细则》的条款了:你们把二十张一千法郎的纸币放入这个信封,盖上你们自己的封印,然后交给吉里太太,她会做好必须做的事。"

两位经理先生没有让别人对他们说第二遍,也没有浪费时间去想恶魔的这些信件怎么能进入他们小心上了锁的办公室的,他们满以为这是抓住那个神秘的勒索犯的好机会。经理们在极度保密的情况下,把一切都告诉了加布里埃尔和梅西埃,然后将两万法郎装入信封交给已复职的吉里太太,也没有要求她解释什么。女领座员没有表现出任何吃惊。她是否受到监视,这自然无须我多说!吉里太太立刻直奔幽灵的专用包厢,把那个宝贵的信封放在椅子的搁手板上。两位经理,还有加布里埃尔和梅西埃,躲在暗处;在整个演出过程中,甚至在演出结束后,那个信封一刻都没有逃过他们的视线;那个信封始终没有挪过地方,这些监视的人自然也没有挪动脚步;剧场里已人去楼空,吉里也走了,但两位经理同加布里埃尔和梅西埃仍然守在原地。终于,他们等得不耐烦了,见信封上的封印依然完好无损,便去拆开了信封。

里夏尔和蒙沙尔曼第一眼判断钞票还在里面,但第二眼再看,发现里面的东西已被调包。两万法郎的真钞不翼而飞,换成了二十张一千法郎的冥币!他们顿时勃然大怒,随即又不寒而栗!

"简直比罗贝尔·乌丹①还厉害!"加布里埃尔大声叫道。

"没错,"里夏尔接着说,"而且代价更高!"

蒙沙尔曼想派人跑去报警,但里夏尔反对。他或许自有计划,他说:"家丑不可外扬!全巴黎都会笑话我们的。歌幽赢了

---

① 罗贝尔·乌丹(1805—1871),法国著名魔术师。

第一回合,我们会赢第二回合。"显然,他想到了下个月的款子。

如此这般被戏弄了一番,在接下来的几个星期里,他们自然不能克服某种难堪。说实话,这种情况是完全可以理解的。至于他们为何没有及时把警长叫来,我们不应忘记,两位经理先生的心里仍保持着这样一种想法:这桩如此奇特的勒索事件可能只是前任经理炮制的恶作剧,在真相大白之前,他们最好别走漏风声。另外,这种想法有时更是搅得蒙沙尔曼头脑中一片混乱,他甚至还怀疑是里夏尔自己干的,因为后者有时会突发奇想。因此,考虑到种种可能性,他们在暗中监视,静观事态的变化,他们派人监视吉里大妈,里夏尔要监视她的人什么都不要和她说。"如果她是同谋,"他说,"那些钞票早就在很远的地方了。但据我看,她只不过是个笨蛋!"

"在这件事里笨蛋多着呢!"蒙沙尔曼若有所思地抢白道。

"难道这事能料到吗?⋯⋯"里夏尔抱怨说,"但你用不着怕⋯⋯下一次,我会把一切防备工作都做好的⋯⋯"

这下一次说来就来了⋯⋯恰巧就是在克里斯蒂娜·达埃失踪的当天。

早上,幽灵的一封来信提醒他们付款的期限到了。"像上次一样做,"歌幽客气地指点说,"上次做得很好。再把两万法郎放入信封,然后交给办事出色的吉里太太。"

短笺依然附有一个普通信封。经理们别无他法,只得照信上说的去做。

这事应该在当晚节目演出前半个小时完成。晚上演出的是著名的《浮士德》,让我们在开幕前半小时左右走进经理室去看看,那儿发生了什么事。

里夏尔把信封拿给蒙沙尔曼看,然后当着他的面数了二十张一千法郎的纸币,放进信封,但没有封口。

"现在,"他说,"去把吉里太太叫来。"

手下的人去找老妇人。吉里太太走进经理室时行了个漂亮的屈膝礼。她依然穿着那件黑色塔夫绸裙子,裙子已经褪色,看上去有点像铁锈色和紫丁香色了;帽子上插着黑色的羽毛。她看上去情绪很好。老妇人进门就说:

"先生们,晚上好!大概又是为了信封的事吧?"

"对,吉里太太,"里夏尔非常亲切地说,"为了信封的事……还为了另一件事。"

"愿为您效劳,经理先生;愿为您效劳!……请问另一件是什么事?"

"首先,吉里太太,我想问您一个小问题。"

"请便,经理先生,吉里老婆子洗耳恭听,有问必答。"

"您一直和幽灵关系很好,对吗?"

"好得不能再好了,经理先生,好得不能再好了。"

"啊!您这样做让我们很高兴……那好吧,吉里太太,"里夏尔用推心置腹的口气说,"我们私下说说,完全可以告诉您一句……您一点都不傻。"

"经理先生!……"女领座员吃惊地大声说道,黑色帽子上刚才还在好看地摆动着的那两根黑色羽毛一下子不动了,"我请求你们相信,这事不容置疑!"

"我们同意,我们马上会意见一致。幽灵的故事是个很好的玩笑,不是吗?……好吧,我们还是私下说说……这玩笑持续的时间够长了。"

吉里太太看着两位经理,好像他们在对她说中国话。

她走近里夏尔的办公桌,十分不安地说:

"您的话是什么意思?……我不明白!"

"啊!您非常明白我们的意思。不管怎样,您必须明白我们的意思……首先,您这就告诉我们他叫什么名字。"

"谁的名字?"

"您的同伙,吉里老婆子!"

"我是幽灵的同伙?我?……什么人的同伙?"

"他想做什么,您就做什么。"

"哦!……你们知道的,他并不是个很讨厌的人。"

"而且他还老是给您小费!"

"我不否认!"

"把这个信封捎给他,他给您多少钱?"

"十个法郎。"

"好家伙!这可不贵!"

"为什么这样说?"

"我过一会儿再告诉您,吉里太太。现在,我们想知道是什么原因,什么特殊的原因……促使您宁愿把自己的身心全都献给幽灵,而不是献给另一个人……吉里太太的友情和忠诚是用一百个苏或十个法郎换不来的。"

"这话,倒是真的!……说实在的,这里的原因嘛,我可以告诉您,经理先生!当然,这里没有见不得人的东西!……恰恰相反。"

"我们对此并不怀疑,吉里太太。"

"好吧，是这么回事……幽灵不喜欢我把他的事说出去。"

"哈哈！"里夏尔发出了冷笑。

"不过，有一件事只关系到我一个人！……"老妇人接着说，"那是在5号包厢里……一天晚上，我发现了一封写给我的信……一种用红墨水写的短笺……这封短信，经理先生，我就用不着给您念了……信的内容我心里记得很清楚，即使我活到一百岁，也永远不会忘记！……"

接着，吉里太太便挺直身子，背诵那封信，那种流利劲让人感动：

"太太：一八二五年，梅内特里埃小姐，二级演员，成为库西侯爵夫人；一八三二年，玛丽·塔廖尼小姐，舞蹈演员，成为吉尔贝特伯爵夫人；一八四六年，索塔，舞蹈演员，嫁给了西班牙国王的兄弟；一八四七年，洛塔·蒙泰斯，舞蹈演员，正式以平民身份嫁给路易·德·巴维耶雷国王，并被册封为兰茨弗尔德伯爵夫人；一八四八年，玛丽娅小姐，舞蹈演员，成为埃尔默维尔男爵夫人；一八七〇年，泰蕾丝·海斯勒，舞蹈演员，嫁给葡萄牙国王的兄弟堂·费尔南多……"

里夏尔和蒙沙尔曼听着老妇人讲，后者列举一连串光宗耀祖的联姻，越说越兴奋，身子挺得越来越直，胆越来越大，最后仿佛像一位坐在三脚椅上的古代女预言家那样得到启示，用响亮的声音骄傲地背诵出预言信上的最后一句："一八八五年，梅格·吉里，皇后！"

这最后一句耗尽了领座员的全部力气，她瘫倒在座椅上说："先生们，这封信的署名是：歌剧院幽灵！我以前曾听人说起过幽灵，当时只是半信半疑。自从那天他对我预言我的小梅

剧院魅影 | 225

格，我的心肝宝贝，从我身上掉下来的肉，有朝一日会当上皇后，我就完全相信他的存在了。"

说实在的，千真万确，根本用不着花长时间去审视吉里太太那张激动的脸，就能明白从这张嘴里说出"幽灵和皇后"这句话的精明的女人身上会得到什么。

但是，是谁在幕后操纵这个怪怪的木偶呢？……究竟是谁？

"您从未见过他，他和您讲话，于是您相信了他对您说的一切？"蒙沙尔曼问道。

"是的，我的小梅格能当上二级演员，全靠了他。我对幽灵说过：'要让她在一八八五年当上皇后，您可没有时间好浪费了，必须立即让她升为二级演员。'他回答说：'一言为定。'他只对波里尼先生提了一句，这事就办成了……"

"您认为波里尼先生见过他！"

"不，他也和我差不多，只听到他说话！幽灵在他耳边悄悄地说了一句话，这事你们知道得很清楚！就在他脸色惨白，从5号包厢里出来的那个晚上。"

蒙沙尔曼叹了口气。

"多么动听的故事！"他悲凉地说。

"啊！"吉里太太搭话说，"我一直以为幽灵和波里尼先生之间有什么秘密。无论幽灵要波里尼先生做什么事，波里尼先生全都答应了下来……波里尼先生从未拒绝过幽灵的任何要求。"

"里夏尔，你听到了，波里尼从未拒绝过幽灵的任何要求。"

"是的，是的，我听得很清楚！"里夏尔大声说，"波里尼先生是幽灵的朋友！就像吉里太太是波里尼先生的朋友一样，我们对此知道得很清楚，"他口气生硬地加了一句，"但是我顾不上波里尼先生了，我嘛……说真的，我毫不掩饰地说，我只对一个人的命运感兴趣，这个人就是吉里太太！……吉里太太，您知道这只信封里装的是什么吗？"

"天哪，我可不知道！"她回答。

"那好，您看一看！"

吉里太太用迷惑的目光朝信封里看了一眼，但这种迷惑的目光马上为明亮的目光所代替。

"一些一千法郎的钞票！"她大声说道。

"对，吉里太太！……说得对，一些一千块的钞票！……您早就知道得很清楚！"

"我，经理先生……我！我向您发誓……"

"不用发誓，吉里太太！……现在，我要告诉您叫您来的另一个原因……吉里太太，我要让人逮捕您。"

烟黑色帽子上的两根黑色羽毛平时看上去像两个问号，此刻变成了两个惊叹号；至于帽子本身，它在发髻上摇来晃去，预示着一场风暴就要来临。惊讶、愤怒、抗议，再加上恐惧，在小梅格母亲的身上转化为做出了一种单足脚尖旋转动作，一种"疯狂的滑步"，这种芭蕾舞动作是用来表现人格受到侮辱后的愤怒心情的。领座员猛地跳到经理先生的鼻尖底下，害得经理先生连人带椅子往后退。

"让人逮捕我！"

说这句话的时候，吉里太太嘴里仅剩的三颗牙齿仿佛要喷到里夏尔先生的脸上。

里夏尔先生不失为一个勇敢的人,他不再往后退,已经气势汹汹地用食指指着5号包厢的领座员,仿佛在对并不在场的法官说:

"我要你们以小偷罪把吉里太太逮捕!"

"你再说一遍!"

吉里太太抡起膀子朝经理里夏尔先生的脸上打去,蒙沙尔曼先生要想劝架都来不及。这是复仇的反击!不过,落在经理脸上的并不是愤怒的老妇人那只干瘪的手,而是那个惹是生非的信封。未封口的神奇信封突然自行打开,里面的钞票散落出来,像巨大的蝴蝶满天飞舞。

两位经理不约而同地大叫一声,同时跪在地上,气急败坏地捡起这些宝贵的废纸,并赶紧查点。

"它们还是真的吗?"蒙沙尔曼问。

"它们还是真的吗?"里夏尔问。

"它们还是真的!!!"

听他们这么说,吉里太太气愤极了,嘴里的三颗牙齿磨得格格响,还夹杂着恶毒的大声怒骂。但我们只听清反复在说的这么一句:

"我,一个贼!……一个贼,是我?"

她气得快要窒息了。

她大声嚷着:

"气死我了!"

突然,她又跳到里夏尔面前。

"不管怎么说,"她吼道,"您,里夏尔先生,您应该比我更清楚这两万法郎的去处！"

"我？"里夏尔一脸惊讶地问，"我怎么会清楚？"

蒙沙尔曼的神色立刻变得严肃和不安起来，他想让吉里太太把话说说清楚。

"您这么说是什么意思？"他问道，"吉里太太，您为什么说里夏尔先生应该比您更清楚这两万法郎的去处？"

里夏尔在蒙沙尔曼的目光注视下，感到自己的脸红了起来，他一把抓住吉里太太的手，使劲摇晃。他的声音犹如雷鸣一般，雷声隆隆，电光闪闪……

"为什么我会比您更清楚这两万法郎的去处？为什么？"

"因为它们进了您的口袋！……"老妇人气喘吁吁地回答，现在她像发现魔鬼那样，注视着他。

这回轮到里夏尔先生变得像横遭雷劈似的，首先是因为这个始料不及的反击，接着是蒙沙尔曼那种疑心越来越重的目光。他一下子失去了勇气，可是在这种困难时刻，他本该需要勇气来击退这样一种无端的诽谤。

就像所有无辜的人一样，原本平静的心情突然被打乱了，突如其来的打击使他们显得脸上红一阵，白一阵，或站立不稳，或挺直身子，或瘫倒在地，或极力争辩，或在应该讲话时却一声不吭，或在应该守口如瓶时却口若悬河，或在应该汗流浃背时却一滴汗都没有，或在应该一滴汗都没有时却汗流浃背，总之，我是说，他们突然成了众人眼里的罪犯。

无辜蒙冤的里夏尔正要冲向吉里太太，上前报复的时候，被蒙沙尔曼制止了，后者一鼓作气，用温和的语气追问吉里太太：

"您怎能怀疑我的合作者里夏尔把两万法郎放进了自己的口袋呢?"

"我从来没有这样说过!"吉里太太声明,"是我亲手把两万法郎放进里夏尔先生口袋的。"

接着,她又压低声音补充说:

"算我倒霉!糟了!……但愿幽灵能原谅我!"

这时候,里夏尔又开始暴跳如雷,蒙沙尔曼不客气地命令他不要出声:

"对不起!对不起!对不起!你让这个女人把话说清楚!你让我来问她。"

接着蒙沙尔曼又补充说:

"你用这种口气对她说话,确实很奇怪!现在真相就要大白了!你却怒气冲天!你错了……我嘛,我心里倒很高兴。"

吉里太太像殉难者一样,重新高昂着头,一脸坚信自己无辜的样子。

"您说我放进里夏尔先生口袋的那个信封里有两万法郎,可是我再重复一遍,我当时根本不知道,而且,里夏尔先生也不知道!"

"啊!啊!"里夏尔大声叫道,突然装出一副大无畏的样子,让蒙沙尔曼颇为不悦,"我也根本不知道!您把两万法郎放进我的口袋,我根本不知道!有这样的好事,我真是太高兴了,吉里太太。"

"是这样的,"可怕的女人一口咬定,"确实如此!……我们俩彼此都一点不知道!……可是您,您最后还是应该有所察觉的。"

如果蒙沙尔曼不在场，里夏尔一定会把吉里太太生吞活剥了！但是，蒙沙尔曼保护着她。他还在追问。

"您放进里夏尔先生口袋的，是哪种信封？根本不是我们交给您后、您当着我们的面带到5号包厢里去的那个信封吧！不过，只有那个信封里装有两万法郎。"

"对不起！我塞进经理先生口袋的，正是经理先生给我的那个信封，"吉里大妈解释说，"至于我放在幽灵专用包厢里的，那是完全一模一样的另一个信封，是我早就准备好了的，藏在我的袖子里，是幽灵给我的！"

说着，吉里太太从袖子里拿出一个事先准备好的信封，上面的地址什么的完全和装两万法郎的信封一模一样。两位经理先生一把抢了过来，认真检查，发现封口上盖着他们自己的经理印章。他们拆开信封一看，里面装着二十张冥币，跟一个月前让他们见了目瞪口呆的冥币完全一个样。

"就这么简单！"里夏尔惊奇地说。

"就这么简单！"蒙沙尔曼重复道，口气比任何时候都一本正经。

"最高明的骗术，"里夏尔答道，"总是最简单的。只要有一个搭档就够了……"

"或者说一个女同伴就够了！"蒙沙尔曼用失真的声音补充了一句。

他两眼死死地盯住吉里太太看，好像要对她施催眠术似的，他继续发问：

"确实是幽灵给您这个信封，要您换下我们交给您的那一个的吗？确实是他要您把后一个信封放进里夏尔先生的口袋的吗?"

"噢!确实是他!"

"这么说,太太,您能给我们演示一下您的小技巧啰?……这是信封。演示吧,就当我们什么都不知道。"

"愿为你们效劳,先生们!"

吉里大妈拿起装有两万法郎钞票的信封,朝门口走去。她正准备出门。

两位经理赶紧将她拦住。

"啊!不是这样!啊!不是这样!用不着给我们'再来一次'!我们已经受够了!我们不会再重蹈覆辙!"

"对不起,先生们,"老妇人抱歉地说,"对不起……你们要我演示得好像你们什么都不知道!……如果你们什么都不知道,那我就拿着你们的信封走了!"

"那么,您是怎样把它塞进我口袋的?"里夏尔反问道,蒙沙尔曼左眼盯着里夏尔,右眼看着吉里太太,这种看人的姿势确实很困难,但他已决定要查个水落石出。

"经理先生,我必须在您最不注意的时候,把它塞进您的口袋。您知道,晚上演出的时候,我总要到后台去转转,作为母亲的权利,我经常陪女儿到舞蹈演员休息室去;幕间休息的时候,我给她拿拿舞鞋、小喷水壶什么的。总之,我来来去去很方便……那些老观众也来了……经理先生,您也来了……人很多……我走到您身后,把信封塞进您衣服后面的口袋里……这样做并不难!"

"这样做并不难,"里夏尔暴跳如雷,大声咆哮,"这样做并不难!老妖婆,您信口雌黄,公然撒谎!"

吉里太太的人格遭此侮辱，诚信遭此打击，气得怒发冲冠，龇牙咧嘴，口中的三颗牙齿都突了出来。

"怎么是撒谎？"

"因为那天晚上，我一直待在剧场里监视着5号包厢和您放在那儿的调了包的信封。我连一秒钟都没有到过下面的舞蹈演员休息室……"

"不过，经理先生，我并不是在那个时候把信封交给您的！……而是在稍后的演出时……嗨，那时候负责美术的副国务秘书先生……"

听到这里，里夏尔先生突然打断了吉里太太的话……

"噢！"他若有所思地说，"我想起来了……我现在想起来了！副国务秘书先生来到了后台。他派人来叫我。不一会儿，我下楼到了舞蹈演员休息室。当时，我站在休息室门口的台阶上……副国务秘书先生和他的办公室主任在休息室里……突然，我转过身……吉里太太，是您从我的背后走过……我好像觉得您和我擦身而过……我的背后只有您……噢！我现在还记得您当时的样子……我还记得您当时的样子！"

"对了，是这样，经理先生！确实是这样！我刚在您的口袋里办完了我的那桩小事！经理先生，您的口袋很合适！"

接着，吉里太太再次现身说法。她走到里夏尔先生的背后，动作之快，让一旁两眼盯住看的蒙沙尔曼都惊呆了，她把信封放进了经理先生西服燕尾的口袋里。

"显而易见！"里夏尔大声说，脸色有点发白……"歌幽的这招很厉害。对他来说，问题的关键是：消除两万法郎的交款人和收款人之间的一切危险中介！他的办法真是再好不过，在我不知不觉中从我的口袋里把钱拿走,因为我甚至不知道口袋里有钱……这一招真是太绝了!"

"噢!真是太绝了!没说的,"蒙沙尔曼抬杠说,"可是,里夏尔,你忘了那两万法郎里面有一万是我出的,可人家却没有在我的口袋里放任何东西!"

第十八章
对待一枚保险别针的
奇怪态度(续)

蒙沙尔曼的最后这句话明显地表露出从此以后他对合伙人的怀疑，当即引来了里夏尔一番措辞激烈的解释，最终自然是里夏尔委曲求全，服从蒙沙尔曼的一切意志，协助他发现那个捉弄他们的混蛋。

因此，到了"《花园》一幕中场休息的时候"，把一切都看在眼里的雷米先生，十分有趣地发现了他的两位经理的奇怪行为；至此，我们也就轻而易举地找到了此类出格、奇怪，尤其是有违经理尊严的态度的原因。

里夏尔和蒙沙尔曼的行为完全像惊弓之鸟：首先，这天晚上，里夏尔应该正确无误地重复上次两万法郎不翼而飞时做过的动作；其次，蒙沙尔曼一刻不停地盯住吉里太太再次悄悄地放入两万法郎的里夏尔的口袋。

里夏尔先生站在自己上次和负责美术的副国务秘书先生打招呼的地方，蒙沙尔曼先生则站在他身后，离开几步路的位置。

吉里太太走过来，从里夏尔先生的身旁一擦而过，顺势把两万法郎塞进了经理燕尾服的口袋，随即没有了人影……

或者更确切地说，是有人强制她消失的。按照蒙沙尔曼在重新排练塞信封这幕场景前的几分钟下达的命令，梅西埃要把老实的吉里太太关在行政办公室里。这样，老婆子就不可能和她的幽灵联系。而她也任凭他们摆布，那样子就像一只可怜的拔光了毛的母鸡，吓得索索发抖，凌乱的鸡冠下睁着一对惊愕的眼睛，她听到走廊里传来了前来抓她的警长的脚步声，口中发出的叹息声仿佛让大楼梯的立柱听了都要断裂似的。

与此同时，里夏尔先生则在鞠躬、行礼、后退着走路，好像面前真站着那位高官：负责美术的副国务秘书先生。

要是知道这位经理先生的面前站着副国务秘书先生，他的这些彬彬有礼的举止自然不会引起任何人的吃惊，可是，当人们看到经理先生的面前没有任何人的时候，他的这番如此自然可又如此无法解释的举止理所当然让人看了觉得惊奇。

里夏尔先生在面前空无一人的时候，在那儿行礼……鞠躬……后退……倒着走路……

……离里夏尔先生几步远的地方，蒙沙尔曼先生也在做着同样的动作。

还有，蒙沙尔曼先生推开雷米先生，请求德拉博德里大使先生和中央信贷银行行长先生别"碰经理先生"。

蒙沙尔曼这样做自有他的道理，他不想过一会儿两万法郎不翼而飞了，里夏尔来对他说："也许是大使先生，中央信贷银行行长先生，甚至可能是雷米秘书搞的鬼。"

况且，里夏尔承认在第一次两万法郎不翼而飞的时候，他除了被吉里太太擦身而过之外，在剧院的这个部分没有遇到过任何人……既然应该正确无误地排练上一次的动作，今天又怎能让里夏尔碰上什么人呢？

里夏尔先是行礼，倒退着往后走，然后继续小心翼翼地这样往后退，一直退到通往行政办公室的走廊里……这样，他就一直受到身后蒙沙尔曼的监视，而他自己也在监视着身前的"四周"。

容我再说一遍，巴黎歌剧院的这两位经理先生所采取的这种全新的在走廊里的行走方法，自然不会没有人看见。

有人确实注意到了。

对里夏尔先生和蒙沙尔曼先生来说，所幸的是，这奇怪的一幕发生时，剧院里的那些小学员差不多都已经回到了她们的顶楼宿舍里。

不然的话，这两位经理先生可要在那帮小丫头那儿"大获成功了"。

……但此刻，他们一心只想着他们的两万法郎。

到了那条通往行政办公室的昏暗走廊里时，里夏尔低声对蒙沙尔曼说：

"我敢肯定没有人碰过我……现在，你离我远一点，躲在暗处看着我一直走到我的办公室门口……千万别惊动任何人，我们倒要看看接下来会发生什么事。"

但蒙沙尔曼一口回绝：

"不行，里夏尔！不行！……你往前走……我紧跟在后面！我不离开你一步！"

"可是，"里夏尔大声说道，"这样的话，别人就永远无法偷走我们的两万法郎！"

"这正是我希望的！"蒙沙尔曼郑重其事地说。

剧院魅影 | 237

"那么,我们所做的这一切简直太荒谬了!"

"我们现在所做的完全就是上次做过的事……上次,我是在你从后台出来的时候,就在这条走廊的角落里和你碰面的……然后我在你背后跟着。"

"这倒是的!"里夏尔叹着气说,他无奈地摇摇头,听从了蒙沙尔曼的决定。

两分钟后,两位经理把自己锁在经理室里。

蒙沙尔曼亲手把钥匙放进自己的口袋。

"上次我俩就是这样闭门不出,"他说道,"直到你离开歌剧院回家。"

"没错!而且没有人来打扰过我们,对吗?"

"对,没有任何人来过!"

"那么,"里夏尔努力回忆着当时的情景,说道,"那么我肯定是从歌剧院回家的路上被人偷了……"

"不对!"蒙沙尔曼用极为生硬的口气回答说,"不对,这不可能……是我用马车送你回家的。那两万法郎是在你家里消失的,我想这一点应该确定无疑。"

这就是蒙沙尔曼此刻的想法。

"这简直让人难以相信!"里夏尔反驳说,"我完全信得过我家的那些仆人!……要是他们中有人干了这档子事,那他早该逃之夭夭了。"

蒙沙尔曼耸了耸肩膀,那意思好像是说他可不会插手这些鸡毛蒜皮的事。

里夏尔见状,开始对蒙沙尔曼的腔调感到难以忍受。

"蒙沙尔曼,你该说够了!"

"里夏尔，你太过分了！"

"你敢怀疑我？"

"是的，我怀疑这是个蹩脚的玩笑！"

"没有人会拿两万法郎开玩笑！"

"这正是我的看法！"蒙沙尔曼一本正经地说，他翻开一份报纸，故作姿态在那儿读着。

"你要干什么？"里夏尔问道，"你在这种时候还看报纸！"

"是的，里夏尔，直到我送你回家的时候。"

"像上次一样？"

"像上次一样！"

里夏尔从蒙沙尔曼的手里夺过报纸。蒙沙尔曼气得一下子站了起来。他看到面前的里夏尔变得怒不可遏，双臂交叉在胸前，异常傲慢地冲着他说：

"告诉你，我在想这事。我在想我可以想的事，如果还像上次一样，我们俩关在这儿度过这个晚上，然后你送我回家，如果在我们分手的时候，我发现两万法郎从我衣服的口袋里不翼而飞……就像上次一样。"

"你可以想什么？"蒙沙尔曼变得面红耳赤，大声问道。

"我可以这样想，既然你寸步不离地跟着我，而且根据你的愿望，像上次一样，你是惟一接近过我的人，我可以这样想，如果这两万法郎不在我的口袋里，那它们完全可能进了你的口袋！"

蒙沙尔曼听了他的想法，气得暴跳如雷：

"好啊！那就拿枚保险别针来！"

"你要一枚保险别针干什么？"

"把你的口袋别上！……拿枚保险别针来！……拿枚保险别针来！"

"你要用一枚保险别针把我别上？"

"对，把你和两万法郎别在一起！……这样一来，不管是在这里，在你回家的路上，还是在你家里，如果有只手拉你的口袋，你完全可以察觉……里夏尔，你会看到那只手是不是我的！……啊！你现在居然怀疑到我……拿枚保险别针来！"

就在这时候，蒙沙尔曼打开门，朝走廊里大喊：

"拿枚保险别针来！谁给我拿枚保险别针来？"

我们知道，就在这时，没带保险别针的雷米秘书是如何受到蒙沙尔曼经理接待的，一个办公室的小办事员又是如何跑来给他送上那枚急需的别针的。

接着发生的事情如下：

蒙沙尔曼重新关上门，在里夏尔的背后蹲了下来。

"我希望，"他说，"两万法郎还在就好啰？"

"我也是，"里夏尔说。

"而且还是真钞？"蒙沙尔曼问道，他下定决心这次决不能让人耍了。

"你看看吧，我可不想碰它们一下，"里夏尔郑重其事地说。

蒙沙尔曼从里夏尔的口袋里抽出信封，然后又战战兢兢地从信封里抽出钞票，这次为了能便于经常检查钞票是否还在，他们没有在信封上加盖印章，甚至也没有封口。他看见钞票原封不动地在那儿，这才放下心来。他把它们又放回里夏尔的燕尾服口袋，用别针仔细别好。

然后，他坐在里夏尔的背后，目不转睛地盯着放钱的口袋，里夏尔则坐在自己的办公桌前，连动都不敢动。

"耐心一点，里夏尔，"蒙沙尔曼命令道，"我们只要再等几分钟……座钟马上就要敲午夜十二点了。上次我们就是在敲十二点时离开的。"

"噢！我有的是耐心！"

时间在缓慢地流逝，显得滞重，神秘，压得人喘不过气来。里夏尔试图开开玩笑。

"我终于要相信，"他说，"幽灵确实神通广大。特别是现在这个时候，你不觉得房间的气氛中有一种说不上来的让人不安、难熬和恐惧的东西吗？"

"确实是这样，"蒙沙尔曼承认，他真有这种感觉。

"幽灵！"里夏尔重复了一遍，声音低得好像生怕被那双看不见的耳朵听到似的，"幽灵！如果真是一个幽灵在不久以前在这张桌子上敲了三下，我们听得很清楚……真是他把神奇的信封一次又一次地放在上面……在 5 号包厢里说话……杀了约瑟夫·布盖……摘下大吊灯……偷我们的钱！因为最后！因为最后！因为最后！因为最后！这里只有你和我两个人！……如果我和你，我们谁都没有动一下，钞票不翼而飞了……那么只好相信确实有幽灵……有幽灵……"

这时，放在壁炉上的座钟发出了钟锤起动的声音，敲响了午夜十二点的第一下。

两位经理的身子哆嗦起来。一种莫名其妙的焦虑不安困扰着他们，挥之不去，额头上直冒冷汗。最后一下钟声在他们的耳边回响。

钟声终于停了,他们长长地松了口气,站了起来。

"我相信我们可以走了,"蒙沙尔曼说。

"我也这样想,"里夏尔附和道。

"临走之前,你能让我看看你的口袋吗?"

"什么话!蒙沙尔曼!当然应该这样!"

"怎么样?"里夏尔问正在摸他口袋的蒙沙尔曼。

"怎么样,我觉得别针还在。"

"当然还在,就像你上回说的,别人不可能在我毫无知觉的情况下把我们的钱偷走了。"

蒙沙尔曼的双手依然在口袋上摸来摸去,突然他大声嚷道:

"我感到别针还在,但我摸不到里面的钞票。"

"别这样!别开玩笑,蒙沙尔曼!……现在不是开这种玩笑的时候。"

"那你自己摸摸。"

里夏尔一下子脱掉自己的外衣。两位经理急忙扯开口袋!……口袋里是空的。

最奇怪的是别针依然别在原来的地方。

里夏尔和蒙沙尔曼吓得脸色煞白。再也不用怀疑,一定是施了什么魔法。

"幽灵,"蒙沙尔曼喃喃地说了一句。

但是,里夏尔突然扑向他的同伙,喊道:

"只有你碰过我的口袋!……还我两万法郎!还我两万法郎!……"

"我以灵魂担保,"蒙沙尔曼哀叹着,几乎快要昏厥过去,

"我向你发誓，我没有拿……"

这时，又有人敲门，蒙沙尔曼迈着一种几乎是不由自主的步伐上前开门，像差不多不认识梅西埃行政主管似的，和他说了几句话，一点都听不懂对方在说些什么；他无意识地把那枚已经对他毫无用处的保险别针，放在这位早已瞠目结舌的忠实下属的手里……

第十九章
警长、子爵和波斯人

警长走进经理室说的第一句话便是询问女歌手的消息。

"克里斯蒂娜·达埃不在这里吗?"

他的身后跟着,正像我在上文中说过的那样,一大帮密密麻麻的人。

"克里斯蒂娜·达埃吗?不在,"里夏尔回答,"为什么问这事?"

至于蒙沙尔曼,他连说话的力气都没有了……他的精神状态比里夏尔更糟,因为里夏尔还可以怀疑蒙沙尔曼,而蒙沙尔曼只能面对一个巨大的秘密……即人与生俱来的对不可知的恐惧。

围在两位经理和警长四周的人群发现房间里静得出奇,这时里夏尔又问道:

"警长先生,您为什么问我克里斯蒂娜·达埃是否不在这里?"

"经理先生,因为必须找到她,"警长先生一本正经地回答。

"怎么!必须找到她!难道她失踪了?"

"就在众目睽睽之下演出的时候!"

"就在众目睽睽之下演出的时候！这太离奇了！"

"可不是吗？和她的失踪同样离奇的还有，她的失踪居然要我来告诉你们！"

"确实……"里夏尔附和道，他双手抱着头，接着喃喃自语，"这是什么新故事？噢！一定的，非得辞职不可！……"

接着，他不知不觉扯下了几根胡须。

"这么说，"他像在做梦一样说道，"她是在众目睽睽之下演出时失踪的。"

"是的，她是在'监狱'那一幕，在她祈求上帝帮助时，被劫持的，但我不相信她是被众天使劫持的。"

"可我相信一定是的！"

所有的人都转过头去。有个激动得脸色发白、浑身发抖的小伙子又重复说道：

"我相信一定是的！"

"您相信一定是什么？"米弗瓦问道。

"警长先生，克里斯蒂娜·达埃一定是被一位天使劫走的，我可以把他的名字告诉您……"

"啊！夏尼子爵先生，您说克里斯蒂娜·达埃小姐是被一位天使，一位歌剧院的天使劫走的，确凿无疑？"

拉乌尔看了看周围，显然他是在找人。在这种万不得已、他仿佛觉得必须请警方来援救他的未婚妻的时刻，他满心希望能再见到那位刚才叮嘱他要谨慎行事的神秘的陌生人，但是，哪儿也不见他的人影。算了！他还是应该把事情说出来！……不过，面对着用好奇的目光逼视着他的人群，他不知道如何才能说清楚。

"是的,先生,是被歌剧院的一位天使,"他回答米弗瓦先生说,"我们单独谈谈,我会告诉您他住在哪儿……"

"您说得有理,先生。"

警长让拉乌尔坐在自己身旁,然后把所有的围观者都赶出了门,两位经理当然除外。他俩也没有提出什么异议,留了下来,对所有这些偶发事件显得很超然。

这时候,拉乌尔一狠心,说道:

"警长先生,这位天使名叫埃利克,就住在歌剧院里,是位音乐天使!"

"音乐天使!真的!!这太奇怪了!……音乐天使!"

米弗瓦警长转过头,向两位经理问道:

"先生们,这位天使住在你们这儿吗?"

里夏尔先生和蒙沙尔曼先生听了并没有笑,只是摇了摇头。

"噢!"子爵说,"这两位先生肯定听说过歌剧院幽灵的事。那好,我可以肯定地告诉你们,歌剧院幽灵就是音乐天使,是同一个人。他的真实名字叫埃利克。"

米弗瓦先生站了起来,认真地打量着拉乌尔。

"对不起,先生,您打算蔑视司法机关吗?"

"我!"拉乌尔矢口否认。他心里痛苦地在想:"这又是一个不愿听信我话的人。"

"那么,您想用您的歌剧院幽灵给我编个什么动听的故事呢?"

"我说这两位先生已经听说过此事。"

"经理先生们,看来你们认识歌剧院幽灵啰?"

里夏尔站了起来,手里还捋着最后剩下的那些胡须。

"不!警长先生,不,我们不认识!不过,我们很想见见他!因为今天晚上,他刚刚偷走了我们两万法郎!……"

里夏尔掉转头望着蒙沙尔曼,目光挺吓人,仿佛在说:"要么把两万法郎还给我,要么我把一切都统统说出来。"蒙沙尔曼完全明白他的意思,做了个疯疯癫癫的动作,表示:"啊!统统说出来吧!统统说出来吧!……"

至于米弗瓦,他先看看两位经理,然后又看看拉乌尔,心里在想自己是不是迷了路,误进了一家精神病医院。他困惑地把手指伸进头发里,挠了挠。

"一个幽灵,"他说,"在同一个晚上,既劫持了一个女歌手,又偷走了两万法郎,这倒是一个很忙的幽灵!如果你们愿意,我们把问题排一下队,先讲女歌手的事,再讲两万法郎的事!哦,夏尼先生,我们来认真地谈一谈。您认为克里斯蒂娜·达埃小姐是被一个叫埃利克的人劫走的。那您认识这个人喽?您见过他吗?"

"见过,警长先生。"

"在什么地方?"

"在一个公墓里。"

米弗瓦先生一惊,重新注视着拉乌尔,然后说道:

"当然!……幽灵通常都是在这种地方遇见的。那您在公墓里干什么?"

"先生,"拉乌尔说,"我知道自己的回答很奇怪,也清楚你们听后会有什么反应。但是,我请求你们相信,我的神志非常清楚。这事关系到拯救世上我最珍爱的女人和我最敬爱的哥哥菲利普。我想用几句话说服你们,因为时间紧迫,每一分钟都很宝贵。可是,我不把这个十分离奇的故事从头对你们说起,你们是不会相信的。警长先生,我要把自己所知道的有关歌剧院幽灵的事全都告诉您。哎!警长先生,其实,我也不知道什么重要的事……"

"讲吧!讲吧!"里夏尔和蒙沙尔曼一下子变得非常感兴趣,大声催促;他们满心希望听到某些细节,从中能捕捉到那个戏弄他们的骗子的蛛丝马迹,但是很可惜,他们马上发现拉乌尔·德·夏尼先生完全昏了头,便一下子泄了气。佩罗镇的公墓、死人骷髅头,还有那把有魔法的小提琴,所有这些故事只不过是一个被爱情冲昏了头脑的小伙子胡思乱想的产物。

此外,显而易见,米弗瓦警长先生也越来越赞成这种看法;可以肯定,要不是突然发生的情况打断了拉乌尔说的那些颠三倒四的话,这位警长也会让拉乌尔住口。对拉乌尔讲的事,我们在上文中已有所了解。

就在拉乌尔说话的时候,门突然开了,闯进来一个衣着奇怪的人,一身宽大的黑色礼服,一顶磨损发亮的高帽一直戴到耳朵那儿。他径直跑到警长跟前,低声和他说了几句。这大概是个前来报告紧急情况的保安人员。

米弗瓦先生在听汇报的时候,目光始终没有离开拉乌尔。

最后,他对拉乌尔说:

"先生,幽灵的事已经讲得够多了。如果您不介意的话,我们这就来谈点您的事;您本打算今天晚上带着克里斯蒂娜·达埃小姐私奔,是吗?"

"是的,警长先生。"

"在演出结束以后？"

"是的，警长先生。"

"您为此作了周密的安排，是吗？"

"是的，警官先生。"

"送您来的那辆马车待会儿再把你们俩带走。车夫已得到通知……车的行走路线已事先商量好了……真妙！每一站还要更换马匹……"

"确实是这样，警官先生。"

"但是，您的马车还停在那儿，在圆亭那儿等候您的吩咐，不是吗？"

"是的，警长先生。"

"您知道在您的马车旁边，还停着另外三辆马车吗？"

"我一点都没有留意……"

"一辆是索蕾莉小姐的，她在行政楼的院子里没有找到车位；一辆是卡洛塔的；还有一辆是令兄夏尼伯爵先生的……"

"这有可能……"

"不是可能，是肯定，如果说索蕾莉、卡洛塔和您的马车还沿着圆亭那儿的人行道，一溜停在原地的话，夏尼伯爵先生的马车已经不在那儿了……"

"这事没有什么可奇怪的，警长先生……"

"对不起！伯爵先生不是反对您和达埃小姐结婚吗？"

"这只是我们家族内部的事。"

"您回答我……他反对这门婚事……所以您要带克里斯蒂娜·达埃私奔，避开令兄可能的干涉……好吧，夏尼先生，恕我告诉您，令兄的动作可比您迅速！……是他劫走了克里斯蒂

剧院魅影 | 249

娜·达埃!"

"哦!"拉乌尔用手捂住胸口,呻吟说,"这不可能……您能肯定是这样吗?"

"女艺术家一失踪,他立即跳上自己的马车,一路疾驶,穿过巴黎市区而去,他有哪些同伙,还有待于我们确定。"

"穿过巴黎市区?"可怜的拉乌尔喘着气用嘶哑的声音问道,"穿过巴黎市区是什么意思?"

"就是说出巴黎……"

"出巴黎……走哪条道?"

"布鲁塞尔大道。"

一声声嘶力竭的大叫从不幸的年轻人口中迸了出来。

"哦!"他提高嗓门说,"我发誓,一定要追上他们。"

说完,他三步并作两步,奔出了办公室。

"把她带回来,"警长高兴地大声说道,"嗨,这可是一条得到音乐天使消息的捷径!"

这时候,米弗瓦先生转过身来,对着面前那几个惊得目瞪口呆的听众,给他们上了一堂正经八百、毫不幼稚的警察基础课:

"其实,我根本不知道是否真是菲利普伯爵先生劫走了克里斯蒂娜·达埃……但是,我需要知道事情的真相,我相信,这个时候,子爵的哥哥比子爵更不愿意向我提供情报……子爵此刻在狂奔,恨不得能插翅飞翔!他成了我的主要助手!先生们,这就是侦破艺术,这种艺术,大家原以为十分复杂,但是当大家发现它应该由非警方人士来完成时就显得非常简单了!"

但是，如果米弗瓦警长先生知道他的特快信使刚奔到第一条走廊里就停了下来，他也许就不会那么沾沾自喜了。这时，那些看热闹的人已被驱散，走廊里显得空荡荡的。

拉乌尔看见一个高大的黑影挡住了去路。

"您急着去哪儿，夏尼先生？"黑影问道。

拉乌尔急不可耐地抬头一看，认出了刚才见过的那顶羔皮帽，便停住了脚步。

"又是您！"他急躁地大声说，"您知道埃利克的秘密，而且不肯让我讲出去。您究竟是谁？"

"您知道得很清楚！……我是波斯人！"黑影回答。

第二十章
子爵和波斯人

拉乌尔记得有天晚上看演出的时候,哥哥指着这个谜一般的人物告诉他,此人的底细无人知晓,大家都叫他"波斯人",他住在里沃利街一套旧的小公寓里。

这个黑脸膛、绿眼睛、头戴羔皮帽的人俯身对拉乌尔说:

"夏尼先生,我希望您刚才一点没有泄露埃利克的秘密。"

"先生,为什么我要犹豫,不背叛这个魔鬼?"拉乌尔高傲地反驳道,并试图摆脱这个讨厌鬼的纠缠,"他是您的朋友?"

"我希望您一点都没有把埃利克的事说出去,先生,因为埃利克的秘密就是克里斯蒂娜·达埃的秘密!讲出这个,就是讲出那个!"

"哦!先生!"拉乌尔越来越不耐烦,赶紧说,"您好像知道很多我感兴趣的事,不过我没有时间听您讲!"

"夏尼先生,再问一遍,您急着要去哪儿?"

"您猜不到吗?去救克里斯蒂娜·达埃……"

"那么,先生,还是留在这儿好!……因为克里斯蒂娜·达埃就在这儿!……"

"和埃利克在一起?"

"和埃利克在一起!"

"您怎么知道的？"

"我刚才也在看演出，世界上只有埃利克才会干出这种劫持勾当！……哦！"他深深地叹了一口气，说道，"我识破了这魔鬼的手法！……"

"这么说，您认识他？"

波斯人没有回答，但拉乌尔听到他又叹了一口气。

"先生！"拉乌尔说，"我不知道您有什么打算……但是，您能为我做点事吗？……我的意思是说，您能为克里斯蒂娜做点事吗？"

"我认为可以，夏尼先生，所以我前来和您谈谈。"

"您能做点什么呢？"

"试着把您带到她身边……和他身边！"

"先生！这就是我今天晚上想做而没有做成的事……如果您帮我这个忙，那我的生命就属于您的！……先生，还告诉您一句话，刚才警长对我说克里斯蒂娜·达埃是被我哥哥菲利普伯爵劫走的……"

"哦！夏尼先生，我嘛，我根本不相信……"

"这不可能，对吗？"

"我不知道这事是否可能，但这种劫持方法，据我所知，菲利普伯爵先生从来没有干过这种鬼把戏。"

"先生，您说得有根有据，很有道理，我只是急昏了头！……哦！先生！我们快跑吧！快跑吧！我全听您的吩咐！……眼下没有人比您更相信我，在这种时候我怎么能不相信您呢？当我说出埃利克这个名字的时候，只有您不会感到可笑！"

说着，小伙子情不自禁，伸出滚烫的双手握住了波斯人的双手。那双手却是冷冰冰的。

"安静！"波斯人停住脚步，倾听从剧院远处传来的声音，以及从墙壁和附近的过道里发出的格格声，然后说道，"在这个地方我们别再提那个名字，改称他，这样我们就不大会引起他的注意……"

"那您认为他就在我们身边啰？"

"先生，如果此刻他没有和他的牺牲品待在湖滨寓所里的话，一切都是可能的……"

"啊！您，您也知道那个寓所？"

"……要是他不在那个寓所里，他就有可能在这堵墙里面，在这地板下，在这天花板上面！谁知道呢？……他的眼睛正从这个锁孔往里看！耳朵正贴在那根横梁上！……"然后，波斯人请拉乌尔放轻脚步，跟着他走进一些连克里斯蒂娜领他漫游这座迷宫时也没有见到过的过道。

"但愿，"波斯人说，"但愿大流士已经到了！"

"大流士是谁？"年轻人一边跑一边问。

"大流士！他是我的仆人……"

这时，他们来到了一个大得像广场的房间的中央，房间里空荡荡的，光线很暗，只点着一盏小灯。波斯人让拉乌尔停下，用低得拉乌尔几乎听不见的声音问道：

"您刚才对警长说了些什么？"

"我对他说劫走克里斯蒂娜·达埃的是音乐天使，就是人们传说的歌剧院幽灵，他的真名叫……"

"嘘！……那位警长相信您的话吗？"

"没有。"

"他一点没有在意您说的某些重要话？"

"一点没有！"

"他有点把您当成疯子？"

"是的。"

"这就好了！"波斯人松了口气。

然后，他们又开始赶路。

一会儿上一会儿下，走过很多拉乌尔陌生的楼梯以后，两人来到一扇门前，波斯人从西装背心口袋里掏出一把小巧的万能钥匙，打开门。波斯人和拉乌尔一样，自然都穿着礼服。只是拉乌尔戴的是高高的礼帽，而波斯人戴着羔皮小圆帽，这一点我在上文中已经讲过了。在歌剧院的后台，高礼帽是表现绅士风度的必备装束；从这种高雅准则看，羔皮小圆帽确实有失体面，但在法国，外国人的穿戴当然是可以随心所欲的：英国人戴着旅行用的鸭舌帽，波斯人戴着羔皮小圆帽。

"先生，"波斯人说，"您的高礼帽会给我们走远道带来不便……您最好把它留在化装室里……"

"谁的化装室？"拉乌尔问道。

"当然是克里斯蒂娜·达埃的！"

波斯人领着拉乌尔走进他刚打开的那扇门，指给小伙子看，对面就是女歌唱家的化装室。

拉乌尔不知道除了自己经常走的那条路以外，还有别的路可以通到克里斯蒂娜的化装室。此刻，他正站在一条走廊的尽头，平时他总是走到这儿来敲化装室的门。

"哦！先生，您对歌剧院真熟悉！"

"比他差远了!"波斯人谦虚地说。

说完,他把年轻人推进了克里斯蒂娜的化装室。

房间里还和拉乌尔离开时一模一样。

波斯人重新关上门,朝一堵很薄的板壁走去,板壁的那一边是个挺大的杂物间。他侧耳听了听,然后重重地咳嗽了两声。

隔壁的杂物间里马上有了动静。几秒钟以后,有人敲化装室的门。

"进来!"波斯人说。

一个身穿长袍、头上也戴着羔皮小圆帽的男子走了进来。

来人行过礼后,从长袍里拿出一个雕刻得非常精致的盒子,放在梳妆台上,又行了礼,朝门走去。

"没有人看见你进来吗,大流士?"

"没有人,主子。"

"出去的时候,也别让人看见。"

仆人探头朝走廊里看了一眼,然后迅速消失了。

"先生,"拉乌尔说,"我想到一件事,我们在这里很容易被人撞见,这显然会给我们添麻烦的。警长马上会来搜查这间化装室。"

"没事!该怕的倒不是警长。"

波斯人打开盒子,里面装着两把长管手枪,上面的图案和装饰都很精美。

"先生,克里斯蒂娜·达埃被劫走后,我立即派我的仆人给我拿来这些武器。这两把枪,我已经用了很长时间,没有比它们更可靠的了。"

"您想去决斗吗？"年轻人看到这些武器，惊讶地问道。

"先生，我们确实要去决斗，"波斯人一面检查手枪的弹药，一面回答，"一场残酷的决斗！"

说着，他把一把手枪递给拉乌尔，并对他说：

"在这场决斗中，我们是两对一，但是，先生，您还得做好一切准备，因为不瞒您说，我们面对的是一个十分可怕的对手，他是什么事都想得出来的。您爱克里斯蒂娜·达埃，对吗？"

"我爱她，先生！但是，您并不爱她，您能对我解释一下，您为何准备为她冒生命危险呢？……您一定非常恨埃利克！"

"不，先生，"波斯人忧伤地说，"我并不恨他。要是我恨他，他就不会作恶这么久了。"

"他害过您吗？……"

"他害过我，但我已原谅了他。"

"这实在太奇怪了，"小伙子接着说，"听您这样说这个人！您把他看成魔鬼，您诉说他的罪行，他害过您；可我在您身上看到您对他有一种闻所未闻的同情，就是这种同情，我以前在克里斯蒂娜身上也看到过，我真的很失望！……"

波斯人没有回答，他走过去拿起一张凳子，放在大镜子对面的墙跟前。然后，他站在凳子上，脸贴在糊墙纸上，仿佛在寻找什么。

"行啦，先生！"拉乌尔等得不耐烦了，开口说道，"我在等您呢，快走吧！"

"去哪儿？"另一个连头也不回，问道。

"去找魔鬼算账啊！我们到下面去啊！您不是对我说您有

办法吗?"

"我正在找呢。"

波斯人仍然脸贴着墙在仔细寻找。

"啊!"戴羔皮小圆帽的人突然叫道,"就在这儿!"只见他的一个手指在头顶上方,按住了墙纸上图案的一角。

然后,他转身跳下了凳子。

"再过半分钟,"他说,"我们就会挡住他的去路!"

他从化装室的那头走过来,来到大镜子跟前,在上面摸索着。

"不行!它还不动……"他低声说。

"哦!我们要从镜子这儿出去,"拉乌尔说,"就像克里斯蒂娜一样!……"

"这么说,您知道克里斯蒂娜·达埃是从镜子这儿出去的?"

"这事就发生在我面前,先生!……我当时躲在卫生间的帘子后面,亲眼看见她消失在镜子里,根本不是从镜子这儿出去的!"

"那您当时作出了什么反应?"

"先生,我以为自己的感觉出了毛病!以为自己疯了!在做梦!"

"以为是幽灵施的某种新魔法,"波斯人取笑说……"啊!夏尼先生,"他的手一边继续按在镜子上,一边接着说,"但愿我们的对手是个幽灵!那我们就可以把我们的两把手枪放回枪盒子里去了!……我请您把帽子摘下来,放在那儿……现在您尽量把您的衣服束紧,就像我这样,把衣服上的翻边都放下来……衣领竖起来,我们要尽量别让人认出来……"

沉默片刻之后,他一边用手猛推镜子,一边说:

"在化装室的这头对平衡锤的弹簧施力,平衡锤的起动见效较慢,而在那头,在墙的后面,可以直接对平衡锤施力,那时情况就完全不一样了。镜子顷刻间就会转动,迅速挪开……"

"什么平衡锤?"拉乌尔问道。

"就是能把这堵墙面整个儿抬到转轴上的装置!您想想,这堵墙总不可能中了魔法,会自行移开吧!"

说完,波斯人一手把拉乌尔拉过来,紧靠在自己身上,另一只手(拿枪的那只手)一直使劲地在按镜子。

"再过一会儿,如果您留心的话,就会看到镜子稍稍抬起了几毫米,然后又从左往右移动几毫米。那时候它就定位在转轴上,可以转动了。平衡锤的威力真是大得出奇!一个孩子动动小指头就能使一座装有机关的房屋转动……一堵墙,不管它多么重,一旦被平衡锤定位在转轴上,并保持平衡,它的重量就不会超过一个保持平衡状态的陀螺。"

"它并没有转动!"拉乌尔不耐烦地说。

"哎!再等等!先生,您耐心点!显然,不是机关生锈了,就是弹簧坏了。"

一片愁云爬上了波斯人的额头。

"或许,"他说,"还有别的原因。"

"先生,什么原因?"

"或许他干脆割断了平衡锤的绳子,使全套机关都陷于瘫痪……"

"为什么？他并不知道我们要从这儿下去呀！"

"或许他料到了，因为他知道我晓得这套机关。"

"是他演示给您看的吗？"

"不！我曾偷偷地跟在他后面，寻找他一次又一次神秘失踪的奥秘，我终于找到了。哦！这是世界上最简单的暗门！使用的是一种古老的机关，就像底比斯①的百门圣宫、埃克巴塔那的御座殿②和德尔斐③的三脚殿。"

"它还没有转动！……克里斯蒂娜，先生！……克里斯蒂娜！……"

波斯人冷静地说：

"我们只能尽力而为！……但他，他可能在我们刚跨出几步的时候，就把我们逮住！"

"难道这些墙壁都受他控制？"

"他控制着这些墙壁、门和地板上的活板暗门。我们私下里都叫他'喜欢摆弄活板暗门的人'。"

"怪不得克里斯蒂娜说起他来也一样神秘兮兮的，说他有惊人的超人能力？……可是，这一切在我看来实在是太奇怪了！……为什么这些墙壁只听他一个人的话？难道都是他建的不成？"

"正是他建的，先生！"

拉乌尔看着波斯人，一下子愣住了。波斯人示意他不要说话，然后用手指了指镜子，让他看……镜子里的映象好像在抖

---

① 底比斯，古埃及一城市和新王国时代首都，横跨尼罗河中游两岸。
② 埃克巴塔那的御座殿，位于伊朗哈马丹东侧的莫萨拉。
③ 德尔斐，古希腊城市，因有阿波罗神庙而出名。

动。他俩的面容仿佛倒映在波动的水面上模模糊糊的，而后，一切又复归静止不动。

"先生，您看清了吧，它并没有转动！我们还是走另外一条路吧！"

"今天晚上，没有什么别的路可走！"波斯人说，声音听上去特别凄惨，"现在，注意！准备开枪！"

他自己也用手枪对准镜子，拉乌尔跟着他做同样的动作。波斯人伸出另一条闲着的胳膊，把小伙子揽到自己的怀里，突然，镜子在一道令人炫目的亮光中，在一束十字交叉的耀眼灯光中，转动了；它像现在公共场所大堂里的旋转门那样转动了……镜子转动的时候，以不可抗拒的巨大力量把拉乌尔和波斯人带动了，猛地把他们从明亮的灯光中带到了黑暗深处。

第二十一章
在歌剧院的地下室里

"把手举起来,准备射击!"拉乌尔的同伴急忙重复了一句。

他俩身后的那堵墙自转了一周后,重新合拢。

两人屏住呼吸,一动不动地待了一会儿。

黑暗中,有着一种无法打破的死寂。

最后,波斯人决定动弹一下,拉乌尔听到他双膝跪地在悄悄地挪动,双手摸索着在找什么东西。

突然,年轻人的面前,出现了一盏昏暗的小灯,黑暗中有了一丝亮光,拉乌尔本能地往后一退,似乎想躲避一个暗敌的审视。但是他马上明白过来,这灯是波斯人的。他紧紧盯着波斯人的所有手势。小小的红色光圈忽上忽下,仔细地照着他们四周的墙壁。这些墙壁上没有门,右边是一堵砖墙,左边是一道板壁,上下是楼板。拉乌尔心里在想,那天克里斯蒂娜就是从这里追随音乐天使的声音而去的。这儿应该是一条埃利克走惯了的暗道,他正是透过这些墙壁博取克里斯蒂娜的信任,设下圈套利用她的单纯。拉乌尔还想起波斯人说过的话,认为这条暗道是幽灵本人处心积虑秘密建造的。然而,他不久就会知道,埃利克其实只是发现了一条暗道,而且长期以来,埃利克也是惟一知道它存在的人，仿佛这一切都是为埃利克专门准备的。实际上，这条暗道建于巴黎公社时期，当时是为了让狱卒能直接把囚犯押入建在地窖里的黑牢，因为在三月十八日以后，公社社员立即占领了歌剧院大楼，把大楼的高处改建成放飞散发传单的热气球的出发点，把下面部分改建成国家监狱。

波斯人跪下来，把小灯放在地上。他好像急着在地板上做一件什么事，突然，他遮住了灯光。

这时候，拉乌尔听见咔嚓一声，声音很轻，随即发现暗道的地板上出现了一束正方形的亮光，光线非常暗淡，仿佛刚才打开了一扇方窗，下面是歌剧院还点着灯的地下室。波斯人不见了，但拉乌尔突然感到他又回到自己身边，还听到他的低声说话。

"跟我来，照着我的样子做。"

拉乌尔朝那个发出亮光的、地下室的天窗走去。他看见波斯人还跪在那儿，然后双手攀住天窗，身子悬空，顺势溜到了下面的地下室里，嘴上叼着他那支手枪。

奇怪的是，子爵此时竟然对波斯人深信不疑。虽然对此人的底细，拉乌尔一无所知，而且他说的话大多只能使这次冒险平添一种神秘的色彩，拉乌尔依然坚定地认为，在这决定性的时刻，波斯人是和他站在一起，共同对付埃利克的。他觉得，波斯人对他谈到"那个恶魔"时，流露出来的心情是真诚的；在他看来，波斯人对他溢于言表的关心毫无可疑之处。总之，如果波斯人心怀鬼胎，想害拉乌尔，那就不会亲手给他手枪。再说，说到底，为了找到克里斯蒂娜，他不是赴汤蹈火也在所不辞吗？拉乌尔没有选择的余地。如果他此时有所犹豫，哪怕是对波斯人的意图怀有戒心，那他就会把自己看成最没有用的懦夫。

于是，拉乌尔学着波斯人的样子跪下来，双手抓住地板上的活板暗门，身子悬空吊在那儿。"松手！"他听到波斯人发出一声命令；他一松手，波斯人在下面张开双臂接住了他，随即叫他赶紧趴下，然后迅速关上了他俩头顶上方的活板暗门，拉乌尔甚至来不及看清他是用什么计策关上的。过了一会儿，他也过来趴在子爵的身边。拉乌尔想开口问他，但嘴巴被波斯人的手捂住了。随即，子爵听到一个人说话的声音，并且听出是刚才讯问他的那位警长。

拉乌尔和波斯人此时是在一道隔墙的后面，隐蔽得很好。不远的地方，有一座狭小的楼梯通往上面的一个小房间。警长就是在这个小房间里一边走来走去，一边发问，因为除了他的说话声外，还听到他的脚步声。

四周的光线非常微弱，但刚从漆黑的暗道里出来，拉乌尔毫不费力就分辨出眼前的景物。

他忍不住发出了一声低沉的惊呼，因为他看见那儿有三具尸体。

第一具平躺在那座小楼梯狭窄的平台上，楼梯的尽头有一扇门，门后响着警长的说话声；另外两具则蜷缩在楼梯脚下，双臂交叉抱在胸前。拉乌尔只要把手指伸过那道隔墙，就能摸到其中一个死者的手。

"别出声！"波斯人又轻轻地说。

他也看见了躺倒在那儿的尸体，并且一言中的：

"是他！"

这时候，警长的声音越来越响。他正在要求舞台监督对照明系统作出解释。这么说，警长应该是在"琴键控制室"里或者它的偏房里。"琴键控制室"这个名词，尤其当它的语境和歌剧院有关时，它的词义完全和人们通常认为的不同，根本不是用于音乐方面。

当时，电力还只是用于某些非常有限的舞台效果和电铃。整座剧院大楼，就连舞台，也仍然用煤气灯照明，布景的灯光调节一直用的是氢化煤气灯，这就需要有一套专门的设备，这套设备有很多管子，宛如一架管风琴，因而得名"琴键控制室"，其实是灯光控制室。

提台词人的工作室旁边有一个斗室，专供灯光控制组组长发号施令和监督执行情况之用。每逢演出，莫克莱尔都待在这个斗室里。

然而，莫克莱尔此时却不在他的斗室里，他的组员也没有各守其职。

"莫克莱尔！莫克莱尔！"

舞台监督的叫喊声在地下室里响如洪钟，但莫克莱尔却没有回应。

我们刚才已经说过，那座通往第二层地下室的小楼梯口有一扇门。警长推了推门，但推不开。"喔哟！喔哟！"他说，"舞台监督先生，您瞧，这扇门我打不开，它一直都这么难开吗？"

舞台监督上前用肩膀使劲一顶，门开了。他发现自己在顶开门的同时，还顶开了一具尸体，并且立即认出了死者，不禁脱口惊呼：

"莫克莱尔！"

那些跟着警长来查看灯光控制室的人，全都怀着不安的心情走上前来。

"可怜的人！他死了，"舞台监督沉痛地说。

但米弗瓦警长一点都没有感到吃惊，已经俯下身来检查这具个头很大的尸体。

"不，"他说，"他只是烂醉如泥！和死是两回事。"

"这样的事还是头一遭，"舞台监督郑重其事地说。

"这么说，是有人给他下了迷药……这很有可能。"

米弗瓦直起身子，走下几级楼梯，大声说道：

"你们看！"

借着一盏小红灯的亮光，他们看见楼梯脚下，躺着另外两具尸体。舞台监督认出死者是莫克莱尔的助手……米弗瓦走下楼梯，去检查尸体。

"他们睡得很沉，"他说，"真是怪事！毋庸置疑，有个陌生人擅自闯入了灯光控制室……此人这样做显然是为了诱拐女人！……但是，诱拐一名正在舞台上演唱的女歌手，这简直是异想天开！……这是明知办不到，却还要去办，这种怪事，我还没有碰到过！还是去把剧院的医生给我找来吧。"

米弗瓦先生的嘴里一遍又一遍地念叨着：

"怪事！真是太怪了！"

然后，他转身对小房间里的几个人说着话；那是些什么人，拉乌尔和波斯人从他们藏身的地方无法看清。

"先生们，你们对发生的这一切有什么看法？"警长问道，

"只有你们还没有发表意见。你们总该有一点看法吧……"

这时候，拉乌尔和波斯人看见楼梯平台上露出了两位经理先生惊恐的脸——平台上只露出他俩的脸——他们听见蒙沙尔曼激动地说：

"警长先生，对这儿发生的一桩桩事情，我们确实搞不明白。"

接着，这两张脸便消失了。

"多谢你们提供的情况，先生们，"米弗瓦用嘲弄的语气说。

舞台监督则右手托住下巴，露出一副沉思的样子，他说道：

"莫克莱尔在剧院里睡着了，这可不是第一次。我记得有天晚上，看见他在自己的工作室里打呼噜，鼻烟盒掉在身旁。"

"这是很久以前的事吗？"米弗瓦先生一边问，一边细心地擦拭着眼镜片，因为警官先生是近视眼，尽管他有着一双世界上最美丽的眼睛。

"天哪！……"舞台监督说，"不，不很久……对了！……就是那天晚上……千真万确……警长先生，您也知道的，就是卡洛塔唱歌像癞蛤蟆叫的那天晚上！……"

"真的吗？就是卡洛塔唱歌像癞蛤蟆叫的那天晚上？"

米弗瓦先生重新将擦得干净透明的夹鼻眼镜架在鼻梁上，双目紧盯着舞台监督，仿佛要看穿他的心思。

"那莫克莱尔吸鼻烟吗？……"警长随便问道。

"吸的，警长先生……瞧，地板上的那个鼻烟盒就是他的……噢！他的烟瘾还很大。"

"我也是！"米弗瓦先生说，随即把鼻烟盒放进了自己的口袋。

拉乌尔和波斯人在神不知鬼不觉的情况下，目睹来了些置景工把三具"尸体"抬走。警长紧随其后，其他人也跟着警长上了楼梯。不一会儿，拉乌尔和波斯人听到后台响起了这一行人的脚步声。

只剩下他们两人的时候，波斯人示意拉乌尔直起身子，拉乌尔照办了，但没有把拿枪的手举到与眼睛齐平的高度，摆好准备射击的姿势，而波斯人则没有忘了这么做，他命令拉乌尔重新摆好这种姿势，不管发生什么事，都不要动。

"这不是白白把我的手累坏了！"拉乌尔嘟囔着说，"等到真要开枪的时候，我就没有把握了！"

"那就换只手握枪吧！"波斯人让步了。

"我左手不会开枪！"

波斯人的回答挺奇怪，显然不是为了让头脑混乱的小伙子一下子明白过来：

> "用左手开枪还是右手开枪，都无所谓，重要的是您得有一只手摆出马上就要扣动扳机的姿势，手臂弯曲；至于手枪本身，不去管它，您尽可以把它放进口袋。"

接着他又补充说：

"这事就这样一言为定，我不会再回答任何问题！这是生死攸关的时候。现在，不要说话，跟我走！"

他们到了第二层台仓。借着星星点点、玻璃罩子里一动不动的昏暗灯光,拉乌尔发现这地方是那个充满了魔幻色彩、童话般的地下宫殿的一小部分,有趣得像布袋木偶戏剧场,却又可怕得像魔窟。巴黎歌剧院舞台下面的台仓就是这副模样。

台仓蔚为大观,共有五处。在这里,所有的舞台布景、活板暗门和台仓门应有尽有。只是普通的布景滑槽改成了轨道。活板暗门和台仓门由横木架托着。一根根立柱,有的坐落在铁墩或石墩上,有的安放在承梁墩上,形成一系列背景屏,能使"圣人头上的光环"和其他巧妙的道具组合顺利完成。根据演出的需要,到时候用铁钩把这些道具连接起来,可以增加它们的稳定性。在这些台仓里,绞车、卷筒和平衡锤到处可见,它们用来操纵大型布景,改变视觉和让舞台上仙境中的人物突然消失。某些先生饶有兴趣地研究了加尼埃①的作品后指出,正是靠了这些台仓的妙用,舞台上那些弱不禁风的人摇身一变成了英俊的骑士,丑陋的老巫婆成了年轻美貌的仙女。撒旦从台仓里出来,又钻了进去。地狱之光出自台仓,群魔也是在那儿合唱。

……幽灵在那儿漫步,就像在自己家里一样……

拉乌尔跟在波斯人后面,对他的叮嘱言听计从,根本不想去弄明白波斯人为什么要他这样,一门心思觉得他的希望只能寄托在波斯人身上。

---

① 加尼埃(1825—1898),法国学院派建筑师,以设计巴黎歌剧院闻名。他撰写了一本阐述和论证自己作品的巨著:《巴黎新歌剧院》。

在这座令人毛骨悚然的迷宫里,要是没有这位同伴,他能做什么呢?

不就是每走一步,他都要被奇形怪状地交错在一起的梁木和绳索挡住去路吗?不就是被这张巨大的蜘蛛网罩住,无法脱身吗?

就算他能穿过不断地出现在面前的、挂满平衡锤的绳网,也难保不会掉进随时出现在他脚下的、深不可测的黑洞!

他们一直往下走……往下走……

现在,他们下到了第三层台仓。

他们这样走着的时候,远处一直有盏昏暗的灯为他们照明……

越往下走,波斯人显得越加小心……他不断地回头看看拉乌尔,叮嘱拉乌尔保持像他一样的姿势,现在虽然没有拿枪,也要握紧拳头,好像手里有枪一样,时刻准备射击。

突然,一个洪亮的声音像钉子一样把他俩钉在了原地。在他们的头顶上方,有人高喊:

"警长要求,所有的'关门人'到舞台上集合!"

一时间,脚步声响起,黑暗中人影匆匆。波斯人把拉乌尔拉到一个布景撑架后面……他们看见,不远处,就在他们的头顶上方,有些老人颤颤巍巍地走过,这些老人都被岁月和早年歌剧院里沉重的布景压弯了腰。有几个还能勉强拖着脚步慢慢地往前走……别的则出于习惯,腰弯得很低,双手前伸,在寻找要关的门。

这就是那些关门人……他们曾是歌剧院的置景工,年老体衰以后,有届仁慈的领导班子对他们动了恻隐之心,让他们担任台仓里和舞台上的关门人。他们不停地奔波于舞台上下,负责关门;当时他们也被叫作"驱赶穿堂风的人",后来,我满以为他们全都死了呢。

穿堂风对歌手的声音危害很大①。

波斯人和拉乌尔暗自庆幸,这个意外的插曲反倒帮了他俩的忙,免得被这些碍手碍脚的关门人撞见,因为他们中有几个无事可做,但又无家可归,便或是出于懒得动,或是出于需要,留在剧院里过夜。于是,警长少不了让人去把他们叫醒,找来盘问一番。这样,米弗瓦先生的调查就暂时使我们的两位老兄不会倒霉地碰上这些老人。

然而,他们可以独来独往的开心事并没有持续多久……此刻,另一些人影正从"关门人"刚才上去的那条路上下来。每个人影都提着一盏小灯笼在前面照着,灯笼忽上忽下,晃晃悠悠,这些人影在检查周围的一切,显然像是在寻找什么东西或什么人。

"见鬼!"波斯人低声说道,"我不知道他们在找什么,但是他们有可能找到我们……我们逃吧!……快点!……先生,注意手势,随时准备射击!……手臂再弯一点,就这样!……手举到与眼睛齐平的高度,就像您正在跟人决斗,只等'开火'的命令……手枪还是放在您的口袋里!……快,我们往下跑!(他拉着拉乌尔跑到了地下第四层)……手举到眼睛那儿,这关系到生死存亡!……啊!从这里,从这座楼梯下!(他们

---

① 佩德罗·加亚尔先生亲口对我说过,他还专门为一些年迈的置景工设置了关门人的职位,他不忍心把他们赶出剧院。——原注

到了第五层)……哎！先生，这是一场怎样的决斗，怎样的决斗啊！……"

波斯人跑到第五层，双脚着地后，喘了口气……脸上的表情似乎流露出心里比刚才他们在第三层时踏实了些，但他依然保持着射击的手势！……

拉乌尔终于有时间再次——不过，他没有提出任何新的异议，丝毫没有！因为说实在的，还不是时候——对这种别出心裁的假自卫姿势感到惊讶：手枪放在口袋里，而手却举到齐眼睛的高度，好像握着枪准备射击，犹如当时的决斗那样，只等"开火"的命令。应当指出，拉乌尔是在心里暗自对波斯人的这种奇思怪想感到惊讶。

拉乌尔灵机一动，又想到："我记得他对我说过这是他信得过的两把手枪。"

因此，拉乌尔不禁生疑："他既信得过一把手枪，可又觉得用不上，这到底是怎么回事？"

拉乌尔正想着这事，还没有理出头绪来的时候，波斯人打断了他的思路，向他示意待在原地别动，自己则又登上他俩刚才跑下来的楼梯，往上走了几级。过了一会儿，波斯人又迅速回到拉乌尔身旁。

"我们真笨，"他低声对拉乌尔说，"我们很快就能甩掉那些提灯笼的人影……那是些在做例行检查的消防队员。[①]"

于是，他俩继续保持自卫的姿势，至少待了五分钟，然后

[①] 当时，在演出之余，消防队员还负责歌剧院的安全；但这种值勤后来取消了。作者曾向佩德罗·加亚尔先生请教过取消的原因，他解释说："生怕他们对剧院地下室情况不熟悉，没有经验，反倒会引起火灾。"——原注

波斯人拉着拉乌尔重新朝他们刚才下来的楼梯走去；突然，他的一个手势又命令年轻人站住别动。

他们的前方，黑暗中仿佛有人影晃动。

"趴下！"波斯人低声命令。

两人同时趴倒在地。

还算及时。

一个人影，这回没有提灯笼，一个人影在黑暗中径直走来。

人影从他俩身旁走过，险些碰到他们。

他们感到那人大衣带动的一股热乎乎的微风拂面而来……

因为他们清清楚楚地看到，来人从头到脚裹在一件大衣里，头上戴着一顶软皮帽。

人影贴着墙渐渐远去，有时走到墙角处还往墙上踢几脚。

"喔唷！"波斯人说，"我们总算脱险了……这家伙认识我，已经两次把我带到经理办公室。"

"他是剧院保安部的人吗？"拉乌尔问道。

"比这更糟！"波斯人简单地回答，没作更多的解释。①

"不会是……他吧？

"他？……如果他不是从我们背后来到，我们一定会先看

---

① 对于这个人影的出现，作者本人也不会比波斯人作出更多的解释。在这个历史故事中，随着一些有时从表面上看是反常的事件的接连发生，一切都会得到合理的解释，因此，作者无意急于让读者明白，波斯人说的"比这更糟！"（比剧院保安部的人更糟！）这句话是什么意思。读者只好自己去揣测，因为作者答应过歌剧院的前经理佩德罗·加亚尔先生，为这个身裹长大衣的游魂极其有趣和有益的人格保密。此人自愿生活在剧院的地下室，为那些敢于在地面上（例如在那些盛大的晚会上）抛头露面的人物提供了极妙的服务。我这里说的是为国效劳，此外，就不能多说什么了，这是我的承诺。——原注

剧院魅影 | 273

见他那双金光闪闪的眼睛!……这是我们在黑夜中的一点优势。不过,他会从我们背后来到……蹑手蹑脚的……如果我们的手不是一直举到眼睛那儿,好像要朝前方射击的话,那就死定了!"

没等波斯人再次说出"摆好姿势",他俩的眼前出现了一张神奇的怪脸。

一张完完整整的脸……确确实实的人脸;不单是两眼发出金光。

整张脸都闪闪发光……整个脸部都在燃烧!

确实,一张着火的脸在齐人高的空中向前移动,但下面却没有身体!

这张脸在冒火。

黑暗中,它看上去更像是一团酷似人脸的东西在燃烧。

"哦!"波斯人咬着牙说,"我还是第一次看见!……消防队长没有说疯话!他的确看见了这个火头,他!……这到底是什么东西?这不是他!但也许是他派来的!……注意!……注意!……您把手举到眼睛那儿,天哪!……举到眼睛那儿!"

火头也许来自地狱——火魔的脑袋——依然以齐人的高度,没有身体朝两个惊恐万状的人迎面走来……

"他派这个火头迎面朝我们走来,也许比从后面或者两侧逮住我们更能奏效……永远无法知道拿他怎么办!……他的鬼花招我知道得够多了!……但这套把戏!……这套把戏……我还没有领教过!我们还是逃吧!……小心为妙!……不是吗?……还是小心为妙!……把手举到眼睛那儿。"

于是,他俩沿着面前的一条长长的地道拔腿就逃。

两人才跑了几秒钟，就仿佛觉得已跑了好多分钟，便停了下来。

"不过，"波斯人说，"他很少从这儿走！这一带和他不搭界！……这一带既不通大湖，也不通湖滨寓所！……但是，他也许知道我们在找他！……尽管我曾答应过今后不再打扰他，也不再管他的事。"

说着，他回过头去，拉乌尔也跟着回头看。

然而，他们发现那个火头依然跟在后面……它刚才也一定在跑，也许比他们跑得还快，因为他们觉得它离得更近了。

同时，他们开始清楚地听到一种声音，可又猜不透是什么声音；他们只是觉得这声音好像也在移动，跟着火头离他们越来越近。这仿佛是一种摩擦声，更像是好多指甲抓黑板时发出的尖利声，挺吓人的，让人难以忍受；这声音有时候又像是夹杂着石粒的粉笔在黑板上划过时发出的噪音。

他们接着往后退，但火头还在前来，紧追不舍，终于赶上了他们。现在可以看清他的五官了：溜圆的眼睛一动不动，鼻子有点歪斜，嘴巴很大，下嘴唇呈半圆状耷拉下来；差不多像眼睛一样，鼻子和嘴唇犹如一轮血红色的满月。

这火头至少从表面上看，既没有身子也没有别的什么东西支撑，那它怎么能在黑暗中以齐人的高度像一轮红色的满月在悄悄地移动呢？它怎么眼睛一动不动，目不斜视，一直往前，走得那么快？跟着它的那种沙沙声、断裂声和尖利声又是怎么回事？

转眼间，波斯人和拉乌尔已无路可退，只好身子贴在墙上，不知道落在这个不可理解的火头的手里会怎么样，尤其是这会儿，那声音越来越密集、杂乱和响亮，而且听上去"数量很多"，因为可以肯定，这声音是由数百种在黑暗中在火头下面移动的更小的声音汇集而成。

火头还在往前……它来了！带着那种越来越大的声音！……以齐人的高度！……

他俩身子紧贴在墙上，吓得头发都竖了起来，因为他们现在知道这种由千百种细小声音汇成的噪音从何而来了。黑暗中，这声音犹如无数涌动的细浪，汇集在一起，滚滚而来，而且速度比涨潮时涌上沙滩的浪头更快；这些夜色中的细浪在月光下，在犹如满月的火头下面，像羊群似的奔腾向前。

这些细流从他们腿下穿过，沿着他们的腿漫上来，挡也挡不住。拉乌尔和波斯人再也无法忍受，大喊起来，喊声中充满了害怕、恐惧和痛苦。

他们再也不能把手举到齐眼睛——当年决斗时等待射击命令前的举枪姿势——他们的手放了下来，伸到小腿上，想推掉那些闪闪发光的小岛，赶走那些长着尖牙利爪的小东西。

的确，拉乌尔和波斯人也快像消防队长帕潘那样，被眼前的一幕吓得昏死过去。听到他们的惊叫，火头转过身来，对他们说：

"别动！别动！……千万不要跟我走！……我是灭鼠人！……让我把这群老鼠带走！……"

说话间，火头突然消失了，隐没在黑暗中，不过，在它的前方，远处，通道却亮堂起来，这不过是灭鼠人玩的把戏罢了，是他那盏昏暗的手提灯的缘故。刚才，为了避免吓跑前面的老鼠，他把手提灯转向自己，照亮自己的头部；现在，为了赶紧逃跑，他照亮了前方的通道……他三步并作两步，直往前冲，带走了一群群爬上爬下、叽叽乱叫的老鼠，带走了各种各样的怪声音……

波斯人和拉乌尔如释重负，松了一口气，尽管身子还在瑟瑟发抖。

"我本该想到埃利克对我说起过这个灭鼠人，"波斯人说，"但他没有告诉我这家伙是这副模样……奇怪的是，我以前从来没有碰到过。"①

"啊！我原以为又是这个恶魔耍的花招呢！……"他叹着气说，"确实不是，他从不到这一带来！"

"这么说，我们离湖很远？"拉乌尔问，"先生，我们什么时候才会到那儿？……到湖边去吧！到湖边去吧！……我们一到那儿，就叫他们的名字，使劲撞那些墙壁，大声喊叫！……克里斯蒂娜一定会听见我们的叫喊声！……而他也会听见的！……既然您认识他，我们可以跟他谈谈！"

"简直像个孩子！"波斯人说，"我们从湖那边永远别想进入湖滨寓所！"

"为什么？"

---

① 歌剧院前经理佩德罗·加亚尔先生有一天在皮埃尔·沃尔夫夫人府上对我说起，剧院地下室里老鼠肆虐，财产受损严重，行政部门只好决定高薪聘请一位灭鼠专家，每半个月到地下室灭一次鼠。

从此以后，剧院再没有闹过鼠灾，只有舞蹈演员休息室里还有小老鼠，不过这些所谓的"小老鼠"只是对那些年轻学员的戏称。据加亚尔先生的看法，这位专家发现了一种神秘的香料，能诱捕老鼠，就像某些渔夫腿上的"报晓鸡"能诱捕鱼儿。他把老鼠引出洞，把它们带到水槽里，让它们在沉醉中自溺而死。我们在上文中已经看到这个火头的出现曾吓得消防队长昏死过去，我认为，毋庸置疑，消防队长碰见的火头就是吓得波斯人和夏尼子爵灵魂出窍的火头(据波斯人的记述)。——原注

"因为那儿,他的戒备极其森严……就连我也从未到过湖的对岸!……寓所的那一边!……首先要渡过湖……可湖看管得很严!……剧院的那些置景工中,那些老关门员中,可能不止一人曾试图渡过湖去,却无一生还……真是太可怕了……我也差一点葬身湖底……要是恶魔没有及时认出我,我就完了!……先生,给您一个忠告,千万别靠近湖……尤其是当您听到水下有歌声传来,水怪在唱歌时,要赶紧塞住耳朵。"

"那么,"拉乌尔又气又急,愤愤不平地说,"我们待在这儿干什么呢?……要是您无能为力,对克里斯蒂娜帮不上什么忙,那至少让我去为她死。"

波斯人试着安慰年轻人。

"请相信我,我们只有一个办法能救克里斯蒂娜·达埃,那就是趁恶魔不备,潜入那处寓所。"

"这事能有希望吗,先生?"

"唉!要是没有这种希望,我就不会来找您了!"

"不从湖上过去,还能从哪儿进入湖滨寓所呢?"

"就从我们刚才不幸被赶出来的第三层地下室……先生,我们这就回那儿去……我这就告诉您,先生,"波斯人说着,嗓音突然变了,"我这就告诉您确切的地方……就在背景屏和《拉合尔王》的旧布景之间,正好是,正好是约瑟夫·布盖死的地方……"

"啊!就是那个被发现上吊死了的置景工头头?"

"正是,先生,"波斯人用一种怪怪的声调回答说,"但没有找到那根上吊绳!……走吧!勇敢些……上路吧!……重新摆好自卫的手势，先生……不过，我们现在是在哪儿呢？"

波斯人只得重新点亮他的手提灯，朝右边拐角处两条交叉的宽大走廊照去，走廊的拱顶消失在没有尽头的远处。

"我们应该是在，"他说，"专门留给水暖部门的地方……可我没有发现任何来自暖气设备的灯火。"

他走在拉乌尔前面探路，当他怀疑有某个水利工程师走过时，就马上停下来，然后，他们就躲开刚熄灭的地下锅炉发出的余光，在余光前，拉乌尔又看到了克里斯蒂娜第一次被关押时在途中隐约看见的那群魔鬼。

就这样，他们慢慢地，一步一步回到了舞台下面神奇的台仓底下。

他们这会儿应该是在一个非常深的凹槽的底部，想当初修建剧院时，首都的这个地区有着好多层地下水，挖地一直挖到这些地下水下面的十五米处；当时必须抽干所有的水……日以继夜，不停地抽，为了对当时抽出的水究竟有多少有一个具体的了解，不妨打一个比喻，抽出的水足以装满一个底面积相当于卢浮宫的大院、高度是巴黎圣母院高塔一点五倍的水库。尽管如此，地底下还是保留了一个湖。

这时候，波斯人摸到了一堵石壁，开口说道：

"如果我没有记错的话，这堵墙壁可能就是湖滨寓所的！"

他敲了敲凹槽的石壁。也许有必要让读者知道这个凹槽的底部和槽壁是如何建造的。

歌剧院换景机械房的房架、木工间、钳工间和布景画都有专门的防潮要求，为了不让剧院周围的水直接接触支撑这些设施的墙基，建筑师自认为有必要在四周建造两道护墙。

这项护墙工程耗时足足一年。波斯人刚才敲的、对拉乌尔说是湖滨寓所的墙壁的那堵墙，正是第一道护墙的内壁。对一个了解歌剧院建筑结构的人来说，波斯人的举动似乎意味着埃利克的神秘房子建在第二道护墙里，这道护墙由一堵像围堰似的大墙、一堵砖墙、一层厚水泥和另一堵好几米厚的墙形成。

听波斯人这样说，拉乌尔赶紧上前，紧贴槽壁，渴望能听到些声音。

但是，除了从头顶上方剧院的地板上响起的遥远的脚步声外，他什么也没有听到。

波斯人再次熄灭了手提灯。

"注意！"他说，"留神您的手势！现在要保持安静！因为我们马上要再试着闯入他的住所。"

说完，波斯人拉着拉乌尔一直走到刚才他们下来的那座小楼梯。

他们重新上去，每上一级就停下来，朝黑暗寂静的四下里打探……

就这样，他们又回到第三层台仓……

波斯人示意拉乌尔跪在地上，用两只膝盖和一只手爬行，另一只手仍保持射击的姿势，他们一直爬到台仓尽里面的墙根。

靠墙放着一幅硕大的《拉合尔王》布景中的油画，此画已弃之不用。

紧挨着布景，有一个撑架……

布景和撑架之间，刚好容得下一个人。

一个人身体大小的空间，那天有人发现约瑟夫·布盖的尸体就吊在这儿。

波斯人一直跪在地上爬行，这时停了下来，侧耳细听。

有一会儿，他好像有些犹豫，望着拉乌尔，然后他的眼睛盯住头顶上，看着第二层台仓，有一道微光从天花板的缝隙中透射下来。

显然，这微光使波斯人感到为难。

最后，他点了点头，下了决心。

他悄悄地爬到撑架和《拉合尔王》的布景之间。

拉乌尔学着他的样子跟进。

波斯人伸出那只不拿枪的手在壁上摸索。拉乌尔刹那间看见波斯人在使劲按墙壁，就像他上次按克里斯蒂娜化装室的墙壁那样……

有一块石头掉了下去……

现在墙壁上出现了一个洞……

这次，波斯人从口袋里掏出了手枪，并示意拉乌尔也照着做。他把子弹推上膛。

他依然跪在地上，毫不犹豫地爬进石块掉下后露出的墙洞。

拉乌尔本想第一个爬进去，这时只好跟在波斯人后面。

墙洞很窄小，波斯人刚爬进去就停住了。拉乌尔听见他在摸索四周的石壁。然后，他又取出手提灯，俯身向前，检查身子下方的什么东西，随即熄灭了手提灯。拉乌尔听见波斯人低声对他说：

"我们待会儿必须从几米高的地方掉下去，不能出声；把您的靴子脱了。"

波斯人说着已经脱下自己的靴子,然后递给拉乌尔。

"把它们放在,"他说,"墙那儿……我们出来时能找到。①"

此时,波斯人稍稍往前爬了一点。然后,他完全转过身子,始终在地上爬,这样他的头就和拉乌尔的头凑在了一起。波斯人对他说:

"我这就用双手攀住洞口,身子悬空吊在那儿,然后手一松,顺势掉进他的家里。然后,您也完全照着我的样子做。不用怕,我会在下面用双臂接住您。"

波斯人说做就做。拉乌尔马上听到从下方传来一下沉闷的声音,显然是波斯人着地时发出的声响。年轻人吓得直哆嗦,生怕这声音暴露了他们。

但是,比这声响动更让拉乌尔担惊受怕、焦虑万分的,却是没有一丁点其他的声音。怎么回事!根据波斯人的判断,他们正好是掉进湖滨寓所的四壁当中,可是却听不见克里斯蒂娜的一点声音!……没有叫喊!……没有求救!……没有呻吟!……天哪!莫非他们来得太迟了?……

拉乌尔膝盖擦着高墙,神经质的手指攀住洞口,然后手一松,顺势掉了下去。

他马上感到被人一把抱住。

"是我!"波斯人说,"别出声!"

---

① 根据波斯人的记述,这两双靴子正好放在撑架和《拉合尔王》的布景之间,也就是有人发现约瑟夫·布盖上吊的地方,但后来怎么也没有找到。它们一定是被某个置景工或者"关门员"顺手牵羊拿走了。——原注

他俩一动不动待了一会儿，仔细地听着……

周围的夜色从未如此黑暗……

周围的宁静从未如此凝重，可怕……

拉乌尔的指甲深深地掐进嘴唇里，不让自己喊出："克里斯蒂娜！是我！……要是你没有死，克里斯蒂娜，快回答我！"

后来，手提灯再次点亮，波斯人让灯光朝他俩头顶上方照去，贴着墙由下向上，寻找他们刚才爬进来的那个洞，可是没有找到……

"哦！"波斯人说，"那块石头像门一样又自动关上了。"

灯光又沿着墙自上而下，一直照到地板上。

波斯人弯腰捡起一样东西，看上去像根绳子，仔细审视了一会儿，又惊恐万状地把它扔掉。

"旁遮普细绳！"他喃喃自语。

"是什么东西？"拉乌尔问。

"这，"波斯人身子直哆嗦，回答说，"这可能是人们到处在找的那根上吊绳！……"

旧的焦虑未除，突然又添新的不安，波斯人拿着手提灯，小小的红色光圈在墙上照来照去……真是怪事，竟然照到了一棵树的树干，这棵树有着枝叶，好像还活着，树枝沿着高墙往上长，消失在天花板中。

由于光圈很小，起先难以看清是什么东西……一上来看到的是树枝一角……然后是一片树叶……另一片树叶……再旁边，就什么也没有看见……只有灯光好像在自己照自己……拉乌尔伸手在什么也没有的墙上，在光圈上一摸……

"啊!"他叫了起来,"这墙是面镜子!"

"对!是面镜子!"波斯人说,声音非常激动,然后用拿着手枪的手擦拭额头上的冷汗,补充说:

"我们掉进了酷刑室!"

第二十二章
波斯人在歌剧院地下室里的
磨难既有趣又不无教益
（波斯人的记述）

波斯人亲自讲述了：他在那天夜里以前如何试图从湖上闯入湖滨寓所，结果徒劳而归；他又如何发现了第三层台仓的入口；以及最后他和夏尼子爵如何在酷刑室里和幽灵险恶的用心斗争。以下是他留给我们的记述（至于是在什么情况下留下的，留待我们稍后再作说明），我只字未改。我之所以原封不动地提供给读者，是因为我认为不应该让这位达洛加[①]在他和拉乌尔一起冒险之前，他个人围绕湖滨寓所经历的险遇默默无闻。如果说这段非常有趣的开场白一度看上去好像有点使我们远离了酷刑室，那也只不过是为了能更好地切入正题。有必要率先向读者解释一些非常重要的事情，让读者了解波斯人的某些做人态度和行为方式，这些情节或许也是很奇特的。

波斯人写道：这是我第一次闯入湖滨寓所。以前，我曾请求喜欢摆弄活板暗门的人（在我们的家乡波斯，大家都这样称呼埃利克）为我打开那些神秘的门，但没有成功。他一再拒绝。我是受雇前来打探他的众多秘密和技巧的,曾设下圈套迫使他按我说的去做,结果也是白费心机。埃利克好像把他的住所选在歌剧院。自从我在歌剧院重新找到他以后,就常常监视他,有时在剧院的走廊里,有时在地下通道里,有时甚至在湖畔,当时他自以为只有他一个人,便上了一条小船,直驶湖对岸的那堵墙。但他的周围始终黑魆魆的,我无法看清他打开的那扇墙上的暗门在什么确切位置。好奇心,再加上想到他对我说过的某些话,一个大胆的念头在我头脑中油然而生。一天我自以为别无他人,便跳上一条小船,朝那堵墙驶去,我看见埃利克就是在那儿消失的。没想到,守护这一带的水怪和我作对,这女妖的魅力差点要了我的命,详细经过是这样的:我上船后刚离开湖岸,寂静的湖面便不知不觉被一种游丝般的歌声搅乱,只觉得周围歌声缭绕,听上去既像是呼吸,又像是音乐。这声音自水面缓缓上升,不知用的什么魔法把我团团围住。我到哪儿,声音就跟到哪儿。这声音真是美妙绝伦,我也就不害怕了,反倒希望接近这摄人魂魄的悦耳声音的源头,便在小船上探身俯向水面,因为我深信这歌声来自水底。这时船已驶到湖心,除了船上的我,别无他人;那歌声——我清清楚楚地听出是人的声音——就在我身旁,在水面上。我俯身下探……再下探……湖面平静如镜,月光透过斯克里布街的气窗洒落下来,照亮了湖面,湖上空无一物,湖面平滑,湖水黑如墨汁。我以为可能是自己耳鸣,便摇摇头,想摆脱这种错觉,但我最后不得不明白,像游丝般的歌声这样悦耳的耳鸣是根本

---

① 达洛加,在波斯意思是警察总督。

没有的，现在我被这挥之不去的歌声深深吸引了。

如果我是个迷信的人，或者是轻信神话的人，那我此刻必然会想到我遇上了某种女妖，她的任务是搅得敢于在湖滨寓所的水面上泛舟的旅游者心绪不宁，但感谢上帝！我出生在一个过度迷恋幻想的国家，对幻想有深刻的认识，我本人曾对此作过大量的研究：某个内行只要略施小计，就能使普通人浮想联翩。

于是，我相信自己面对的是埃利克的新花招，而这个新花招又设计得完美无缺，我在小船上俯身下探并不是想识破他的鬼伎俩，而是要享受他的迷人魅力。

我俯身下探，再下探……船就要翻了。

突然，水里伸出两条巨臂，有一双手紧紧掐住我的脖子，用一股无法抗拒的蛮力，把我拖进无底深渊。如果我没有及时叫喊，埃利克没有听出我的声音，那我肯定完了。

因为正是他，改变了初衷，没有溺死我，他托着我游向湖边，然后把我轻轻地放在岸上。

"你看你有多冒失，"他站在我面前，浑身淌着地狱之水，对我说，"为什么想闯入我的寓所？我可没有邀请你。我不需要你，也不需要任何人！难道你当年救我，只是为了让我生不如死？不管帮我多大的忙，埃利克可能最后都会忘记的，你知道，任何人都无法控制埃利克，就连埃利克也无法控制自己。"

埃利克这样说着，但此刻我别无他求，只想知道已经被我称之为女妖的花招的那件怪事是怎么回事。埃利克很愿意满足我的好奇心，因为他虽说是个真正的恶魔——我就是这样认为的,我在波斯的时候曾有机会看到了他的所作所为——但从某些方面看,又是个自高自大、爱虚荣的大孩子,他的最大爱好莫过于先让别人瞠目结舌,再证明自己有着名副其实超凡脱俗的聪明才智。

他哈哈大笑起来,随后拿出一根长长的芦苇秆给我看。

"其实,这非常简单!"他对我说,"但用这玩意儿在水里呼吸和唱歌很合适!这一招我是从东京湾的海盗那儿学来的,有了它,可以在水底躲上好几个小时。"①

我一本正经地对他说:

"这个花招差点要了我的命!而且可能已经害了不少别的人!"

他没有回答,站在我面前,像孩子那样露出一副凶相,那是我熟悉的。

我"没有被他吓倒",我非常明确地对他说:

"你知道你答应过我什么,埃利克!别再犯罪!"

"难道我真的,"他换上一种和颜悦色,问道,"犯了罪?"

"真卑鄙!"我大声说道,"难道你忘了在马赞达兰②的那些美好时光?"

"是的,"他一下子变得忧郁起来,回答说,"我确实很想忘记,不过,我的确给娇小的苏丹后妃带来过欢笑。"

"这一切,"我郑重其事地说,"都过去了……可是还有现在……你应该把现在的情况告诉我,因为当初如果我愿意的

---

① 有份来自东京的行政报告1900年7月底送达巴黎,报告讲述了当地的匪首勒德坦和他的爪牙受到我们的士兵围捕后,如何利用芦苇秆逃之夭夭的。
② 马赞达兰,伊朗北部省份。

话，你就不会有现在了！……埃利克，你要记住：我救过你的命！"

我话锋一转，对他讲出了一段时间以来一直萦绕在心头的一件事：

"埃利克，埃利克，你发誓……"

"什么？"他接口说，"你知道的，我不会信守誓言。誓言是用来耍弄那些傻瓜的！"

"告诉我……你能把那件事告诉我吗？"

"什么事？"

"什么事！……那盏大吊灯……那盏大吊灯？埃利克……"

"什么，那盏大吊灯？"

"你知道我要说的是什么。"

"哈哈！"他冷笑着说，"那件事，那盏大吊灯……我很愿意告诉你！……那盏大吊灯，那件事不是我干的！……它用得太久了，那盏大吊灯……"

埃利克笑的时候样子更加吓人。他跳上小船，露出狰狞的笑，我不禁浑身直打哆嗦。

"用得太久了，亲爱的达洛加！用得太久了，那盏大吊灯……它自己掉下来……砰的一声！现在，给你一个忠告，达洛加，快去把身上弄干，免得脑袋瓜感冒！……永远别再上我的船……尤其是别再试图进我的家门……我不是一直都在那儿……达洛加！要是让我为你献上我的追思弥撒曲，我心里一定会很难过的！"

他一边说，一边冷笑，站在船的后部，灵巧地摇着橹远去。此刻的他，看上去就像一座险恶的岩礁，两眼闪着金光。

不一会儿，我只能看见他那双眼睛，最后，他消失在湖面的夜色中。

从这天起，我便放弃了从湖上闯入他寓所的念头！显然，那儿的入口防备森严，尤其是他知道我已经有所了解以后。不过，我想还应该有别的入口，因为我不止一次看见埃利克消失在第三层台仓里，我当时在监视他，却无法想象这是怎么回事。无须多说，自从我知道埃利克住在歌剧院里，重新找到他后，我就一直生活在经久不断的恐惧中，对他那些可怕的怪念头忧心忡忡，当然不是为了我自己，而是担心他对其他人做出什么事。①每当发生意外，出了什么人命关天的大事，我马上就会想到："这可能是埃利克干的！……"就像其他人在我边上说："这是幽灵干的！……"我不是多次听见有些人笑着说出这样的话吗？这些人实在可怜！如果他们知道，这个幽灵其实也是血肉之躯，而且比他们所说的那种虚幻的鬼影更可怕，我发誓他们一定再也笑不出来了！……要是他们知道埃利克神通如何广大，尤其是在一个像歌剧院这样的活动天地里，那就好了！……要是他们了解我内心深处的恐惧，那就好了！……

我简直活不下去了！……尽管埃利克已向我郑重声明他已改过自新，并且自从他这个人被人家爱上以后，已成为世界上最有道德的男人。"自从他确实被人家爱上以后。"此话顿时吓

---

① 在这里，波斯人原本可以承认，埃利克的命运也和他本人息息相关，因为他并不知道，要是德黑兰政府得知埃利克还活着，这位前达洛加自然还能得到一份微薄的薪水。不过，也得说句公道话，波斯人确实宽宏大量、心地高尚；毋庸置疑，其他人遭受飞来横祸，他也跟着担惊受怕，这些灾祸一直在牵动他的心。此外，在本案全过程中，他所表现出来的品行就是明证，对他的任何褒奖都不会为过。——原注

得我不知所措，我一想到这个丑八怪，就不禁毛骨悚然。他那张人见人怕、世上独一无二的丑脸使他受到众人的鄙视，我常常认为，单凭这一点，他就应该觉得自己已不再对人类承担任何义务。他居然用这种方式对我谈起他的爱情，这只能增加我的忧虑，因为从他用我听惯了的吹牛口气暗示的这个事件中，我预感到酿成新的悲剧的起因，这些新的悲剧比以往的还要可怕。我知道埃利克的痛苦可能会达到何等悲壮的绝望程度，他对我说过的话——隐隐约约预示着将发生最可怕的灾难——不断地回响在我的耳际，使我胆战心惊。

此外，我还发现丑八怪和克里斯蒂娜·达埃之间建立了一种奇怪的道德关系。我躲在和年轻女歌星的化装室相连的杂物间里，偷听了他们有关音乐的出色交谈，显然，克里斯蒂娜已陶醉在一种痴迷的状态中，然而，我从不认为埃利克的歌声——他的歌声能随心所欲，时而如雷鸣般嘹亮，时而如天使的仙乐般甜美——能让人忘记他的丑陋。当我发现克里斯蒂娜还没有和他见过面时，便明白了一切！一天，我有机会进入女歌星的化装室。我想到埃利克以前教我的方法，毫不费力地找到了机关，镜子的承受墙这扇暗门也就悄然打开。我发现他利用空心砖的传声作用使克里斯蒂娜听到他的声音时，觉得他仿佛就在她身边。在那里，我还发现一条通向泉眼和地牢（巴黎公社时期的地牢）的暗道，以及一扇能让埃利克直接到达台仓的活板暗门。

几天以后，我耳闻目睹了埃利克和克里斯蒂娜·达埃相见时的情景，在巴黎公社社员的暗道里（暗道的尽头，在地底下），我无意中撞见丑八怪身子俯向滴着水的小泉眼，正在为昏迷不醒的克里斯蒂娜·达埃冷敷额头，我当时别说有多惊讶。一匹白马，也就是在歌剧院的地下马厩里失踪的《预言家》中的那匹马，安静地站在他们身旁。我走到明处。可怕的事情发生了。我看见埃利克的眼睛直冒金星，没等我开口说话，额头上就重重地挨了一下，顿时昏死过去。当我清醒过来的时候，埃利克、克里斯蒂娜和白马已不见踪影。毫无疑问，可怜的女歌星已被软禁在湖滨寓所里。我没有犹豫，当即决定回到湖岸去，哪怕再次遇到上次那样的危险，也在所不辞。我躲在湖岸的暗处，足足守候了二十四小时，等丑八怪出现，我满以为他得去买吃的，一定会出来。说到这里，我应该附带讲一下，当他出门去巴黎市中心，或者敢于在公共场所露面的时候，总是在那个可怕的黑洞处装上一只用纸板和石膏做的假鼻子，还蓄着假唇髭，尽管如此，还不能完全掩饰他那张吓人的丑脸，他走过的时候，背后总有人在说："瞧，走过去一具活僵尸。"不过，经过这番打扮，他总算勉强（我说的是勉强）能见人了。

于是，我守候在湖岸上等他出现——阿维纳湖，他多次在我面前这样叫他的湖，是对他的湖的戏称——长时间的耐心守候弄得我很累，心里便在想："他从另一扇门，从'第三层地下室'的那扇门出去了。"就在这时候，我听见夜色中响起一阵轻轻的划水声，看见两只金色的眼睛如探照灯般闪闪发光，随即，小船靠了岸。埃利克跳上岸朝我走来。

"你已经在这里待了二十四小时，"他对我说，"你碍了我的事！我通知你，这样下去后果不堪设想！一切都是你自找的！我对你的耐心够大了！……你以为在跟踪我，大傻瓜（原文照录），其实是我在跟踪你，你知道我多少事，我心里清清楚楚。昨天，在我的巴黎公社社员暗道里，我已经放过你；不过，说实话，我现在告诉你，我不会再在那儿见到你了！这样的事做得很不谨慎，我发誓！我在想你是不是明白我说这番话的意思！"

他非常生气，我当时不便打断他的话。他喘了几口粗气以后，向我挑明了担心的事——正好和我心里害怕的事不谋而合。

"是的，再说一遍，最后一遍，你必须明白我说这番话的意思！我告诉你，由于你的不谨慎——你已经两次被那个头戴毡帽像影子般的人逮住，他不知道你在地下室里干什么，只好把你送到两位经理那儿，经理们以为你是个痴迷幻景剧机关和布景滑槽的波斯人（我当时就在那儿，是的，就在经理室里；你知道我无处不在）——我告诉你，由于你的不谨慎，人家最终会想你在这里找什么……人家最终会知道你在找埃利克……于是人家也会像你一样，来找埃利克……会发现湖滨的房子……那时候，就惨了，老朋友！就惨了！……我什么也不能担保！"

他又大声喘气。

"什么也不能担保！……如果埃利克的秘密不再是埃利克的秘密，那么很多人就得自认倒霉！我要对你说的就是这些，除非你是个大傻瓜（原文照录），不然的话，我对你说得够明白了；除非你明白我说这番话的意思！……"

说着，他坐进小船的后部，用脚后跟敲打船板，等我回答；我直截了当地告诉他：

"我到这里来，找的不是埃利克！……"

"那是谁？"

"你心里很清楚：是克里斯蒂娜·达埃！"

他反驳说：

"我完全有权利约她到我家里来会面。她爱的就是我这个人。"

"这不是真的，"我说，"你劫持了她，还像囚犯一样把她关起来！"

"你听着，"他说，"如果我向你证明我这个人被人家爱上了，你能答应今后不再管我的事吗？"

"好，我答应。"我毫不犹豫地回答，因为我心里很清楚，这样的丑八怪是不可能提供这样的证明的。

"好吧，一言为定！这事很简单！……克里斯蒂娜·达埃喜欢什么时候离开这里，就可以走，不过她还会回来的！……是的，一定会回来的！因为她喜欢回来……她一定会自己回来的，因为她爱的就是我这个人！……"

"哦！我不相信她会回来！……但是，你的义务是放她走。"

"我的义务，大傻瓜！（原文照录）放她走是我的意愿，我的意愿……而且她一定会回来……因为她爱我！我告诉你，这一切的结局会是一场婚礼……一场在玛德莱娜大教堂举行的婚礼，大傻瓜！（原文照录）。说到底，你相信我吗？我再告诉你，我的结婚弥撒曲都已经写好……'主啊，怜悯我们……'你就等着瞧吧！"

他还在用脚后跟敲打脚下的船板，像是在为自己的吟唱打拍子，他低声唱道："主啊，怜悯我们！……主啊，怜悯我们！……主啊，怜悯我们！……"接着他说："这是弥撒曲，你就等着瞧吧，等着瞧吧！"

"你听着，"我最后说，"如果我看见克里斯蒂娜·达埃走出湖滨的房子，并且又自愿回到那里，我就相信你！"

"而且你不再管我的事？好吧，今天晚上，你就等着瞧吧……你来参加假面舞会。我和克里斯蒂娜会到那儿去兜上一小圈……到时候，你就躲进杂物间，你会看见克里斯蒂娜回到自己的化装室，然后别无他求，重新走进巴黎公社社员的暗道。"

"一言为定！"

要是我果真看到了那一幕，就只好认输了，因为一个大美人爱上一个极其吓人的丑八怪，当然是她自己的权利，尤其是这个丑八怪有着音乐方面的魅力，而美人又恰巧是位非常杰出的歌唱家。

"现在，你走吧！我得去买东西了！……"

于是，我走了，心里仍在为克里斯蒂娜·达埃担忧，但想到埃利克说我不谨慎的那番话，一阵阵恐惧感又重新袭上心头。

我在问自己："这一切会怎样结束呢？"尽管我信奉诸事听天由命，但仍无法摆脱心中难以形容的焦虑，因为以前是我放了这个魔鬼一条生路，而现在他对很多人构成了威胁，我对此负有难以置信的责任。

令我大为吃惊的是，接下来发生的事果然如埃利克说的那样。克里斯蒂娜·达埃离开湖滨的房子后，又多次回去，从表面上看，她不像受到什么胁迫。于是，我主观上想不去理会这种让人捉摸不透的恋爱，但由于内心的恐惧，实际很难做到不

剧院魅影 | 295

去想埃利克。不过，我做事慎之又慎，没有犯重新回到湖岸去和重新走进巴黎公社社员的暗道这样的错误。然而，第三层台仓的那个暗门却在我的头脑里挥之不去，我不止一次直接去了那地方，我知道那儿白天常常没有人。我躲在《拉合尔王》的布景后面，无所事事，没完没了的守候，我不知道为什么还把布景留在那儿，因为不常演《拉合尔王》。持之以恒终有回报。一天，我看见丑八怪跪在地上，朝我的方向爬过来。我断定他没有看见我。他从布景和撑架之间爬过去，一直爬到墙那儿，在一个地方按了一下机关，一块石头移开，露出一条暗道，我躲在远处，把这一切看得清清楚楚。他消失在暗道里，石头的机关门在他身后自动关上。我终于掌握了丑八怪的秘密，在我需要的时候，可以潜入湖滨寓所。

为了保险起见，我又至少等了半小时，然后我也上前按那机关。一切都像埃利克刚才那样。可是我没有进入暗道，我知道埃利克正在自己的家里。此外，我想到待在这儿可能会被埃利克逮住，还进而突然回想起约瑟夫·布盖的死，我不愿重蹈覆辙，而很多人则可能难逃厄运，我根据一套从波斯开始就一成不变的操作方法，小心翼翼地将石头暗门复位，然后离开了台仓。

你们一定认为，我始终对埃利克和克里斯蒂娜·达埃之间的离奇关系大感兴趣，这并非因为在当时的情况下我有一种病态的好奇心，而是因为，正像我已经说过的那样，我的心里有着一种挥之不去的恐惧。我在想："如果埃利克发现他并没有确实被人家爱上，那么可想而知，等待我们的是什么。"于是，我小心翼翼，不停地在歌剧院里游荡，很快就知道了丑八怪见不得人的爱情的实情。原来，他用恐吓的手段控制了克里斯蒂娜的精神，而姑娘的芳心却整个儿属于拉乌尔·德·夏尼子爵。当克里斯蒂娜和拉乌尔逃离埃利克的魔爪，在歌剧院的楼顶上玩纯洁的订婚游戏时，他们没有料到有人在监视他们。我决定孤注一掷：到万不得已的时候就杀掉恶魔，然后去司法当局说明缘由。但埃利克却不再露面，为此，我的心里也没有把握。

我必须把自己的打算全盘托出。我以为，丑八怪会由于妒火中烧而走出寓所，这样我就能不冒什么风险，从第三层台仓的暗道潜入湖滨的房子。为了所有的人，我首先要打探房子里的确切情况！一天，我好不容易等到一个机会，打开那扇石头暗门，立刻听到一阵美妙的音乐声；丑八怪打开了屋里所有的门，正在创作他的《胜利的唐璜》。我知道这是他生命的结晶。我没有挪动脚步，小心地待在黑黝黝的洞里。有一会儿，他停止了演奏，像疯子似的在屋里横冲直撞，然后放声大吼："这一切必须提前结束！圆满结束！"这句话还是没有让我放心，音乐声再起时，我轻轻地关上了石头暗门。但是，暗门虽然关上了，我仍能隐隐约约听到从远处，从很远的地方，传来一阵歌声，这歌声来自地下，就像我上次听到女妖的歌声来自水底。我又想起有几个置景工在约瑟夫·布盖死时说过："吊死鬼的尸体周围好像有一种类似于安魂曲的声音。"这些话后来被当作笑料。

克里斯蒂娜·达埃被劫持的那个晚上，我是很晚才到剧院的，听到坏消息后吓得身子直发抖。当天白天，我是在倍受煎熬中度过的，自从在晨报上看到克里斯蒂娜和夏尼子爵结婚的公告后，心里就一直在想，不管怎样，我最好还是去揭发那个丑八怪。但我恢复了理智，最后还是相信这种态度只会使可能发生的灾难提前到来。

当我从马车上下来站在歌剧院门前时，我望着这座大楼，看见它还耸立在那儿，好像我心里着实感到惊讶！

我像所有善良的东方人一样，有些宿命的观念，所以我还是走了进去，准备面对命运的一切安排！

克里斯蒂娜·达埃在"监狱"一幕的演出中被劫持，自然让在场的所有人大吃一惊，但我却有所准备。这肯定是埃利克把她变掉了，因为他确实是位魔术大师。我心里很清楚，这下克里斯蒂娜完了，而且也许所有的人都得完。

因此我一度在想，是否要叫还留在剧院里没有走的人统统快逃。不过，我还是放弃了这个念头，因为我要是这样做的话，别人肯定会把我当作疯子。当然，我还知道，换一种办法，如果为了让所有这些人离开，我大喊一声"着火啦！"，反而会弄巧成拙，夺路而逃的人就会挤得透不过气来、互相践踏、展开恶斗，这样的灾难同样可怕，而我却是罪魁祸首。

刻不容缓，我决定单独行动。再说，我觉得时机也很有利。当时，埃利克一心想着他的俘虏，我就有很多机会。我必须趁机从第三层台仓的暗道潜入他的寓所，为了这次行动，我想到和悲痛欲绝、可怜的子爵联手；小伙子对我深信不疑，一口答应，使我很感动；此时，我已派仆人回家去取我的双枪。大流士带着装有两把手枪的盒子到克里斯蒂娜的化装室里和我们会合。我把其中的一把交给子爵，并叮嘱他像我一样随时准备射击，因为毕竟埃利克有可能躲在墙后等着我们。我们必须从巴黎公社社员的暗道和活板暗门那儿过去。

子爵看到我的两把手枪时问道:"我们是不是去决斗?"当然!艰苦的决斗!我这样回答。我没有时间向他作别的解释。年轻的子爵很勇敢,但他对自己的对手几乎一无所知!这样反倒更好!

这是去和一个最具天才的魔术大师斗法,与此相比,去和一个最可怕的击剑手决斗又算得了什么呢?连我自己也难以想象,我是去和一个只有在他想让你看见的时候才能看见的人斗争,而他却在你两眼一抹黑的时候能一目了然!……这个怪才思路敏捷,想象力丰富,能支配一切自然力量,并把这些力量巧妙地组合成一个梦幻世界,让你看得听得晕头转向!……而且这场斗争还是发生在歌剧院的地下室里,也就是说,发生在本身就像是魔窟仙境的地方!想到这一些,谁不胆战心惊?要是把一个既凶狠又滑稽的罗贝尔-乌丹式的人物关进歌剧院——地下五个房间和地上二十五个房间——此人时而冷嘲热讽,时而嫉恶如仇,时而掏空你的口袋,时而又把你杀了,面对这样一个人物,居住在歌剧院里的人会耳闻目睹些什么,也就可想而知了!……你想过吗,"和喜欢摆弄活板暗门的人斗智斗勇"?——天哪!这个喜欢摆弄活板暗门的人以前在我们波斯国,在我们的王宫里,设计制造的那些旋转式暗门真是绝妙无比,令人叹为观止!——在到处是暗门的地方,和喜欢摆弄活板暗门的人斗智斗勇!……

我希望他把再次昏迷不醒的克里斯蒂娜·达埃送到湖滨寓所后,不再离开她半步;我怕他这会儿已经躲在我们周围的某个暗处,在准备旁遮普套索。

他使用旁遮普套索的技艺举世无双，正像他是魔术大师一样，他也是用套索把人勒死的魔王。当年，他曾在马赞达兰的美好时光里，把娇小的苏丹王妃逗得乐不可支，接着她要他表演个节目把她吓得发抖。于是，他拿出了拿手好戏，表演旁遮普套索。埃利克曾在印度住过一段时间，带回来一种不可思议的用套索把人勒死的技艺。他叫人把他关在一个院子里，再关进一个手拿长矛、佩带利剑的武士，通常是死刑犯。埃利克只带着他的套索。就在武士漂亮一击自以为击倒埃利克的时候，只听到"嗖"的一声，套索头上的绳圈飞了出去。埃利克手腕一抖，细细的套索便勒紧敌人的脖子。然后，他立即把武士拖到站在窗前观看的王妃和她那些伴娘面前，乐得她们鼓掌喝彩。王妃自己也学会了抛旁遮普套索，还因此杀死了好几个伴娘以及来访的女友。说到这里，我最好还是抛开马赞达兰的美好时光这个可怕的话题。我刚才之所以提起这些往事，是想说明我带着夏尼子爵到达歌剧院地下室时，为什么要我的同伴非得保持防备的姿势，以应付被勒死的可能性，这种可能性来势汹汹，始终存在于我们周围。其实！一进入地下室，我们的手枪就变得毫无用处，因为我敢肯定，要是我们进入巴黎公社社员的暗道时没有遭到埃利克的迎头痛击，那他就不会再露面了。不过，他随时都可能把我们勒死。当时我没有时间向子爵解释这些，即使有时间，我也不知道是否会告诉他，周围的某个暗角落里随时会"嗖"的一声，飞过来一个旁遮普套索的绳圈。把情况弄得复杂化，于事无补，因此我只是嘱咐夏尼先生始终把手举到与眼睛齐平，手臂弯曲，成等待"开枪"命令的射击姿势。只要保持这种姿势，就连最机智的旁遮普套索手，也不可能使抛来的绳圈奏效。绳圈在套住你脖子的同时，连同一条手臂或者一只手都套住了，这就能轻而易举地解开，套索也就变得没有攻击性了。

我和子爵相继避开了警长和关门员，首次遇到灭鼠人，又神不知鬼不觉地从头戴毡帽的人眼皮底下经过，然后来到第三层台仓，布景撑架和《拉合尔王》布景之间。我按下机关打开石头暗门，和拉乌尔先后跳进埃利克的寓所——它建在歌剧院的双层墙基当中（这里可以说是世界上最僻静的地方，埃利克曾是歌剧院的建筑师菲利普·加尼埃最早的泥水工程承包人之一，在战争、围困巴黎和巴黎公社期间，工程遭到官方下令暂停时，他仍在单独秘密施工）。

我十分了解埃利克，自然抱有一种奢望，想要最终发现他当年可能设下的所有机关：我跳进他的寓所时心里还没有一点底。我知道他把马赞达兰的某些宫殿建成什么样子。世界上最正经的房子，一经他手，很快就变成了魔窟，人在里面说的每一句话都会被监听或者通过回音传出去。这酿成了多少家庭悲剧啊！这个恶魔从他设下活板暗门时起，身后留下了多少血案啊！且不说，在他做了"手脚"的迷宫里，人进去以后就无法确切知道自己是在什么地方。他的有些发明令人叹为观止，尤以酷刑室最为神奇，最为恐怖。除了某些特殊情况，娇小的苏丹王妃把市民关进去折磨是为了取乐外，关进去的几乎都是死刑犯。在我看来，这是马赞达兰的美好时光里的最残忍的异想天开之举。此外，当关在酷刑室里的人觉得"受够了"时，就会允许他用铁树下为他准备的旁遮普套索，上吊自杀！

我自以为潜入了恶魔的寓所，却猛然发现我和夏尼子爵先生刚跳进来的房间,恰恰是马赞达兰的美好时光里的酷刑室的翻版,这时别说我的心情有多激动。

我们的脚旁,就摆着让我担惊受怕了一整夜的旁遮普套索。我相信,这根细绳已经在约瑟夫·布盖身上用过一次。这位置景工的小头应该和我一样,某天晚上,碰巧撞见埃利克在第三层台仓里,按下机关打开石头暗门。出于好奇,他赶在暗门自动关上前,爬进黑洞,结果掉进酷刑室,最后上吊自杀,横着出来。我完全想象得出,埃利克把不想搁在那儿的尸体一直拖到《拉合尔王》的布景跟前,然后把它吊上去,他这样做无非是想杀一儆百,或者加大迷信恐怖,帮助他守卫魔窟的四周!

不过,经过一番考虑,埃利克还是决定取回旁遮普套索,因为这种套索非常特殊,是用猫肠做的,可能会引起预审法官的好奇。这样,上吊绳的失踪也就得到了解释。

此刻,我发现套索竟在我们的脚旁,在酷刑室里!……我虽不是懦夫,但仍然吓得满头冷汗。

我的手在发抖,我举起提灯,小小的红色光圈颤颤悠悠,在这间耸人听闻的房间的墙壁上照来照去。

夏尼子爵见状,问道:

"出了什么事,先生?"

我凶巴巴地向他示意,别出声,因为我还抱着最后一丝希望:我们虽掉进了酷刑室,但恶魔还一点不知道!

即便如此,这一丝希望也不能成为救命稻草,因为我不难想到,酷刑室设在第三层台仓这一边,是用来防守湖滨寓所的,而且这项任务也许会自动完成。

是的，酷刑也许马上会自动开始。

谁能说出我们会遭受什么样的酷刑呢？

我叮嘱自己的同伴千万不要动。

沉寂压得我们喘不过气来。

我的手提红灯继续在酷刑室里照来照去……我认得这个地方……我认得这个地方……

第二十三章
在酷刑室里(波斯人的记述之二)

我们是在一个标准的六角形小房间的中央……六面内墙从上到下都装着镜子……墙角那儿可以清楚地看到镜子的"接缝"……那些用来在扇鼓上转动的小小扇面……是的,是的,这一切我都认得……我认得处于一个墙角落里的铁树,就在其中一个小扇面最靠里的地方……铁制的树,还有铁制的树枝……是用来上吊的。

我紧紧抓住同伴的一条手臂。夏尼子爵在浑身发抖,随时有可能向他的未婚妻发出呼救……我生怕他克制不住。

突然,我们听见左边有声音。

开始像是隔壁房间的开门关门声,接着是一阵低沉的呻吟。我更加使劲地抓住夏尼先生的手臂,而后,我们清楚地听到这样两句话:

"没什么可讨价还价的!选择《婚礼弥撒曲》,还是《追思弥撒曲》?"

我听出是丑八怪的声音。

又是一阵呻吟。

然后是长时间的寂静。

这时,我已确信埃利克还不知道我们在场,否则,他会好好安排，不让我们听到他的一点声音的，他只需把供喜欢看酷刑的人观看酷刑室的那扇不易察觉的小窗关严就行了。

接着，我又断定，如果他知道我们在酷刑室里，酷刑早该开始了。

如此看来，我们眼下还占有很大的优势：我们就在埃利克身边，而他却一无所知。

重要的是千万别让他有所察觉，我别的不怕，只担心夏尼子爵一时冲动，会奋不顾身，想破墙去和克里斯蒂娜·达埃会面，因为我们自己觉得又听到了断断续续的呻吟声。

"追思弥撒，这可不开心！"又传来埃利克的声音，"而婚礼弥撒，快对我说！这很美妙！你必须做出决定，必须知道想要什么！我不可能再这样继续生活下去，像鼹鼠一样躲在地底下，地洞里！《胜利的唐璜》已经完成，现在我要过普通人的生活。我要像普通人一样有个妻子，星期天一起出去散步。我已经发明了一种面具，戴上后，我的脸就和别人差不多，再也不会有人回过头来对我指指点点。你将成为最幸福的女人。我们只为自己唱歌，一直到死才罢休。你在哭！你怕我！但实际上我并不凶！爱我吧，你会看到我是好人！我惟一缺少的是被人家作为好人来爱！如果你爱我，我会像羊羔一样温顺，你要我怎样我就怎样。"

不一会儿，伴随着这种絮絮叨叨的情话，传来一阵呻吟声，这声音越来越大，越来越大。我还从来没有听到过如此绝望的声音。最后，我和夏尼先生听出这悲怆的声音是埃利克发出的。至于克里斯蒂娜，她应该躲在某个地方，也许在我们正面这堵墙的另一边，已经吓得说不出话来，她看到跪在地上的丑八怪,已经没有力气叫喊。

这悲怆的声音变成响亮、瘆人,犹如大海的呻吟。埃利克从口中接连发出三声怒吼:

"你不爱我!你不爱我!你不爱我!"

接着,他的口气又软了下来:

"你为什么哭?你知道这让我多么难过。"

一阵寂静。

对我们来说,每阵寂静都是一线希望。我们心里在想:"他也许离开了墙后面的克里斯蒂娜。"

我们盘算着如何能让克里斯蒂娜知道我们就在墙这边,而又不让丑八怪起丝毫疑心。

现在我们只有靠克里斯蒂娜为我们打开门,才能离开酷刑室;我们只有离开了酷刑室,才能去救克里斯蒂娜;因为我们甚至连酷刑室的门在我们周围什么地方都不知道。

突然,一阵电铃声打破了隔壁房间的寂静。墙那边传来了有人一跃而起的声音,接着是埃利克打雷般的吼声:

"有人按门铃!那就请进吧!"

接着是一阵凄凉的冷笑。

"又是谁来打扰我们?你在这里等我一会儿……我去通知女妖开门。"

脚步声渐渐远去,有扇门关上了。我来不及去想又有什么新的恐怖事件要发生,我一时竟忘了恶魔出去可能又要犯下一桩新的罪行;我心里只明白一件事,这就是这会儿克里斯蒂娜一个人待在墙后!

夏尼子爵已经在叫她:

"克里斯蒂娜！克里斯蒂娜！"

自从我们听到隔壁房间里的说话声时起，就没有任何理由担心我的同伴的叫声她听不到。可是，子爵还得一连叫了好几声。

终于，一个微弱的声音传到了我们的耳边。

"我在做梦，"她说道。

"克里斯蒂娜！克里斯蒂娜！是我，拉乌尔。"

没有声音。

"回答我，克里斯蒂娜！……如果您是单独一人，看在上帝分上，您回答我。"

克里斯蒂娜在低声呼唤拉乌尔的名字。

"是的！是的！是我！不是一个梦！……克里斯蒂娜，相信我！……我们是来救您的……但不能贸然行事！……您听到魔鬼的声音，立刻通知我们。"

"拉乌尔！……拉乌尔！"

她一连听了好几遍，才明白自己不是在做梦，拉乌尔·德·夏尼是由一位知道埃利克秘密住所的、忠实的朋友带领，才来到她这儿的。

然而，我们给她带来的这阵短暂喜悦，很快就被一种更大的恐惧代替。她要求拉乌尔立即离开。她害怕埃利克发现小伙子藏在这里，就会毫不犹豫把他杀了。她用简短的几句话告诉我们，埃利克已经因爱情变成了疯子，如果她不同意在市长和玛德莱娜大教堂的本堂神父面前成为他的妻子，他就把所有的人都杀了，然后自己也同归于尽。他让她考虑到明晚十一点。这是最后的期限。她必须像他说的，在婚礼弥撒和追思弥撒之间作出选择！

埃利克还说了一句让克里斯蒂娜没有完全明白的话："同意还是不同意？如果不同意，所有的人都得死，都得埋葬！"

不过，我倒是完全明白这句话的意思，因为它和我担心的事一点不差。

"您能告诉我埃利克现在在哪儿吗？"我问道。

她回答说，他应该走出了这所房子。

"您能肯定吗？"

"不能！……我被绑住了……我无法移动。"

听她这么说，我和夏尼先生再也忍不住了，气得大叫一声。我们三个人的生命全部维系在姑娘能自由走动上。

"哦！得给她松绑！一定要到她那儿去！"

"可是，你们现在在哪儿？"克里斯蒂娜又问，"我待的房间只有两扇门，拉乌尔，就是我对您说起过的那个路易-菲力普时代式样的房间，一扇是埃利克进出的门，另一扇，他从未在我面前打开过，还禁止我进去。据他说，这是最危险的门……酷刑门！……"

"克里斯蒂娜，我们就在这扇门后面！……"

"你们在酷刑室里？"

"对，不过我们这边看不见门。"

"啊！如果我能慢慢挪到那儿就好了！……我敲敲门，你们就知道门在什么地方了。"

"这扇门上有锁吗？"我问道。

"有，有一把锁。"

我心想，这扇门的那一边，和所有的门一样，可以用钥匙打开，但在我们这一边，要用弹簧和平衡锤才能打开，而这两个机关却不容易发现。

"小姐！"我说，"这扇门必须由您来替我们打开。"

"可是，怎么开呢？"可怜的姑娘用忧伤的声音回答……我们听到身体在挣扎的声音，显然，她想挣脱绑住她的绳子……

"我们只有用巧计才能逃脱，"我说，"必须有这扇门的钥匙……"

"我知道它在哪儿，"克里斯蒂娜回答，她好像已被刚才那番挣扎弄得精疲力竭，"不过我被绑得结结实实！……真可恶！……"

响起了哭泣声。

"钥匙在什么地方？"我问，同时命令夏尼先生别出声，让我来办这件事，我们没有时间好浪费了。

"就在房间里，管风琴的旁边，和另一把小的铜钥匙在一起，那把小钥匙他也不准我碰。这两把钥匙都放在一个小小的皮袋里，他把这个皮袋叫作'生死袋'……拉乌尔！拉乌尔！……快逃吧！……这里的一切神秘又可怕……而且埃利克马上要变成十足的疯子……而且你们又在酷刑室里！……快从你们来的地方出去！那个房间叫这个名字，肯定有它的道理！"

"克里斯蒂娜！"小伙子说，"我们要么一起从这儿出去，要么一起死在这儿！"

"大家能否从这里安然无恙地出去，全靠我们自己，"我小声说，"我们必须保持冷静。小姐，他为什么要把您绑起来？您根本无法从他家里逃走！这点他心里很清楚！"

"我自杀过！今天晚上，丑八怪把半昏迷状态的我扛到这里后，他就出去了。他好像去了他的银行家那儿！是他对我这样说的。他回来时，看见我满脸是血……我想自杀！我用头撞墙。"

"克里斯蒂娜！"拉乌尔痛心地说，他开始哭泣起来。

"于是，他把我绑了起来……我要等到明晚十一点才有死的权利！……"

所有这些对话都是隔着墙进行的，并不像我在此叙述的这样酣畅，而是"断断续续"，提心吊胆的。我们常常一句话说了一半就打住，因为我们好像听到"咔嚓"声、脚步声、异常的动静……这时她就对我们说："不是！不是！不是他！……他出去了！他真的出去了！我听得出湖边那堵墙上的暗门关上的声音。"

"小姐！"我郑重其事地说，"是恶魔亲手把您绑起来的……待会儿还得让他替您松绑……所以，您必须演一场戏！……别忘了他是爱您的！"

"我真不幸，再说吧，我怎么做才能让我永远忘记这件事？"

"记住，要对他微笑……求他……告诉他，绳子勒伤了您。"

就在这时候，克里斯蒂娜·达埃对我们说：

"嘘！……我听到湖边的墙那儿有动静！是他！……你们快走！……你们快走！……你们快走！……"

"即使我们想走，也走不了！"我用肯定的语气说，姑娘吃了一惊，"我们无法离开！我们是在酷刑室里！"

"安静！"克里斯蒂娜又低声说。

我们三个都不再出声。

墙后面传来了沉重缓慢的脚步声，脚步声停了，接着又响起地板的吱嘎声。

随后响起了一声瘆人的叹息，接着是克里斯蒂娜的一声惊叫，最后我们听到了埃利克的声音：

"对不起，让你看到了我这张脸！我的状态还好，是不是？这都是那个人的错！他为什么要按门铃呢？我要那些过路人管闲事了吗？他再也不会问任何人时间了。这是女妖的错……"

又是一声叹息，一声更加深沉、更加瘆人的叹息，仿佛来自心灵深处。

"克里斯蒂娜，你为什么叫喊？"

"因为我痛，埃利克，埃利克。"

"我还以为是我吓着你了……"

"埃利克，把我身上的绳子松开……我不是已经成了你的俘虏吗？"

"你还想死……"

"您给我的期限是明天晚上十一点，埃利克……"

地板上又响起了沉重、缓慢的脚步声。

"不管怎样，我们得死在一起……我的时间和你的一样紧迫……是的，我也一样，这样的生活我受够了，你心里很明白！……你等等，别动，我这就给你松绑……你只要说个不字，这一切都将立即结束，所有人的一切……你说得对……你说得对！为什么要等到明天晚上十一点？啊！是的，因为这样会更美！……我始终有个毛病，就是崇尚礼仪……喜欢伟大……真是孩子气！……生活中只须想到自己！……想到自己的死……其他都是多余的……你在看我身上这么湿？……啊！亲爱的，我真不该出去……天气糟透了！……除此之外，克里斯蒂娜，我觉得我有幻觉……你知道，刚才按美人鱼家门铃的那个人——如果他按铃，你就得到湖底去看看——哎，他看上去像是……不提他了，现在你转个圈……你满意吗？你这下解放了……上帝啊！你的手腕，克里斯蒂娜！我把你弄疼了，是吗？……我真该死……说到死，我得给他唱追思弥撒曲！"

听到他这番可怕的话，我不禁有一种不祥的预感……我自己也有一次按了这个魔鬼的门铃……当然，当时并不知道！……我大概是碰响了某个警报器……我记得墨黑的湖水中伸出两条手臂……现在，这个在湖边迷了路的不幸者又是谁呢？

一想到这个不幸者，我几乎对克里斯蒂娜的上佳表演高兴不起来，而夏尼子爵则在我耳边悄悄说这几个神奇的字：解放了！……是谁呢？那个人是谁呢？那个此刻我们正听到在为他唱追思弥撒曲的人，到底是谁呢？

啊！这歌声既庄严又疯狂！响彻整座湖滨寓所……连大地深处都在震颤……我们把耳朵贴在镜子幕墙上，想听清克里斯蒂娜·达埃的台词，她是在为我们逃出魔窟表演，但我们听到的只是追思弥撒曲。这曲子听上去更像是在追思被罚入地狱的恶魔……更像是大地深处的群魔轮舞曲。

我至今仍然记得，埃利克诵唱的末日经曾犹如暴风骤雨般将我们包围。是的，当时我们四周雷电交加……确实！我以前听到过他诵唱……他唱得连马赞达兰王宫墙上的牛身人面像都张开石口，跟着唱起来……然而，唱得像眼前这样还从未有过！从未有过！他像雷公在歌唱……

突然，歌声和琴声戛然而止，吓得我们直往后退……然后，他的声音冷不丁又变了，完全变了，他咬牙切齿，清清楚楚地说出了这句掷地有声的话：

"你拿我的袋子干什么？"

第二十四章
酷刑开始(波斯人的记述之三)

那声音怒不可遏地重复道:

"你拿我的袋子干什么?"

我们当时的惊慌不会亚于克里斯蒂娜·达埃。

"你要我给你松绑,就是为了去拿我的袋子,你说,是不是?……"

我们听到一阵急促的脚步声,是克里斯蒂娜在跑回路易-菲力普时代式样的房间,她好像要在我们的墙前寻找藏身之地。

"你跑什么?"愤怒的声音紧追不放,"把袋子还给我!你不知道这是生死袋吗?"

"您听我说,埃利克,"姑娘唉声叹气地说,"既然从此以后,我们肯定要生活在一起……您要这个有什么用?您所有的东西都是属于我的!……"

这番话说得战战兢兢,着实让人同情。可怜的姑娘该是用了最后的力气来战胜自己内心的恐惧……然而,这些犹如说谎的小孩慌里慌张说出来的话,岂能骗得了魔鬼。

"你很清楚,袋子里只有两把钥匙……你想干什么?"他问道。

"我想去"她回答,"看看那个还没有见识过的房间,您老是不准我去……这是女人的好奇心！"她补上一句，还故意用撒娇的口气，但埃利克一听就知道是假的，只能更加起疑心。

"我不爱好奇的女人！"埃利克反驳说，"有了《蓝胡子》故事以后，你就得小心……算了！把袋子还给我！快把袋子还给我！……把钥匙留下！……好奇的小心肝！"

接着，在他的冷笑声中传来了克里斯蒂娜痛苦的尖叫……埃利克夺回了袋子。

这时，子爵实在忍无可忍，愤怒地大叫一声，我来不及捂住他的嘴……

"啊！"魔鬼说，"是什么声音？……克里斯蒂娜，你没有听到吗？"

"没有！没有！"可怜的姑娘回答，"我什么也没有听到！"

"我好像听到有人叫了一声！"

"叫了一声！……您疯了吗，埃利克？……您以为在这所房子里有谁在叫？那是我叫了一声，因为您把我弄痛了！……我呢，我什么也没有听到！……"

"但愿像你说的这样！……你在发抖！……你这么激动！……你在撒谎！……是别人叫的！是别人叫的！……酷刑室里有人！……啊！我现在明白了！……"

"那里没人，埃利克！……"

"我明白了！……"

"没人！"

"也许是……你的未婚夫！……"

"唉！我没有未婚夫！您是知道的！……"

又是一阵阴险的冷笑。

"不过，这事很容易弄清楚……我的小克里斯蒂娜，亲爱的……不需要打开酷刑室的门，就可以看到里面发生了什么……你要看吗？你要看吗？……嘿！……如果里面有人……确实有人的话，你会看到在你头顶上，靠近天花板，有扇现在遮住了的窗户上会有亮光……只要拉开黑色的窗帘，再熄掉这里的灯就行了……就这样……熄灯吧！你不用怕黑，有你的丈夫陪着呢！……"

这时候，我们听到传来克里斯蒂娜奄奄一息的声音。

"不！……我害怕！……我告诉您，我怕黑夜！……我对这个房间一点都不感兴趣了！……您总是拿酷刑室像吓唬小孩一样吓唬我！……以前，我确实很好奇！……可现在，我对它一点兴趣都没有了……一点都没有了！……"

然而，我最担心的事还是自动开始了……突然间，我们一下子置身在灯光中！是的，在我们的墙后，仿佛火光冲天。夏尼子爵完全没有料到会这样，他又惊又吓，一阵踉跄。这时，隔壁传来愤怒的声音：

"我告诉你，果然有人！……现在，你看到窗户了吗？那扇有亮光的窗户！……那上面！……不过，隔壁的人，他是看不到的！……你这就爬到人字梯上去。它就是专门派这个用场的！……你以前常问我这个梯子派什么用场……现在，你知道了！……它用来从窗户那儿观看酷刑室里情况的……好奇的小心肝！……"

"什么酷刑？……里面有什么酷刑？……埃利克！埃利克！告诉我，您是想吓唬我！……如果您爱我，就告诉我吧，埃利克！……没有什么酷刑，对不对？都是瞎编出来吓唬孩子的故事！……"

"亲爱的，你爬到小窗户那儿去看看吧！……"

我不知道身旁的子爵此时是否听到姑娘微弱的声音，他两眼发花，注意力已经全都集中到这从来没有见过的突发场面上……至于我，早年，常常通过马赞达兰的美好时光的那扇小窗见到过，因此只关心隔壁在说什么，设法寻找有机可乘的破绽。

"上去看看，到小窗户那儿去看看！……然后跟我说说！……告诉我，他鼻子长得怎么样！"

我们听到梯子搬动和靠在墙上的声音……

"上去呀！……不！……不，我自己上去……亲爱的！……"

"喔！上去……我上去看看……您让我上去！"

"啊！亲爱的小心肝！我亲爱的心肝宝贝！您真讨人喜欢！……您念我这把年纪，省得我受累，真是乖极了！……您告诉我那人的鼻子长什么样！……如果一个人觉得有鼻子，有自己的鼻子，很幸福，那他就永远别到酷刑室里来玩！……"

这时，我们清楚地听到头顶上传来这句话：

"朋友，里面没有人！……"

"没有人？……您肯定里面没有人？……"

"我发誓，没有……没有人……"

"很好，好极了！……您怎么啦，克里斯蒂娜？……什么！您没有觉得不舒服！……既然里面没有人！……您就下来吧！既然里面没有人，就下来吧！……那您觉得里面景致怎么样？……"

"哦！很好看！……"

"行！这很好！这很好，是不是？……好极了，真是好极了！……心里不激动！……能看到这样的景致，多怪的房子，是不是？……"

"是，还以为自己进了格雷万博物馆呢！……不过，埃利克……里面确实没有酷刑！……您知道，我刚才被您吓坏了！……"

"为什么？既然里面没有人！"……

"埃利克，这个房间是您造的吗？……您知道，它确实很美！说真的，您是位伟大的艺术家，埃利克……"

"是的，一位'我这种类型'的伟大艺术家。"

"可是，埃利克，告诉我，您为什么把这个房间叫作'酷刑室'？……"

"哦！这很简单。您先告诉我，您看见了什么。"

"我看见一座森林！……"

"森林里有什么？"

"很多树！……"

"树上有什么？"

"有些小鸟……"

"你看见了小鸟。"

"不，我没有看见小鸟。"

"那你看见什么啦？找找吧！……你看见树枝！那树枝上有什么？"一个可怕的声音在追问，"有个绞刑架！这就是我把它叫作'酷刑室'的原因！……你看，这不过是一种叫法而已！一切都是为了让人笑笑罢了！……我呢，我从不人云亦云！……不过，我觉得这样很累！……很累很累……我受够了，我的房子里有座森林，还有个酷刑室！……我像江湖骗子似的住在见不得人的地方！……我受够了！我受够了！……我要拥有一套安静的公寓，有普普通通的门窗，里面还有一位忠贞的妻子，我要和所有的人一样！……克里斯蒂娜，你心里应该明白，我不需要每次都对你重复一遍！……我要像所有的人一样，有个妻子！一个我爱的妻子，一个星期天可以带着她去散步、每天都逗她欢笑的妻子！啊！你和我在一起不会有烦恼！我会变很多好玩的戏法，更不用说扑克牌戏法了！……噢！你要我给你玩扑克牌戏法吗？这样我们可以消磨点时间，等待明晚十一点的到来！……克里斯蒂娜，我的小宝贝！……克里斯蒂娜，我的小宝贝！……你在听我说吗？……你不会再拒绝我！……说呀，是不是？你爱我！……不，你不爱我！……不过，这没关系！你会爱我的！以前，你根本不敢看我的面具一眼，因为你知道它的背后是什么……而现在，你愿意看了，你忘了它背后的样子，你不想再拒绝我了！……一切都会习惯的，要是愿意……要是有善意！……很多年轻人婚前并不相爱，婚后却很恩爱！啊！我都不知道自己在说些什么了……不过，你和我在一起，一定会很开心的！……世界上没有一个人像我这样，比如说，我可以向将为我们主持婚礼——如果你通情达理的话——的仁慈的上帝发誓，没有一个人像我这样精通腹语！我是世界上头号腹语专家！……你笑了！……你也许不相信我说的！……你听好！"

卑鄙的家伙（他确实是世界上头号腹语专家）用花言巧语迷惑克里斯蒂娜（我完全了解这位姑娘），想转移她对酷刑室的注意力！……痴心妄想！克里斯蒂娜一心想着我们！……她竭尽所能，不断地用最温柔的声音，大胆地求他：

"关掉小窗户的灯吧！……埃利克！关掉小窗户的灯吧！……"

因为她想到，小窗户那儿突然出现的灯光，刚才恶魔讲到它时口气十分吓人，这灯光的存在自有它令人恐惧的道理……此刻，惟一能使她安心的，就是看见我俩安然无恙地站在墙后，那道强光的中心！……如果灯光熄灭，那她当然更加放心了……

埃利克已经开始表演腹语。他说：

"噢，我把面具稍稍往上戴一点！就一点点……你看见我的嘴唇了吗？我的真嘴唇？它们一动也没有动！……我的嘴巴是闭上的……我的这种嘴巴……不过，你听到了我的声音！……我是用腹部在说话……这十分自然……这就叫'腹语'！……这声音很熟，你听，是我的声音……你想要它在哪儿？在你的左耳？在你的右耳？在桌子里？……在壁炉的乌木小匣子里？……啊！这让你吃惊……我的声音竟在壁炉的那些小匣子里！你要它远一点？……要它近一点？……洪亮的？……尖细的？……带鼻音的？……我的声音可以到东到西！……无处不在！……你听，亲爱的……在壁炉右边的小匣子里，你再听，它在说：'该把蝎子转一下吗？'……啪啦！现在你再听，它在左边的小匣子里说：'该把蚱蜢转一下吗？'……啪啦！这会儿声音在小皮袋里……在说什么呢？'我是小小的生死袋！'啪啦！……此刻声音在卡洛塔的嗓子里，在卡洛塔的金嗓子里，水晶嗓子里，我保证！……它在说什么？它在说：'我是癞蛤蟆先生！是我在唱："我听见这孤独的声音……呱！……在我的'呱'声中歌唱！……"'啪啦！现在它到了幽灵包厢里的座椅上……它在说：'卡洛塔夫人今晚会唱得大吊灯掉下来！……'啪啦！……哈哈！哈哈！……现在埃利克的声音在哪里？……你听，克里斯蒂娜，亲爱的！……你听……它在酷刑室的门后！……听我说！……是我在酷刑室里！……我说些什么呢？我说：'有鼻子的人，有真鼻子的人，多幸福！要是他到酷刑室里来玩，那就该他倒霉！……哈哈！'"

可怕的腹语！它无处不在，到处都有！……它从那扇我们看不见的小窗户里进来……它穿墙过来……它在我们周围……在我俩之间游荡……埃利克就在这里！……他在对我们说话！……我们摆好扑向他的姿势……但埃利克的声音，比回声还快，还无法抓住，已经又回到了墙那边！……

随即，我们便什么也听不到了。后来，传来了克里斯蒂娜的声音：

"埃利克！埃利克！……您的声音，听得我很累……停下吧，别说了，埃利克！……您不觉得这儿很热吗？……"

"噢！是的！"埃利克回答，"热得让人受不了！……"

接着，又是克里斯蒂娜忧心忡忡、有气无力的声音：

"这是怎么回事？……墙壁这么热！……墙壁热得发烫！……"

"我这就告诉您，克里斯蒂娜，亲爱的，这都是因为'隔壁的森林！……'。"

"什么？您想说什么？……森林？……"

"难道您没有看见这是座刚果的森林吗?"

说完,恶魔发出恐怖的笑声,因此,我们无法听清克里斯蒂娜低声下气的哀求声!……就在这时,夏尼子爵狂叫起来,像疯子似的,使劲撞墙壁……我再也无法拦住他……我们只听到恶魔在狂笑,大概连他本人也只能听见自己的笑声……而后,传来一阵急促的打斗声,有人摔倒在地板上,被拖走了……门猛地关上……接着,没有一点声音,我们的周围没有一点声音,只剩下正午酷热中的寂静……非洲森林中的那种!……

第二十五章
"卖酒桶啰!卖酒桶啰!
有什么空酒桶要卖吗?"
(波斯人的记述之四)

我在上文中已经说过,我和夏尼子爵所待的地方是一个正六角形房间,六面都是镜子幕墙。这种特别的房间,如今主要在某些展览会上可以见到。通常,人们称之为"幻景屋"或"迷宫"。但它的发明者非埃利克莫属,我曾亲眼目睹他在马赞达兰的美好时光里搭建起第一座这类迷宫。只需在房间的某个角落放上一件装饰性的东西,例如一根柱子,房间立刻就会变成一座有上千根立柱的迷宫。由于镜子的反射作用,一个六角形房间可以幻化出六个六角形房间,而幻化出的房间又可以无限幻化,没有穷尽。当年,为了取悦"苏丹小王妃",他特意搭建了一种布景,这就是"万花筒式的宫殿";但小王妃很快对这种儿戏般的幻景看腻了,于是,埃利克又将他的这个发明改成酷刑室。他一改在角落里放建筑图案的做法,在原先放装饰画的地方放了一棵铁树,这棵铁树栩栩如生,连叶子都漆得和真的一样。这棵树为什么要用铁来制作呢?因为它必须十分结实,经得住"受刑者"的各种攻击。我们不久将看到,房间里的这种装饰如何一连两次在瞬间变成另外两种不同的景观，这归因于鼓筒的自动旋转。这些鼓筒安在房间的角上，分成三个部分，与镜子的边缘相接，每个鼓筒上有装饰画，它们轮流出现。

酷刑室的墙上没有任何可以抓手的地方，除了结实得能经受一切考验的装饰景观外，全都镶嵌着镜子，厚厚的镜子，根本不用担心受刑者发狂撒野，况且这些被关进来的可怜人还是赤手空拳。

里面没有任何家具，天花板上装着强光灯。一套巧妙的电热器系统（后来被仿效推广）能随心所欲地提高墙的温度，使室内达到所需要的气温……

我之所以在这里不厌其烦地描述一项十分自然的发明（产生了超自然的幻景）的种种细节，还有油漆过的树枝，正午烈日照射下酷热的赤道森林，是因为不想让任何人对我的头脑现在是否冷静产生怀疑，不想让任何人说："这个人疯了"，"这个人在撒谎"，或者"这个人把我们当成白痴"。①

如果我只是简单地作如下描述："我们下到一个地下室后，遇到一座正午烈日照射下酷热的赤道森林"，我就会让读者看得目瞪口呆，获得良好的效果，但我写此记述的目的根本不是制造什么惊人的效果，而只是想讲述我和夏尼子爵在一次可怕的冒险中遇到的真实事情，我们的这次冒险曾一度引起法国司法界的注意。

---

① 不难理解，波斯人当年在写这则记述时作这番表白，是针对别人不相信会有这种事；如今所有的人都能见到这种特殊房间，这些话也就显得多余了。——原注

现在，我言归正传，接着往下讲。

当天花板上灯光骤亮，我们周围的森林一片通明的时候，子爵的惊慌超过了人们的想象。这座森林枝繁叶茂，将我们团团围住，没有穷尽，无法穿越；此情此景使子爵陷入极度的恐慌。他的双手在额头上拭抹着，仿佛想赶走梦中的幻景；他两眼眨巴着，好像睡梦刚醒；还难以看清真实世界。他一度忘记听隔壁的动静。

我说过，我对这种森林幻景一点都不感到吃惊。因此，我依然在为我俩倾听隔壁房间里的动静。最后，吸引我注意力的不再是眼前的奇异风景，我已经不再去想它了，而主要是产生这种奇观的那面镜子本身。我发现这面镜子上有几处裂痕。

是的，镜子上面确实有划痕；尽管镜子很坚硬，上面还是留下了"星形裂痕"；没什么可怀疑的，这就证明我们现在呆的酷刑室以前已经使用过！

可以肯定，有个不幸的人掉进了这个"死亡幻象"，他不像马赞达兰的美好时光里关进来的那些死刑犯是空手赤脚，他当时愤怒之极，疯狂地敲打撞击周围的镜子，这些镜子的表面尽管出现轻微的裂痕，但依然继续照出他垂死挣扎的惨状！他用来结束酷刑的那根树枝早就为他准备好了，因此他临死前还能看见数千个吊死鬼陪他一起蹬腿挣扎——这也是对他的最后安慰！

是的！一定是的！约瑟夫·布盖就是这样走的！……

难道我们也要像他一样死吗？

我并不这样想，因为我知道，我们还有几个小时，我会比无能为力的约瑟夫·布盖更有效地利用这几个小时。

我不是谙熟埃利克的大部分"机关"吗？现在不一试身手，就永远别想再有机会了。

首先，我根本不考虑从我们来酷刑室时走的那条暗道原路退回，也不去想是否能从里面打开通道口的那扇石头暗门。理由很简单：我根本办不到！……我们原来是从很高的地方跳进酷刑室的，而现在，又没有任何家具能帮助我们攀上暗道，即使爬上铁树的枝头，即使我和子爵叠罗汉，也无济于事。

惟一的出口，就是朝路易-菲力普时代式样的房间，也就是埃利克和克里斯蒂娜待的房间，开的那扇门。不过，这个出口从克里斯蒂娜那边看是一扇普通的门，而从我们这边是绝对看不见的……因此，必须在不知道它确切位置的情况下，试着打开它，这可不是一件很平常的事。

我听到恶魔把可怜的姑娘带出，更确切地说，是拖出路易-菲力普时代式样的房间，不让她妨碍我们受酷刑，便确信我们已经没有希望得到克里斯蒂娜的帮助。于是，我决定立即开始工作，也就是开始寻找打开那扇门的机关。

不过，我首先必须让夏尼先生安静下来，此时，他已经像在森林中迷路的人那样在林中空地上走来走去，嘴里还语无伦次地大喊大叫。虽说他刚才很激动，但还能听到克里斯蒂娜和恶魔之间的对话，于是他越来越克制不住自己；再加上眼前突然出现的神奇森林，热得他满头是汗的高温，读者自然不难理解夏尼先生的情绪变得十分激动。我的同伴不顾我的种种劝告，显得很不谨慎。

他无缘无故地走来走去，突然急速朝一块实际上并不存在的空地冲去，还自以为走上了一条通向地平线的林中小道，他刚走了几步,就一头撞在照出森林幻影的镜子上。

他这样跌跌撞撞,口里还在喊着:"克里斯蒂娜!克里斯蒂娜!……"接着,他又摇晃着手枪,声嘶力竭地叫着魔鬼的名字,扬言要和音乐天使决一死战,他还咒骂这座幻影中的森林。这是酷刑在一个没有思想准备的人身上奏效了。我竭尽全力想要制服他,试着用最心平气和的方法帮助可怜的子爵恢复理智:让他用手指去摸镜子、铁树和鼓筒上的树枝,根据光学原理向他解释我们周围各种光的形象,告诉他,我们不能像无知的粗人那样成为它们的牺牲品!

"我们是在一个房间里,一个小小的房间里,现在您必须不停地这样提醒自己……等我们找到房门,就能从这儿出去。好吧,我们这就去找房门!"

我答应他,如果他不再像疯子一样乱走乱叫,不再吵得我晕头转向,让我安心去找,我一定在一个小时之内找到开门的机关。

于是,他就地躺在地板上,就像人们在林子里那样;他还煞有介事地说,他再也没有什么更好的事要做,只能等我找到森林之门!接着,他自以为应该再补充一句:从他待的地方望过去,"景色倒是很美"。(尽管我竭尽所能说了这样那样的话,酷刑还是在起作用。)

至于我,已经忘了森林,正在检查镜子屏,我开始仔细敲打每个镜子屏,寻找弱点;根据埃利克的旋转暗门和活板暗门系统,只需在弱点上按一下,暗门就会打开。有时,这个弱点可能只是镜子上的一个点,大小如同一粒小豌豆,弱点下面就是打开暗门的弹簧。我找啊找!不停地寻找!我敲打伸手可以够得着的最高处。埃利克的身高和我差不多,我想,他不会把弹簧机关安在他够不着的地方,这虽说是个假设,却是我惟一的希望。我决定像这样一丝不苟,仔细地逐一检查六面镜子屏,然后再全神贯注,检查地板。

我认真地敲打镜子屏,力争不浪费一分一秒,因为我觉得越来越热,我们会在这座燃烧的森林里一点一点被烤熟的。

我这样苦干了半个小时,已经检查完三个镜子屏,就在这时候,命运偏偏和我们作对;我听到子爵一声大叫,不由得转过身去。

"我闷死了!"他叫道,"这些镜子全都在散发难忍的酷热!……您快找到机关了吗?……您再晚一步,我们就要在这里被烤熟了!"

我听他这么嚷嚷心里倒没有什么不满。他没有用"森林"这个词,我希望他的理智能继续长时间地和酷刑抗争下去。但是,他接着又说:

"让我感到安慰的是,恶魔留给克里斯蒂娜的最后期限是明晚十一点,如果我们无法出去,不能救她,至少,我们可以死在她前面!埃利克的弥撒曲大家都可以用得上!"

说完,他吸了一口热气,结果差点昏死过去……

我的心里并不像子爵那样绝望,我并没有坐以待毙,鼓励了他几句后,又转向镜子屏,但我回头和他说话时,犯了个错误:无意间挪动了脚步。于是,在这座错综复杂的梦幻森林里,我竟再也找不到先前那个镜子屏!我不得不从头开始,随便找个地方下手……此时此刻,我不免流露出心中的不悦,而子爵的心里也明白,这下一切都得重新开始。这对他又是一个新的打击。

"我们永远别想走出这座森林了！"他痛苦地说。

他越来越绝望。他越是绝望，就越是忘记他要对付的只不过是镜子，越是以为他在和一座真正的森林作斗争。

而我，只好重新开始寻找……重新敲打……这回，我也烦躁起来……因为我什么也没有找到……一点没有……隔壁的房间里，依然寂静无声。我们果真迷失在森林里……没有出路……没有指南针……没有向导……什么都没有。哦！我知道，如果没有人来救我们……或者我找不到机关……等待我们的会是什么。可是，我找机关算是白找了，能找到的，除了树枝还是树枝……前面是直挺挺地竖直的树枝，头顶上是巧妙地弯成圆拱形的树枝……但它们却没有树荫！不过，这也十分自然，我们是在一座赤道的森林里，一座刚果的森林里……烈日垂直照在我们的头顶上。

我和夏尼先生，我俩身上的衣服脱了又穿，穿了又脱，反反复复好几次，一会儿觉得穿上更热，一会儿又觉得穿上能抵挡酷热。

我的精神还没有崩溃，但我觉得夏尼先生的精神似乎已经完全"崩溃"。他口口声声地说，自己已经在这座森林里不停地走了三天三夜，四处寻找克里斯蒂娜·达埃。有时，他以为自己看见姑娘躲在粗大的树身后面，或者在树枝之间穿行，就失声叫她的名字，那苦苦的哀求，连我听了也不禁热泪盈眶。"克里斯蒂娜！克里斯蒂娜！"他说，"你为什么要逃避我？难道你不爱我？……我们不是订婚了吗？……克里斯蒂娜，快停下！……你看见，我已经精疲力竭！……克里斯蒂娜，可怜可怜我吧！……我快死在森林里……离你而去！……"

"哦！我渴死了！……"他最后用发狂的口气说。

我也渴得嗓子冒烟，口干舌燥……

尽管这样，我仍然蹲在地板上，在继续找啊……找啊……在寻找那扇看不见的暗门的弹簧机关……随着夜色降临，待在森林里变得越来越危险……夜幕已开始笼罩在我们四周……来得非常迅速，就像在赤道地区一样，黑夜一下子就来了，几乎没有黄昏……

在热带森林里过夜总是危险的，尤其是像我们现在的情况，无法点上篝火，驱赶猛兽。我一度想把寻找机关的事搁一搁，先摘下一些树枝，用手提灯里的火苗点着再说，但我也一头撞在了镜面上，这才醒悟，我们面前的树枝只不过是些虚幻的东西……

相反，炎热并没有随着白昼的消逝而离去……在蓝色的月光下，天气变得更加酷热。我又叮嘱子爵摆好准备射击的姿势，一步也不能离开我们所在的地方，而我自己则继续寻找弹簧机关。

突然，从几步远的地方传来狮子的吼叫，震得我们的耳膜都要破裂了。

"哦！"子爵低声说，"它就在不远的地方！……您没有看见吗？……在那儿……从树木之间看过去！在那个矮树丛里……如果它再吼一声，我就开枪！……"

狮吼声又开始响起，这次比刚才更加响亮。子爵开了一枪，但我并不认为，他能射中狮子；不过，他倒是打碎了一面镜子，我是在次日天亮时发现的。这一夜，我们大概走了很多路，因为我们冷不丁到了沙漠的边缘，好大的一片沙漠，尽是一望无际的黄沙、石子和岩石。真是的，早知走出森林是沙漠，当初根本就不用白费这个劲。没完没了的疲劳战，竭尽全力寻找弹簧机关，结果却一无所获，我也累得躺在子爵身旁。

令我吃惊的是，这一夜我们居然没有遇到其他野兽，我把这件怪事告诉了子爵。通常，继狮子之后，还会有豹，有时甚至还会有毒蚊的"嗡嗡"声。这些音响效果是很容易获得的。在尚未进入沙漠前，正当我们躺着休息的时候，我向子爵解释说，埃利克用一只一头蒙着驴皮的长鼓，就能模仿狮子的吼声。具体做法是：在蒙着驴皮的鼓面上，绷一根肠线，再在这根肠线的正中系上另一根同样的肠线，后一根肠线从鼓的这头穿到那头。埃利克只需戴上涂着松香的手套，在这根犹如琴弦般的肠线上来回移动，就能模仿出他所想要的狮吼、豹叫和毒蚊的"嗡嗡"声。

一想到埃利克可能就在隔壁的房间里玩弄他的这些鬼把戏，我突然决定和他谈判，因为事情到了这一步，我只能放弃原先想要攻其不备的打算。再说，他现在也应该知道关在酷刑室里的是什么人。我大声喊他的名字："埃利克！……埃利克！……"我用尽全身的力气呼喊着，尽量使自己的声音传到沙漠的那一头，但没有一点回音……我们的四周依然是一片死寂和一望无际、怪石嶙峋的沙漠……在这种可怕的孤独中，我们会怎么样呢？……

我们开始在酷热、饥饿和口渴，尤其是口渴的折磨下，一步一步走向死亡……最后，我看见夏尼先生用一只胳膊肘支起身子，指着地平线上的一个小点让我看……他刚发现了沙漠中的绿洲!……

是的,那边,那边,沙漠让位于绿洲……一片有水的绿洲……那水清澈如镜……那水中还有铁树的倒映!……啊!那是海市蜃楼……我马上认出来了,这是最可怕的沙漠奇观……没有人能抗拒它的引诱……没有人……我极力保持理智……不去对水有什么奢望……我知道,如果对那片水,对那片倒映着铁树的水面抱有希望,如果到头来只是脑袋撞在镜面上,那么剩下要做的事,就是自己在铁树上吊死!……

因此,我冲着夏尼先生大喊:"这是幻景!……这是幻景!……别相信那是水!……这也是镜子在使坏!……"可是,他干脆不予理睬,还让我带着我说的那些"镜子在使坏啦、弹簧机关啦、旋转门啦、海市蜃楼啦",一起滚蛋!……他非常愤怒,断定我不是疯子就是瞎子,不然,我怎么会认为那边流淌在很多树木间的河水根本不是真的河水!……这片沙漠明明是真的!这座森林也是!……他可不是轻易就会"上当受骗"的人……他曾周游世界……到过很多地方……

他拖着疲惫的脚步,边走边说:

"水!水!……"

他的嘴巴张开着,好像正在喝水似的……

我也张开嘴巴好像在喝水……

因为,我们不仅看到水,而且还听到流水声!……我们听到这水在流动……"汩汩"的!……你们能理解"汩汩"一词的含义吗?……这是一个要用舌头来体验的词!……舌头伸出嘴巴才能更好地品出它的味道!……

最难以忍受的酷刑终于来折磨我们,我们明明听到雨声,却不见天上下雨！这是哪方恶魔的发明……哦！我心里很清楚，埃利克是如何造假的！他往一个又窄又高的木盒里灌小石子，木盒里每隔一定距离装有木头的和金属的阀片。小石子落下去时，碰到这些阀片后便反弹互撞，发出断断续续的"啪嗒"声，让人听上去误以为是暴雨声。

因此，我和夏尼子爵伸着舌头，拖着沉重的步伐，朝汩汩的流水走去的时候，我们眼睛看见的是水，耳朵听到的是流水声，可依然口干舌燥！……

夏尼先生走到镜子那儿，用舌头去舔镜面……我也跟着舔了舔镜面……

镜子火辣辣的！……

我们被烫得在地上打滚，嗓子嘶哑，发出绝望的叫声。夏尼先生举起仅剩最后一颗子弹的手枪，对准自己的太阳穴，而我则望着脚旁的旁遮普索套。

此时，我才明白，铁树为什么会重新出现在第三幕幻景中！……

原来铁树在等着我们！……

然而，就在我望着旁遮普索套的时候，突然看见一样让我顿时惊得浑身发抖的东西。夏尼先生看见我这副样子，也不禁停止了自杀动作。要知道，这时他已经在低声说："永别了，克里斯蒂娜！……"

我一把抓住他的手臂，夺过他的手枪……然后我跪在地上，一直爬到我刚才发现的东西那儿。

这东西就是位于旁遮普索套旁边、地板接缝中的一枚钉子的黑头。对这种黑头钉的用途，我是不会不知道的……

我终于找到了弹簧机关！……马上能打开暗门的弹簧机关！……马上能给我们自由的弹簧机关！……马上能逮住埃利克的弹簧机关。

我敲敲钉子……接着朝夏尼子爵露出神采飞扬的笑脸！……黑头钉被我按下去了……

接下来……

我们打开的并不是墙上的暗门，而是地板上的活板暗门。

顷刻间，从这个黑乎乎的地洞里，一股凉爽的气流朝我们扑面而来。我们俯身探望这个正方形的黑洞，如同在探望一泓清泉。我们仿佛下巴浸在凉爽的泉水中，在开怀畅饮。

我们的腰越弯越低。这个地洞里会有什么呢？这个刚神秘地开启了活板暗门的地窖，里面会有什么呢？……

也许里面有水？……

可以喝的水……

我伸长手臂在黑洞里摸索着，我摸到一块石头，下面又是一块石头……原来是石梯……通到地窖里的漆黑的石梯。

子爵已经迫不及待地想进洞去！……

到了洞里，即使没有找到水，至少也能躲避那些可恶的镜子反射出的强光。

不过，我还是阻止了子爵，我担心这又是恶魔耍的新花招。我点亮手提灯，自己先下去……

石梯在漆黑一片中盘旋而下。啊！石梯上，地窖里的这股凉爽劲真是沁人心脾！……

这股清凉应该不是来自埃利克出于需要而建立的通风系统，而是来自大地本身的凉气。我们所在的位置，到处都湿漉漉的……再说，这儿应该离湖不远！……

我们很快走完石梯……我们的眼睛开始适应黑暗，能看出周围东西的大致形状……有一些圆形的东西……我把手提灯的光线对准它们……

是些酒桶！……

我们进了埃利克的酒窖！

这里大概藏着他的葡萄酒，也许还有饮用水……

我知道埃利克酷爱美酒……

啊！这里有可以喝的东西！……

子爵抚摸着这些圆形的桶，喋喋不休地说：

"酒桶！酒桶！……这么多酒桶！……"

确实如此，这些酒桶数量很多，分成两排，整齐地码放在我们的两旁……

这都是些小酒桶。我猜想，埃利克选择这样大小的酒桶，是为了容易把它们搬动到湖滨寓所里去！……

我们逐一检查酒桶，看看能否找到一个安着龙头的酒桶，要是有的话，还可以表明不时有人到这儿来取酒。

但是，所有的酒桶都封得严严实实。

我们抬了抬其中的一桶，发现是满的，于是我们跪在地上，我拿出随身携带的小刀，用刀刃撬开"桶塞"。

就在这时，我仿佛听到从很远的地方传来一种单调的歌声。这歌声的节奏，我非常熟悉，在巴黎街头经常可以听到：

"卖酒桶啰！……卖酒桶啰！有什么空酒桶卖吗？……"

我的手在桶塞上一下子僵住不动了……夏尼先生也听到了歌声。他对我说：

"真奇怪！……好像是酒桶在唱歌！……"

歌声又在更远的地方响起……

"卖酒桶啰！……卖酒桶啰！……有什么空酒桶卖吗？……"

"哦！哦！我发誓，"子爵说，"这远去的歌声是桶里发出的！……"

我们站起来，走到酒桶后面去查看……

"是桶里！"夏尼先生说，"是桶里！……"

不过，接着我们又什么也听不到了……我们只能责怪自己的听觉出了毛病，出现了幻听……

我们回到桶塞那儿。夏尼先生用双手接在桶塞下面，我用全身的力气，撬开了桶塞。

"这是什么？"子爵立即叫了起来，"这不是水！"

子爵伸手抓了两把，拿到我的手提灯跟前……我俯身凑近子爵的手一看……立即使劲把自己手里的灯扔得远远的，灯摔得粉碎，熄灭了……我们就此失去了手提灯……

原来我刚才看见夏尼子爵先生手里抓的东西……竟是火药！

第二十六章
转动蝎子还是蚱蜢？
（波斯人的记述之五）

就这样，我到达埃利克的酒窖时，深藏在内心中的恐惧也受到了触动！那个可恶的家伙曾扬言要对很多无辜的人下毒手，他果真没有骗我！他早已丧失人性，如禽兽般筑好了自己的地下巢穴，离群索居；他已下定决心，要是地面上的人胆敢到他这个丑八怪赖以藏身的地府中来擒拿他，他就制造惊天动地的灾难，与所有的一切同归于尽。

刚才的发现使我们万分激动，竟忘了过去所遭的各种罪，以及现在所忍受的一切痛苦……现在的特殊处境和我们刚才离自杀只有一步之遥时的情景相比，并没有让我们觉得更加恐怖。我们现在终于明白，恶魔对克里斯蒂娜说过的那句话是什么意思。他曾对姑娘说："同意还是不同意？……如果不同意，所有的人都得死，都会被埋葬！"是的，埋葬在宏伟的巴黎歌剧院的废墟底下！……为了在极度的恐怖中离开尘世，谁能想得出比这更可怕的罪恶勾当呢？这个还在人世间游荡的极其可怕的恶魔，为了自己死得坦然，精心策划了一场灾难，对失恋进行报复！……"明夜十一点，最后的期限！……"啊！他真会选时间！……那时候会有很多人在看演出！……很多人……

在上面……在这座音乐圣殿熊熊燃烧的大楼里!……他还能梦想什么更壮观的送葬队伍呢?……他将带着浑身珠光宝气、世界上最漂亮的名媛淑女共赴黄泉……明晚十一点!……如果克里斯蒂娜·达埃说个"不"字,我们就会在观看演出时被炸得粉身碎骨……明晚十一点!……克里斯蒂娜·达埃怎么可能答应呢?她不是宁肯和死神结婚,也不愿意嫁给这个活死人吗?她是否不知道,如果她拒绝,很多人就要遭受飞来横祸吗?……明晚十一点!……

我们在黑暗中慢慢地摸索着,逃离火药,试图找到石梯……因为我们头顶上……通向酷刑室的活板暗门那儿这时也是黑灯瞎火的……我们在心中默默地念叨着:"明晚十一点!……"

我终于找到了石梯……然而,我刚踏上第一级石阶,就猛地挺直身子,一个可怕的想法掠过脑际:

"现在几点了?"

啊!现在几点了?几点?……明晚十一点,也许就是今天,也许马上就到了!……谁能告诉我现在的确切时间!……我仿佛觉得我们关在这个地狱里已经有几天、几个月、几年、几个世纪……一切的一切或许就要在顷刻间被炸毁!……啊!有声音!……劈啪一声!……先生,您听见了吗?……在那儿!……在那儿,就在那个角落里……上帝!……好像是引爆装置发出的响声!……还有!……啊!亮光!……也许这装置马上要把一切炸毁!……我告诉您,劈啪一声……难道您耳朵聋了?

我和夏尼先生开始疯狂地大叫起来……心里万分恐惧……

我们跌跌撞撞，爬上楼梯……上面的活板暗门也许已经关上！四周一片漆黑也许就是那扇门关上的缘故……啊！逃离黑暗！逃离黑暗！……宁可回到酷刑室里那种要我们命的亮光中去！……

我们终于爬到石梯的最高处……活板暗门并没有关上，只是，此刻的酷刑室变得和我们逃离的地窖一样漆黑！……我们总算出了地窖……在酷刑室的地板上爬行，和火药隔了层地板……现在几点了？……我们大声喊叫，呼唤！……夏尼先生刚恢复体力，就拼命呼喊："克里斯蒂娜！……克里斯蒂娜！……"我也喊着埃利克的名字！……我提醒他，我救过他的命！……可是，没有任何回答！……只有我们自己绝望的叫声……只有我们自己疯狂的叫声……现在几点了？……"明晚十一点！……"我们互相讨论……我们尽力估量在此度过的时间……但我们理不出一点头绪……如果能看一眼手表，看看还在走的表针，那就好了！……我的手表早就停了……不过夏尼先生的还在走……他告诉我，他来歌剧院前梳妆打扮时上过发条……由此推断，我们尚存一线希望：现在还没有到那个要我们命的时刻……

我原来想把活板暗门关上，但没有遂愿，因为从门那儿传来任何一种细小的声音都会使我们陷入极度的恐慌……现在几点了？……我们身上连一根火柴也没有了……然而，我们必须知道时间……夏尼先生想出了办法，打碎表面玻璃，摸一下时针和分针……他摸索的时候静得出奇，这是用指尖向表针打听时间。圆形的表环权当时间刻度！……从时针和分针的开口度看，他估计现在可能正好是十一点……

不过,这个吓得我们胆战心惊的十一点,也许已经过了,不是吗?……也许现在已经是十一点十分……我们至少还有十二个小时。

突然,我叫了起来:

"别出声!"

我仿佛听到隔壁的房间里有脚步声。

我没有听错!先是开门声,接着响起一阵急促的脚步声。有人在敲墙壁。克里斯蒂娜·达埃的叫喊声:

"拉乌尔!拉乌尔!"

啊!现在我们隔着墙壁异口同声地叫了起来。克里斯蒂娜在抽泣,她刚才还不知道自己是否能重新找到活着的夏尼先生!……恶魔看上去已变成凶神恶煞……在等待克里斯蒂娜答复的这段时间,在姑娘还没有心甘情愿表示"同意",或者断然拒绝以前,他一直在胡言乱语。后来,克里斯蒂娜表示,如果埃利克愿意带她到酷刑室里去,就许诺到时候"同意"嫁给他!……但埃利克坚决不同意,并威胁说要对所有的人下毒手……时间就这样在地狱里一个小时一个小时地过去,就在刚才,他走了出去,留下克里斯蒂娜单独作最后一次考虑……

过了一个小时又一个小时!……

"克里斯蒂娜,现在几点?现在几点?……"

"十一点!十一点差五分!……"

"哪天的十一点?……"

"就是那个要决定生死存亡的十一点!……是他刚才离开的时候告诉我的,"克里斯蒂娜喘着气继续说,"他实在太可怕了!……他在发狂,他摘下了面具,两只金色的眼睛射出火焰般的目光！他一个劲地狂笑……还像喝醉一样，一边笑一边对我说：'最后五分钟！我知道你是个害羞的姑娘，我让你单独留下！……我不希望你在对我说"同意"的时候，像那些腼腆的未婚妻一样，羞得满脸通红！……真见鬼！谁不知道你们这些人的心事！'我刚才对你们说过，他已像个醉鬼！……他在生死袋里掏了一会儿，然后对我说，'瞧，看见了吧！这把小的铜钥匙，是用来打开路易-菲力普时代式样的房间里壁炉上那些乌木盒的……其中的一个盒子里，你会看见一只蝎子，还有一个盒子里放着一只蚱蜢，这两只日本式的铜制小动物栩栩如生，分别代表"同意"和"不同意"！也就是说，你只要把蝎子转动一百八十度……当我走进路易-菲力普时代式样的房间时，那就是走进我们的新房，在我眼里，它就意味着你"同意"了！……如果你转动蚱蜢，就表示你"不同意"！我走进路易-菲力普时代式样的房间时，就是走进死人的房间！……'说完，他像醉鬼一样发出狂笑！而我，只能跪在地上向他要酷刑室的钥匙，如果他把钥匙给我，我答应永远做他的妻子……可是，他却对我说，那把钥匙已经永远不需要了，他要把它扔到湖底！……然后，他又像醉鬼一样哈哈大笑，留下我一人，他边走边说，过五分钟再回来，还扬言身为一名绅士，他知道对害羞的女士该怎么做！……啊！啊！对了，他还对我大声嚷嚷：'那只蚱蜢！……当心那只蚱蜢！……它不仅会转圈，还会跳！……还会跳！跳得好看极了！……'"

在此，我尽量忠实地用句子、断断续续的词语和感叹词，把克里斯蒂娜那番谵狂话的原意复述出来！……在这二十四小时中，她也受到痛苦的煎熬……也许比我们还要痛苦！……克里斯蒂娜时不时话说到一半就突然停下来,或者冷不丁打断我们的话,大声问道:"拉乌尔!你很难受吗?……"她摸着已经冷下来的墙壁,问我们为什么刚才墙壁那么烫!……五分钟过去了,蝎子和蚱蜢仿佛在我可怜的头脑里到处乱爬!……

然而,我依然保留了一份清醒,完全知道,如果转动蚱蜢的话,蚱蜢就会跳起来,并且和很多人同归于尽!毫无疑问,蚱蜢控制着引爆火药的电流!……夏尼先生重新听到克里斯蒂娜的声音后,好像恢复了士气,他急忙向姑娘解释,我们三人以及整座歌剧院的处境有多危险……必须转动蝎子,马上动手……

这只蝎子,既然代表着埃利克梦寐以求的"同意",那就应该是一种也许能阻止灾难发生的装置。

"去吧!……去吧!克里斯蒂娜,我心爱的妻子!……"拉乌尔用命令的口气这样说道。

一阵沉默。

"克里斯蒂娜,"我大声问道,"您在哪里?"

"在蝎子旁边!"

"不要碰它!"

突然,我的头脑中闪过一个念头,我太了解埃利克了,这恶魔又欺骗了这个姑娘。也许,这只蝎子马上会把一切都炸毁。不然的话,他自己为什么不在场?五分钟早就过去……可他并没有回来……或许,他已经躲起来了!……或许,他正等待着可怕的爆炸……他等待的只有这件事!……事实上,他不可能指望克里斯蒂娜会同意心甘情愿成为他的猎物!……他为什么没有回来?……千万别碰那只蝎子!

"是他！……"克里斯蒂娜大声说，"我听到他的声音！……他回来了！……"

……

果然，他回来了。我们听到他的脚步声离路易-菲力普时代式样的房间越来越近。他到了克里斯蒂娜那儿，一句话也没有说……

这时候，我提高嗓门，大声说道：

"埃利克！是我！你听出我的声音了吗？"

听到我叫他，他立刻用极其平静的声音回答：

"这么说您还没有死在里面？……那好，您就尽量保持安静。"

我想打断他的话，但他冷酷地对我说："达洛加，你再说一句，我就把一切统统炸毁！"我隔着墙听到这句话也顿觉手脚冰凉。

紧接着，他又说：

"这种荣幸应该留给小姐！小姐没有碰蝎子（他说话多么从容不迫！），小姐没有碰蚱蜢（他是多么可怕的冷血动物！），不过，要把这事办好，时间还来得及。瞧，我不用钥匙就能打开，因为我喜欢摆弄活板暗门，能随心所欲地打开和关上所有的门……我把这些乌木小盒打开：小姐，您看，在这个乌木小盒里……有漂亮的小动物……它们模仿得相当逼真，看上去不像是好斗的……但穿袈裟的并不一定是和尚！（这些话都说得不慌不忙，有板有眼……）如果转动蚱蜢，小姐，我们全都会被炸得粉身碎骨……在我们的脚下，那儿的火药足以炸毁四分之一的巴黎……如果转动蝎子，那这些火药就会全部被水淹没!……小姐,值此我们结婚之际,您可以向几百名正在剧场里为梅耶贝尔①的杰作喝彩的巴黎人,献上一份厚礼……您要献的这份厚礼就是他们的生命……因为,小姐,您只需用您那双美丽的手(说话的口气听上去十分疲倦)转动蝎子!……而我们也可以高高兴兴地结婚!"

他沉默片刻,接着又说:

"如果两分钟后,小姐,您还不转动蝎子——我有一块手表(埃利克补充说),一块走得很准的手表——那就轮到我来转动蚱蜢……蚱蜢,这玩意儿跳得好看极了!……"

又是一阵沉默,这阵沉默比先前那些沉默加起来还要可怕。我知道,每当埃利克用这种平静、安详和疲倦的口气说话的时候,就表明他到了孤注一掷的地步,不是犯下滔天大罪,就是献身效忠;此刻,他只要听到一句不顺耳的话,就会大发雷霆。夏尼先生心里也明白,眼下他惟一能做的就是祈祷,于是他跪下来祈祷……而我则心跳得非常快,只好用手捂住胸口,生怕心脏跳出来……实在太可怕了,我们已经预感到在这千钧一发的时刻,惊慌失措的克里斯蒂娜·达埃在想些什么……我们明白她在犹豫,还下不了去转动蝎子的决心……此外,倘若转动蝎子的结果是把一切都炸毁!……倘若埃利克已决心和我们同归于尽!

终于,又传来了埃利克的声音,这次的声音变得温柔了,温柔得犹如天使的歌声……

---

① 梅耶贝尔(1791—1864),德国作曲家,主要有罗西尼风格的歌剧《十字军勇士》、法语歌剧《恶魔罗勃》、《胡格诺派教徒》等。

"两分钟过去了……永别了，小姐！……蚱蜢，跳吧！……"

"埃利克，"克里斯蒂娜叫了起来，她一定是冲上去抓住了恶魔的手，"你向我发誓，魔鬼，以你对我的酷爱发誓，我应该转动蝎子……"

"是的，为了我们的婚礼……"

"啊！你心里很清楚！我们马上就要跳得老高！"

"在我们的婚礼上，天真的孩子！……蝎子第一个翩翩起舞！……够了！……你不想转动蝎子？那我就转动蚱蜢！"

"埃利克！……"

"够了！……"

我和克里斯蒂娜同时叫了起来。而夏尼先生一直跪在那儿，在继续祈祷……

"埃利克！我已经转动蝎子！！……"

啊！我们终于熬过了千钧一发的时刻！

还得等待！

等待我们在惊天动地的爆炸声和倒塌声中化为灰烬……

我们感到脚下的地窖里有响声，这可能是骇人听闻的恐怖事件的开始……黑暗中，打开的活板暗门犹如夜色中怪兽的黑洞洞大嘴，从那儿传来一种好像导火索燃烧时发出的咝咝声，令人害怕……

刚开始的时候，声音很细……接着越来越粗……越来越响……

快听！快听！用双手捂住胸口，心都紧张得快要跳出来了。

这不是导火索燃烧的声音。

倒像是轻轻的流水声……

到活板暗门那儿去！到活板暗门那儿去！

快听！快听！

现在传来的是咕噜咕噜的声音……

到活板暗门那儿去！……到活板暗门那儿去！……到活板暗门那儿去！……

多么清凉啊！

真是清凉世界！快去喝个痛快！听到流水的声音，刚才被吓跑了的饥渴感又向我们袭来，而且更加强烈。

水！水！水在上涨！……

水在地窖里上涨，淹没了酒桶，淹没了所有装火药的酒桶（卖酒桶啰！卖酒桶啰！有什么空酒桶卖吗？）。水！我们嗓子眼渴得在冒烟，自然迫不及待地下到地窖朝水而去。水漫到我们的下巴……漫到我们的嘴巴……

于是我们开怀畅饮……我们在地窖里畅饮……

随后，我们摸黑重新爬上石梯，上了一级又一级，我们刚才下石梯是奔水而去的，现在这水竟和我们一起上楼。

的确，现在地窖里的火药全完了，被淹了！好大的水啊！……干得漂亮极了！难道湖滨寓所里的人不用顾及这水！如果再这样下去，整座湖的水全会灌进地窖……

说真的，我们这时根本不知道水涨到何种程度才会停止……

我们爬出地窖，水仍在上涨……

水在溢出地窖，漫上地板……如果水继续上涨，整个湖滨寓所就要被淹。酷刑室的地板上已是一片汪洋，我们的脚踩在水里。这水够多了！埃利克应该把水龙头关上：埃利克！埃利克！这些水淹没火药完全够了！快关上水龙头！把蝎子转回来！

但埃利克没有回答……除了水上涨的声音，什么也听不到……水已经没到膝盖！……

"克里斯蒂娜！克里斯蒂娜！水在上涨！已经涨到我们膝盖，"夏尼先生大声叫道。

然而，克里斯蒂娜也没有回答……除了水上涨的声音，什么也听不到。

隔壁房间里，没有一点声音！没有一点声音……没有人！没有人去关上水龙头！没有人把蝎子转回来！

黑暗中，只有我们和黑魆魆的水在一起。水把我们团团围住，逐渐把我们淹没，冻得我们浑身发冷！埃利克！埃利克！克里斯蒂娜！克里斯蒂娜！

现在我们已经站立不稳，在水中打起转来，被不可抗拒的水流冲来冲去，撞在镜子上，又弹回来……我们在咆哮的旋涡中拼命把头伸出水面……

难道我们马上要死在这里？淹死在酷刑室里？……我从来没有见过这种场面！当年在马赞达兰的美好时光里，埃利克也没有让我从那扇不易察觉的小窗中看见过这一幕！……埃利克！埃利克！我救过你命！你应该记得！……你被判了死刑！马上要被处死！……我为你打开了逃命的门！……埃利克！……

啊！我们像遇难船只的残骸在随波逐流，打着转！……

突然，我的双手胡乱抓住了铁树的树干！……于是我叫夏尼先生过来，最后我们俩攀住了铁树的树枝……

水还在一个劲地上涨！

啊！读者一定还记得！铁树的树枝和酷刑室圆拱形天花板之间有多大距离？……你们好好回忆一下！……不管怎么说，水也许马上会停止上涨……它肯定要达到自己的水平线……喏！我好像觉得它停止上涨了！……不！不！太可怕了！……快游泳！……快游泳！……我们的两条正在划水的手臂又交叉抱在一起了，我们快闷死了！……我们在黑魆魆的水里挣扎！……我们在水面上已经感到呼吸困难！……空气在流失，我们听到头顶上不知什么地方有抽风机在抽风……啊！我们在打转！不停地打转！直到我们找到进气口……我们把嘴巴贴在进气口上……可是，我们已经精疲力竭，只能想方设法抓住墙壁！啊！这镜子幕墙滑溜溜的，我的手指怎么也找不到能抓住的地方……我们还在不停地打转！……我们在下沉……再作最后一次努力！……最后再叫喊一次！……埃利克！……克里斯蒂娜！……咕噜，咕噜，咕噜！……耳朵只听到这样的声音！……咕噜，咕噜，咕噜！……沉到黑魆魆的水底去了，我们只听到"咕噜咕噜"的声音！……在失去知觉以前，我们在"咕噜咕噜"声中，似乎还听到混有叫卖声："卖酒桶！……卖酒桶！……有什么空酒桶卖吗？"

第二十七章
幽灵的爱情结局

波斯人留给笔者的记述写到这里便结束了。

尽管夏尼先生和同伴当时处境险恶,看上去好像必死无疑,但他们多亏克里斯蒂娜·达埃崇高的忠诚,最后还是死里逃生。在此我还是希望由波斯人亲口把他的这段冒险经历讲完。

我去见波斯人的时候,他仍然住在图伊勒里花园对面,里沃利街的那套小公寓里。当时,他已病得很重,他为我实事求是报道陈年旧事的执著和热诚所感动,终于决定向我重提那个令人难以相信的惨案。带我去见波斯人的,正是他的忠实老仆大流士,他仍在侍候主子。接待我的时候,这位昔日的波斯达洛加坐在窗旁一把宽大的扶手椅里,窗正对着花园。他尽量挺直还算漂亮的上身。我们的波斯人双眼仍然炯炯有神,只是历经沧桑的脸上已有倦意。他的头发剃得精光,平时总戴顶羔皮软帽;身旁一件简朴的宽松长袍,袖子底下露出他在无意间转动的拇指,不过,头脑依然非常清醒。

他回想起过去所受的种种煎熬时,不免有些激动。从他的断断续续的讲述中,我知道了这个离奇故事的惊人结局。有时,他沉思良久才回答我提出的问题;有时,他又浮想联翩,滔滔不绝、惟妙惟肖地向我描述埃利克的可怕嘴脸,以及自己和夏尼子爵在湖滨寓所里熬过的危险时刻。

他告诉我,遭水淹后,他醒来时发现自己是在瘆人、昏暗的路易-菲力普时代式样的房间里,我看见他讲到这里时身子在发抖。作为他给我的记述的补充,他讲了这个可怕故事的结局。

达洛加睁开眼睛时,发现自己躺在一张床上……夏尼先生则睡在镶镜衣橱旁的长沙发里。一位天使和一个魔鬼守护着他们……

经历过酷刑室的幻景和幻觉之后,眼前这间安静小房间里的种种舒适考究的家具和摆饰,也好像是虚构的,其用意不外乎想迷惑鲁莽的凡夫俗子,让他们在大白天的梦境中迷失方向。船形床、光亮可鉴的桃花心木椅子、五斗橱、铜器,还有椅子背上用钩针精心钩制的正方形花边饰物、挂钟、壁炉两边初看没什么特别的小盒子……另外,博古架上放着贝雕、红色针线包、珠色船模和一个巨大的鸵鸟蛋……独脚小圆桌上放着一盏套着灯罩的台灯,柔和的光线照亮着周围的一切……所有这些家具样子都怪怪的,气氛宁静,很适合歌剧院地窖深处这种环境,这一切不仅和他们刚才看见的那些幻景截然不同,而且使他们感到茫然。

在这个精致干净的老式小房间里,有个戴面具的人影,这自然显得更加阴森可怖。人影弯下腰来,俯在波斯人耳边低声说:

"达洛加,你好点了吗?……你在看我的家具,是吗?……这些都是我可怜的母亲留给我的……"

他当时还说了些别的话，但波斯人已经想不起来了；不过，波斯人记得很清楚，当时在这间路易-菲力普时代式样的房间里只有埃利克一个人在说话，他觉得这事很奇怪。克里斯蒂娜·达埃没有说过一句话，她走动的时候没有发出一点响声，好像虔诚的修女在默默地许愿……她端来一杯药茶……或者说，一杯热气腾腾的茶……戴面具的人从她那儿接过茶杯，递给波斯人。

至于夏尼先生，他一直在沉睡……

埃利克在达洛加的杯子里倒了一点儿朗姆酒，然后指着躺在那儿的子爵说：

"他早就恢复了知觉，当时我们还在担心你是否能活过来，达洛加。他身体很好……他睡着了……别吵醒他……"

过了一会儿，埃利克离开房间，波斯人用胳膊肘支起身子，朝四周看了看……他发现壁炉的角落里坐着个人，白色的身影像是克里斯蒂娜·达埃。波斯人对她说话，叫她的名字……但他的身体还很虚弱，一下子又倒在枕头上……克里斯蒂娜走到他跟前，伸出一只手，摸了摸他的额头，然后走开了……波斯人至今还记得，克里斯蒂娜走开的时候，并没有看一眼边上睡得很安详的夏尼先生……她又回去坐在壁炉角落里那把扶手椅里，安静得像虔诚的修女在默默地许愿……

埃利克带回来几个小瓶，他把这些瓶子放在壁炉上。他坐在波斯人的床头，给波斯人切脉；为了不吵醒夏尼先生，他轻声对波斯人说：

"现在，你们俩总算都救活了。一会儿，我就把你们送到地面上，好让我的妻子开心。"

说完，他站起身来，没作什么解释，又离开了。

波斯人随即注视着台灯下克里斯蒂娜·达埃安详的侧影。她在看一本切口烫金的小书，似乎是一本宗教书。《启示录》有这种版本。波斯人又回想起另一个人用自然的口气对他说过的话："好让我的妻子开心……"

达洛加又温和地喊克里斯蒂娜的名字，可是，她大概看书看得聚精会神，没有听到他的叫喊声……

埃利克回来了……他让达洛加喝一点汤药。此前，他已叮嘱波斯人不要再和"他的妻子"说话，也不要再和任何人说话，因为这样做可能对所有人的健康都非常危险。

在这以后，波斯人还记得埃利克的黑色人影和克里斯蒂娜的白色身影静悄悄地穿过房间，俯身看看夏尼先生。波斯人的身体还很虚弱，只要听见一点声音，例如镶镜衣橱的吱嘎开门声，都会觉得头痛欲裂……过了一会儿，他也像夏尼先生一样睡着了。

这次，他醒来时发现已经回到自己家里，忠诚的仆人大流士在边上侍候着。仆人告诉他，昨天夜里，发现他靠在自己家的门上，一定是有位陌生人把他送回来的，那人按了门铃之后就离开了。

达洛加一恢复体力，便想到自己的责任，他马上派人到菲利普伯爵府上去打听子爵的消息。

他得到的回答是，年轻人至今下落不明，菲利普伯爵已经死了，尸体是在靠近斯克里布街的湖畔发现的。波斯人回想起他在酷刑室墙后听到的追思弥撒曲。伯爵是如何被害的？凶手是谁？这一切都不言而喻。哎！他太了解埃利克了，自然不难把这个惨案理出头绪。原来，伯爵自以为是弟弟劫走了克里斯蒂娜·达埃后，便急忙朝布鲁塞尔大道追去，他知道这次劫持是事先策划好的，这条大道是必经之路。然而，他并没有追上这两个年轻人，只好返回歌剧院。这时，他回想起拉乌尔曾私下里莫名其妙地对他说起过那个神出鬼没的情敌。他知道，子爵千方百计要闯入歌剧院的地下室。结果，他发现了子爵失踪前留在女歌星化装室里手枪盒边上的帽子。于是，他不再怀疑弟弟说过的那番话，决定亲自深入恶魔的地下迷宫。死亡之湖由埃利克的水怪把守，这水怪的迷人歌声会置人于死地，而伯爵的尸体又是在湖畔发现的，波斯人还有什么不明白的吗？

因此，波斯人不再犹豫。他对埃利克犯下的新的滔天大罪深感恐惧，觉得自己不能再举棋不定，对子爵和克里斯蒂娜·达埃的最终命运袖手旁观，他决定把一切都禀告司法部门。

受理此案的预审法官是福尔先生，波斯人便登门拜访。这位法官生性多疑，思想平庸，目光短浅（我怎么想就怎么说），对这样的密告毫无思想准备；达洛加的陈述受到怎样的待遇也就可想而知了，他被当作一个疯子。

波斯人发现自己的话根本没有人相信，便在绝望之余，只能把一切都付诸笔端。既然司法部门不愿采信他的证言，新闻界也许会争相哄抢；一天晚上，他刚写完记述的最后一行，就是我在上文中全文转录的那份记述，仆人大流士进来通报说，有个不肯透露姓名的陌生人求见，那人的脸无法看清，他只是说不同达洛加面谈，决不离开。

波斯人立刻预感到这个奇怪的来访者是何人，于是让仆人马上带他进来。

达洛加的预感没有错。

果然是幽灵！是埃利克！

埃利克看上去身体非常虚弱，他靠在墙上，生怕会跌倒似的……他摘掉帽子，露出惨白如纸的额头，脸上的其他部位则被面具遮住。

波斯人站在他面前。

"杀害菲利普伯爵的凶手，你把他的弟弟和克里斯蒂娜·达埃怎么样了？"

听到这厉声责问，埃利克身子摇摇晃晃，沉默了一会儿，然后拖着沉重的步伐，跟跟跄跄走到一把扶手椅跟前，长叹一声，倒在椅子里，然后喘着粗气，断断续续地说道：

"达洛加，别对我说菲利普伯爵的事……我离开寓所时……他已经……死了……水怪唱歌时……他已经……死了……是场意外……一场让人痛心的……一场让人痛心疾首的……意外……他那么不小心……一下子掉进了湖里！……"

"你撒谎！"波斯人大声说道。

埃利克低下头，接着说：

"我到这里来……不是和你说菲利普伯爵的事……而是想告诉你……我快死了……"

"拉乌尔·德·夏尼和克里斯蒂娜·达埃现在在哪里？"

"我快死了。"

"拉乌尔·德·夏尼和克里斯蒂娜·达埃呢？"

"爱情……达洛加……我快为爱情而死……就像这样……我以前那么爱她！……我现在仍然爱着她，达洛加，我为她而死，我告诉你……要是你知道，她信守诺言，允许我吻活生生的她时，她是那么美丽，那就好了！这是我第一次，达洛加，你听好了，第一次吻一个女人……是的，活生生的女人，我吻了活生生的女人，她实在太美了！……"

波斯人站起来，斗胆摸了摸埃利克。他摇晃着埃利克的胳膊，急切地问道：

"你总得告诉我，她到底是死是活。"

"你为什么这样使劲地摇我？"埃利克费力地回答，"我告诉你，快死的人是我……是的，我吻她的时候，她是活生生的……"

"那现在，她死了吗？"

"我告诉你，我像这样在她的额头上亲吻了一下……而她并没有将额头从我的嘴唇上移开！……啊！这是个正派的姑娘！至于是否死了，我想她不会，尽管这事已与我无关……不会！不会！她不会死的！我知道，不会有人动她一根汗毛！这是个勇敢坚贞的姑娘，达洛加，正是她多管闲事，才救了你的命，当时我觉得你波斯人的命一钱不值。说实在的，没有人为你操心。你为什么带那个小伙子到那儿去？你是去白白送死！确实，她替小伙子求情，但我回答说，既然她转动了蝎子，而且是自愿的，那我就成了她的未婚夫，她不需要两个未婚夫，这是天经地义的；至于你，你并不存在，我对你再说一遍，对我来说你早就不存在了，你要带着那个多余的未婚夫一块儿去死！

"可是，达洛加，你听着，当你们在水中垂死挣扎，大声呼救的时候，克里斯蒂娜来到我面前，两只蓝色的大眼睛美丽极了，她对我发誓，她同意成为我活生生的妻子！达洛加，在此以前，在她的眼睛深处，我看到的一直是个如死人般的妻子；这是我第一次看到自己活生生的妻子。她发誓的时候，神态是真诚的。她不会自杀。我们之间的交易达成了。半分钟后，水全部退回湖里；达洛加，我把你的舌头拉出来，我相信你一定会活过来！……最后！……按照约定，我把您背到地面上送回家。我把您从路易-菲力普时代式样的房间里送走后，独自回到那儿。"

"你把夏尼子爵怎么样了？"波斯人打断他的话问道。

"啊！你知道……达洛加，这个人，我不能就这样把他背到地面上……他是人质……不过，由于克里斯蒂娜的缘故，我也不能把他留在湖滨寓所里；我把他关了起来，当然关押的地方条件还是挺不错的，我顺利地（马赞达兰的香水已使他全身酥软）把他带到巴黎公社时期的地窖里，那是歌剧院里最偏远、最僻静的角落，比第五层地下室还深，从来没有人去过那儿，喊救命也没有人听到。做完这事，我放心了，重新回到克里斯蒂娜身边。她正等着我……"

说到这儿，歌剧院幽灵显得很严肃，一下子站了起来，坐在自己扶手椅里的波斯人也身不由己，跟着站了起来。波斯人觉得在如此庄严的时刻不能继续坐着，他甚至不顾自己秃顶，摘下羔皮软帽以表敬意。

"是的！她在等我！"埃利克继续说道，身子像一片树叶在风中瑟瑟发抖，但却是为真情所动，"她身子站得笔直，活生生的，按照承诺，像真正的活生生的未婚妻那样，正在等着我……当我像孩子般腼腆地走上前去的时候，她并没有躲开……没有，她没有躲开……她仍然站在那儿，正等着我……

达洛加，我甚至觉得她有点……噢！不多，有点像活生生的未婚妻那样把额头凑上来……于是……于是……我吻了她！……我！……我！……我！……她没有死！……我就这样在她额头上吻了一下以后……她依然泰然自若地站在我身旁……啊！达洛加，吻一个女人，这感觉是何等美妙啊！……你是不可能知道的！……而我！我！……达洛加，我的母亲，我那位可怜的母亲从来不肯让我吻她一下……她总是转身避开，把面具扔给我！……没有一个女人！从来没有一个女人！……啊！啊！不是吗？能有这样的幸福，我感动得流下了热泪。我边哭边跪在她的脚下，亲吻她的双脚，她那双小巧的脚，边吻边哭……达洛加，你也在哭；当时，她也在哭……这位天使也哭了……"

埃利克在讲这些事时，已经泣不成声；这个戴着面具的人，双肩因抽泣而颤动，双手按住胸口，时而痛哭流涕，时而倾诉衷曲，情意绵绵；面对此情此景，波斯人也禁不住流下了泪水。

"哦！达洛加，我感觉到她的泪水滴到我的额头上！我的额头上！这泪水是热的……甜蜜的！她的泪水，流进我的面具，到处都是！她的泪水流进我的眼睛，和我的泪水融合在一起！……然后一直流到我的嘴里……啊！她的泪水流得我满面都是！达洛加，你听着，听我讲我所做的事……我摘下面具，这样就不会浪费她的每一滴泪水……她没有被吓跑！……她没有寻死！她依然活生生地留在我身边，扑到我身上，和我一起哭泣……我们一起哭！……上帝啊！您把世上所有的幸福都赐给了我！……"

埃利克颓然地倒在椅子里，继续在抽泣。

"啊！我还不会……马上死……让我痛痛快快地哭一场吧！"他对波斯人说。

沉默了一会儿，戴面具的人又接着说道：

"达洛加，你听着，你听好了……我跪在她脚下的时候，我听到她说：'可怜又不幸的埃利克！'然后她抓住我的手！……这时候的我，达洛加，你自然明白，只不过成了一条可怜的狗，准备为她去死……就像我对你说的，达洛加！

"你想想，当时我手里拿着一枚戒指，一枚我送给她……后来被她弄丢了的金戒指……我又把戒指找了回来……一枚结婚戒指，什么！……我把戒指塞到她的纤纤小手里，对她说：'喏！……拿着！……为你自己拿着……也为他拿着……这是我送给你们的结婚礼物……可怜又不幸的埃利克的礼物……我知道你爱他，爱那个小伙子……你别哭了！……'她用温柔的语气问我，说这话是什么意思；于是，我把自己的意思告诉了她；她立刻明白，对她来说，我只不过是一条准备为她去死的可怜的狗……而她，只要愿意，随时都可以与那个小伙子结婚……啊！达洛加，你在想……我向她说这番话的时候，好像我不慌不忙就把自己的心割成了四瓣，不过，她和我一起哭过……她还说过：'可怜又不幸的埃利克！……'"

埃利克的情绪非常激动，他让波斯人别看着他，因为他憋得喘不过气来，必须把面具摘了。听埃利克这么说，达洛加告诉我，他径直走到窗户跟前，在怜悯心的驱使下，打开了窗户，目光紧盯图伊勒里花园里的树木，避免看见丑八怪的脸。

"我去把小伙子放了，"埃利克继续说，"并让他跟我去见克里斯蒂娜……他俩当着我的面，在路易-菲力普时代式样的房间里深情拥抱……克里斯蒂娜手指上戴着我送的戒指……我让她发誓，等我死后，她一定要在晚上从斯克里布街的湖面入口处进来，秘密地把我和直到那时她一直戴在手上的金戒指埋在一起……我对她讲了找到我尸体的办法，以及必须做的事……于是，克里斯蒂娜第一次主动吻了我这儿的额头……（别回头看，达洛加！）我这儿的额头……吻了我的额头！……（别回头看，达洛加！）而后，他俩就一起离开了……克里斯蒂娜不再哭了……只有我在独自哭泣……达洛加，达洛加……如果克里斯蒂娜遵守诺言，她很快就会回来！……"

埃利克不再说话，波斯人也没有再问什么。他对拉乌尔·德·夏尼和克里斯蒂娜·达埃的命运已经完全放心。无论什么人，只要听了那天晚上埃利克如泣如诉的话语后，谁都不会再有怀疑。

丑八怪重新戴上面具，精疲力竭地离开了达洛加。临走前，他告诉波斯人，等他感到自己行将就木时，为了感谢达洛加的救命之恩，一定会将一生中最珍贵的东西寄给波斯人，这些东西包括克里斯蒂娜·达埃被劫持后写给拉乌尔、后来却留给埃利克的全部信件，以及她的几样日常用品：两条手帕、一副手套和一个系在鞋上的蝴蝶结。为了回答波斯人提的问题，埃利克还说，这对年轻人获得自由后，马上决定到一个偏僻的地方去找一位神父，将他俩的幸福珍藏在那儿；他们按照计划已经去了"北方车站"。最后，埃利克托波斯人替他办这样一件事：波斯人一收到这些珍贵的用品和信件后，立刻将他的死讯告诉两位年轻人。为此，波斯人要破费在《时代报》上刊登一则讣告。

谈话到此结束。

波斯人把埃利克一直送到公寓门口,接着仆人大流士一路扶着他,把他送到人行道上。一辆出租马车已等在那儿。埃利克上了马车。这时,波斯人已回到窗前,听到埃利克对车夫说:"走马道,去歌剧院。"

随后,马车消失在夜色中。这是波斯人最后一次见到可怜又不幸的埃利克。

三个星期后,《时代报》上登出一则讣告:

"埃利克去世。"

后　记

　　歌剧院幽灵的真实故事就这样结束了。正如我在本书开头所说，现在，已经没有人再怀疑埃利克其人其事的真实性了。如今，有关此人确实存在的证据俯拾皆是，谁都可以通过发生在夏尼家的悲剧，理性地看清埃利克的所作所为。

　　无须赘述，此案曾在巴黎轰动一时。女歌唱家被劫持，菲利普伯爵意外死亡，他的弟弟夏尼子爵失踪，歌剧院的三名灯光师无故昏迷！……可怕的事接连不断！太多的悬念萦绕在首都居民的心中！围绕着拉乌尔和温柔迷人的克里斯蒂娜之间的爱情故事，骇人听闻的罪恶勾当接踵而至！……红极一时的神秘女歌星销声匿迹后，她的命运究竟如何？……她被说成是夏尼家两兄弟争风吃醋的牺牲品，无人想象得出事情的真相，无人能理解，拉乌尔和克里斯蒂娜失踪后，这对有情人隐居在人迹罕至的地方，充分享受他们在菲利普伯爵莫名其妙猝亡后不愿公开的幸福……有一天，他们在北方车站乘上了一列火车……也许，有一天，我也会在这个车站搭上北去的列车，前往挪威，啊，宁静的斯堪的那维亚！在它众多的湖泊之滨，寻找也许还活着的拉乌尔和克里斯蒂娜的足迹，以及瓦勒里乌斯大妈的足迹，她也在同样的时间失踪了！……也许，有一天，我能亲耳听到，这个世界上最北面的国家里独居一隅的《回声报》重新提到那位熟悉音乐天使的女歌星的美妙歌声?……

此案经预审法官富尔先生草草审理后被束之高阁。但过了很长一段时间后,新闻界仍不时对这个神秘的案件刨根究底,继续探讨策划和制造了那么多骇人听闻的灾难(凶杀和失踪)的凶手是谁!

有份对歌剧院后台的轶事趣闻了如指掌的街头小报独家报道:

"凶手是歌剧院幽灵。"

不仅如此,它报道此事时自然用的是冷嘲热讽的手法。

惟有波斯人掌握全部事实真相,但他的话又谁都听不进去,他在埃利克登门拜访后,便改变了向司法部门揭露真相的初衷。

他除了主要证据外,还握有幽灵寄给他的那些珍贵物证……

有了达洛加本人的帮助,我有责任对他的这些证据加以充实。我随时把自己的调查结果告诉他,而他也及时给我指点迷津。虽然他已多年没有去歌剧院,但对这座大楼依然记忆犹新,堪称最好的向导,帮助我发现那儿最隐秘的角角落落。他还告诉我可以去挖掘的资料来源,以及应该去询问的人;正是他催促我去敲波里尼先生家的门,当时这个可怜的老人已经日薄西山。我不知道他竟然会变得如此落魄潦倒,我永远都无法忘记,当我问及歌剧院幽灵时他表现出的那种反应。他像遇见了鬼似的,两眼盯着我,回答问题语无伦次,但他证实(这是最主要的)歌剧院幽灵当年确实搅得他本已十分动荡的生活(波里尼先生是人们所说的那种生活放荡的人)不得安宁。

我把走访波里尼先生的不大收获告诉了波斯人，达洛加茫然一笑，对我说：波里尼永远都不会知道，埃利克这个大坏蛋（波斯人时而把他说成神，时而又视为卑鄙之徒）是如何欺骗他的。波里尼很迷信，埃利克心里一定清楚。埃利克还知道歌剧院里很多明争暗斗的事。

"当波里尼先生听到5号包厢里有个神秘的声音说出他的作息时间，以及他如何利用合伙人的信任时，他怕惹麻烦，采取了躲避的态度。一开始，他以为是上帝之声在点化自己，他是罪有应得；后来，那个声音向他伸手要钱，他终于想到自己受到了勒索者的耍弄，德比埃纳也是受害者。这两个人出于多种原因，早已对经理之职感到厌倦，于是不想对那个已交给他们一份奇怪的《招标细则》的歌剧院幽灵进行深究，决定一走了之。他们把幽灵之谜一古脑儿地扔给了自己的继任者，长长地松了一口气，自以为漂亮地摆脱了一件让他俩瞠目结舌、哭笑不得的麻烦事。"

波斯人的这席话说明了德比埃纳先生和波里尼先生当时的如意算盘。说到这里，我顺势讲起了他们的继任者；我告诉他，我惊讶地发现，蒙沙尔曼先生在他的《一位歌剧院经理的回忆》的第一部里，非常详尽地叙述了歌剧院幽灵的所作所为，而在第二部里，却只字未提，或者说，几乎只字未提。波斯人对此书可谓耳熟能详，仿佛出自他的手笔，他提醒我说，恰恰是在第二部里，要是我仔细推敲蒙沙尔曼写到幽灵的寥寥数笔，就不难发现整个事件的解释。我们之所以对这几行字特别感兴趣，是因为能对轰动一时的两万法郎事件的简单结局一览无遗。现将它们抄录如下：

"关于歌幽(这是蒙沙尔曼先生对歌剧院幽灵的简称),我在本书的开头部分已详尽叙述过几件荒诞离奇的事,现在只想补充一点,这就是,他已通过一个漂亮的举动,弥补了以前给我那位亲爱的合作者造成的烦恼,而我本人也应该承认确有此事。他大概最后幡然悔悟,认为开玩笑总得有个限度,特别是这个玩笑的代价如此昂贵,而且连警长也已'过问'此事,因为我们在克里斯蒂娜·达埃失踪几天以后,把米弗瓦先生约到我们办公室,向他陈述事情的全部经过的时候,在里夏尔的办公桌上发现了一只漂亮的信封,上面用红墨水写着:'歌幽缄。'信封里装着他以前用开玩笑的方法从我们经理室的钱柜里骗走的那笔巨款。里夏尔当即表示,这事到此为止,不必深究。我也同意里夏尔的意见。俗话说得好,好事总有好结局。亲爱的歌幽,你说对吗?"

显然,在如数收回巨款后,蒙沙尔曼更加认为这是里夏尔跟他开了一个荒唐的玩笑,而里夏尔则一直认为,蒙沙尔曼为了报复他以前开过的几个出格的玩笑,编造了歌幽事件,拿他寻开心。

我当即向波斯人请教,幽灵耍了什么鬼把戏,能让用别针别住的里夏尔口袋里的两万法郎不翼而飞。他回答说,他从未深入研究过这种具体细节,不过,如果我愿意到现场去作一番实地调查,肯定能在经理办公室里找到谜底,我应该记得,埃利克号称"喜欢摆弄活板暗门的人"不是毫无道理的。于是,我答应波斯人,一有时间就去把这事调查清楚。我可以告诉读者，后来，调查的结果完全令人满意。确实，我简直不能相信，自己居然可以找到那么多确凿的证据，来证明有关幽灵的种种现象都是真实的。

令人欣慰的是，波斯人的记述、克里斯蒂娜·达埃的信件、里夏尔先生和蒙沙尔曼先生原先的那些合作者提供的证言，还有小梅格本人(可惜，出色的吉里太太已经去世)和如今隐居在卢维西安①的索蕾莉提供的证言，所有这些证明幽灵确有其人的材料，我将把它们放入歌剧院的档案中；回想起这些物证和证言都一一得到很多重要发现的验证，我确实可以为此感到几分自豪。

虽然我未能找到湖滨寓所，因为埃利克最后封死了所有的秘密入口(不过，我相信只要把湖水抽干，一定可以进去，这事，我已经向美术部提出过多次②)，但我至少发现了巴黎公社时期的暗道，这暗道已有多处塌顶；而且我还向大家揭示了波斯人和拉乌尔下到台仓里去的那个活板暗门。在巴黎公社时期的地牢里，我发现墙上刻有很多缩写字母，无疑是那些不幸的囚徒留下的，其中有 R.C.。R.C.？这难道不令人寻味？拉乌尔·德·夏尼(Raoul de Chagny)的法文缩写！这两个字母至今

---

① 卢维西安，法国一城堡名，由路易十四命人建造，后由路易十五送给宠妃杜巴里夫人。
② 本书出版的两天前，我还向美术部的副国务秘书，和蔼可亲的迪雅尔丹-博默茨先生讲过此事，他给我留下了一线希望。我对他说，国家有义务给传奇式的幽灵下一个结论，在无懈可击的事实基础上，还如此有趣的埃利克故事的本来面貌。为此，有必要重新找到湖滨寓所，这样我个人的调查工作可以有一个圆满的结局。这个湖滨寓所也许还是个音乐艺术的宝库。埃利克无疑是个举世无双的音乐天才，谁说我们不会在湖滨寓所中找到他的杰作《胜利的唐璜》的乐谱呢？——原注

仍清晰可辨。当然，我的发现还不止这些，我还在第一层台仓和第三层台仓里打开了两扇旋转式的活板暗门，而歌剧院的那些置景工对这种暗门一无所知，他们使用的活板暗门都是水平移动式的。

最后，在知道了这个故事的来龙去脉后，我还可以告诉读者：要是你们有机会去参观游览巴黎歌剧院，切不要一味跟着愚蠢的导游，一定要自己姗姗而行，到 5 号包厢里去看看，敲敲那根把包厢和前台隔开的大立柱；用你们的手杖或者拳头敲一敲，然后仔细听……和你们齐头高的地方：空心的立柱会发出沉闷的声音！听到这声音后，你们自然不会为它可以成为幽灵的藏身之处，在那里发声音感到惊讶了；立柱大得足以容纳两个人。要是你们大惑不解，5 号包厢里发生了那么多怪事，怎么没有人注意这根立柱，那你们不要忘了，这根柱子从表面上看是实心的大理石，从柱子里发出的声音听上去更像是从相反的方向传来的（因为埃利克精通腹语，他能随心所欲地变幻声音的出处）。再说，立柱还经过了能工巧匠的精雕细凿。功夫不负有心人，有一天，我终于发现立柱上有一处雕刻可以随意提高放下，正好留出一条神秘的暗道，以便幽灵和吉里太太互递信件，可以让幽灵的慷慨之举通行无阻。当然，我的这些所见所闻，这些发现，相比之下是微不足道的，实际上，一个像埃利克这样的奇才在歌剧院这座神秘的大楼里创造的奇迹，布下的机关，真是令人叹为观止。不过，窥一斑而见全豹，我仅举一例就能说明一切了。一天，我当着歌剧院行政主管的面，在经理办公室里，离办公椅几厘米的地方，发现了一道暗门，它的宽度相当于一块地板木条，长度相当于前臂，仅此而已……暗门关上时就像一只木盒的盖子，我仿佛看到，有一只手从暗门里伸出来，神不知鬼不觉，掏空了礼服的口袋。

四万法郎就这样不翼而飞！……而后又通过神秘之手从那儿被送了回来……

我带着一种完全可以理解的激动心情，把此事告诉波斯人，当时，我对他说：

"四万法郎物归原主，埃利克用《招标细则》开玩笑，看来他只是想寻开心？"

波斯人回答说：

"千万别这样认为！……其实，埃利克需要钱。他自以为不属于人类，做事也就无所顾忌；作为天生长得奇丑无比的补偿，他具有非凡的想象力，思路极其敏捷；他利用这种超人的天资，极力盘剥人类，手段之高明，有时堪称登峰造极，一个骗局的要价往往高达千金。他之所以主动把四万法郎归还里夏尔先生和蒙沙尔曼先生，是因为此时，他不再需要了！他放弃了和克里斯蒂娜·达埃的婚姻，放弃了人世间的一切。"

据波斯人说，埃利克出生在鲁昂附近的一个小城，父亲是泥水工程的包工头。他那张丑脸成了父母的心病，让他们见了感到担惊受怕，于是很小的时候就离家出走。有段时间，他跟着马戏班子到各地的集市巡回演出，班主把他打扮成"活死人"，让他到处献丑。就这样，他走过一个又一个集市，走遍了整个欧洲，他从波希米亚歌手和魔术师那儿接受了奇怪的教育，学会了唱歌和魔术。对埃利克其人，有一段生活经历，我们一无所知。我们只知道，当他在尼吉尼-诺夫戈罗德集市上重新出现时，受到了观众的交口称赞。他那美妙的歌声，世上已无人能与之媲美,他的腹语和各种稀奇古怪的杂耍技艺,无不令人叫绝,那些从西方返回亚洲的沙漠商队,一路上还在谈论。这样,他的名声也就传入了马赞达兰王宫。当时,波斯国王的宠妾娇小的苏丹王妃正在王宫里闷得发慌。一位皮货商从尼吉尼-诺夫戈罗德集市返回撒马尔罕后,逢人便谈起自己在埃利克的演出帐篷里看到的那些神奇魔术。于是,皮货商被召进王宫,由马赞达兰的达洛加向他询问详细情况。然后,达洛加奉命出发去寻找埃利克。达洛加找到埃利克后,把他带回了波斯。接下来的数月,就像在欧洲传说的那样,他的境遇时好时坏。他制造了多起恐怖事件,他好像不知好歹,参与了几次干得很漂亮的政治谋杀,他发明了一些狠毒的办法,打击正在和帝国开战的阿富汗埃米尔。波斯国王视他为知己。"马赞达兰的美好时光"就是指这段时间。达洛加在他的记述中已对此作过简单的介绍。在建筑方面,埃利克有独到的见解,他设计了一座王宫,就像魔术师可以凭想象创造一个魔盒。于是,波斯国王命令他建造一座这样的王宫。果然,他建造的宫殿真是好极了,看上去精妙绝伦,国王在王宫里四处走动,却不会被人看见,他突然消失,别人也不可能发现他是从哪个暗道机关中隐身的。波斯国王入主这座魔盒般的王宫后,决定采取沙皇对付建造了莫斯科红场旁一座教堂的那位天才建筑师的方法,命令手下弄瞎埃利克的那双火眼金睛。可是他转念一想,埃利克即使眼睛瞎了,仍然可以为另一位君主建造出一座同样奇妙无比的宫廷;再说,只要埃利克活着,便有人知道这座神奇王宫的秘密。埃利克死定了,所有在他手下工作过的工人都必须死。马赞达兰的达洛加奉命执行这项极其残忍的任务。埃利克以前曾帮过达洛加的忙，还为他排难解忧。因此，达洛加设法救埃利克，帮助他逃命。不料，达洛加的仁义之举险些让他搭上自己的性命。当时，幸好在里海的岸边发现了一具被海鸟啄食得只剩下一半的尸体，达洛加的几个朋友把埃利克的衣服套在这具腐尸上，顶替埃利克，交了差。然而，达洛加仍被革职，家产被抄，放逐海外。不过，他身为王族，波斯国库还是每月给他发放几百法郎的生活费，于是，他来到巴黎避难。

至于埃利克，他先逃到小亚细亚，然后来到君士坦丁堡为苏丹效命。要是我告诉读者，十九世纪末土耳其经历革命之后，在伊尔兹凉亭里发现的那些负有盛名的暗门、密室和神秘的保险箱，都是出自埃利克之手，那你们就会明白他能为一位被各种恐怖行动吓破了胆的君主做什么好事。埃利克还突发奇想，制造了几乎能以假乱真的木偶王子，当这位信徒们的领袖退避某处休息时，取而代之的木偶让信徒们以为领袖还端坐在王座上。①

自然，早年迫使埃利克逃离波斯的原因，再度逼得他离开了苏丹。他经历了太多的事情。这时的埃利克已经对自己漂泊冒险、魔鬼般的生活感到极度的厌倦，一心想成为一个像普通人那样的人。他当起了建筑工程承包人，像普通的承包人那样替平民百姓盖房子，用的是平常的砖。他承包了巴黎歌剧院的一部分地基工程。当他置身在如此宏伟的剧院的地底下时，他那艺术家、幻想家和魔术师的本性再次萌动。再说，他不是长

---

① 摘自《晨报》特派记者在萨洛尼卡军队进入君士坦丁堡的翌日，对穆罕默德·阿里总督的访谈录。——原注

得奇丑无比吗？那好，他就在歌剧院的地底下建造一处无人知晓的世外桃源，永远避开人们异样的目光。

后面的事情，读者可想而知。埃利克就此开始了本书所叙述的离奇而真实的冒险生涯。可怜又不幸的埃利克！应该同情他呢，还是应该诅咒他？他只不过要求成为一个像普通人那样的人！可是，他长得实在太丑了！他只得埋没自己的才华，要是他拥有一张普通人的脸，那他早已是出类拔萃的人物，可以四处走走了！他心胸开阔，能够驾驭世人，可他到头来却只得躲在地窖里。总之，这位歌剧院幽灵是应该得到同情的！

无论他犯下多少罪行，面对他的遗骸，我已祈求上帝一定要怜悯他！上帝为什么要造出一个如此丑陋的人？

那天，当工人们从准备掩埋音响制品的地方挖出他的尸体时，我为他做了祷告；我确信那是埃利克的尸体。但我并不是从那张丑陋的脸认出他的，所有的人死了很长一段时间以后都是丑陋的。我是从他手上戴的那枚金戒指认出来的。克里斯蒂娜·达埃一定是在埋葬他之前，遵照对埃利克的承诺，给他戴上了戒指。

他的骨骸是在小泉眼的近旁发现的，就在那儿，这位音乐天使第一次将昏迷不醒的克里斯蒂娜·达埃带到台仓里，用颤抖的双臂将她抱在怀里。

现在，该如何处理这具骨骸呢？难道不会把它扔进公共墓穴？……要我说，歌剧院幽灵的骨骸，它的位置应该在巴黎歌剧院的档案馆中，这毕竟不是一具普通的骨骸。

Gaston Leroux
LE FANTOME DE L'OPERA
Simplified Chinese edition copyright:
2021 SHANGHAI TRANSLATION PUBLISHING HOUSE (STPH)
All rights reserved.

图书在版编目(CIP)数据

剧院魅影/(法)加斯通·勒鲁著;符锦勇译. —
上海:上海译文出版社,2021.4(2024.12重印)
(译文经典)
ISBN 978-7-5327-8638-1

Ⅰ.①剧… Ⅱ.①加… ②符… Ⅲ.①长篇小说-法国-现代 Ⅳ.①I565.45

中国版本图书馆 CIP 数据核字(2021)第 034036 号

剧院魅影
〔法〕加斯通·勒鲁 著 符锦勇 译
责任编辑/黄雅琴 装帧设计/张志全工作室

上海译文出版社有限公司出版、发行
网址:www.yiwen.com.cn
201101 上海市闵行区号景路 159 弄 B 座
苏州市越洋印刷有限公司印刷

开本 787×1092 1/32 印张 12.5 插页 6 字数 200,000
2021 年 4 月第 1 版 2024 年 12 月第 5 次印刷
印数:15,001—18,000 册

ISBN 978-7-5327-8638-1
定价:49.00 元

本书中文简体字专有出版权归本社独家所有,非经本社同意不得转载、摘编或复制
如有质量问题,请与承印厂质量科联系。T:0512-68180628